L'ATTENTAT PATRIOTE

Robert Ludlum, maître incontesté du suspense, est l'auteur de plus de vingt romans, vendus à plus de deux cents millions d'exemplaires à travers le monde et traduits en trente-deux langues. Il lance le personnage de Jason Bourne en 1980 avec *La Mémoire dans la peau*, premier volume d'une série ininterrompue de triomphes internationaux qui a été adaptée au cinéma avec Matt Damon dans le rôle principal. Robert Ludlum est décédé en 2001.

Kyle Mills est né en 1966 dans l'Oregon. Auteur de thrillers fasciné par le monde de l'espionnage, la plupart de ses livres mettent en scène le personnage de Mark Beamon, agent du FBI.

Paru au Livre de Poche :

L'ALERTE AMBLER
LE CERCLE BLEU DES MATARÈSE
LE COMPLOT DES MATARÈSE
LE DANGER ARCTIQUE
LA DIRECTIVE JANSON
L'HÉRITAGE SCARLATTI
LA MÉMOIRE DANS LA PEAU
LA MORT DANS LA PEAU
LA MOSAÏQUE PARSIFAL
LE PACTE HOLCROFT
LA PROGRESSION AQUITAINE
LE PROTOCOLE SIGMA
LA STATÉGIE BANCROFT
LA TRAHISON PROMÉTHÉE
LA TRAHISON TRISTAN
LA TRILOGIE JASON BOURNE
UNE INVITATION POUR MATLOCK
LA VENGEANCE DANS LA PEAU

Avec Douglas Corleone
L'ÉQUATION JANSON

Avec Jamie Freveletti
LA STRATÉGIE DE GENÈVE
LA VENGEANCE DE JANUS

Avec Paul Garrison
LE CHOIX JANSON
LA MISSION JANSON

Avec Patrick Larkin
LE VECTEUR MOSCOU
LA VENDETTA LAZARE

Avec Gayle Lynds
LE CODE ALTMAN
OBJECTIF PARIS

Avec Kyle Mills
OPÉRATION ARÈS
L'EXPÉRIENCE UTOPIA

Avec Philip Shelby
LE PACTE CASSANDRE

Avec Eric Van Lustbader
LE DANGER DANS LA PEAU
LE MENSONGE DANS LA PEAU
LA PEUR DANS LA PEAU
LA POURSUITE DANS LA PEAU
LA REVANCHE DANS LA PEAU
LA TRAHISON DANS LA PEAU
LA TRAQUE DANS LA PEAU
L'URGENCE DANS LA PEAU

d'après

ROBERT LUDLUM

Kyle Mills

L'Attentat patriote

TRADUIT DE L'ANGLAIS (ÉTATS-UNIS)
PAR HENRI FROMENT

GRASSET

Titre original :
THE PATRIOT ATTACK
Publié par Orion Books, an imprint of the Orion Publishing Group Ltd, en 2015.

ISBN : 978-2-253-18134-7 – 1re publication LGF

Prologue

Centrale nucléaire de Fukushima,
Nord-Est du Japon,
11 mars 2011

Le Dr Hideki Ito sentit le sol remuer sous ses pieds. Il s'agrippa à la console de contrôle aux multiples commandes qui se trouvait devant lui. La structure avait essuyé plusieurs violentes secousses du même ordre deux jours plus tôt sans le moindre problème. Il avait beau se le rappeler, une tension familière lui retournait l'estomac. C'était la même chose à chaque tremblement de terre. Le général avait pris sur lui de fermer le Réacteur 4 pour en faire une usine de recherche, précisément en raison de sa capacité à contenir les fuites radioactives lors de chocs sismiques de ce genre. Mais ce n'était pas les radiations qu'on leur demandait de contenir. Le travail auquel Ito avait dédié sa vie était bien plus dangereux et bien plus difficile à maîtriser.

Contrairement à ce qu'il s'était produit deux jours plus tôt, les vibrations ne semblaient pas vouloir diminuer. Il jeta un regard nerveux derrière lui. La pièce elle-même n'avait rien de remarquable – un cube de neuf mètres en béton armé, aux murs longés par des tuyaux isolés de tous les diamètres possibles. Le seul accès consistait en un petit panneau de titanium placé entre les tables couvertes d'équipement électronique. Ses deux assistants de recherche, qui s'étaient éloignés de leurs claviers, s'agrippaient à leurs fauteuils, les pieds largement écartés pour éviter de s'écrouler sur le sol en caoutchouc.

Le jeune homme conservait la même expression stoïque qui était la sienne depuis que Ito l'avait recruté deux ans auparavant. La femme était une postdoctorante brillante débauchée depuis peu de l'Université de Tokyo. Elle tournait sans cesse la tête de part et d'autre, comme un oiseau, pour surveiller les murs austères du bunker. Ito l'observait avec empathie. Lui-même se sentait obligé d'en faire autant mille fois par jour.

De nouveau, le physicien vieillissant se pencha en avant. Son regard était concentré sur la petite salle séparée d'eux par une vitre de dix centimètres d'épaisseur. Au centre, se trouvait une seconde enceinte elle aussi en verre. Elle contenait des échantillons de béton, de plastique, et d'acier mélangés à plusieurs spécimens de matières organiques, des poussières, des cailloux, mais aussi quelques plantes soigneusement sélectionnées. Un rat blanc indifférent s'étirait avec paresse sur l'un des bras mécaniques qui servaient à manier ce matériel.

S'efforçant de contrebalancer les secousses, Ito agita la manette qu'il tenait à la main. Dans l'enceinte, le microscope électronique réagit et vint se placer au-dessus d'une tache de mousse. À en juger par sa couleur d'un vert profond, la mousse, pas plus que le rat, n'était affectée par l'expérience. Ito savait qu'il lui faudrait vérifier cela au niveau atomique. À l'œil nu, aucun des différents matériaux de fabrication humaine présents dans l'enceinte ne semblait avoir souffert non plus. En profondeur, cependant, la vérité était tout autre.

Les lentilles de l'appareil se placèrent au-dessus du sujet, et Ito scruta le moniteur installé contre le mur. Sur l'écran apparaissait la structure fondamentale de l'objet. Elle avait l'air identique à ce qu'elle avait toujours été. Un spécimen biologique florissant, que la guerre silencieuse menée tout autour de lui n'affectait pas.

Après tant d'années d'échec, Ito avait du mal à s'adapter à sa récente série de triomphes. Étaient-ils bien réels ou contenaient-ils une erreur fatale dissimulée quelque part parmi les milliers de calculs qu'il avait effectués ? Ses protocoles de sécurité méticuleusement mis au point étaient-ils aussi infaillibles qu'ils en avaient l'air ? N'y avait-il pas beaucoup d'illusion dans le sentiment qu'il avait de maîtriser ce qu'il se passait ?

Il avait éprouvé une véritable euphorie en constatant pour la première fois qu'il influençait désormais les forces fondamentales de la nature. Depuis, cette euphorie s'était métamorphosée en terreur. Einstein n'avait-il pas éprouvé quelque chose de ce genre le jour où ses équations avaient été utilisées pour mettre au point les bombes larguées sur son pays à lui, Ito, il y avait maintenant si longtemps ? Einstein avait-il compris, en dépit de l'ivresse de l'exploration, que la nature ne se laisserait jamais maîtriser et domestiquer par quelque chose d'aussi trivial que l'esprit humain ?

Comme en réaction au cours de ses pensées, l'intensité du tremblement de terre s'accrut. C'était sérieux cette fois. En l'espace de quelques secondes, malgré ses deux mains agrippées à la console devant lui, il dut lutter pour se maintenir droit. Bientôt le grondement des secousses domina tout. Il vit sa nouvelle assistante hurler quelque chose d'une voix suraiguë.

Un tuyau qui serpentait au plafond se rompit. Une vague d'eau de mer glacée le renversa violemment. Les yeux brûlés par le sel, il rampa sur le sol qui tremblait pour traverser la pièce en direction de la valve d'arrêt tandis que la panique commençait à l'envahir. Il atteignit le mur en aveugle incapable de garder les yeux ouverts. Il dut se guider au jugé le long du béton humide jusqu'à la valve métallique qu'il cherchait.

Le mécanisme comme bloqué résistait à ses efforts et il dut faire appel à tous ses muscles gonflés d'adrénaline. Enfin la roue tourna, et presque aussitôt, comme par magie, tout s'arrêta d'un coup – l'eau, les secousses, la lumière. Le chaos s'était métamorphosé en silence noir.

Ito s'appuya dos au mur. Il luttait contre le sentiment de désorientation provoqué par l'arrêt brutal de tout stimulus sensoriel. Il se concentra sur le son de l'eau qui gouttait. Ses yeux grands ouverts ne distinguaient plus que l'obscurité.

Tout avait disjoncté. Sous l'effet de l'eau, probablement. Plus d'électricité nulle part. Cette simple parcelle d'information lui suffit pour reprendre le contrôle au moins mentalement, et il s'y accrocha, il fallait analyser la situation. Derrière le bruit régulier des gouttes, il pouvait percevoir le souffle erratique de ses deux assistants. La pièce était stable, le tremblement de terre fini. Des répliques étaient sans doute possibles – et même probables – mais dans combien de temps et avec quelle puissance, nul ne pouvait le prédire.

Les protocoles d'urgence avaient été déclenchés dans tout le reste de l'usine. Les réacteurs actifs avaient été arrêtés automatiquement et, sous peu, partout les générateurs de secours seraient mis en service pour conserver en état les mécanismes de refroidissement. Rien de tout cela n'avait la moindre importance, cependant. La seule chose qui comptait pour l'heure était la sécurité de son propre labo.

— Isami ! appela Ito dans le noir. Les éclairages d'urgence ! Vous pouvez les atteindre ?

Une réponse positive lui parvint sous la forme d'un grognement suivi d'un bruit de pas vacillants et d'éclaboussures. Ils s'étaient entraînés pour cette situation. Au bout de quelques secondes seulement, une lumière d'un rouge terne envahit la pièce, Isami se tenait debout près de l'interrupteur. Ito aperçut alors Mikiko blottie sous la table, ses yeux terrifiés étaient fixés sur le verre épais qui courait le long de la partie nord de la pièce.

En dépit du mélange d'eau et de vapeur suspendu dans l'air, il vit ce qu'elle regardait sans bouger : une fêlure dentelée de la forme d'un éclair courant du sol au plafond.

Soudain, Mikiko se rua sur la porte et la heurta de tout son corps en agrippant violemment la poignée. Ito, réagissant plus vite qu'il ne l'aurait cru possible, bondit sur ses pieds, l'écarta violemment, puis souleva la gaine de protection dissimulant un clavier mural près de la porte. À peine avait-il entré les deux premiers chiffres de son code personnel que Mikiko surgissant dans son dos lui enroulait un bras autour de la gorge.

Sa respiration s'arrêta. Sa main résistant à la torsion restait crispée sur la poignée de la porte. Il perçut les cris terrifiés de Mikiko tandis qu'il luttait pour entrer le reste de la séquence chiffrée sur le clavier.

Isami traversa la pièce et parvint à les rejoindre. Il tira la jeune femme en arrière tandis que le grincement du métal contre métal des verrous de confinement remplissait la pièce. Le bruit parut décupler la panique de Mikiko qui se mit à redoubler d'ardeur. Isami la jeta sur le sol, et ramassant une agrafeuse tombée pendant le tremblement de terre, la frappa par deux fois sur le côté de la tête.

Avec horreur, Ito fixa le sang qui coulait de la tempe de la jeune femme. Puis il se détourna : il n'y avait pas le choix. Leurs vies ne comptaient pas face à la dévastation qui s'ensuivrait si sa création venait à se répandre à l'extérieur.

Une fois encore le silence s'abattit, brisé seulement par l'eau qui s'égouttait au rythme de leurs respirations.

Ito s'avança lentement jusqu'à un sas qui se trouvait dans le mur de verre craquelé. Il l'ouvrit avec une infinie précaution. Son cœur battait à tout rompre. Il se glissa dans la pièce. Il avait tout oublié, de la femme inconsciente gisant quelques mètres derrière lui comme de l'homme penché sur elle.

Le cube de verre dans lequel se déroulait son expérience était supporté par des amortisseurs hydrauliques et des rembourrages de caoutchouc épais – une assurance supplémentaire contre des éventualités telles que celle-ci. À première vue, tout était intact, le verre également. Pour s'en assurer, il en fit le tour lentement, passant sa main nue le long des parois. Il sentait son rythme cardiaque ralentir au fur et à mesure. Il commençait à se dire que tout allait bien, quand soudain ses doigts frôlèrent quelque chose. Presque imperceptible – rien de plus qu'une très légère rugosité de la surface mais, sous le choc, il s'arrêta de respirer. Dans la lumière rouge, il se mit à secouer la tête, priant le Dieu chrétien, qu'il avait adopté des années plus tôt, pour que ce qu'il croyait avoir décelé ne soit rien de plus qu'une perception erronée due au stress.

Mais comme tant de fois auparavant ses prières ne furent pas entendues. La fêlure n'était pas grande, quelques centimètres, et il n'existait aucun moyen de déterminer avec certitude sa profondeur. Mais peu importait l'ampleur de la faille. Aucun risque de perte de confinement ne pouvait être toléré.

— On a peut-être une brèche, fit-il d'une voix qui tremblait de façon audible tandis qu'il repassait le sas.

Il fallut les efforts combinés de Ito et de son assistant pour ouvrir les casiers contenant leurs équipements antiradiations. Ils les enfilèrent sans un mot. Il n'y avait rien à dire.

Ito assura son masque sur son visage, le connecta à une réserve d'oxygène. Isami rejoignit la jeune femme, toujours inconsciente, et entreprit de faire entrer son corps amolli dans une combinaison hazmat jaune vif similaire à celles que portaient les deux hommes. Les combinaisons de sécurité suffiraient à les protéger d'une mort immédiate provoquée par le processus de stérilisation nucléaire, mais guère plus. Ils se préparaient à échanger une mort relativement rapide contre une autre, plus lente et plus douloureuse.

Ito utilisa la clé qui pendait à son cou pour déverrouiller une cage protégeant un levier orange fluorescent. Il posa sa main gantée dessus et ferma les yeux. À cette place, à cet instant, il lui fut impossible de ne pas regarder en arrière et questionner toute sa vie adulte. Impossible de ne pas se demander s'il n'avait pas passé les quarante-cinq dernières années à éclairer un lieu que Dieu voulait garder obscur.

1

Nord-Ouest du Japon,
aujourd'hui

Le lieutenant-colonel Jon Smith avait garé sa voiture de location dans la forêt, et couvert à pied le kilomètre et demi qui lui restait à parcourir, un chemin de terre qui descendait en pente raide et extrêmement glissante vers la fin, seul moyen terrestre d'atteindre le village de pêcheurs qui était sa destination finale.

Derrière lui, les montagnes avaient avalé les étoiles. Devant, le ciel clair du Japon était parsemé de piqûres de lumières. Combinée aux quelques lampes incrustées de sel qui brûlaient encore en bas, il y avait juste assez de clarté pour distinguer les toits inclinés des bâtiments enlaçant le rivage et les longues silhouettes des skips sur la plage à leurs pieds. Tout le reste, sentiers désordonnés circulant entre les maisons serrées les unes contre les autres et hangars à bateaux, était encore noir comme de l'encre.

Il contourna la lumière brumeuse d'un porche, longea le bord d'une remise qui sentait le diesel et le poisson pourri. Le rythme simple de ce qui l'entourait restait inchangé : le clapotis tranquille des vagues, un vent du sud juste assez fort pour faire grincer une planche mal fixée, le presque imperceptible bourdonnement des lignes électriques. Au-delà de ça, rien.

Smith suivit l'aiguille sombre sur le GPS de sa montre en direction d'une allée étroite entre les bâtiments. Il se demandait encore pour quelle raison on l'avait choisi pour ce job. Son teint hâlé et sa coupe militaire avaient beau ne pas détonner, un Américain d'un mètre quatre-vingts aux yeux bleus se faufilant dans la campagne japonaise à deux heures du matin attirait fatalement l'attention, bien plus qu'il n'était nécessaire vu les circonstances. Sans compter que sa maîtrise du japonais n'excédait pas quelques phrases à la grammaire hésitante, souvenir de sa lecture de *Shogun* à l'adolescence.

Covert-One avait forcément à sa disposition des agents japonais plus qualifiés. Même Randi aurait mieux fait l'affaire, pensa-t-il, et de loin. Un peu de maquillage, une teinture de cheveux lui auraient suffi à se fondre dans la population. Et quand bien même elle avait acquis l'essentiel de son expérience de terrain en Chine, le Japon ne figurait pas très loin de son champ d'expertise.

Mais Klein devait avoir ses raisons, comme toujours. Le job lui-même ne paraissait pas bien compliqué. Rencontrer un type, prendre l'attaché-case de taille standard et d'un poids d'environ douze kilos facile à transporter qu'il lui confierait, le ramener à Maryland dans un véhicule militaire à la sortie d'Okinawa. Il aurait même le temps d'avaler un sushi en route, peut-être même d'une séance de massage dont il avait bien besoin.

Il pénétra dans la petite allée entre les bâtiments et l'obscurité s'approfondit, l'obligeant à ralentir. D'après le GPS, il n'était plus qu'à vingt mètres environ du point de rendez-vous. De sous son sweat-shirt, il sortit un Glock muni d'un silencieux. Non qu'il pensât en avoir besoin mais deux précautions valaient mieux qu'une.

Le passage déboucha sur un croisement en forme de T. Dissimulé contre le mur d'un entrepôt, Smith avança la tête. Il jeta un coup d'œil rapide dans une direction puis l'autre. Toujours rien que l'obscurité. Il commençait à regretter de n'avoir pas apporté des lunettes laser. D'un autre côté, son anonymat avait été bien assez difficile à préserver. Y ajouter un tel équipement aurait été comme chanter l'hymne national.

Il tourna à droite, avec précaution, maudissant le bruit de ses bottes qui écrasaient quelque chose, probablement des arêtes de poisson.

— Je suis là ! fit une voix.

C'était un murmure à peine audible, prononcé avec un lourd accent japonais. Smith se figea. Une masse plus sombre, devant lui, se révéla être un stock de palettes de bois. Une forme humaine en surgit. Smith s'approcha, résistant au besoin d'accélérer, s'efforçant de conserver un pas égal, son arme pendant discrètement à son côté. Même avec le peu de lumière filtrant entre les immeubles, il pouvait voir à son allure que l'homme avait peur. Inutile de rendre les choses pires encore en portant un semi-automatique muni d'un silencieux.

Mais ses efforts pour paraître aussi décontracté que possible ne semblaient guère efficaces. Le type respirait par à-coups, comme sur le point de s'évanouir, constata Smith en arrivant à sa hauteur. Sans un mot, il lui tendit l'attaché-case. Smith constata qu'il était deux fois plus lourd que prévu – une rare erreur de détail de la part de Fred Klein.

— Vous allez pouvoir repartir d'ici tout seul ? demanda-t-il.

L'homme acquiesça, et juste à cet instant quelque chose remua dans l'air. Il n'aurait su dire quoi. C'était comme une sorte de vibration qui fit grincer les vieux bâtiments autour d'eux.

Smith attrapa l'homme par le col de sa chemise pour tenter de le ramener à l'abri derrière les palettes, mais le type paniqua et se mit à résister. Il y eut un faible bruit sourd et ses jambes ployèrent.

Smith se laissa tomber avec lui au sol et le traîna à couvert. L'homme respirait encore mais avec une espèce de bruit humide, comme s'il tétait quelque chose. Une succion que Smith, qui avait été médecin de guerre, n'eut aucun mal à identifier. Il examina sommairement l'inconnu tout en surveillant les alentours. Il avait un carreau d'arbalète enfoncé jusqu'à l'empennage entre les côtes et commençait de s'étrangler avec son propre sang. Smith hésita, ce qui lui arrivait rarement. Même si personne ne pouvait plus sauver l'homme, le médecin en lui jugeait impossible de l'abandonner. L'agent secret, en revanche, lui criait qu'il était en train de se faire coincer et que, s'il ne sortait pas d'ici aussi vite que possible, il ne s'en tirerait pas mieux que l'inconnu allongé devant lui en train d'agoniser.

Il savait avec un luxe de détails insupportable à quoi ressembleraient les dernières minutes de la vie de l'inconnu. Il pressa le silencieux sur sa poitrine à hauteur du cœur et tira un seul coup. Le son étouffé de la détonation fut aussitôt suivi par un bruit sourd. Smith se jeta en arrière, percutant du dos les planches usées derrière lui tandis qu'un carreau d'arbalète passait en sifflant devant son visage.

Le tir provenait de la direction opposée au premier. Ces salopards arrivaient des deux côtés en même temps. Des professionnels, capables de se déplacer sans un bruit et de tirer dans le noir avec une précision stupéfiante : le carreau d'arbalète qui venait de le frôler était passé par un trou entre les palettes.

Smith ramassa l'attaché-case, le souleva et le plaqua dans son dos. Il bondit à découvert en direction du tireur invisible qui devait se trouver devant lui. Les arbalètes étaient des armes précises, silencieuses, rapides mais lentes à recharger. Il avait quelques secondes.

Un escalier branlant courant le long de l'entrepôt à sa droite n'était qu'à quelques mètres. Il ajusta sa trajectoire, non pour l'escalader, il n'aurait pas eu la moindre chance d'y parvenir, mais en direction de la fenêtre unique qu'il avait repérée juste au-dessous, en arrivant, et gardé dans un coin de sa mémoire au cas où quelque chose de ce genre se produirait.

Le lourd attaché-case sur ses épaules ralentissait sa course, mais l'effort en valait la peine, il s'en rendit compte en entendant le choc d'un carreau d'arbalète contre le cuir épais. Il saisit la rampe de la main droite, sauta sous l'escalier, balança la mallette à travers la vitre et se jeta à sa suite.

Les débris de verre accrochés au cadre de la fenêtre lui écorchèrent le torse. Il atterrit en plein sur une pile de cageots. Il se releva, plié en deux, et traversa toute la longueur de l'entrepôt au ras du sol en direction d'une porte à demi défoncée d'où filtrait la lumière du dehors. Arrivé à sa hauteur, il ne la franchit pas mais se mit à tâter frénétiquement le mur tout autour. Jusqu'à trouver ce qu'il cherchait. Puis il s'immobilisa pour se fondre entre les planches épaisses qui l'entouraient et ne bougea plus. Il gardait les yeux sur la fenêtre éclatée par laquelle il était entré. Il avait choisi de ne pas s'encombrer de lunettes de vision nocturne mais il supposait que les types qui le poursuivaient avaient les leurs.

Une vague silhouette humaine apparut dans le cadre de la fenêtre et se glissa dans la pièce. Aussitôt, il alluma la lumière. Comme prévu, le type aveuglé fit le geste d'enlever ses lunettes de nuit. À cet instant précis, Smith appuya sur la détente. Un seul coup : un tir improbable même pour lui ; l'éclat brut de la lumière au-dessus de lui, une cible mouvante partiellement obscure, un rythme cardiaque à 160. Il fut presque surpris de voir la tête de l'homme partir violemment en arrière tandis que son corps disparaissait. Comme son père aimait à le dire : la chance vaut mieux que le talent.

Smith passa la porte. Comme il l'avait prévu, l'autre homme l'attendait. Mais lui aussi avait perdu de précieuses secondes à retirer ses lunettes de nuit, et maintenant il lui fallait tirer sur un homme éclairé de dos avec une arme médiévale : avantage perdu.

Tout en courant hors de l'entrepôt en direction de l'eau, Smith visa la poitrine et le type tomba d'un coup, mais commença à se relever presque aussitôt, Smith en déduisit qu'il devait porter un gilet pare-balles sous son sweat noir. Il visa et tira de nouveau, cette fois la balle l'atteignit en plein visage alors qu'il se remettait à courir.

Smith se tapit instinctivement en entendant siffler à sa droite un autre carreau d'arbalète. Les tirs étaient trop proches. Il avait encore plus de dix mètres à parcourir avant d'atteindre le bord de l'eau. Le pourcentage de ses chances commençait à diminuer.

Coupant vers la gauche, il obliqua sans cesser de courir en direction d'un bateau de pêche qui reposait à demi sur le sable et plongea dedans tête la première. Une seconde plus tard, le bois qui lui donnait une illusion de sécurité explosa sous un impact puissant qui lui pénétra l'épaule droite. Il réprima un gémissement. Une glacière en acier inoxydable gisait abandonnée à quelques mètres de lui et, conscient que la force commençait à s'échapper de son corps, il rampa pour se mettre à l'abri derrière. Il roula péniblement sur le côté. Le bout saillant du carreau d'arbalète frottait contre le plancher du bateau.

Quelques lumières s'allumèrent dans les immeubles alentour. Il lui semblait que les ombres se dissipaient au même rythme que l'adrénaline pulsait dans son corps, lui permettant de tenir. Il perçut des bruits de pas dans le sable qui progressaient avec précaution dans sa direction. Il dévissa le silencieux de son arme, tira quelques coups à l'aveugle en direction de ses assaillants et le vacarme des détonations suffit à réveiller le reste de la ville. Ce ne serait sans doute pas assez pour effrayer les hommes qui étaient sur le point de le tuer. L'eau restait sa meilleure chance de survie.

La mallette était trop lourde, il lui serait impossible de nager avec. Il pressa le pouce contre l'écran vert caché derrière la poignée. Surpris, il vit les verrous céder, la mallette s'ouvrir.

Smith n'était pas sûr de ce qu'il allait trouver dedans, mais un sac en plastique à glissière rempli de ce qui ressemblait à des ordures n'était pas ce qu'il aurait parié. Il n'y a pas de quoi se faire tuer là-dedans, se dit-il en enfilant le sac dans la poche de son pantalon cargo et en tirant quelques coups de feu supplémentaires par-dessus la glacière.

La douleur dans son dos devenait si débilitante qu'il mit cinq bonnes secondes à se glisser à l'arrière du bateau. En serrant les dents, il saisit le moteur hors-bord pour s'en servir comme d'un contrepoids puis se jeta par-dessus la poupe.

L'eau était plus profonde qu'il ne s'y attendait. Il pensa que cela l'aiderait à se cacher, du moins s'il parvenait à éviter la noyade. Dans son dos, la douleur était si intense à présent qu'il n'était pas certain de parvenir à nager. Il s'obligea à tracer quelques mouvements, et, de son bras valide parcourut quelques mètres. Son arme s'échappa de sa main tandis qu'il essayait de se positionner en parallèle à la surface. Il n'était pas certain de la profondeur à laquelle il se trouvait. Des impacts claquaient tout autour de lui – des carreaux d'arbalète, sans le moindre doute, auxquels s'ajoutaient maintenant des balles. L'effet de surprise passé, les tueurs n'avaient plus aucune raison de se gêner.

Il s'enfonça. Ou du moins il le crut tant son sens de la direction était émoussé par la perte de sang, la douleur et le manque d'oxygène. Quand sa tête commença de tourner, il suivit les bulles en direction de la surface, ne laissant émerger que sa bouche et aspirant désespérément un peu d'air marin. L'espace d'un instant son esprit s'éclaircit. Il ramena sa tête suffisamment haut à la surface pour regarder derrière lui dans la direction de la plage. Trois hommes, compta-t-il. Tous entraient dans l'eau à sa suite.

Smith replongea, se mit à nager maladroitement en essayant d'ignorer le poids du carreau d'arbalète qui s'enfonçait dans ses muscles et ses os. Il ne revenait à la surface que lorsqu'il sentait sa conscience l'abandonner, et pour vérifier sa direction. Mais sa direction, malheureusement, c'était le large.

Il ne savait plus depuis combien de temps il était dans l'eau lorsqu'il dut admettre qu'il n'irait pas plus loin. Une nouvelle fois il remonta à la surface, se mit sur le dos et se laissa porter par la houle, impuissant. À en juger par les lumières qui continuaient de s'allumer sur la plage, il n'avait pas dû faire plus de trois cents mètres. On distinguait parfaitement les silhouettes des habitants sortant de chez eux. Quant aux sons, tout ce qu'il entendait, c'était le murmure hypnotique de la mer.

Un léger grognement réveilla sa vigilance, et, avec des mouvements de nage indienne adaptés à son état, il tenta de s'éloigner. Son bras droit inutile flottait sous la surface. Il bougeait à peine, en fait, et au bout de quelques secondes une main s'abattit sur son poignet.

Smith se retourna sur le dos juste à temps pour voir un bras émerger de l'eau un couteau à la main. Il frappa le type à la tête d'un coup de pied suffisamment puissant pour l'empêcher de le frapper mais pas assez pour le blesser. Sans autre solution, Smith prit une grande inspiration, saisit la main qui tenait le couteau puis l'entraîna sous l'eau avec lui.

L'homme commença à se débattre. Smith était trop faible pour faire autre chose que d'essayer de contrôler le couteau. Il saisit le buste de l'homme entre ses jambes. Leur proximité, la densité de l'eau, émoussaient la violence des coups.

Smith pensa qu'avoir flotté quelque temps immobile à la surface, tandis que son adversaire avait dépensé toute son énergie à nager pour le rejoindre, lui donnait un certain avantage. Avec un peu de chance, il devait déjà être essoufflé quand Smith l'avait tiré sous l'eau.

Mais ses poumons se mirent à brûler. La douleur due au manque d'oxygène se mêla bientôt aux souffrances causées par sa blessure. Il tourna les yeux en direction de ce qu'il pensait être la surface et ne vit que l'obscurité. Puis la douleur s'éloigna, et une sorte de calme étrange et peu familier l'envahit.

L'air s'échappait de sa bouche en bulles lentes. À un moment, il réalisa que son agresseur avait cessé de se battre. Qu'est-ce que ça voulait dire, qu'était-il censé faire, maintenant ?

L'instinct plus qu'autre chose le fit repousser le corps amolli devant lui. Il s'élança d'un coup de pied, se sentit flotter doucement vers il n'aurait su dire quoi.

L'air s'engouffra violemment dans ses poumons et ranima le cortège des douleurs insupportables qui lui ravageaient le dos. Il eut de nouveau conscience de sa situation désespérée. Il aperçut la foule de silhouettes sur la plage qui pendant son combat n'avait fait que grossir. Deux hommes nageaient dans sa direction. Aucun d'eux ne semblait aussi bon nageur que celui qu'il venait d'envoyer par le fond.

À nouveau, Smith roula sur le côté et s'éloigna de la plage vers l'obscurité.

Lorsqu'il s'arrêta, épuisé, les lumières du rivage au loin avaient disparu – éteintes ou perdues au-delà de la houle. Il se mit sur le dos. Les courants faisaient bouger le carreau enfoncé dans son omoplate. Du fait de la perte de sang, probablement, sa douleur avait disparu, comme le reste, et sa tête lui semblait pleine de gaze, et il lui fallait se concentrer pour se souvenir où il se trouvait. Dans l'océan, oui, mais lequel ?

Il se mit à fixer une lumière qui venait soudain d'apparaître devant lui. Elle n'était pas très forte mais l'obscurité tout autour la rendait saisissante. Il entendit des voix, le clapotis des vagues contre une coque en bois.

Un dernier rush d'adrénaline le ramena une seconde à l'instant présent. Les contenus de l'attaché-case, pensa-t-il, encore dans ma poche. Ce que cela pouvait être, l'importance que pouvaient bien avoir ces déchets, la menace qu'ils représentaient s'ils tombaient entre de mauvaises mains – il n'en avait pas la moindre idée. Mais le seul fait qu'il ait été envoyé pour les récupérer, et envoyé par Klein, l'obligeait à en conclure qu'il ne devait pas se faire prendre en leur possession.

Il ne lui restait plus assez de force pour s'échapper du bateau ou fuir les hommes qui se trouvaient dedans. Cela ne lui laissait plus d'alternative.

Smith expira puis se laissa couler. L'eau le recouvrit.

C'était la mission de trop.

2

Al Quababt,
Égypte

Bavarde et agitée, la foule se pressait entre les étals du marché pour négocier tout ce qui s'y trouvait, depuis les tapis empilés jusqu'aux Tupperwares et aux animaux empaillés. C'était la fin de la matinée, et la chaleur qui s'intensifiait mêlait la puanteur des chairs en sueur à l'arôme des épices et à l'odeur de viande en train de cuire pour créer une atmosphère que Randi Russell trouvait curieusement confortable.

Ironiquement, les pays musulmans étaient devenus pour elle le lieu le plus simple dans lesquels opérer. Le *hijab* qui la couvrait de la tête aux pieds, le tumulte constant de la vie au Moyen-Orient, lui permettaient de circuler dans un anonymat quasi spectral. Elle aurait transporté un lance-roquettes sur son dos, personne parmi la foule de mâles chauvins et abrutis dont les regards la traversaient sans la voir n'aurait pu s'en douter. C'était une femme : ils pensaient qu'ils n'avaient rien à craindre.

— Okay, Randi. Il est juste devant toi. Pas plus de quatre ou cinq mètres.

Elle répondit à la voix dans son oreillette avec un léger mouvement de la tête, indétectable pour les membres de son équipe positionnés dans un hôtel plus loin vers l'est.

Elle sentit la sueur glisser de son front sous son voile noir. Ce n'était pas la chaleur, mais une excitation presque enfantine qui la laissait les lèvres sèches et le cœur battant. Elle ne se trouvait plus qu'à quatre ou cinq mètres de sa cible. Elle avait fini par douter qu'elle l'approcherait jamais de si près. Charles Hashem. Élevé au sein d'Al-Qaïda au rang d'agent de premier plan aussi nocif que redoutablement compétent. Il n'avait pas fallu à la CIA moins de deux ans pour simplement le repérer en Égypte, et Randi avait mis cinq mois à trouver son chemin jusque dans le marché ce matin-là.

— Je l'ai, fit-elle en réponse.

Sa chemise grise, ses lunettes de soleil, ses cheveux noirs de longueur moyenne : rien de tout cela ne distinguait Charles Hashem de n'importe quel autre homme alentour. Mais Randi possédait de lui toutes les photos existantes. Punaisées à son mur depuis un an et demi, elles donnaient à son appartement des airs de chambre d'adolescente, à ceci près que ses fantasmes d'être enlevée par Tom Cruise dans un avion de chasse étaient remplacés par son rêve de buter le type qui se pressait maintenant devant elle en direction d'une petite rue du souk.

Quel dommage de ne pas avoir en main pour de bon un lance-roquettes. Voir son corps exploser, ses membres en feu éparpillés sur le pavé. Ç'aurait été un véritable instant de bonheur. Elle aurait pu le filmer sur son téléphone. La meilleure carte postale de la CIA depuis bien longtemps.

La voix dans son oreillette la ramena à une réalité moins plaisante.

— Est-ce qu'on peut l'amener jusqu'à un point d'extraction ?

— Vous plaisantez ? grommela Randi dans le micro dissimulé sous sa gorge. Regardez autour. Huit cents personnes peuvent nous voir le jeter dans le van. Et la circulation est complètement bloquée.

Soudain elle perdit sa cible de vue, et paniqua un instant, joua du coude pour essayer de tracer son chemin, sans succès dans la masse des corps devant elle. Elle avait beau être plus rapide et plus forte que la plupart des hommes, ses 56 kilos ne pouvaient rivaliser avec l'inertie d'une telle masse humaine.

Un homme dont elle bouscula la tasse de café par mégarde baissa les yeux vers les taches sur sa chemise et l'agrippa par le bras. Un instant plus tard, il basculait en arrière contre un énorme sac de pistaches, ce qui restait de café brûlant maintenant étalé sur le visage. Randi profita de l'agitation pour disparaître.

— Merde ! fit-elle dans le micro. Où est-ce qu'il est passé, Bill ? Tu le vois ?

— Pas de panique, Randi. Il s'est mis sous l'auvent à ta gauche. Il n'est plus dans notre champ de vision donc magne-toi. Si on le perd à ce stade, c'est à nous qu'on fera subir le waterboarding.

À nouveau un flot de panique l'envahit. Hashem était un biologiste formé à Standford où il avait obtenu le meilleur classement. Le perdre était hors de question.

Enfin, derrière une pile d'écharpes colorées, un profil familier apparut dans son champ de vision.

— C'est bon, je l'ai. Je suis en approche.

— Pour faire quoi ? demanda Bill d'une voix où la tension était perceptible. Tu viens toi-même de le dire, on ne peut rien tenter ici. Tu vas devoir rester derrière lui jusqu'à ce qu'on trouve un lieu propice où agir.

En dépit du nombre de femmes toutes semblables à Randi qui croisaient Hashem, il ne faisait nul doute que ce dernier finirait fatalement par se rendre compte qu'il était suivi. Et dans ce cas, son mètre quatre-vingt et ses quatre-vingt-dix kilos fendraient la foule à une vitesse qu'elle ne pouvait pas espérer suivre.

— Arrête, Bill. Tu sais aussi bien…

Une main puissante s'abattit sur le bras de Randi et la fit se retourner violemment. Par réflexe, elle saisit le couteau dissimulé sous son *hijab.* Devant elle se tenait une chemise tachée de café et un visage aux joues brûlées. Le mec des pistaches.

D'un geste souple, suffisamment lent pour ne pas attirer l'attention, elle saisit l'un des doigts de l'homme autour de son bras et le brisa. En temps normal, elle aurait déployé tous ses talents oratoires nappés d'une petite dose d'obséquiosité mielleuse pour se sortir de ce genre de situation, mais elle n'avait plus une seconde à perdre. L'homme hurla de douleur et tomba sur un genou en se pressant le doigt.

— Au secours ! cria Randi en arabe. Quelqu'un ! Je crois qu'il fait une crise cardiaque !

Une foule s'approcha, et entoura l'homme. Une fois de plus nul ne fit attention à elle et elle en profita pour disparaître.

Devant elle, le souk se divisait en deux branches.

— Il est où ? fit Randi dans le micro. De quel côté ?

Le fait qu'il n'y eut pas de réponse immédiate était compréhensible. L'ordre spécifique d'assassiner Hashem n'avait pas été donné, et pour deux raisons. La première, difficile à contredire, était qu'un interrogatoire poussé fournirait certainement toutes sortes d'informations exploitables. La seconde était plus bureaucratique : Charles Hashem était citoyen américain.

Et pas un simple immigrant naturalisé de plus. Non, il était né à Cleveland de parents iraniens réfugiés politiques et infiniment reconnaissants à l'Amérique de leur avoir donné asile. En fait, c'étaient eux qui avaient prévenu les autorités des vues politiques et religieuses de plus en plus radicales de leur fils.

La voix de Bill parlant à son équipier lui parvint assourdie dans l'oreillette :

— Non, non. Dans une heure à peu près.

Randi sourit. Bill était de son côté. L'information codée signifiait 11 heures. Par rapport à sa position, Hashem était à 11 heures.

Elle se fraya un chemin dans la foule, et en quelques secondes, son agilité et sa souplesse contrebalançant sa petite taille, elle se retrouva enfin juste derrière lui. En guise de lance-roquettes, elle sortit de sa poche un stylo et en découvrit la pointe. Elle s'approcha en prenant soin de ne pas toucher la foule innocente qui se pressait autour d'elle.

Hashem sursauta sous le coup de la piqûre au bas de son dos, mais, le temps qu'il se retourne, Randi s'éloignait déjà dans la cohue vers un stand de tonneaux d'olives.

La douleur disparaîtrait dans quelques secondes, les petites marques rouges au bout de quelques minutes, tandis que la boule microscopique qu'elle lui avait injectée se dissoudrait lentement dans ses veines. Lorsqu'elle éclaterait, le poison qui s'en échapperait causerait une mort dont Randi s'était assurée qu'elle serait très déplaisante. L'arme, à ce qu'on disait, s'inspirait d'une espèce prédatrice de mollusque marin. Qu'est-ce que ces mecs à Langley n'allaient pas chercher !

3

Nord-Est du Japon

Blanc.

La couleur du Paradis, paraît-il.

Auquel cas, il n'y avait pour Jon Smith que deux conclusions possibles : soit il était encore en vie, soit Dieu venait de commettre une erreur.

Comme sa vision se faisait lentement plus précise, il ne lui fallut que peu de temps pour se convaincre que, des deux, la seconde était sûrement la bonne. Il n'y avait pas de chœur angélique en vue, juste un plafond.

Il fit un effort pour s'asseoir. Les élancements dans son dos se changèrent aussitôt en coup de poignard, l'obligeant à se rallonger sur le matelas. Son torse avait l'air de se mouvoir à peu près normalement. Après une évaluation rapide, il constata que ses doigts et ses orteils faisaient de même. Nulle paralysie. Il tourna doucement la tête jusqu'à la limite qui lui était possible pour, tout à la fois, examiner les lieux et guetter l'intensité des douleurs afin d'évaluer ses blessures.

Son nouveau domicile était bien trop agréable et luxueux pour une chambre d'hôpital. Un ameublement contemporain raffiné décorait avec goût la pièce au plafond soutenu par des poutres de bois gracieusement courbées et polies, encadrant une version moderne de parois japonaises traditionnelles en papier, et les œuvres d'art accrochées au mur étaient lumineusement incompréhensibles. Aucune fenêtre pour lui indiquer l'heure du jour ou de la nuit et très peu de bruit à l'exception du bourdonnement de la machine sur sa gauche, près de son lit.

Il tourna les yeux vers le moniteur, nota son rythme cardiaque et le chiffre de sa pression sanguine. Rien d'olympique, à coup sûr, mais rien non plus qui indiquait qu'il frôlait la mort.

Smith ferma les yeux, tenta une longue inspiration, qu'il dut interrompre presque immédiatement sous le coup de la douleur. Il en conclut qu'il fallait ajouter quelques côtes cassées à son bilan général, peut-être une omoplate aussi.

Son esprit retrouvait sa concentration. Il examina la perfusion, tenta sans succès de lire l'étiquette sur le sac de sérum. Des antibiotiques quelconques, probablement agrémentés d'un sédatif opiacé pour la douleur, à en juger par la nausée familière qu'il éprouvait. Plus inquiétant était le tube inséré entre ses côtes et qui drainait du liquide dans un bocal posé au sol. Il avait fait un collapsus pulmonaire, apparemment. Cela lui parut invraisemblable.

Il fit un mouvement pour saisir un stéthoscope qui pendait du support de la perfusion. Pour s'examiner lui-même, il pressa le stéthoscope sur sa poitrine et se força à prendre une respiration modérée. Le poumon avait l'air de gonfler. Pas vraiment de quoi pavoiser, mais mieux valait ça que le contraire.

Il avait abandonné son job de médecin militaire pour la microbiologie des années plus tôt. Mais le savoir médical ne disparaît pas aisément. Et son diagnostic était clair. Avec beaucoup de temps, beaucoup de repos, et des soins appropriés, il avait de bonnes chances de se remettre. Sauf qu'il n'était pas dans un hôpital, et que la possibilité de voir toutes ces conditions réunies à brève échéance étaient assez faibles.

Un bruissement de l'autre côté de la seule porte de la pièce attira son attention. Elle s'ouvrit lentement. L'idée de feindre le sommeil lui traversa l'esprit. Mais des caméras le surveillaient certainement et son mystérieux bienfaiteur n'allait pas se laisser berner. Et puis à quoi bon ? S'évader était hors de question, de toute façon – il aurait de la chance s'il parvenait ne serait-ce qu'à ramper pour sortir d'ici. Mieux valait essayer de comprendre où il se trouvait.

Le Japonais qui pénétra dans la pièce avait environ 45 ans, un corps compact, des cheveux partiellement gris et une ceinture abdominale qui laissait à désirer. Sa coupe comme son costume dénotaient le luxe extrême mais ni l'un ni l'autre n'avaient l'air naturels. Même à travers les brumes de la morphine, il était flagrant que ce type n'avait rien de distingué, contrairement à ce que son allure s'efforçait de projeter.

— Qui êtes-vous ? demanda Smith d'une voix rauque dont il réalisa en l'entendant qu'elle tenait du croassement.

L'homme prit un gobelet et l'approcha de Smith qui en aspira le contenu à la paille.

— J'allais vous demander la même chose.

Son anglais était meilleur que Smith ne s'y attendait. Il se redressa sur ses oreillers, ce qui lui arracha une grimace qu'il ne chercha pas à dissimuler. La douleur lui servit d'excuse pour ne pas répondre.

— Vous m'intéressez beaucoup, poursuivit l'homme sans se présenter lui non plus. Si j'en crois mon docteur, il est virtuellement impossible pour un individu normal de nager comme vous l'avez fait avec un carreau d'arbalète dans le dos. C'est extraordinaire.

— J'étais champion de brasse au collège, parvint à articuler Smith avant de tousser faiblement, et la pointe brûlante de souffrance qui en résulta lui coupa le peu de souffle dont il était capable.

— Vraiment ?

Smith fit un geste en direction du gobelet. L'homme l'examina un instant sans bouger, puis l'avança de nouveau à sa portée pour le laisser boire une nouvelle gorgée. Moins par altruisme, sans doute, que dans le but d'aider son hôte à retrouver sa voix.

— Et les hommes qui vous pourchassaient étaient encore plus fascinants. Très motivés, je dois dire. Aucun d'eux n'a abandonné avant de se noyer.

Smith luttait pour se concentrer. Était-ce vrai ? Les remarques de l'homme signifiaient-elles qu'il n'était pas impliqué dans l'embuscade ? Le luxe apparent des lieux, les types qui l'avaient ramassé dans des bateaux au large de plages discrètes… Qui était-il ? Un trafiquant quelconque ? Un passeur de drogue qui se trouvait là par hasard ?

— Vous comprendrez que je cherche à me tenir au courant de ce qui se passe sur mon territoire.

Smith avait conscience qu'il n'était pas en condition de jouer au plus malin avec lui. Feindre l'évanouissement lui parut la meilleure façon de couper court. Mais cela ne fut pas nécessaire. Soudain sa vision se brouilla, ses paupières s'alourdirent. Il n'y avait aucune raison de lutter contre la fatigue et il se laissa dériver. Quand l'homme parla de nouveau, sa voix lui parut venir de très très loin.

— Bien sûr. Reposez-vous. Nous avons tout le temps du monde pour parler.

4

Le Caire,
Égypte

Une main dans ses cheveux courts, Randi Russell s'avança jusque sous le pommeau de la douche. Elle suivit des yeux le flot de teinture noire balayé par le jet d'eau. Quant au teint artificiel qui la brunissait sous son *hijab*, il s'effacerait de lui-même.

L'eau s'éclaircit. Elle ferma le robinet, sortit de la douche, posa le pied sur le sol carrelé. Dans le miroir embrumé, elle ne discernait qu'à peine son corps mince et tonique, ses yeux sombres sous la chevelure blonde. Personne ne se méfie d'une jolie fille. Sa beauté athlétique était depuis toujours un atout qui déstabilisait les hommes et lui ouvrait grand toutes les portes.

Ces dernières années lui avaient été profitables. Elle avait gagné la confiance d'un grand nombre de chefs d'État et acquis une réputation légendaire au sein d'acronymes prestigieux tels que la CIA, le MI6 et quelques autres. Le problème était le cafard, la légère dépression née d'une accumulation de morts – amis et ennemis –, de missions troubles et de déplacements incessants. Une fois de plus, elle se promit d'y remédier lorsqu'elle serait de retour aux États-Unis. Ce ne serait peut-être pas une promesse en l'air cette fois, maintenant que Charles Hashem brûlait en enfer.

Elle enfila un vieux jean, un T-shirt qui arborait un smiley géant et le slogan *Have a Nice Day*, cadeau d'un agent du Mossad doté du sens de l'humour.

Ce qu'il lui fallait à présent c'était un verre, un lit confortable, et dix bonnes heures de totale inconscience. Demain, elle se mêlerait aux touristes et aux hommes d'affaires pour un vol de mi-journée jusqu'à Reagan, et enchaînerait sur le laborieux polissage juridique du meurtre d'un Américain que tout le monde, pourtant, voulait voir mort depuis longtemps. Au bout du compte, chacun trouverait le moyen de se couvrir administrativement. Elle n'avait rien de plus à craindre que les fois précédentes. Rien de moins non plus.

Un de ces jours, elle le savait, ils se débarrasseraient d'elle, la jetteraient sous un bus ou quelque chose de ce genre. Mais pas encore. Pas maintenant. Ils attendraient d'abord qu'elle se ramollisse et cesse de leur être utile. Pour l'heure, ils avaient besoin d'elle – de ses talents pour faire ce dont ils étaient incapables, ou accomplir le genre de tâches qui font mauvais effet dans les commissions d'enquêtes. Les gens capables et dotés d'une réputation telle que la sienne n'étaient pas si nombreux.

Randi se frotta la tête avec la serviette, puis poussa la porte de la salle de bains de sa suite. L'une des choses qui l'avaient maintenue en vie toutes ces années était l'absence de temps mort entre ce que son esprit décidait et ce que son corps exécutait. Le temps que l'homme assis dans le fauteuil de cuir près du bar lève les yeux, elle avait déjà sorti un couteau de la poche de son jean et levait la main pour le lancer.

Derrière ses lunettes à monture métallique, l'homme fronça les sourcils d'un air désapprobateur, et ce fut tout.

— Monsieur Klein, fit Randi, sans pour autant baisser le couteau. Qu'est-ce que vous faites là ?

Fred Klein était le cerveau qui coordonnait un réseau indéfini d'agents indépendants internationalement connus sous le nom vague de Covert-One. Le président des États-Unis, un ami d'enfance de Klein, avait tranquillement autorisé la formation de l'organisation des années plus tôt, après avoir constaté la paralysie croissante des services gouvernementaux. Covert-One était devenue une structure de dernier recours, à qui on faisait appel en cas d'urgence extrême et quand les conséquences d'un éventuel échec étaient trop désastreuses à envisager.

Randi n'avait été recrutée que récemment, sur la recommandation de Jon Smith. Elle n'avait pas encore la notion très précise de ce dans quoi elle s'était embarquée. Ce qu'elle savait, cependant, c'était que lorsque Fred Klein surgissait à l'improviste dans votre chambre d'hôtel, quelque chose clochait quelque part. Ce qui fit aussitôt surgir dans son esprit des questions concernant sa propre survie.

— J'avais besoin de vous parler, répondit Klein simplement.

— Il y a des téléphones pour ça.

Elle s'écarta discrètement de la fenêtre. Les rideaux étaient tirés mais il y avait plus d'une façon pour un sniper de mettre quelqu'un en joue.

Le cheveu dégarni, le costume médiocre, le front légèrement proéminent : à première vue, Klein n'avait rien de très impressionnant. Mais en peu de temps, depuis qu'elle le connaissait, Randi avait appris à le respecter. Il avait une façon déconcertante de penser avec dix coups d'avance et ne se trompait que très rarement. Mieux valait l'avoir dans votre camp, même si, vu le type de travail qui était le sien, la notion de camp était plus ou moins hasardeuse et sujette à des changements brusques.

— J'ai pensé qu'il fallait parler de ça face à face. Il chassa une sueur imaginaire de sa lèvre supérieure. Nous avons perdu le contact avec Jon.

— Perdu le contact ?

— Dans un village de pêcheurs au nord-est de Toyama. C'est au Japon.

— Je sais où c'est, dit-elle, en baissant enfin son arme. Je connais la région. Je vais aller le chercher.

Klein se leva si soudainement que sa prise sur le manche du couteau se raffermit involontairement. Mais il ne fit qu'aller au bar et remplit deux verres de scotch. Il lui entendit un, reprit place dans le fauteuil.

— Il a été touché dans le dos par un carreau d'arbalète. On l'a vu pour la dernière fois en train de nager vers le large avec trois hommes à ses trousses. Deux de mes hommes sont déjà sur place à sa recherche et nous poursuivons nos efforts mais…

Sa voix se perdit.

Ce qu'il suggérait n'était que trop clair. D'un pas un peu chancelant, elle s'avança jusqu'au petit sofa qui lui faisait face.

— Je voulais vous le dire personnellement avant que vous ne l'appreniez de quelqu'un d'autre, fit-il tandis qu'elle s'asseyait. Officiellement, il faisait de la plongée sous-marine au large d'Okinawa. Il y a eu un accident, il est porté disparu.

Naturellement, songea Randi, hébétée. Personne ne s'attendrait à retrouver un corps dans de telles circonstances.

— D'après ce que je comprends, votre mission en Égypte est terminée, vous rentrez à Washington demain. Il avait l'air un peu tassé lorsqu'il se leva de nouveau pour se diriger vers la porte. Voyons-nous quand vous serez rentrée. Je vous expliquerai sur quoi Jon travaillait.

Elle l'observa quitter la pièce en silence. Une fois seule, elle resta immobile à fixer la porte. Elle crut un moment qu'elle allait se mettre à vomir. La nausée s'estompa, remplacée par un sentiment inattendu de solitude qui était pire encore.

Non. Jon s'était déjà trouvé dans de sales draps, et chaque fois il s'en était sorti. Les hommes de Klein ne l'avaient pas encore trouvé, voilà tout. Ou alors il mentait. Que savait-elle vraiment de lui, après tout ?

Randi se força à se lever, décrocha le téléphone sur la table de nuit. D'un doigt tremblant, elle parcourut une liste cryptée de contacts, s'arrêta sur celui qu'elle cherchait. Un numéro non attribué avec un préfixe japonais.

5

Au large des îles Senkaku
Mer de Chine orientale

Être choisi comme second du bateau de guerre dernier cri de la Navy japonaise avait été la plus grande fierté de la vie de Gaku Akiyama – une vie qu'il considérait depuis toujours comme bénie. Il avait été un athlète exceptionnel, passé son master en Histoire de l'Université d'Oxford, et il avait rejoint les forces de défense navale du Japon dans la droite filiation de son père avant lui. Ses efforts pour honorer sa famille et lui rendre un peu de tout ce qu'elle avait fait pour lui avaient réussi au-delà de toute espérance.

Comme tant de rêves, cependant, celui-ci révélait maintenant sa part de cauchemar.

Debout à l'extrémité du pont, il observait à environ un kilomètre de distance, dans la lumière du soleil couchant, un croiseur lance-missiles chinois qui naviguait à une vitesse intentionnellement provocatrice et terriblement dangereuse. On distinguait derrière les silhouettes orange de huit autres navires de guerre chinois.

Le spectacle signait autant la détermination de Pékin que la supériorité de son arsenal. Sur la ligne secrète de l'horizon, enfin, à l'extrémité de son champ de vision, Akiyama apercevait les contours dentelés d'un groupe de rochers nus et sans intérêt connus des Japonais sous le nom d'îles Senkaku. Les Chinois appelaient l'archipel Diaoyus.

Akiyama regarda derrière lui ses hommes qui s'affairaient, les hélicoptères alignés sur le pont attendant les ordres, et le pont lui-même, ces 250 mètres de bitume dont l'existence causait toute la furie de la Chine.

Akiyama avait beau se considérer comme un vrai patriote – voire comme un nationaliste –, il se trouvait dans la situation rare et inconfortable de sympathiser sur ce dossier précis avec la position de son adversaire. Rénover le *Izumo* pour l'équiper d'armes offensives pouvait paraître une tâche relativement prosaïque n'excédant pas quelques mois. D'un autre côté, cependant, son propre gouvernement avait raison de souligner l'absence de but d'une telle opération. Le Japon avait certes surpassé la Chine durant la Seconde Guerre mondiale, mais cette époque était révolue depuis longtemps. La Chine, qui se faisait de plus en plus hostile, avait maintenant à sa disposition une armée de plus de deux millions d'hommes, un budget trois fois supérieur à celui du Japon, et sa flotte arborait au moins sept cents vaisseaux. En fait, selon plusieurs rumeurs crédibles, les Chinois envoyaient leur nouveau porte-avions dans la région pour humilier le Japon et réduire à rien, par contraste, le joyau de la flotte nippone, le *Izumo*.

Et pourquoi ? Pour quelques rochers perdus au milieu de l'océan ? Pour un peu de pétrole dans le sol sous-marin ? Pour des droits de pêche ?

En réalité, rien de tout cela n'importait. La querelle était entièrement tournée vers le passé. Elle concernait la mémoire des atrocités perpétrées par la génération des grands-parents d'Akiyama sur le peuple chinois dans les années quarante. Elle concernait l'humiliation éprouvée par le peuple japonais à l'idée de sa reddition éventuelle. La conviction récente de sa propre génération qu'ils ne seraient pas condamnés à une vie de pénitence pour des choses qui s'étaient produites bien avant leur naissance.

De manière compréhensible, en 1945, les Américains s'étaient senti le droit de rédiger à l'intention du Japon une constitution qui interdirait au pays de se doter d'une force militaire et limiterait les capacités de ses troupes défensives. Les ancêtres d'Akiyama avaient été un peuple belliqueux, souvent brutal. Mais ce monde n'existait plus ailleurs que dans les livres d'histoire. Le Japon était devenu un pays incroyablement prospère, une prospérité bâtie sur les fondations fragiles de la coopération économique internationale. C'était désormais l'un des grands lieux de l'innovation humaine, qui consacrait chaque année des milliards à l'aide de ses voisins moins fortunés.

En dépit de toutes ces transformations, cependant, les menaces de la Chine et des deux Corées étaient réelles et croissantes. Le Japon pouvait-il faire confiance aux États-Unis pour sa protection dans un tel contexte ? Et, plus important encore, était-ce même encore du ressort de l'Amérique de s'en préoccuper ? Dans l'esprit d'Akiyama, la réponse était un « non » tonitruant. Il était temps pour le Japon de s'assumer seul.

Mais ce changement capital devait être géré avec le plus grand sens politique et toute la sensibilité culturelle possible. Or, les événements qui se produisaient ces derniers temps n'avaient rien des premiers pas encore timides qu'avait imaginés Akiyama dans ses rêves patriotiques. Non, c'était une escalade insensée mise en œuvre par des politiciens uniquement soucieux de leur pouvoir. Quelque chose que l'on avait déjà vu dans l'Histoire, et à maintes reprises, mais personne n'apprenait jamais rien. Quand le nationalisme s'enflammait au-delà d'une certaine limite, seul le sang parvenait à l'éteindre.

Une brise se leva. Akiyama releva le col de sa veste tout en continuant d'observer le soleil qui disparaissait dans l'océan. Il allait descendre vers les ponts inférieurs quand la paix trompeuse tout autour fut brisée par un hurlement suraigu. L'officier se retourna d'un coup. Sur le pont devant lui, les hommes qui s'étaient figés l'espace une seconde se mirent soudain à courir dans toutes les directions.

— Postes de combat ! cria Akiyama tout en s'efforçant d'esquiver les hommes qui le frôlaient pour rejoindre leurs positions. Postes de combat !

Dans son casque, un brouhaha de voix indistinctes se fit entendre. Il ignora un instant le baryton assuré du capitaine qui donnait les ordres et se concentra sur les accents paniqués de l'officier junior qui expliquait les raisons de l'alarme. Un vaisseau destroyer lance-missiles classe *Lanzhou* venait d'apparaître sur le radar de ciblage.

Akiyama se mit à courir à son tour pour vérifier la position de ses hommes. Il lança les mots d'encouragement, hurla les critiques, mais par-dessus tout, il fit ce qu'il pouvait pour maintenir le calme.

— Personne ne lève un doigt sans un ordre direct ! hurla-t-il plusieurs fois. C'est clair ? Personne ne bouge sans instructions spécifiques émanant d'un officier !

Il posa une main vigoureuse sur l'épaule d'un soldat qui semblait terrifié et ne devait pas avoir plus de dix-neuf ans.

— Ça va aller, lui dit-il. Tu vas t'en sortir. Tu m'entends ? Tu as été formé pour ça, tu ne serais pas sur l'*Izumo* si tu ne faisais pas partie de l'élite du Japon.

Le gamin acquiesça faiblement. Akiyama reprit sa route. Il éprouvait certes une immense fierté devant l'efficacité et la vitesse avec laquelle ses hommes accomplissaient leurs tâches, mais surtout, il éprouvait de la peur. L'ironie d'une Asie pacifiée était qu'aucun des acteurs de ce conflit n'avait accès à des troupes entraînées à se battre. Le mieux, en l'état, consistait à faire épauler les plus jeunes des marins par ceux qui avaient des années d'expérience dans les forces de défense. Bien que, les anciens eux-mêmes n'ayant jamais connu de situation de guerre, cela signifiait encore peu de chose.

Il n'y avait tout simplement aucun moyen de contourner ce fait : des centaines de jeunes soldats terrifiés se trouvaient précairement installés de part et d'autre d'une poudrière.

6

La Maison Blanche,
Washington D.C.
Dans les appartements présidentiels

— Heureux de vous revoir, monsieur Klein, fit le chef du service de la Sécurité présidentielle.

— Dave, fit Klein en retour.

Il connaissait David McClellan depuis que ce dernier avait rejoint les Services secrets près de vingt ans plus tôt. Il le savait : il n'existait pas d'agent plus discret que lui au sein du gouvernement. C'était le type parfait pour le poste.

Le président Sam Adam Castilla était seul – il était près de minuit, et son épouse, Cassie, dormait déjà depuis longtemps. Sans bouger de son fauteuil, une bière à la main, il observa son ami d'enfance qui entrait dans la pièce.

Longtemps, leurs rendez-vous n'avaient pas été très formels – ils se retrouvaient spontanément et sans précautions particulières, comme deux amis d'enfance, pour parler du passé. Depuis peu, cependant, Klein avait commencé à se demander si sa propre expérience dans le Renseignement, qui avait fait de lui le candidat idéal pour diriger Covert-One, ne jouait pas contre lui et ne suscitait pas dans les cercles gouvernementaux beaucoup de méfiance. En conséquence, il avait décidé de se faire aussi discret que possible et les rendez-vous avec Castilla s'étaient faits plus rares et plus organisés.

Castilla but une gorgée de bière, puis dit :

— Ce n'est pas encore officiel, mais un croiseur lance-missiles chinois a défié le nouveau navire de guerre japonais hier, dans ce que l'on peut appeler une attaque radar.

— Aux îles Senkaku, je suppose ?

Le Président acquiesça.

— J'avais déjà sur les bras la Russie, la Corée du Nord, tout le Moyen-Orient et la situation économique, fit Castilla. Et maintenant ça.

— Les îles Senkaku, reprit Klein. Ça fait beaucoup de navires de guerre et beaucoup de ressentiment concentrés sur une zone très étroite.

— Ça fait la Troisième Guerre mondiale en gestation, Fred, voilà ce que ça fait, dit Castilla en élevant la voix.

Klein eut un geste vers la porte derrière laquelle l'épouse de Castilla dormait. Le Président reprit plus bas :

— Et la situation est bien pire qu'on ne pense. Je connais bien Sanetomi, nous sommes sur la même longueur d'ondes. Pour lui aussi, la Seconde Guerre mondiale, c'est de l'histoire ancienne, il faut aller de l'avant. Mais les convictions du Premier ministre japonais n'ont franchement aucune importance, dans cette affaire, ce qui compte, c'est ce que les Chinois pensent. Et pour ces connards, le saccage de Nanking est arrivé hier.

La situation diplomatique déjà inextricable était rendue plus complexe encore par le fait que les deux pays se concurrençaient pour la gérer le plus mal possible. Le nationalisme montait dans toute l'Asie et semblait vouloir devenir chaque jour plus frénétique. Les politiciens, qui jusqu'à il y a peu appelaient encore au calme, se laissaient maintenant gagner par la fièvre. La vraie question était de savoir jusqu'où elle monterait.

— En Chine, une bonne moitié des émissions de télé s'amuse avec l'idée de massacrer les Japonais en masse, tu savais ça ?

— Non, j'ignorais.

— Ils ont virtuellement tué sept cents millions de personnes durant la seule saison dernière, Fred. Ça fait combien ? Six fois la population du Japon ? D'après la CIA, ça revient à effacer vingt-deux Japonais par seconde, vingt-quatre heures par jour chaque jour de l'année. Imagine une haine de cette envergure, ajoutes-y une économie chancelante, un complexe militaro-industriel surdimensionné, saupoudre avec quelques bouts de rochers perdus au milieu de l'océan. C'est la recette idéale du désastre.

— Comment est-ce que Takahashi a réagi ?

Masao Takahashi était le chef de l'état-major aux commandes des forces de défense du Japon. Un militaire brillant, mais pas vraiment une colombe.

— Aux émissions de télé chinoises ? Je serais surpris qu'il les regarde.

Klein fronça les sourcils.

— À l'attaque radar, Sam.

— Il n'a pas réagi, ce qui est plutôt à porter à son crédit. L'*Izumo* s'est mis en état d'alerte de combat et a battu en retraite fissa.

— Ce qui signifie que Takahashi a désamorcé la situation ? C'est surprenant, non ? À moins qu'il n'ait appris à mettre les choses en perspective, avec l'âge.

— Il a surtout appris à gérer ses ambitions politiques si tu veux mon avis. Ce fils de pute est l'un des hommes les plus riches du Japon. Technologie, énergie, contrats de défense. Va savoir quoi d'autre. Depuis la guerre, sa famille a bâti un empire. Et il en est le patriarche, aucun doute là-dessus. On dit que ce sont ses frères qui gèrent les compagnies mais, crois-moi, personne ne va pisser sans d'abord demander le feu vert à Masao.

Klein se renversa contre le dossier de sa chaise et se mit à fixer pensivement son ami. Les États-Unis n'avaient pas pour habitude d'être pris par surprise. Mais c'était peut-être en train d'arriver, cette fois-ci. Les tensions entre le Japon et la Chine étaient ancestrales, elles remontaient à un temps bien antérieur à la découverte de l'Amérique.

— Donc, on a deux des plus grandes économies de la planète prêtes à se défier, et au bord du gouffre, reprit Castilla. La Chine est le second pouvoir militaire au monde doté de l'arme nucléaire, et le Japon, qui n'a officiellement pas d'armée, est le cinquième budget mondial en matière de défense et compte un quart de million de soldats en service actif.

Une clause de la constitution japonaise empêchait le pays de se doter d'une puissance militaire offensive, mais le débat sur le sujet était depuis le début ouvert aux interprétations, et elle se voyait depuis peu soumise à une critique croissante. La vérité était que le Japon était à deux doigts de la jeter par-dessus bord, et avec elle soixante-quinze ans de pacifisme légalement codifié. Aucun expert ne pensait que la Chine accepterait un tel revirement.

Castilla secoua sa canette de bière avec un début de frénésie.

— Tu sais qui a raison dans ce bordel ? Moi. Nous avons un traité au terme duquel les États-Unis protégeront le Japon en cas d'attaque. Si les Chinois décident qu'ils n'aiment pas la direction dans laquelle le vent souffle au Japon, quand bien même ils en seraient partiellement responsables… qu'est-ce qui se passera, dans ce cas ? Est-ce qu'ils couleront le nouveau navire japonais ? Et qu'est-ce que nous ferons, dès lors ? Retiens bien ce que je vais te dire, Fred. Ma marge de manœuvre risque de devenir très, très étroite.

Toute énergie parut soudain l'abandonner. Il se renfonça dans les coussins.

— Toujours pas de nouvelles de Jon ?

Klein ne s'était pas préparé au changement de sujet. Il ne répondit pas tout de suite. Penser à Smith lui nouait l'estomac. C'était lui qui l'avait envoyé au Japon et il se demandait s'il n'avait pas commis une erreur. Smith était depuis longtemps son meilleur homme, mais il n'avait pas de véritable expérience de cette région du monde. Était-il responsable de sa disparition ?

— Non, toujours pas.

— Je suis désolé.

En signe de contrition, Castilla baissa les yeux vers la canette qu'il tenait toujours à la main. Il était clair qu'il n'attendait que de reprendre la parole. Le président des

États-Unis ne pouvait se payer le luxe de s'appesantir sur le sort d'un seul individu. Pas même un individu comme Jon Smith.

— Où en est-on, du coup, sur cette histoire à Fukushima ?

— Nulle part, admit Klein. Notre informateur est mort. La preuve qu'il avait réussi à sortir du Réacteur 4 a disparu avec Jon. Ça fait deux ans que nous sommes là-dessus et nous voilà revenus au point de départ.

7

Comté de Prince George,
Maryland
USA

— Ça va Randi ? fit le buste de Maggie Templeton émergeant de l'imposante rangée d'écrans d'ordinateurs qui couvrait son bureau. Sur son visage, les soucis approfondissaient les rides creusées par le temps.

— Bien. Pourquoi tu le demandes ? répondit Randi, sans ralentir le pas vers une porte qui se trouvait au fond de la vaste pièce de réception.

Fred Klein lui aussi se leva à son entrée – un réflexe inculqué à l'époque où la courtoisie et les manières comptaient encore.

— Comment allez-vous ? demanda-t-il à son tour.

— Bien. Je vais très bien, okay ?

Randi se laissa tomber sur une chaise et se mit à examiner Klein. Rien de changé depuis Le Caire. Au premier coup d'œil, l'homme était parfaitement quelconque et puis, à y regarder de plus près, toute son intensité restait dissimulée sous ses lunettes à monture métallique. Il était rusé – suffisamment pour donner à Randi le sentiment qu'elle n'avait pas tout à fait le contrôle sur sa vie, une sensation peu familière et qu'elle détestait. Bien sûr, si Smith avait été là, il lui aurait rappelé que Klein n'avait jamais usé de son pouvoir politique ou intellectuel que pour la soutenir. Mais Smith lui-même avait disparu et, la dernière fois que quelqu'un l'avait vu, il nageait au large, un carreau d'arbalète planté dans le dos.

— Pourquoi suis-je ici, monsieur Klein ?

Il se rassit derrière son bureau pseudo-gouvernemental.

— Que savez-vous de Fukushima ?

— L'accident nucléaire ? Ce que j'en ai vu à la télé, rien de plus. Le tremblement de terre, le tsunami, les explosions, les radiations. Ce n'est pas vraiment ma spécialité.

Il sortit une pipe, se lança dans le classique rituel de l'allumer tandis qu'un système de ventilation élaboré installé par Maggie se mettait en marche.

— L'usine avait six réacteurs, dit-il. Les réacteurs 1 à 3 étaient actifs, les réacteurs 5 et 6 étaient en refroidissement à l'arrêt. Le 4 avait été désalimenté. Après le tremblement de terre, les réacteurs 1, 2 et 3 ont été mis en arrêt automatique. Un générateur d'urgence a permis au système de refroidissement de fonctionner.

— C'est là que le tsunami a frappé.

Il acquiesça.

— Une vague de quatorze mètres. Elle est passée par-dessus la digue et a détruit les générateurs. C'est lorsque les batteries de secours se sont déchargées que le système de refroidissement a claqué et que les explosions ont commencé…

— … provoquant les fameuses fuites radioactives, dit-elle, complétant sa pensée. C'était il y a des années, monsieur Klein. Qu'est-ce que Covert-One vient faire là-dedans ?

— Des informations nous sont parvenues sur l'accident. Elles ne cadrent pas avec ce que l'on sait.

Randi haussa les épaules.

— Ça n'a rien de très surprenant. Quand une catastrophe d'une telle envergure se produit, les seuls à travailler autant que les équipes de secours sont généralement les communicants d'entreprise et les politiciens qui cherchent à se couvrir. C'est à cela que servent les versions officielles.

— Certes. Mais il y a autre chose, dit Klein. C'est sur le Réacteur 4 que les plus hauts niveaux de radiations ont été mesurés.

Randi réfléchit un moment.

— Vous n'avez pas dit qu'il n'était pas alimenté ?

— Si.

— Je ne suis pas ingénieur nucléaire, mais un réacteur non alimenté me semble assez peu dangereux.

— Il n'aurait pas dû l'être. Mettons ça de côté pour l'instant. À votre avis, pour quelle raison a-t-on entendu une explosion dans ce réacteur quatre jours après le tsunami ?

Elle haussa de nouveau les épaules.

— C'est Jon le scientifique. Quelqu'un doit bien avoir une explication.

— Oh, plusieurs. Mais aucune qui soit seulement plausible.

— C'est là-dessus que travaillait Jon ?

Klein aspira longuement sa pipe.

— Je suis parvenu à entrer en contact avec un homme qui disait avoir réussi à faire sortir clandestinement des échantillons suspects du réacteur après le tsunami. Il les transférait à Jon quand… quand les choses ont mal tourné.

— Vous avez aussi perdu les échantillons, j'imagine ?

Il ne répondit pas tout de suite, mais le ton de Randi n'avait rien d'une interrogation.

— Les échantillons ont disparu, confirma-t-il.

— Je crois que je ne comprends pas de quoi on parle, en fait. Êtes-vous en train de me dire que les responsable de la centrale sont allés trop vite en besogne et ont construit un réacteur déficient ? ou… Quel est le sujet de cette conversation, monsieur Klein ?

— Mon contact suspectait une sorte de sabotage. Et il avait peur. Il refusait d'en parler au téléphone ou même par transmission cryptée. Il a brusquement décidé de se débarrasser des échantillons. Il m'a dit que si je ne lui envoyais pas quelqu'un dans les vingt-quatre heures, il les détruirait et disparaîtrait.

— Et vous lui avez envoyé Jon ? Voilà ce qui explique sa présence dans un village de pêcheurs au fin fond du Japon.

— Il a fallu agir dans l'urgence. Jon était mon meilleur agent.

Touché, pensa Randi tout en gardant un air impassible. Bien qu'elle fût plus proche de Smith que de quiconque sur cette terre, elle était aussi son concurrent. Klein le savait et ce qu'il venait de dire laissait entendre qu'il estimait Smith meilleur qu'elle.

— Très bien, va pour le sabotage, dit-elle. Mais un réacteur nucléaire est très sécurisé et robuste. L'attaquer n'est pas si facile et demande du personnel entraîné. Alors qui ? Un groupe antinucléaire ?

— Je ne sais pas. Mais l'hypothèse d'un agent étranger m'inquiète davantage.

— La Chine, alors.

Klein tira une nouvelle fois sur sa pipe.

— Vous connaissez mieux que moi les sentiments de la Chine à l'égard du Japon. La situation en mer de Chine orientale se détériore. Le Président est en train de faire pression sur le Premier ministre japonais pour essayer de calmer le jeu, mais franchement, c'est plus facile à dire qu'à faire.

— Oui, fit Randi. Sanetomi est un maître zen en matière de politique mais la situation dans laquelle il se trouve est impossible. S'il fait suffisamment de concessions pour apaiser les Chinois, l'opinion japonaise le verra comme un collaborateur et le foutra dehors. S'il tient bon face à la Chine il sauve son job, mais Pékin commencera à polir ses missiles intercontinentaux. Même le Bouddha s'y perdrait.

— Et il y a aussi le général Takahashi, dit Klein. Il a beau savoir donner le change, le fait est qu'il fait son possible pour provoquer la Chine.

— Bon. Mais pourquoi s'en prendre à une centrale nucléaire ? Fukushima, c'était il y a sept ou huit ans, bien longtemps avant que les choses ne se gâtent entre les deux pays. Est-ce que Pékin redoute que les Japonais se servent de Fukushima pour construire un arsenal nucléaire ?

— Nous avons la garantie de Sanetomi que ce n'est pas le cas. Les services de renseignement le jugent crédible.

— Est-ce que la Chine essaie simplement de créer un incident ? Faire perdre la face au Japon, leur donner un problème intérieur sur lequel se concentrer avant de les attaquer ?

— Une attaque directe sur le Japon aurait trop de conséquences. La première salve entraînerait les États-Unis et le reste du monde dans la guerre.

Randi tapotait l'accoudoir de son fauteuil d'un air absent.

— Des pistes ?

— Comme je vous l'ai dit, mon contact au Japon est mort, les échantillons ont disparu, et rien n'émane de la Chine, sauf le silence. Vous avez des contacts là-bas, n'est-ce pas ?

Avant de se concentrer sur le Moyen-Orient, elle avait opéré des années en Chine et parlait couramment le mandarin.

— Okay. Laissez-moi fouiner un peu.

— Vous avez une idée ?

Elle se leva et se dirigea vers la porte.

— Ça se pourrait.

8

Environs d'Imizu,
Japon

Jon Smith inspira autant qu'il lui était possible, et serra les dents tout en essayant de se mettre en position assise. Il ferma les yeux le temps que la douleur retombe, les rouvrit pour examiner le lien attachant sa cheville au lit.

De toutes les situations désespérées dont il s'était sorti au cours de sa carrière, celle-ci était de loin la plus ridicule. C'en était presque insultant. Cela l'aurait presque fait rire, s'il n'avait su à quel point ce serait douloureux. L'attache était faite d'une simple lanière de cuir et le cadenas branlant qui la reliait au lit semblait venir d'une valise de tourisme.

Il se laissa retomber sur les oreillers pour examiner sa situation une fois de plus. À en croire la machine à laquelle il était relié, son état s'était stabilisé. Globalement une bonne nouvelle. On lui avait retiré le drain thoracique, le trou entre ses côtes avait été proprement refermé avec des points de suture. La douleur dans son dos, cependant, restait aussi vive qu'au premier jour et, maintenant, il savait pourquoi.

Les médecins lui prodiguant les soins ne parlaient pratiquement pas anglais – c'était sans doute à dessein. Moyennant un peu du jargon médical universel et quelques clichés aux rayons X, Smith était cependant capable de reconstituer dans les grandes lignes son état médical : cinq côtes cassées, dont deux littéralement broyées, un poumon à demi effondré remis en fonction de façon précaire, une perte de sang massive, une hypothermie presque fatale, une omoplate rafistolée de deux vis, et un trou suturé, là où les médecins avaient extrait le carreau de l'arbalète – si on pouvait parler d'extraction. Deux mains sur la hampe de la flèche et un pied en appui sur le bas de son dos : tel que le médecin l'avait décrite, l'opération qu'il avait subie ressemblait plutôt à de la pantomime. Pour sa défense, il est vrai, la médecine de combat récompense parfois ceux qui se lancent dans l'action d'un coup et sans réfléchir.

Techniquement, il était donc en voie de guérison. Mais pas suffisamment pour que le lien attaché à sa cheville ne lui semble à la fois distant d'un kilomètre et aussi difficile à ouvrir qu'une forteresse. Il examina le chariot médical tout près de lui. Rien d'assez coupant ni d'assez pointu qui convienne. Même dans le cas contraire, pensa-t-il, quel aurait été le résultat ? Le seul mode d'évasion qu'il pouvait raisonnablement envisager consistait à traîner avec lui le chariot supportant la perfusion. Tout obstacle plus sérieux qu'une scout désarmée ou, à Dieu ne plaise, des escaliers, serait insurmontable.

Il se pencha pour récupérer le gobelet posé près de son lit et tira pensivement sur la paille. Il avait beau examiner le problème sous toutes les coutures, il en arrivait toujours à la même conclusion : il était totalement, irrémédiablement, prisonnier. Qui que soit l'homme qui l'avait attaché à ce lit et avait appelé l'équipe médicale, il n'avait pas fait cela par générosité. Il cherchait des réponses et ferait tout ce qui lui semblait nécessaire pour les obtenir.

Il y eut un craquement soudain de l'autre côté de la porte, dans ce qui devait être, conjectura Smith, un couloir en parquet d'une dizaine de mètres. Le temps de compter jusqu'à trois, une clé tourna dans la serrure, et le « bip » monotone et régulier de la machine mesurant son pouls s'accéléra. La porte commença de s'ouvrir.

La femme asiatique et anormalement grande qui pénétra dans la pièce était dotée d'une grâce athlétique que, dans d'autres circonstances, il aurait pris le temps d'admirer. Une simple robe brune soulignait légèrement ses courbes. Un chapeau à large bord dissimulait entièrement son visage. Elle posa une petite sacoche sur le chariot médical. Et ne s'approcha pas tout de suite de lui.

Smith tentait de se persuader qu'il avait affaire à une infirmière. Mais une aura prédatrice dans ses gestes suggérait quelque chose de tout à fait différent. Cette femme n'était pas du genre à se soucier des malades et des gens sans défense. Elle était là pour leur soutirer des informations.

Il détourna les yeux et se mit à fixer le plafond parfaitement blanc. Jamais encore il n'avait été interrogé par une femme. Cela l'inquiétait. Depuis qu'il avait repris conscience il s'était préparé à un interrogatoire mené par un petit Japonais maladroit couvert de tatouages et armé d'un tuyau de caoutchouc. Dans son état, ça ne prendrait sûrement pas longtemps, la mort viendrait vite à son secours.

Mais cette femme était une tout autre créature. Elle devait tout savoir de ses blessures. Elle ne lui infligerait que des souffrances méticuleuses soigneusement dosées et uniquement lorsque ce serait nécessaire. Elle lui ferait perdre ses repères, elle le droguerait, le rendrait dépendant d'elle. Elle le garderait en vie aussi longtemps que nécessaire.

Smith passa en revue le récit qui lui servait de couverture. Il s'efforça de l'imprimer dans son esprit avec suffisamment de force pour la rendre authentique. Il était drogué. Médecin militaire de la base américaine d'Okinawa, il s'était prescrit beaucoup trop d'ordonnances bidonnées et faisait l'objet d'une enquête interne. Il essayait de trouver un autre fournisseur quand le type avec qui il se trouvait avait été tué. Lui-même s'était trouvé au mauvais endroit au mauvais moment – un innocent pris dans une guerre entre son nouveau dealer et la mafia japonaise.

La femme qui s'agitait en silence au pied de son lit baissa les yeux vers lui, le visage toujours dissimulé par le chapeau. Il chercha des indices de ses intentions dans ses gestes. Même dans sa situation, ignorer la perfection de ses formes sous la robe utilitaire était pratiquement impossible. Avec un peu de chance, elle commencerait par essayer de lui faire du charme.

Puis elle leva la main et il aperçut une longue lame d’un noir mat. Non, décidément, la chance n’était pas au rendez-vous.

9

Le sanctuaire Yasukuni,
Tokyo
Japon

Le général Masao Takahashi leva les yeux des documents classifiés qu'il était en train de parcourir. Sa limousine ralentissait. Dehors, la rue était remplie de manifestants, suffisamment pour obliger son chauffeur à ralentir jusqu'à l'arrêt presque complet, afin de se frayer un chemin dans la foule. À droite, se trouvaient les plus âgés. Ils portaient le drapeau du Soleil Levant et certains avaient revêtu leurs uniformes impériaux bouffés aux mites. Bien qu'invisible derrière la vitre fumée, Takahashi hocha la tête vers eux en signe de respect. C'étaient des patriotes, ils se souvenaient du sens des mots Courage et Respect.

À gauche, comme il se devait, la foule composée pour la plupart d'étudiants et de représentants d'une jeunesse narcissique n'ayant jamais connu la moindre privation manifestait, entièrement absorbée par la satisfaction de ses besoins. Ils ne faisaient guère que se plaindre. La situation économique contre laquelle ces jeunes protestaient leur permettait un niveau de confort que lui-même à leur âge n'aurait jamais pu imaginer. La faim. Le froid. La peur et l'humiliation d'appartenir à un peuple vaincu dans un pays sous occupation. Non, pas une seule de ces lopettes n'aurait survécu à une semaine de sa propre jeunesse.

Son chauffeur parvint à un stop et Takahashi se détourna des protestataires avec écœurement. Leurs pancartes obscènes déshonoraient les hommes qui s'étaient battus et étaient morts pour le pays qu'ils s'imaginaient à présent posséder.

Il ignora les slogans, leva les yeux vers les terrains soignés de Yasukuni. Les feuilles avaient pris une couleur d'or rougeâtre qui contrastait avec le bleu étal du ciel. Construit en 1869 par l'empereur Meiji, le sanctuaire juste en dessous y ajoutait la surface vert profond de son toit traditionnel et le blanc gracieux de la bannière qui en gardait l'entrée. Il honorait à présent la mémoire de près de deux millions et demi d'hommes qui avaient servi leur pays et étaient morts pour lui.

Son téléphone sonna. Il le sortit de sa poche pour découvrir sans surprise sur l'écran le nom du Premier ministre Fumio Sanetomi. Il faillit ne pas le prendre mais ses projets avançaient déjà à une vitesse presque incontrôlable et maintenir la classe politique à un certain degré de satisfaction était recommandé à ce stade. Sanetomi et ses parasites continuaient de s'enrober de l'illusion qu'ils avaient la moindre pertinence. Pour le moment, cela l'arrangeait. D'ici peu, ils apparaîtraient pour ce qu'ils étaient : faibles, sans honneur, des hommes qui avaient passé les trois quarts du siècle à sucer le sang du peuple.

— Bonjour, monsieur le Premier ministre, dit Takahashi en portant l'appareil à son oreille.

— À vous de même, Général. Je crois comprendre que vous êtes à Yasukuni.

— Vous êtes parfaitement informé, comme tout le monde à ce qu'il semble. J'espérais faire de tout cela une affaire privée, un moment de réflexion.

— Cela l'était, j'en suis certain, répliqua Sanetomi. Sa voix comme toujours parfaitement égale dégageait une solennité que les électeurs avaient l'air de trouver hypnotique mais que Takahashi, pour sa part, jugeait insupportable.

— Malheureusement, l'anonymat est difficile pour un homme de votre stature, reprit le Premier ministre. C'est pourquoi je dois vous demander de rester dans votre voiture et d'ordonner à votre chauffeur de faire demi-tour immédiatement.

Les mâchoires de Takahashi se serrèrent à cette tentative de flatterie. Avant de se lancer en politique, Sanetomi avait été instituteur. Son expérience dans la gestion des enfants s'était révélée extrêmement utile pour diriger la bande de moutons serviles qui l'entouraient. Mais le général n'en faisait pas partie. Il défendait le Japon à une époque où Sanetomi tétait encore le lait de sa mère.

— Général ? Vous êtes toujours là ?

Takahashi laissa le silence s'étirer. Au cours des dernières années, l'autel était devenu l'un des nombreux points de friction dans les relations avec la Chine. Plutôt que d'user leur pouvoir et leur prospérité croissante pour se libérer du passé, les Chinois semblaient décidés à s'en servir pour irriter les plaies anciennes et humilier leur voisin oriental.

Le temple abritait les restes d'hommes qui avaient mis leurs vies au service de l'empereur durant la Seconde Guerre mondiale avant de se voir condamnés pour crimes de guerre. Soixante-dix ans plus tard encore, Takahashi trouvait ce jugement non seulement honteux pour le pays mais personnellement insultant. Le dicton attribué à Churchill, selon lequel l'Histoire est écrite par les vainqueurs, s'appliquait parfaitement à la situation. Tandis que des soldats japonais qui avaient tué des hommes en faisant leur devoir étaient considérés comme des monstres, on traitait en héros les Américains pour avoir fait usage de la bombe atomique contre des civils et les Chinois continuaient de révérer Mao. Même les manuels scolaires japonais avaient été réécrits dans le but d'infliger un sentiment de repentance permanent dans le cœur du peuple de Takahashi. Il s'agissait de transmettre aux jeunes générations une honte qui n'avait rien à voir avec les événements passés. Mais pour la Chine, ce n'était pas encore assez. Pékin faisait maintenant pression sur Sanetomi pour que le gouvernement réécrive les livres à nouveau, de manière à éradiquer toute allusion à la puissance passée du Japon et à la façon dont cette petite île s'était fait craindre du monde entier.

— Je suis navré, monsieur le Premier ministre, mais vous devez comprendre, si je fais demi-tour maintenant, cela sera pris comme un désaveu du sacrifice fait par les hommes qui reposent ici, je…

— Général, s'il vous plaît, l'interrompit Sanetomi. Sa voix, cette fois, n'était plus aussi calme. La plupart auraient pris le subtil changement de ton pour de l'irritation, mais Takahashi savait qu'il s'agissait de quelque chose de bien différent. La peur. Après ce qui vient de se passer dans les îles Sanekakus, vous plus que quiconque devriez comprendre que l'heure n'est pas aux provocations. Nous frôlons le précipice, Masao. Au moindre faux pas... Sanetomi n'acheva pas.

Au moindre faux pas ce sera la guerre, compléta Takahashi en silence. Il se délectait du mot. Comment un politicien incapable même de le prononcer pouvait-il protéger le Japon ? La vie de ces hommes, les politiques, était entièrement guidée par la peur. Peur de la confrontation, peur des insultes, peur de la gêne. Peur, au fond, de tout ce qui pouvait affecter leurs existences privilégiées et confortables.

Sanetomi adorait parler de la grandeur du Japon. De son patriotisme également. Mais ce n'était que du théâtre. En coulisse, il négociait chaque fois que c'était nécessaire pour apaiser ses maîtres à Pékin et faire redescendre la tension dans la mer de Chine. Il faisait tranquillement retomber le Japon dans un état pitoyable que son peuple avait fini par considérer comme normal.

— Je ne comprends pas, fit Takahashi, feignant le respect. Nous n'avons fait preuve d'aucune agressivité en défendant ces îles que la communauté internationale reconnaît pratiquement comme étant les nôtres. Plus, même, dès que les Chinois l'ont pris pour cible, j'ai ordonné à l'*Izumo* de battre en retraite alors même que le navire pouvait parfaitement se défendre. Pourquoi est-ce au Japon de faire redescendre la tension ? Ce n'est pas nous qui avons créé cette situation.

— Comme vous le savez parfaitement, ce n'est pas une question de faute, répondit Sanetomi. En plus d'un arsenal nucléaire substantiel, l'armée chinoise nous est dix fois supérieure en hommes, en tanks et en artillerie, et elle possède aussi quatre fois plus d'avions. Je comprends vos efforts de ces trois dernières années pour augmenter notre capacité militaire, je les respecte, Général. Mais l'heure n'est pas à l'arrogance.

Takahashi dut se retenir de rire. Sanetomi ne comprenait rien. C'était plus que jamais le temps de l'arrogance, au contraire.

— Je comprends tout à fait votre position, monsieur le Premier ministre, dit-il. Mais je ne suis pas un politicien, vous le réalisez bien. Je suis un soldat. Je ne saurais tourner le dos aux hommes courageux et aux sacrifices qu'ils ont faits pour leur pays.

— Pas même si le peuple japonais doit souffrir des conséquences ?

— Je doute que les inconvénients qu'ils auraient à subir puissent se comparer à ce qu'ont souffert les hommes dont les âmes reposent ici, monsieur le Premier ministre.

Sur ce, Takahashi coupa la conversation et sortit de sa voiture. Il était à peine conscient des cris des manifestants qui l'entouraient. Il marcha jusqu'au corridor barricadé qui s'ouvrait entre eux. Il était entièrement concentré sur le prêtre shinto qui l'attendait tout au bout. Le saint homme arborait la robe blanche exigée par la tradition. Elle se souleva gracieusement dans la brise tandis que le général approchait.

Les pays qui prétendaient diriger le monde s'étaient affaiblis. L'Europe ? Divisée et inutile. La Russie ? Elle s'effondrait sous le poids d'une kleptocratie qui finirait par mener le pays à une nouvelle révolution. La Chine ? La corruption ne cessait d'y croître et les Chinois détruisaient tout ce qu'ils s'appropriaient au nom d'une avidité sans retenue. Quant aux États-Unis, autrefois une force capable de garantir la stabilité internationale, ils n'étaient plus que l'ombre querelleuse et faillie d'eux-mêmes. On ne pouvait plus faire confiance aux USA pour se gouverner, sans parler de guider les puissances nouvelles d'Asie ou de contrôler le Moyen-Orient qui plongeait dans le chaos.

Or, la nature a horreur du vide. Celui que l'Amérique laisserait derrière elle s'avérerait catastrophique. Seul Takahashi et ses plus proches conseillers comprenaient cela pour l'instant. Une nouvelle ère se levait. Ce serait celle du Japon.

Takahashi s'arrêta, s'inclina respectueusement devant le prêtre. Des frissons lui parcouraient la nuque, comme chaque fois qu'il venait ici. Un jour, lui aussi serait honoré dans ce temple. Les gens se souviendraient de lui comme de l'homme qui aurait changé le Japon – et le monde – pour toujours.

10

Tokyo,
Japon

— Puis-je vous resservir un peu de café ?

Kaito Yoshima – tel était son nom lorsqu'il était au Japon – répondit à la jeune serveuse avec un sourire et dans un japonais impeccable. Même une étudiante spécialisée dans l'étude subtile des accents l'aurait identifié comme un homme né dans le nord-est du pays – et non dans les environs de Dingxi, en Chine, comme c'était le cas.

Il l'admira, tandis qu'elle se frayait un chemin à travers le coffee-shop bondé et esquivait les tables aux conversations agitées. Sa préférence allait plutôt vers l'exotisme. Mais même lui devait admettre qu'il y avait quelque chose de spécial chez cette fille – un certain *je-ne-sais-quoi*, selon l'une des rares expressions françaises qu'il connaissait.

Yoshima se retourna vers la large fenêtre. Négligeant la rue animée, il se concentra sur son propre reflet. En plus de son accent impeccable, ses traits achevaient de le confondre avec la foule alentour. Son apparence était un don du ruffian japonais qui avait violé sa grand-mère pendant la guerre, et ce bizarre retournement génétique avait vite été repéré par le gouvernement chinois.

On l'avait arraché à sa famille quelques jours avant son quatrième anniversaire au prétexte qu'il avait été identifié comme surdoué et devait bénéficier d'une éducation spéciale dans une école exclusive. Aujourd'hui encore, sa famille ignorait que l'école en question était en fait un camp d'entraînement spécial réservé aux futurs espions et aux assassins en formation.

Avant même qu'il puisse s'en souvenir, il avait été immergé dans la culture et la langue japonaises, éduqué dans l'art subtil de l'espionnage, et bien sûr endoctriné dans la gloire lumineuse du Parti communiste chinois. Arrivé à l'adolescence, il avait reçu un faux passeport japonais, avait commencé à voyager régulièrement dans le pays, et aiguisé sa capacité à se fondre dans le paysage sous la surveillance attentive de ses entraîneurs et co-espions.

Ils étaient trente en tout, élevés avec lui, quinze hommes et quinze femmes pour qui l'amitié était un luxe impossible, et la compétition brutale. Les erreurs, les faiblesses, et même le plus petit soupçon de manque de patriotisme ou de détermination – tout cela était sévèrement puni. Et malheur à qui ces transgressions mineures étaient trop souvent reprochées. Au bout d'un temps relativement court, il se trouvait « expulsé », et le terme, il le savait maintenant, relevait de l'euphémisme. Le niveau de clandestinité, dans lequel le programme des enfants volés et transformés en arme antijaponaise s'était développé, était plus qu'oppressant, et ceux qui, sélectionnés, étaient né sans l'intelligence nécessaire ou les capacités physiques – mais aussi les plus doux, ceux dont la nature n'était pas faite pour le genre de travail qui leur échouerait un jour – reposaient maintenant quelque part au fond de la campagne chinoise dans des tombes anonymes.

Seuls neuf parmi les trente sélectionnés avaient survécu à l'entraînement pour devenir les agents les plus secrets de la Chine. Du moins, c'est ce qu'on lui avait dit. Il n'en avait jamais revu aucun et cette séparation avait créé en lui une espèce de vide bizarre qu'il n'était jamais parvenu à combler complètement.

Il vivait à présent écartelé entre deux pays et deux cultures différents. Auquel appartenait-il réellement ? Ses professeurs en un sens avaient trop bien fait leur job. Sa loyauté envers Pékin lui avait certainement été inculquée dans son enfance de la manière la plus rude, mais devenu un homme à présent, son allégeance ressemblait plus à un réflexe qu'à autre chose.

La jolie serveuse revint vers lui. Il lui sourit tandis qu'elle posait le *latte* sur la table devant lui.

— Vous parlez anglais ? demanda-t-elle en désignant l'exemplaire de *1984* qu'il relisait pour passer le temps.

— J'essaie, répondit aisément Yoshima. Mais je ne crois pas que quiconque puisse vraiment comprendre ce que je dis.

C'était évidemment un mensonge. En dépit d'un léger accent son anglais était quasi-parfait – un autre cadeau du gouvernement.

— Moi, je suis en train d'apprendre, enchaîna-t-elle. C'est la galère, donc ne vous sentez pas gêné. La plupart du temps je n'arrive pas à me comprendre moi-même.

Elle rit d'un rire suffisamment charmant et engageant pour réveiller chez lui les fantasmes de disparitions qui lui étaient récurrents. Il se disait qu'il utiliserait ses talents d'espion pour fuir quelque part au Japon. Avec cette fille, pourquoi pas ?

Il la regarda s'éloigner de nouveau. Ses rêves d'évasion pâlissaient à mesure qu'elle se perdait entre les tables des consommateurs. Il y avait eu tant de femmes comme elle, tant de rêves éveillés d'une vie normale où son apparence japonaise ne ferait pas de lui un objet constant de haine, de la part de ceux-là mêmes qu'il était chargé de protéger.

Un sourire amer se peignit sur ses lèvres. *Ceux-là mêmes qu'il était chargé de protéger.*

En fait, les seuls qu'il protégeait vraiment étaient les politiciens chinois. Et, à mesure qu'ils entraînaient la Chine vers le précipice, la tâche se faisait chaque jour plus difficile. La fuite en avant économique commençait à ralentir. L'information devenait de moins en moins facile à contrôler. Et les maîtres de Pékin corrompus jusqu'à la lie sentaient faiblir leur emprise sur la population.

Pour redorer leurs blasons ils avaient épuisé tous les discours à l'exception de la religion qui restait évidemment pour eux une ressource impossible. Le dernier en date était le nationalisme. Ils avaient pris le Japon pour cible et l'avaient désigné comme palliatif à la vindicte populaire. Ils avaient exhumé des atrocités survenues des générations plus tôt et habilement transformé un groupement d'îles inutiles en étendard de la fierté nationale. Tout cela en se persuadant qu'ils pourraient contrôler jusqu'au bout la rage soigneusement entretenue d'un milliard d'êtres humains.

Il observa une nouvelle fois la rue, de bas en haut, et arrêta son regard sur une voiture Honda garée en parallèle de la courbe. Elle avait l'air normale presque jusqu'au ridicule : c'était le véhicule le plus utilisé du pays dans la couleur préférée du Japon, un modèle ni jeune ni vieux, ni propre ni vraiment sale, en d'autres termes il aurait pu être invisible.

À l'intérieur de cette coque anodine, cependant, se trouvait quelque chose de vraiment remarquable. Six kilos de plastic, sans doute peu élaboré mais néanmoins très puissant planqués dans la porte côté conducteur. La carrosserie avait été ingénieusement renforcée à l'aide de plaques d'acier qui diffuseraient et amplifieraient la puissance de l'explosion à un point que l'ingénieur chinois qui avait construit le dispositif avait qualifié, de façon quelque peu hérétique pour un communiste, de divin.

Nulle erreur ne serait tolérée. Aucun risque pris. Le général Masao Takahashi ne serait ni blessé ni même tué, non : il serait vaporisé.

Un texto apparut sur le téléphone posé devant lui. Il le lut en buvant machinalement une gorgée de café. Trois minutes. Il n'éprouvait aucune excitation, aucune angoisse, aucune montée d'adrénaline ne se faisait sentir.

Ces réactions émotionnelles, jugées propres à ralentir ses facultés logiques, avaient été éradiquées en lui voici des années. Il n'était pas censé penser ou éprouver quoi que ce soit, moins encore poser des questions. Il était un outil pour des hommes infiniment plus grands que lui, et rien d'autre.

Mais, lui qui avait si longtemps adhéré à tout cela, voyait maintenant les choses très différemment.

Que Masao Takahashi fût un homme extrêmement dangereux ne faisait pas le moindre doute. Il avait refusé d'épouser la logique des événements. Il n'avait pas reconnu que les tentatives d'intimidation de la Chine ne dépassaient pas le niveau d'une mise en scène à destination des masses. Les maîtres de Yoshima en avaient conclu que, l'influence du général une fois supprimée, le peuple japonais reviendrait à son attitude antérieure toute d'évitement humble et d'excuses maugréées.

Ironiquement, c'était l'entraînement qu'il avait reçu de ces mêmes hommes qui le rendait si certain de leur erreur d'analyse. Le nationalisme montait au Japon et la mort de Takahashi ne ferait rien d'autre que l'exacerber. Tout ce qu'il allait accomplir aujourd'hui reviendrait à dresser les deux pays un peu plus l'un contre l'autre.

Un autre texto s'afficha pour l'avertir que la limousine du général serait là d'ici une minute. Il enfila précautionneusement dans ses oreilles une paire d'écouteurs, brancha le cordon à son téléphone. Quiconque le regardait penserait qu'il écoutait de la musique, mais le casque était en fait destiné à le protéger du bruit de l'explosion.

Une goutte de sueur coula sur son front, il l'essuya d'un geste. Ses maîtres avaient soigneusement planifié l'assassinat pour le faire attribuer au Front patriotique du Japon, un groupe gauchiste ayant récemment commis des attentats à Yokohama et Nagoya. Le poison subtil qu'il avait suggéré d'employer à la place avait été jugé trop exotique, et son origine trop facile à détecter si jamais une autopsie était ordonnée. L'emploi d'un sniper, le plan B qu'il avait proposé, considéré comme trop professionnel.

Il attendait donc dans un coffee-shop l'instant de déclencher l'enfer. Yoshima observa les visages des piétons qui passaient devant les vitrines animées des boutiques, les chauffeurs en chemin pour rentrer chez eux. Combien d'entre eux seraient dans quelques instants défigurés, combien seraient blessés à vie, infirmes pour le restant de leurs jours ? Combien mourraient ?

Il secouait la tête au rythme d'une musique imaginaire tout en guettant du coin de l'œil la limousine opulente personnelle de Takahashi qui tournait le coin de la rue. Dans quelques instants, elle serait à la hauteur de la Honda. Il poussa le « volume » de son téléphone trois fois en successions rapides. Un délai de deux secondes avait été programmé, et il l'utilisa pour se forcer au calme. Ne pas tressaillir avant l'explosion était important. Le monde d'aujourd'hui était rempli de caméras et chaque micro-instant de l'événement serait passé au crible par les autorités.

Bien qu'il eût été briefé par les ingénieurs de Pékin, la force de l'explosion le stupéfia. Les gens autour de lui se mirent à hurler, plongèrent au sol. Il en fit autant, couvrit sa tête pour se protéger. Son visage affichait une grimace de panique aussi visible que possible tandis qu'il observait subrepticement ce qui se passait et calculait à quel moment il serait préférable de se redresser.

Deux ou trois personnes se relevèrent. Il leva la tête, regarda à travers la fenêtre pulvérisée qui lui faisait face. Comme prévu, la puissance de l'explosion avait été extrêmement concentrée. La façade tout entière du bâtiment de l'autre côté de la rue était détruite et commençait à brûler. Ceux qui ne gisaient pas allongés sur le bitume immobiles et ensanglantés couraient dans toutes les directions imaginables. Des voitures mutilées, l'une renversée sur son toit tournant encore sur elle-même, étaient dispersées partout alentour comme des jouets d'enfant.

Yoshima concentra son attention sur le mélange de fumée et de poussière qui montait du trou dans le bâtiment. Ses sourcils se froncèrent involontairement. Le vent soufflant sur le nuage gris offrait de brefs coups d'œil épars sur le paysage qui se trouvait derrière. Son esprit mit un moment à associer tous les éléments dispersés, mais, lorsqu'il réalisa la situation, il se dressa sous le choc en oubliant les caméras de surveillance.

Il n'aurait dû rester de la voiture de Takahashi que quelques morceaux de métal tordu et de caoutchouc enflammés. Au lieu de cela, elle était là, intacte, au milieu des décombres.

Impossible.

11

Tokyo,
Japon

Le monde de Masao Takahashi n'était plus que chaos. Un sifflement strident dans ses tympans était le seul son perceptible et plus aucune lumière ne lui parvenait à l'exception de quelques faibles rayons en provenance de ce qui devait être le haut. La seule chose encore familière était la douleur dans son épaule, mais il ignorait d'où elle venait et depuis quand il l'éprouvait.

Au bout de quelques instants, son sens de l'équilibre lui revint, suffisamment en tout cas pour réaliser qu'il n'était pas assis droit. L'un de ses bras était coincé entre le dossier du siège avant et la portière. La lumière filtrante venait d'une fenêtre. La voiture était renversée sur le côté.

— Genzo, appela-t-il.

Mais son chauffeur ne répondit pas.

Takahashi libéra son bras. Il sentit qu'il commençait à recouvrer ses esprits. Il était recroquevillé contre la vitre arrière côté conducteur et, à travers la vitre, parvenait à distinguer un mélange de pavés brillants et de décombres.

— Genzo, fit-il plus fort, tout en se redressant du mieux qu'il pouvait et se penchant en avant entre les sièges. Son chauffeur n'avait pas mis de ceinture de sécurité. Il gisait, immobile, une main pendant en travers du volant. Une tache de sang d'environ dix centimètres de diamètre s'étalait sur le pare-brise intact. Takahashi s'approcha du chauffeur et vit que le sang provenait de ce qui avait été son front et n'était plus que bouillie.

S'appuyant sur le panneau de la porte au-dessous de lui, il se redressa pour essayer d'ouvrir celle du dessus. Il sentit le loquet se débloquer, la porte s'ouvrit dans un déluge de fumée noire et de cris terrifiés. Il lança un bras vers la lumière filtrée du soleil de l'après-midi. Quelqu'un lui criait quelque chose mais le sifflement dans ses oreilles et le crépitement des flammes l'empêchait d'entendre quoi que ce soit.

Une main puissante le saisit sous son bras blessé et il se retrouva presque aussitôt hors du véhicule.

— Général ! cria l'homme directement dans son oreille, vous êtes blessé ?

Takahashi encore groggy ne put que secouer la tête.

— Il faut vous tirer de là ! Venez !

Assis sur la limousine à présent, il put enfin prendre la mesure de ce qui l'entourait. L'immeuble était rempli de fumée mais encore identifiable. Sa voiture se trouvait encastrée entre un mur de ciment et une vitrine pulvérisée. Il se souvint de l'éclat lumineux, du bruit de l'explosion. Les silhouettes en train de brûler, qu'il avait tout d'abord pris pour des mannequins, étaient des corps projetés au milieu des gravats et des habits déchirés.

— Il faut y aller, Général ! Allez !

Il fut tiré de la voiture. Son bras blessé passé par-dessus une série d'épaules. Les hommes du véhicule d'escorte, dont certains saignaient ou arboraient des marques de brûlures, formèrent rang autour de lui tout en l'entraînant vers le bâtiment en ruines.

Il vit des corps qui se tordaient de souffrance, à l'agonie, et d'autres cherchant pathétiquement à fuir l'incendie. Il vit un enfant dont la moitié du corps était carbonisé brûlant près d'une jeune femme immobile. Quelqu'un passa en courant, cueillit le gosse dans ses bras et disparut comme un fantôme dans la fumée suffocante.

Ils passèrent une porte en métal, débouchèrent sur un hall sombre. Takahashi reprenait peu à peu ses esprits et au bout de quelques instants, il donna l'ordre à ses hommes de ralentir.

— Où allons-nous ? demanda-t-il.

— Vers la sortie de secours, répondit l'un des hommes.

— Vous êtes sûrs qu'il y en a une ? On ne va pas se retrouver coincés par le feu ?

— Non, monsieur. Nous avions passé au crible tous les immeubles sur votre parcours. Celui-ci a une sortie arrière qui débouche sur la prochaine rue.

Il n'avait aucune raison de ne pas croire ce qu'on lui disait. Son équipe de sécurité regroupait les meilleurs agents du pays.

— Ma voiture, fit-il.

— Notre priorité est de vous sortir d'ici, monsieur.

Ils parlaient tout en courant. En même temps, l'homme gardait sa main sur son oreillette et acquiesçait régulièrement aux messages qu'il recevait.

— Un hélicoptère est en route pour dégager la voiture par les airs, Général, fit-il après une nouvelle communication.

Takahashi ne répondit pas. Justifier l'urgence qu'il y avait à dégager la voiture serait difficile, mais bien plus simple que d'avoir à expliquer ce qu'elle contenait.

Ils passèrent une autre porte, débouchèrent sur une rue secondaire relativement calme. Avec des accents effrayés, les passants pointaient du doigt la fumée se dissipant à peine entre les immeubles, échangeaient des considérations sur ce qu'il venait de se produire. Les hommes de Takahashi fendirent la foule jusqu'à un camion à demi déchargé garé contre le trottoir.

Ses propriétaires encore sous le choc n'offrirent pas la moindre résistance. Hébétés, ils observèrent en silence le chef de la Sécurité installant le général par la porte du conducteur avant de monter lui-même à son côté.

Dans le rétroviseur, Takahashi aperçut le reste de ses hommes en train d'arrêter des voitures et forcer leurs occupants à sortir. En l'espace de trente secondes, deux d'entre eux parvinrent à placer une Prius réquisitionnée devant le camion, tandis que trois autres positionnaient une BMW derrière le pare-chocs arrière.

— S'il vous plaît baissez-vous, Général !

Il ignora le conseil. La probabilité qu'une seconde équipe les guette et tente de finir ce qui ressemblait à une tentative d'assassinat était très faible, voire inexistante. Et même dans le cas inverse, il n'était pas décidé à se pelotonner derrière ses hommes tel un bébé effrayé.

— Combien de temps pour l'hélicoptère, Lieutenant ?

— On me dit qu'il devrait être sur site d'ici une demi-heure, monsieur. Il faudra quinze minutes pour accrocher les câbles. Où voulez-vous que nous emmenions la voiture, monsieur ?

Takahashi ne répondit pas tout de suite. Il observait les expressions sidérées des passants tout en essayant de comprendre exactement ce qu'il s'était passé et qui était responsable.

— Je vous le dirai quand ce sera le moment.

12

Environs de Imizu,
Japon

— Je vais te laisser le bénéfice du doute : tu ne devais pas être bien en forme quand ces types ont essayé de te tuer, n'est-ce pas ?

Le regard de Jon Smith passa du couteau de la femme à son visage toujours dissimulé par le rebord de son chapeau. La voix lui était familière, mais les sérums que la perfusion envoyait dans ses veines l'empêchaient de se concentrer.

À l'aide du couteau, elle coupa la lanière de cuir emprisonnant sa cheville, puis se recula dans la lumière. Les cheveux étaient d'un noir peu familier mais le regard sombre et le sourire arrogant ne laissaient pas la moindre ambiguïté.

— Randi ? s'exclama-t-il. Comment… mais comment m'as-tu trouvé, putain ? Est-ce que Fred…

Elle secoua la tête, agacée.

— Fred est la raison pour laquelle tu t'es pris ce carreau d'arbalète dans le dos, si tu veux mon avis. Je me suis dit qu'il fallait qu'on se parle avant de lui faire savoir où tu te trouvais.

Il médita sur ce qu'elle venait de dire. Avait-on augmenté sa dose de médicaments ? Il souffrait toujours le martyre, mais sa capacité de réflexion semblait anormalement lente.

— Le type à qui j'ai parlé… le responsable…

— Noboru Ueno. Au Japon c'est l'un des plus florissants…

Elle s'interrompit une seconde pour chercher le mot qui convenait.

— … entrepreneurs, acheva-t-elle.

Smith secoua faiblement la tête.

— Bon sang, Randi. Il y a un patron de la mafia sur cette planète avec qui tu n'as pas de relation ?

Elle haussa les épaules évasivement.

— Estime-toi heureux de mes fréquentations discutables. Les projets de Noboru à ton sujet n'étaient pas exactement prometteurs quand je l'ai contacté. Pour autant que je sache, tu devais finir mêlé à de la nourriture pour chats dans une de ses boucheries en gros.

— Et tu fais confiance à ce type plutôt qu'à Fred ?

— Je ne fais confiance à personne, comme tu le sais. Mais Noboru et moi, on se connaît depuis longtemps. Nous avons aussi quelques intérêts communs. Avec Klein, je ne sais jamais quoi penser.

Smith se contraignit à s'asseoir. Elle l'observa se débattre pour trouver la position la moins douloureuse possible, tout en se demandant en silence jusqu'où l'état de Jon allait pouvoir contrecarrer ses projets. Elle ne lui offrit aucune aide.

— Je suppose que tu es ici pour me libérer ?

Elle acquiesça.

— Tu n'es pas en très bon état d'après le toubib, fit-elle. Mais en faisant attention, on devrait arriver à te sortir d'ici. Ils vont apporter une chaise roulante. L'appartement où je t'emmène est loué par une société-écran. On y fera profil bas jusqu'à ce que tu sois à peu près sur pied et qu'on trouve le moyen de te ramener aux States.

— Fred pourrait envoyer un jet.

— On verra ça plus tard. Pas la peine de se précipiter pour l'instant.

Discuter avec elle était inutile, il le savait. Il lui fit signe de lui apporter le pantalon cargo qui traînait dans un coin. Mieux valait se presser d'agir avant que son hôte ne change d'avis.

La porte s'ouvrit quelques instants plus tard, tandis qu'il luttait avec ses doigts à demi paralysés pour remonter sa fermeture Éclair. L'homme qui pénétra dans la pièce était celui avec qui il avait parlé à son réveil. Trois types à l'air extrêmement sérieux l'accompagnaient.

— Randi, fit-il en examinant la jeune femme des pieds à la tête avant de se fixer sur sa chevelure teinte. Qu'est-ce que c'est que cet accoutrement ?

— Je déteste attirer l'attention ; vous le savez bien.

Il lui saisit la main et l'embrassa.

— Mais vous l'attirez quoi que vous fassiez, ma chère. Vous êtes radieuse, comme toujours.

— Quel charmeur, fit-elle avec un sourire presque imperceptible. Où est la chaise promise ?

— Où est ce que je t'ai demandé ? fit-il en réponse.

Randi désigna le cartable posé sur la table. Noboru Ueno le saisit, en examina le contenu d'un air approbateur. Depuis la position où il se trouvait confiné, la valise parut à Smith pleine de bons au porteur.

— Je pouvais tout aussi bien vous virer l'argent depuis la Croatie, fit Randi.

Il secoua la tête.

— J'en suis venu à aimer la sensation du papier entre mes doigts.

Smith était trop groggy pour tirer le moindre sens du geste presque imperceptible que fit Ueno en achevant sa phrase. Randi, elle, comprit de quoi il retournait.

À la seconde où les trois hommes se jetèrent sur elle, elle avait déjà réagi et le couteau dans sa main avait mystérieusement reparu. Plutôt que de reculer comme ils s'y attendaient sans doute, elle chargea le premier des trois, enfonça la lame jusqu'à la garde entre ses côtes. Puis elle vira, cueillit le second assaillant d'un coup de coude. Pendant ce temps, Smith s'extrayait du lit comme il pouvait. Il se jeta sur Ueno avec la vague sensation que la perfusion s'arrachait de son bras. À l'instant où il touchait le sol, ses jambes le lâchèrent. Il s'effondra aux pieds du mafieux, submergé par la souffrance et par une nausée soudaine. Il tenta de se redresser pour aider Randi qui pointait maintenant son couteau sur la gorge de l'homme qu'elle venait de frapper. Ce dernier, sonné mais encore debout, parvint à bloquer le couteau et la lame s'enfonça dans son avant-bras jusqu'à l'os. Il hurla. Se détournant de lui, Randi tenta d'esquiver le seul des trois hommes encore intact mais elle se trouvait déséquilibrée et elle le savait. Le type l'envoya au sol d'un balayage du pied, elle tomba, heurtant violemment le parquet, et, presque aussitôt, l'homme blessé à l'avant-bras parvint à poser un genou sur son poignet, bloqua le couteau dans sa main en l'aspergeant de sang.

Dès lors, ce fut fini. Chacun des hommes la surpassait d'au moins vingt kilos, et deux d'entre eux se tenaient maintenant sur elle. En position verticale, la précision de Randi et sa vitesse surprenante la rendaient redoutable ; au sol, cependant, sa taille et son poids devenaient des obstacles insurmontables.

Smith parvint à se mettre à quatre pattes. Sa tête tournait si violemment qu'il n'aurait su distinguer le haut du bas. D'un coup de pied, Ueno le projeta sur le côté, s'avança, puis se mit à le fixer. Ses lèvres remuaient et Smith en déduisit qu'il devait dire quelque chose. Il se concentra pour déchiffrer ses paroles :

— D'après le médecin, vos blessures sont trop sérieuses pour que vous puissiez seulement sortir du lit sans aide, mais les amis de Randi ont la fâcheuse habitude d'être anormalement résistants. J'ai préféré prendre mes précautions, fit-il en désignant la perfusion.

Ueno se pencha sur le cadavre du garde dont le sang tachait le luxueux parquet en teck. Il s'avança vers Randi et lui lança un violent coup de pied dans les côtes.

— C'était l'un de mes meilleurs hommes.

Elle se débattait si violemment contre les deux types qui la maintenaient au sol que Ueno choisit de reculer d'un pas.

— Tu ne perds rien pour attendre espèce d'enfant de pute !

Il soupira, agacé.

— Je dépense des millions pour ma sécurité. J'avais la garantie absolue qu'aucune arme ne pouvait pénétrer ici et voilà le résultat.

Ueno enjamba la flaque rouge qui s'étendait au sol pour ouvrir la porte à cinq hommes qui firent aussitôt irruption. En quelques secondes, Smith fut roulé sur le ventre, et ses membres engourdis attachés avec du ruban adhésif. De là où il se trouvait, il pouvait voir Randi subir le même sort. Du moins se défendait-elle de manière honorable, quoique inutile, ce dont il était bien incapable.

Smith fut jeté si violemment sur l'épaule de l'un des types qu'il dut lutter pour ne pas vomir sous la douleur. L'homme l'emporta dans le couloir. Juste derrière, Randi continuait à se débattre et hurler des insultes. Ils passèrent les portes, se retrouvèrent à l'extérieur, furent balancés dans le coffre d'une voiture qui attendait.

— Tu ferais mieux de me tuer tout de suite, Noboru. Parce que si tu ne le fais pas, je reviendrai ! hurlait Randi.

Smith ne pouvait pas voir l'homme d'où il se trouvait, mais quand Noboru prit la parole, il semblait sincèrement ému.

— Randi, tout cela est très difficile pour moi. Je vous ai toujours appréciée et pour être tout à fait sincère, j'ai un peu peur de vous, comme j'ai peur de la CIA. Mais les hommes qui en ont après vous… L'espace d'une seconde, sa voix faiblit : À vrai dire ils me terrifient plus encore.

13

Périphérie de Imizu,
Japon

Randi Russell, comprenant qu'elle était à deux doigts de l'hyperventilation, tentait de reprendre le contrôle d'elle-même. Du papier adhésif couvrait sa bouche et son visage était collé au coffre, si bien que procéder aux longues respirations profondes dont elle avait l'habitude pour retrouver son sang-froid n'était pas envisageable. Elle se concentra sur des images mentales, un paysage apaisant noyé de soleil, mais le souvenir cuisant de la trahison de Noboru Ueno la parasitait. Elle se mit à l'imaginer agonisant de mille façons toutes pires les unes que les autres – une balle entre les deux yeux, piétiné par un bétail en furie, écartelé. *Ressaisis-toi Randi !*

Sa rage était généralement l'une de ses plus grandes forces. Elle savait la maintenir intacte quand tout le monde autour d'elle tombait de fatigue, et c'était encore cette colère qui lui faisait suivre une piste dans des dossiers où personne n'espérait plus depuis longtemps arriver au moindre résultat. Mais sa fureur pouvait aussi échapper à son contrôle et, quand cela se produisait, elle n'était plus en état de réfléchir. C'était dans ces moments-là que la présence de Jon se faisait généralement sentir, avec ses analyses distanciées et ses plans réfléchis. À ce qu'elle avait vu de lui, cependant, ce qu'il pouvait faire de mieux tandis qu'ils étaient portés par les hommes de Ueno, se limitait à éviter de se baver dessus.

Elle retint son souffle un moment, tenta de s'orienter dans l'espace étroit où elle se trouvait.

Le coffre dans lequel ils étaient enfermés n'était pas aussi spacieux que la taille de la voiture l'aurait laissé penser. Elle était complètement coincée, impossible de seulement remuer et la situation de Jon devait être encore pire. Les hommes de Ueno n'avaient rien laissé au hasard. Ils avaient utilisé l'essentiel du ruban adhésif pour les attacher séparément et le reste pour les coller dos à dos. Atteindre le loquet, ou les fils électriques sous la couverture tapissant le coffre, était hors de question.

Le rythme égal et sans à-coups du moteur indiquait que le chauffeur savait ce qu'il faisait. Un professionnel précis, déterminé, et n'attirant pas l'attention. Passé quelques virages et arrêts pour sortir de la propriété de Ueno, ils avaient roulé pratiquement en ligne droite à vitesse constante pendant tout le dernier quart d'heure.

En dehors de ces maigres informations, il n'y avait rien, sinon l'obscurité. Il lui fallut un moment avant de comprendre ce qui la gênait dans cette absence totale de mouvement.

C'était Jon. Jon qui avait été toutes ces années une présence constante. Imperturbable quelles que soient les épreuves, impossible à éliminer même dans les pires situations. Jon qui à présent ne bougeait plus du tout.

Une secousse d'adrénaline la parcourut tout entière. Collée à lui comme elle l'était, pourquoi ne le sentait-elle pas respirer ? Elle fit un mouvement brusque vers l'arrière. Un soulagement l'envahit lorsqu'elle l'entendit grogner faiblement en réponse. Il était vivant, oui. Mais pour combien de temps ?

S'il mourait, pensa-t-elle, ce serait de sa faute. Elle était arrivée là-bas sans le moindre renfort. Klein ne savait rien de Ueno, personne à la CIA n'avait la moindre idée de l'endroit où elle se trouvait, personne non plus ne se doutait de l'existence de Covert-One.

C'était à elle et elle seule de les faire sortir d'ici. Mais comment ?

Elle essaya de ramper vers l'avant dans l'espoir de tomber sur un objet tranchant quelconque – un verrou qui dépasse, un fil déconnecté – mais elle ne réussit pas à bouger de plus d'un centimètre et demi. Elle insista quelques instants, s'agita, tenta de secouer Jon qui cette fois n'eut pas la moindre réaction. Avait-il perdu conscience ? Est-ce qu'il était…

Ressaisis-toi Bon Dieu ! se sermonna-t-elle à nouveau. Elle ne pouvait rien faire pour lui tant qu'elle ne l'aurait pas fait sortir d'ici. S'il était mort, elle n'y pouvait rien non plus.

La voiture commença à ralentir puis, enfin, s'arrêta. L'espace de quelques instants, elle craignit qu'ils ne soient arrivés à destination, puis elle sentit le véhicule qui se remettait à bouger, glissant quelque secondes sur le bitume avant de s'arrêter encore. Un embouteillage.

Un automobiliste à la vitre ouverte l'entendrait-il si elle se mettait à crier ? Elle frotta son visage contre l'intérieur du coffre pour essayer d'arracher le papier adhésif de sa bouche. La couverture couvrant le sol manquait trop d'aspérité pour être efficace. Elle persista, frottant son visage de façon frénétique jusqu'à ce que les muscles de sa nuque se bloquent et que la chair de ses joues lui paraisse sur le point de partir en lambeaux –, à bout de forces, elle se laissa retomber. Il n'y avait pas d'issue.

Elle perdit conscience du temps. Elle continuait de ruminer sans cohérence sur Jon, sur Klein – sur son mari mort des années auparavant. Sur Ueno. Dehors, la circulation ne donnait aucun signe d'amélioration et le rythme de la voiture démarrant puis s'arrêtant la plongeait peu à peu dans le sommeil…

Soudain, un choc violent, un bruit assourdissant et elle fut violemment projetée sur le côté. Le coffre s'entrouvait juste assez pour laisser filtrer un peu de lumière. Elle enfonça ses genoux dans l'interstice avec l'espoir qu'en poussant elle parviendrait à l'ouvrir complètement. Le verrou qui tenait bon commença à fléchir. Elle prenait son élan pour une nouvelle tentative quand des coups de feu se firent entendre – des rafales contrôlées de trois, peut-être quatre armes automatiques différentes. Elle se tendit par réflexe mais aucun des tirs ne semblait viser la carrosserie de la voiture. Il y eut des bruits de vitres brisées, des cris.

Au bout de quelques instants les tirs s'arrêtèrent. Les seuls bruits perceptibles n'étaient plus que le grondement du moteur et le froissement de corps cherchant à fuir.

Enfin, l'extrémité d'une barre de fer s'introduisit dans l'interstice du coffre, une autre apparut à la hauteur de sa tête. En quelques secondes, le coffre céda et elle découvrit au-dessus d'elle un Japonais armé d'un rasoir. Elle eut un réflexe de recul à la vue de l'arme mais, au lieu de viser sa gorge, l'homme utilisa la lame pour fendre le ruban adhésif qui la reliait à Jon. Quelques mouvements rapides plus tard, elle avait retrouvé suffisamment d'autonomie pour sortir elle-même du coffre et revenir à la position verticale. L'homme lui indiqua d'un geste un 4 × 4 arrêté tout près du camion de livraison renversé qui bloquait la circulation. Elle refusa de bouger avant de s'assurer que le type sortait Jon du coffre et le portait vers le véhicule. Puis elle se mit en chemin.

À travers les vitres des voitures arrêtées autour d'eux elle regardait les visages des badauds qui pour la plupart la fixaient avec horreur. Quelques-uns essayaient de filmer la scène sur leurs téléphones. Elle compta trois hommes encore en position qui balayaient l'espace du canon, leurs fusils-mitrailleurs MP5 à la recherche de cibles. Dans la voiture dont elle venait de s'extraire, les quatre types qui l'avaient tenue prisonnière étaient tous morts. Aucun n'avait eu le temps d'ouvrir les portières avant de recevoir plusieurs balles dans la tête.

Elle suivit l'inconnu qui transportait Jon jusqu'à l'arrière du 4 × 4 sans la moindre idée de qui il pouvait être. La précision de l'attaque, l'ampleur de l'embuscade avec le camion de livraison indiquaient clairement un haut niveau de professionnalisme – un niveau encore plus apparent du fait de l'absence de communication téléphonique. Mais au service de qui ? Devait-elle les laisser embarquer Jon et récupérer suffisamment de son côté pour repartir à sa recherche par la suite, ou bien monter avec lui dans la voiture ? Le 4 × 4, ses portières encore ouvertes, commença à reculer. Elle comprit que le temps n'était pas aux questions.

Les mains encore attachées dans le dos, elle courut maladroitement et plongea dans le véhicule. Elle atterrit sur le corps de Jon étendu inconscient en travers du siège et aussitôt, le chauffeur mit le pied au plancher, elle eut à peine le temps de rentrer les jambes tandis que sous la vitesse électrique du démarrage la porte se refermait d'un coup. La voiture traversa le terre-plein, fit le tour du van criblé de balles, et fila sur la route.

Elle se glissa jusqu'au rasoir à main abandonné par leur libérateur sur le plancher du 4 × 4. En un rien de temps elle eut les mains libres et entreprit de couper le ruban adhésif qui emprisonnait Jon.

Au moins il respirait. *Comment* il respirait était le problème – un souffle humide, une sorte de succion qui ne venait pas seulement de sa gorge mais de la plaie rouverte entre ses côtes.

— Jon ! fit-elle. Tu m'entends ?

L'espace d'une seconde, ses yeux s'agitèrent et ce fut tout. Elle entreprit de lui déchirer sa chemise, et pressa le tissu contre le trou qu'il avait au côté. Elle ne voyait pas ce qu'elle pouvait faire de plus.

— Qui est-ce que vous êtes, putain ? fit-elle en se tournant vers l'homme au volant qui conduisait maintenant calmement.

En guise de réponse, le type lui tendit un téléphone. Une connexion était déjà en train de s'établir entre l'appareil et un numéro entièrement composé de zéros.

— Allô ? fit-elle en plaquant l'appareil contre son oreille.

— Hello, Randi. Elle identifia sans erreur possible la voix de Fred Klein.

— Vous m'avez fait suivre, dit-elle après un moment de surprise avec une indignation un peu forcée.

— Je vous savais en route vers la région où Jon était présumé mort. Je me suis dit que vous risqueriez de vouloir régler vos comptes toute seule plutôt que de remplir la mission que je vous avais confiée.

Elle resta silencieuse.

— Vous vous êtes lancée dans l'une des actions les plus stupides à laquelle j'ai eu la malchance d'assister, reprit Klein. Mais je dois dire que le résultat final me satisfait trop pour être furieux contre vous. Parlez-moi de Jon. Dans quel état est-il ?

Ses lèvres s'étaient serrées. Elle ne pouvait pas protester et le savait. Au vu de ce qui venait de se produire, Klein semblait avoir marqué quelques points.

— Il n'a pas l'air bien, dit-elle seulement.

— Compris. J'ai un jet non loin d'ici avec une équipe médicale à bord. Pour l'heure, nos priorités sont inversées. Il faut ramener Jon et le remettre sur pied. Nous parlerons du reste plus tard.

14

Aux abords de Tokyo,
Japon

Le général Masao Takahashi se tenait sur son perron et observait le soleil couchant sur les jardins méticuleusement tenus qui semblaient s'étendre jusqu'à l'horizon. La douleur à son épaule palpitait au rythme de son cœur mais, en dehors de cela, ses blessures s'étaient révélées négligeables. Quelques bleus, quatre points de suture au genou droit, rien de plus.

Ses ennemis avaient fait l'erreur de leur vie en le ratant. Takahashi avait toujours trouvé sa force dans l'adversité, et ce qui venait de se produire en était le meilleur exemple. L'attentat lui prouvait qu'il avait cessé de se soucier de sa propre vie – un souci qu'un homme dans sa position ne pouvait de toutes façons pas se permettre.

Le grand point faible de l'opération sophistiquée qui commençait à se déployer sur la scène internationale était de dépendre tout entière d'un seul et unique individu : Takahashi. Nul n'avait le mélange d'histoire, de culture et d'autorité nécessaire pour mener son plan à bien à part lui. Personne d'autre non plus n'avait la détermination nécessaire pour changer l'ordre du monde et ses fondations.

S'il avait été tué, tout ce que lui et tant d'autres avaient passé leurs vies à construire se serait écroulé. Son grand pays et le peuple qui l'habitait auraient été condamnés à poursuivre une chute dans la futilité.

Depuis, il avait doublé ses équipes de sécurité. Lors de ses déplacements, il prenait désormais des routes et des modes de transport chaque fois différents. Le nombre d'hommes autorisés à l'approcher avait été réduit à ceux dont la loyauté était absolument indiscutable. Même sa nourriture était maintenant achetée à des fournisseurs sélectionnés au hasard par un homme qui était au service de sa famille depuis plus de trente-cinq ans.

Les choses se mettaient en place à une vitesse exponentielle et seraient bientôt hors contrôle pour tout le monde. Mais, en attendant, il allait lui falloir garder une main ferme sur le gouvernail.

Takahashi descendit les marches usées, atteignit l'allée de gravier, la parcourut en boitant tout en admirant l'ordre parfait du paysage. À l'origine, la propriété appartenait à son père et, depuis qu'il en avait hérité, Takahashi n'avait rien changé à sa disposition. Par beaucoup d'aspects, elle faisait figure d'autel, pour lui, un autel pas si différent que celui de Yasukuni – un lieu où honorer non les soldats, mais les industriels qui avaient transformé une île vaincue en puissance susceptible, un jour, de rivaliser avec le monde entier.

Il se promenait entre les arbres fleuris et les jardins de pierre. Il était encore presque incrédule à l'idée que tout cela lui appartenait. Le jour où Masao lui avait annoncé son intention de rejoindre les cadets des forces de la Défense nationale, son père était resté muet, ce qui ne lui arrivait que rarement. Lui-même avait été un grand patriote, bien sûr, il avait tout donné à l'effort de guerre, mais les forces de défense étaient faibles. Elles le resteraient tant que durerait l'obscène constitution imposée au Japon par Douglas MacArthur. Le père de Takahashi était un homme brillant, qui se projetait dans l'avenir économique du pays et voulait voir son fils aîné à ses côtés, l'aider à bâtir une nouvelle forme de pouvoir mondial, plus pacifique.

Vers la fin cependant, il lui avait donné sa bénédiction. Il y a bien des moyens de servir son pays et il avait respecté la décision de son fils.

Qu'il soit mort peu après était pour Takahashi une vraie tragédie. Le Japon était alors embourbé dans une récession de plusieurs décennies, son peuple faisait des courbettes à tous au nom de l'Histoire passée, et la Chine, pendant ce temps, devenait une superpuissance de plein droit dotée d'une économie et d'une armée en pleine expansion.

Après une vie de dévotion, son père était mort avec la faiblesse du Japon dans les yeux.

Aujourd'hui les choses changeaient enfin. La récession reculait, une génération sans expérience directe de la guerre refusait de porter la responsabilité des péchés des pères. Plus important encore, la capacité du Japon à se défendre lui-même – si longtemps déléguée à l'Amérique – commençait calmement à renaître.

Les Japonais avaient été les maîtres de leurs destins des siècles durant ; sous peu ils le seraient de nouveau. Mais les plans de Takahashi ne s'arrêtaient pas là. Les erreurs du passé ne seraient pas répétées. Cette fois, le Japon prendrait toute sa place parmi les pouvoirs suprêmes sur la planète.

Des pas approchaient dans son dos. Il se retourna pour découvrir Akio Himura, le directeur du Renseignement japonais, qui s'avançait rapidement dans l'allée.

— Les arbres sont exceptionnellement beaux cet après-midi, fit-il en s'inclinant.

Takahashi s'inclina à son tour.

— Marchons ensemble, Akio.

Ils restèrent silencieux quelques instants, admirant les lumières du soir qui disparaissaient peu à peu tout autour. Takahashi parla le premier :

— Qu'est-ce que les médias ont pu obtenir ?

— Très peu, monsieur. Il se trouve qu'il n'y a pas de vidéo de l'explosion elle-même. En revanche, une abondante documentation sur les minutes qui l'ont suivie existe. Bien sûr l'événement a été couvert par toute la presse mondiale.

Le général acquiesça. L'avènement des téléphones cellulaires et d'Internet rendait virtuellement impossible toute prétention à dissimuler l'information. À la place, il fallait donc maîtriser l'art bien plus subtil de lui donner forme.

— Et ma limousine ?

— Les images les plus précises sont d'une définition relativement basse et le véhicule est dissimulé par la fumée de façon intermittente. Il est cependant possible de repérer l'absence d'altération, surtout lorsqu'on la compare aux voitures tout autour, sans parler du bâtiment lui-même.

— Quelqu'un a parlé de ça publiquement ?

— Pas spécifiquement. L'hypothèse est le manque de précision. Les gens ont tendance à ne voir que ce qu'ils s'attendent à voir, ils attendent des explications familières. Les médias parlent de votre survie comme d'un miracle. Mes équipes travaillent là-dessus pour élaborer votre image.

Takahashi acquiesça en silence. Il se mit à réfléchir au rythme de leurs pas. En vérité, sa survie tenait de tout sauf du miracle – et cela sauterait péniblement aux yeux de quiconque voulait bien voir. Sa voiture personnelle avait été construite avec un nouvel alliage de céramique en fibre de carbone. Sa force de résistance au choc et à la chaleur était six fois supérieure à celle de l'acier.

Une version du même matériau de moindre qualité avait été vendue pour des centaines de millions aux Américains dans le cadre de leur programme risible d'avions de combat Lockheed Martin F-35. Ils ignoraient tout de la valeur médiocre de ce qu'ils avaient acheté, et cette ignorance était quelque chose que Takahashi tenait beaucoup à maintenir pour l'instant.

— La voiture a été retirée sans problème ?

— Sitôt que le feu a été sous contrôle, nos hommes l'ont recouverte d'une bâche et plus aucune photo n'a pu être prise. On l'a évacuée par les airs en moins de vingt minutes.

— Et la réaction à tout cela ?

— Comme prévu. Quelques protestations pour dénoncer le fait que les forces de défense donnent la priorité au matériel sur les blessés. Nous avons fait valoir les besoins de l'enquête, la nécessité d'inspecter la voiture. Elle est en lieu sûr à la base Nord.

— Je fais confiance à votre compétence pour la suite, dit Takahashi. Parlez-moi un peu des pistes. Où en est-on ?

Himura tritura sa cravate nerveusement.

— Au Front patriotique du Japon.

L'expression du général s'assombrit. Le FPJ était un groupe terroriste d'extrême gauche responsable d'une série d'attentats récents à la bombe. Ils demandaient l'arrêt du budget des forces de défense, la nationalisation de tout un tas d'entreprises, y compris celles dont Takahashi et sa famille étaient propriétaires, et la repentance continue du peuple japonais.

Le FPJ était la seule organisation au monde que Takahashi méprisait plus encore que les Chinois. Ils sabotaient leur patrie, s'en prenaient à leur propre peuple, insultaient ceux qui travaillaient sans relâche à bâtir le pays leur permettant de vivre en sécurité et de manger à leur faim.

Au cours des deux années précédentes, les agents de Himura avaient consacré des ressources considérables pour les traquer, mais sans le moindre succès. On les suspectait de vivre entièrement dans la marge, peut-être même hors du Japon. La possibilité d'un financement étranger était régulièrement évoquée, mais les preuves manquaient. En fait, il n'y avait rien. En dépit des efforts combinés de Himura, de la police et d'Interpol, le FPJ restait un fantôme.

— Je ne sais pas, Akio, fit Takahashi. Si l'on se base sur leur parcours, le coup paraît bien trop audacieux pour eux. Et le nombre des victimes civiles est bien supérieur à ce qu'ils tolèrent normalement.

— C'est vrai. Mais d'un autre côté, la gravité de leurs actions n'a cessé d'augmenter. Ils ont commencé par occuper des bâtiments. Leur attentat à la bombe contre le convoi de l'armée l'année dernière a fait deux morts et huit blessés chez les soldats. Vous êtes une cible sérieuse. Ils ont peut-être pensé que le jeu en valait la chandelle.

— Vous croyez cela ?

— Ce que je sais, c'est que toutes les pistes pour l'instant vont dans leur direction. Officiellement, ils démentent toute participation à l'attentat. Mais ça pourrait être en raison du nombre de victimes. Du moins c'est l'opinion de la presse.

— Il était difficile de ne pas anticiper de blessés.

— Je suis assez sceptique sur leur rôle, à vrai dire.

— Alors ? La Chine ?

— La réponse la plus probable. Mais trouver les preuves pour soutenir une accusation pareille me semble impossible.

— Si on ne les trouve pas, peut-on du moins les fabriquer ?

Himura marqua une surprise sincère.

— Ce serait dangereux, répondit-il après un temps. Les tensions internationales ont atteint un niveau sans précédent depuis la guerre. Je crains que nous ne soyons en passe de franchir une ligne de non-retour. Je ne suis pas sûr que nous soyons prêts…

— Je ne m'intéresse pas à votre analyse de la situation tactique, dit Takahashi qui laissa une pointe de colère percer dans sa voix. J'ai seulement demandé si c'était possible.

— Veuillez m'excuser, Général, pour avoir empiété sur votre domaine réservé, fit Himura en inclinant la tête avec soumission. C'est impardonnable de ma part. Oui, je crois que c'est possible.

Takahashi prit une longue inspiration, prenant le temps de l'expirer lentement.

— Il y a autre chose, n'est-ce pas ? Je vous connais trop bien, Akio. Je peux lire sur votre visage.

— Oui, monsieur. Randi Russell et l'homme blessé… Sa voix se perdit.

— Continuez.

— Ils se sont échappés.

Takahashi s'arrêta net. Un flot de douleur traversa son genou.

— Comment ça « échappés » ?

— La voiture qui les transportait a été attaquée. Un travail de professionnels. Les voitures de secours qui les suivaient ont été bloquées par la circulation et quatre de nos hommes sont morts. L'assaut tout entier n'a pris que quelques secondes. Il y avait suffisamment d'interférences électroniques pour empêcher qui que ce soit de l'enregistrer.

— Vous avez pu suivre leurs traces ?

Le silence effrayé de Himura répondit à la question.

— Et les débris du réacteur ?

— Noboru Ueno ne les avait pas. Ça ne laisse que deux hypothèses. Soit l'homme blessé les a perdus en mer, soit il les avait avec lui en s'enfuyant.

Takahashi sentit la rage monter en lui mais il n'en laissa presque rien paraître. Les Américains possédaient à présent des échantillons de Fukushima. Nul ne pouvait prédire combien de temps il leur faudrait pour réaliser ce qu'ils avaient sous les yeux.

Une sueur perla à son front tandis qu'il se remettait en marche. Il laissa la brise rafraîchir ce qui lui semblait être une fièvre soudaine.

— Trouvez-les, Akio. Trouvez-les tout de suite.

15

Aux abords de Busan,
Corée du Sud

— *Jon ? Tu m'entends ? Jon ?*

Une voix de femme. Familière mais impossible à identifier.

— Jon !

Smith ouvrit les yeux sur des lumières fluorescentes. Le visage de Randi planait au-dessus de lui et il pouvait sentir la chaleur de sa main dans la sienne.

— Heureux de te voir de nouveau toi-même. Tu n'es plus qu'une source de problèmes depuis peu.

— Qui sème le vent…, grommela-t-il tout en essayant de comprendre où il se trouvait et comment il y était arrivé.

— Jon ? Comment vous sentez-vous ?

Une voix d'homme, cette fois. Il fut capable de l'identifier sans trop de mal. Il laissa sa tête rouler sur le côté gauche pour apercevoir Fred Klein debout près de lui, dans son costume toujours impeccablement fripé. Sa bouche se tordait dans une grimace de désapprobation dont Smith sut dans l'instant qu'elle ne lui était pas destinée.

— Je crois... Je crois que ça va, dit-il.

— Mes hommes ont dû réopérer votre dos et vous regonfler le poumon une nouvelle fois. D'après ce qu'ils disent, les vis dans votre omoplate sont de bonne qualité et vos côtes cassées se recolleront d'elles-mêmes. Mais jusque-là vous allez souffrir l'enfer, mon vieux.

Smith acquiesça faiblement, puis se tourna vers Randi qui semblait sincèrement inquiète.

— Cesse de me regarder comme ça. Ça me rend nerveux. Comment nous as-tu sortis du coffre ?

Elle dégagea sa main et recula, son expression soucieuse faisant place à l'incertitude.

— Je l'avais fait suivre, dit Klein quand il fut clair qu'elle ne répondrait pas. Nous avons organisé une embuscade, éliminé les hommes dans la voiture et on vous a amené ici.

Smith fit des yeux le tour de la chambre d'hôpital, qui était dépourvue de fenêtre.

— On est aux États-Unis ?

— J'ai peur que non. Il y avait un médecin et une équipe dans le jet. Vous avez eu des problèmes respiratoires. Il a fallu faire un arrêt d'urgence en Corée du Sud.

— Séoul ? Dans quel hôpital sommes-nous ? Je connais le directeur du...

Il se tut de nouveau quand Klein secoua la tête, marcha jusqu'à la porte et l'ouvrit. Smith se pencha autant qu'il lui était possible. Le bâtiment arrière ne présentait rien de plus que la carcasse d'un entrepôt abandonné. La pluie tombait du toit effondré, et le haut rouillé d'une grue saillait depuis le sol six mètres plus bas. Un homme à l'allure dangereuse et aux traits est-européens, un fusil d'assaut israélien entre les mains, leur retourna leur regard, puis se détourna sans un mot.

Klein referma doucement la porte, prit un siège près de la table.

— Nous avons des lieux de ce genre installés partout dans le monde pour ce type de situation. C'est la première fois que nous utilisons celui-ci.

— Le Président sera heureux de savoir que son argent n'est pas gaspillé en vain, parvint à glisser Smith.

Klein acquiesça.

— Nous avons besoin que vous vous concentriez sur votre convalescence, Jon. Personne ne peut vous atteindre ici, donc, vous n'avez à vous soucier de rien d'autre.

Smith tenta de s'asseoir. Tentative pas aussi couronnée de succès qu'il l'avait espéré. Il fit un geste à Randi qui vint l'aider à s'installer, disposant autour de lui quelques oreillers supplémentaires.

— Comment on s'est sortis de ce coffre, voilà qui n'est toujours pas bien clair dans mon esprit, dit Smith. Vous vous êtes juste mis à tirer dans le tas ? Sur la voie publique ?

L'irritation de Klein fut immédiatement visible et Randi battit de nouveau en retraite.

— Non seulement sur la voie publique mais sur une voie publique encombrée d'embouteillages. Randi a découvert que vous étiez toujours en vie. Elle est allée vous chercher sans en référer. Je ne pouvais pas m'offrir le luxe de la subtilité quand j'ai réussi à vous retrouver.

— Après avoir envoyé Jon au Japon, dit Randi sur la défensive, vous avez implicitement acté qu'il était mort.

— Ça me semblait le plus probable, en effet.

— Ce qui vous semble importe peu. Je n'avais aucun moyen d'être certaine que vous ne l'aviez pas piégé et que vous n'étiez pas en train d'essayer de faire la même chose avec moi.

Klein émit un long soupir de frustration.

— Randi, vous êtes aussi talentueuse qu'il est possible de l'être. Mais sans confiance mutuelle, nous ne pouvons pas travailler ensemble. Vous comprenez cela ?

— Je n'arrive pas à croire que vous me sermonniez sur la confiance. Je vous signale que vous m'avez fait suivre.

— Et où seriez-vous sans cela ? D'après mon expérience, les voyages qui commencent dans des coffres de voiture finissent mal en général.

— Fred a raison, dit Smith. Et il est fiable, Randi. Il a toujours été là pour moi. Pour toi aussi, si je puis me permettre.

— Le passé n'est pas une garantie de l'avenir.

— Tu veux des garanties sur tout ? Change de boulot.

Le visage de Randi se crispa, comme si elle venait d'avaler un poison.

— Okay, dit-elle enfin. J'ai merdé. Je suis désolée et je m'excuse.

Klein acquiesça.

— Vos excuses sont acceptées. N'en parlons plus. On repart à zéro.

Elle traversa la pièce pour lui tendre la main.

— *Deal*. Mais si vous décidez de nous doubler, Jon ou moi, assurez-vous de nous tuer pour de bon.

Il garda sa main dans la sienne.

— Et si vous décidez de me doubler, moi, répliqua-t-il, je vous suggère de faire de même.

Elle acquiesça presque imperceptiblement de la tête, et ce fut tout.

— Bien. Maintenant que le dossier est clos, fit Smith, quelqu'un peut-il me dire ce que les toubibs pronostiquent à mon sujet ?

— Désolé, répondit Klein. Vous devriez récupérer complètement, mais ça va prendre un certain temps et pas mal d'efforts. Il y a un récapitulatif médical dans le dossier sur la table près de vous. Vous le comprendrez mieux que moi. Mais je n'ai pas besoin d'être médecin pour savoir que vous avez eu une chance d'enfer.

Smith acquiesça.

— Le carreau d'arbalète a été ralenti par une coque de bateau avant de me toucher. Sans cela, il m'aurait traversé.

— Ce qui me rappelle, fit Klein, l'une des choses dont nous n'avons pas discuté. C'est le matériel très sérieusement radioactif que vous avez gardé dans votre poche pendant un temps indéterminé. Les détails sont dans le dossier. Le médecin dit que cela pourrait avoir des répercussions sur vos fonctions reproductrices. Des examens réguliers préventifs de détection de cancer sont fortement suggérés.

Smith aurait éclaté de rire s'il n'avait redouté la souffrance que cela lui causerait.

— Je crois que ce n'est pas pour moi, la famille, Fred. Et si je continue à travailler pour vous, je serais surpris de vivre assez vieux pour me soucier du cancer.

Klein, qui paraissait légèrement ennuyé, changea de sujet.

— Je vous suis reconnaissant d'avoir ramené les preuves, en tout cas. Il n'y avait pas de seconde chance possible.

— Qu'est-ce que vous en avez fait ?

— Je les ai mises en lieu sûr à la marina. Elles vous attendent.

— Est-ce que l'on sait qui m'a attaqué ? Ou qui a convaincu l'ami de Randi de retourner sa veste ?

— Nous n'avons pas besoin de parler de tout ça maintenant, Jon. Vous devriez économiser vos forces.

— Je suis réveillé et la télé coréenne est indéchiffrable. Donnez-moi quelque chose sur quoi réfléchir, ça m'évitera de penser à mon dos.

— C'est certainement quelqu'un de puissant, proposa Randi. Noboru n'est pas un petit escroc de seconde catégorie. J'estime sa fortune à environ un quart de milliard de dollars et son QI est suffisamment élevé pour savoir que m'énerver n'est pas la chose à faire. Maintenant que tu es sorti d'affaire, je vais repartir au Japon pour discuter un peu avec lui.

— Ça risque d'être difficile, dit Klein.

Il saisit un iPad qui se trouvait sur la table près de lui, tapa quelques commandes et, presque aussitôt, la télévision accrochée près du plafond s'alluma. L'image vidéo d'une maison gigantesque dominant l'océan apparut. Les flammes qui la consumaient semblaient s'élever à plusieurs centaines de mètres dans les airs.

— Ceci, commenta Klein, a été filmé par un hélicoptère de la télévision japonaise. Randi, vous reconnaissez le building, je suppose.

— La maison de Noboru.

Klein acquiesça.

— L'incendie a démarré un quart d'heure environ après votre fuite.

— Noboru et ses hommes étaient à l'intérieur ?

— Il semble bien. Évidemment les corps sont mutilés mais les premiers constats de l'autopsie semblent indiquer qu'il n'y a nul signe d'inhalation de la fumée. Ils étaient morts avant que le feu ne prenne.

— Et les hommes conduisant la voiture qui nous emportait ? demanda Smith. Travaillent-ils pour Noboru ?

— Je ne le pense pas. Nous n'avons pas eu beaucoup de temps mais un de mes hommes a pris une photo et l'index du chauffeur…

— L'index ? fit Randi, impressionnée.

— J'aime bien la précision. Malheureusement, ni la photo ni l'empreinte digitale ni même l'analyse ADN n'ont révélé quoi que ce soit. En dehors de son ascendance japonaise, je ne peux rien dire de cet homme. Il semble ne pas exister.

— Qu'en disent les autorités japonaises ?

— Silence total sur le sujet. Mes hommes ont mitraillé une voiture en plein embouteillage, tué quatre hommes, et c'est comme si rien ne s'était passé.

— Comme si rien ne s'était passé ? répéta Smith. Ça prend beaucoup d'énergie à notre époque de portables et de Twitter.

Il se mit à tousser, mit la main devant sa bouche pour cracher du sang. *Pas beaucoup*, constata-t-il. Un résidu.

— Écoutez, Jon. Nous allons sortir d'ici et vous laisser dormir. Concentrez-vous sur votre convalescence, et quand les toubibs donneront le feu vert – j'espère d'ici quelques jours – je vous enverrai le jet pour vous ramener à la maison. Nous reparlerons de tout ça là-bas.

16

Pékin,
Chine

Les militaires avaient interdit la route aux voitures mais les piétons étaient autorisés à franchir les barricades.

La foule en colère atteignait les dix mille personnes. Randi Russell était presque sûre d'avoir heurté au moins la moitié d'entre eux. Le vent changea de direction, et à la brume de pollution familière s'ajouta la fumée émanant des drapeaux japonais qui flambaient. Ses talons aiguilles n'étaient pas exactement son premier choix pour affronter une manifestation politique de cette envergure. En quête d'un trottoir moins bondé, elle évita de justesse le chariot à pédales plein de nourriture qui menaçait de la renverser.

Des manifestations de ce genre éclataient partout en Chine ces temps-ci. Certains posts sur les réseaux sociaux jouaient un rôle d'étincelle. Les censeurs du gouvernement qui passaient leur vie à pourchasser le moindre indice de dissidence sur le Net les laissaient passer sans rien faire.

Bien sûr, on avait envoyé les soldats requis. Aucune chance que les vieillards corrompus qui dirigeaient la Chine laissent un rassemblement de cette taille sans présence militaire. Mais tant que la colère restait dirigée vers le voisin oriental, les soldats n'interviendraient pas. En fait, quelques-uns d'entre eux s'étaient même joints au flot des manifestants et criaient des slogans antijaponais avec la même vigueur que le reste de la foule. La seule différence tenait aux fusils qu'ils agitaient dans l'air au lieu de leurs poings – une image que même Randi trouva dérangeante. La situation était en surchauffe depuis un moment. À présent, voici que l'impasse du conflit autour des îles Senkaku combinée à l'attentat contre Masao Takahashi menaçait de mettre le feu aux poudres. Il était temps pour les politiciens des deux bords de ramener la raison – mais elle doutait qu'ils en soient capables avant longtemps. Rien ne vaut un zeste de paranoïa xénophobe pour garder le contrôle de la populace.

Elle contourna une bannière montrant une image retouchée du cadavre de Takahashi, se dirigea droit vers un condominium de plusieurs étages qui s'élevait de l'autre côté de la rue.

Un garde de la sécurité qui observait nerveusement les manifestants derrière la vitre lui ouvrit et referma aussitôt derrière elle. Le bruit des cris et des slogans amplifié par les porte-voix diminua quelque peu, mais resta suffisamment audible pour conjurer toute illusion de retour à la normale.

Deux hommes de la sécurité lui jetèrent un regard appréciateur tandis qu'elle s'avançait vers la réception d'une démarche chaloupée, tout en sortant un rouge à lèvres de l'énorme sac en cuir qui pendait à son bras.

— Salut les gars, fit-elle tout en remettant du rouge sur ses lèvres déjà tape-à-l'œil. Je suis là pour Li Wong.

Elle avait sciemment massacré la prononciation du nom chinois de Kaito Yoshima. Les deux gardes se contentèrent de sourire. Sa passion pour les Occidentales blondes n'avait aucun secret pour eux.

En chinois, ils lui dirent de monter, elle répondit en les fixant tout en affectant une expression de concentration profonde qui déclencha un nouveau sourire de leur part. D'un geste, ils lui indiquèrent le fond du couloir.

— Vous êtes des amours, dit-elle en s'avançant vers les ascenseurs. Bonne journée, les garçons !

Elle sentit leurs regards s'appesantir sur elle tandis qu'elle s'éloignait. Comment les blâmer ? Elle avait tout fait pour avec sa minijupe à paillettes argentées, si courte qu'il lui fallait toute sa discipline pour ne pas céder au réflexe de la tirer vers le bas. Son attirail était complété par les énormes anneaux en argent qu'elle portait aux oreilles, et une veste d'une fourrure qu'elle n'avait pas identifiée. Vu la qualité du marché où elle l'avait dégotée, le plus probable était qu'il devait s'agir de poils de rats.

Randi resta les yeux fixés sur les numéros des étages qui s'allumaient en succession au rythme de l'ascenseur. Heureusement, personne n'était monté avec elle. En dépit de son corps et de son visage qui semblaient taillés pour ce genre d'accoutrement, elle trouvait cette façon de s'habiller épuisante. Le *hijab* l'avait rendue paresseuse.

Les portes s'ouvrirent sur un couloir désert. L'étage ne comptait que quatre appartements, ce qui permettait de garder le trafic de l'ascenseur au minimum. Il y avait certainement des caméras de sécurité quelque part. Elle n'avait pas de doute sur le fait que les gardes du bas l'observaient, échangeant probablement des commentaires salaces sur la façon dont s'annonçait la soirée de Yoshima. Leur imagination devait être moins intéressante que ce que réservait la réalité.

Randi fouilla dans son sac à la recherche d'une carte magnétique. Elle sortit son téléphone, prétendit recevoir un appel tandis qu'elle glissait la carte dans la serrure. Elle feignit l'irritation et se pencha pour examiner la poignée, présentant à la caméra une parcelle calculée du string qu'elle avait acheté spécialement – de quoi tenir en respect l'attention des types de la sécurité tandis qu'elle connectait son téléphone à la carte et que l'algorithme moulinait – trop longtemps à son goût – pour trouver le code d'entrée.

Au bout de dix longues secondes, la lumière rouge sur la porte vira au vert. Elle se redressa et pénétra dans l'appartement obscur.

Elle sortit le pistolet Glock de son sac. Son rythme cardiaque s'accéléra. Elle referma doucement la porte derrière elle d'une poussée du dos.

Elle connaissait un peu Yoshima, un type bizarre, une combinaison exceptionnelle d'intellectuel philosophe et d'agent extrêmement dangereux. Mais qu'attendre d'autre de quelqu'un contraint comme lui d'entrer dans le métier du renseignement tout enfant ? Les parcours de ce genre ne pouvaient que favoriser l'émergence de personnalités hors normes.

Son appartement était totalement silencieux. Il y flottait l'odeur caractéristique des lieux fermés depuis un moment. Après peut-être une minute d'immobilité complète, elle tâta le mur de la main à la recherche de l'interrupteur. Le salon luxueux s'illumina d'une lumière tamisée.

À ce qu'elle découvrit, les Chinois s'occupaient nettement mieux de leurs espions que les Américains. Le décor du salon empruntait à la Rome antique, mais sans la moindre trace de kitch. Les peintures au mur tendaient, elles, vers l'art contemporain – et pour autant qu'elle puisse s'en rendre compte, il s'agissait d'originaux. Les sofas étaient d'un cuir immaculé et les verres alignés sur le bar en cristal de Bohême. Mais ce qui sautait aux yeux était moins ce qu'il y avait dans la pièce que ce qu'il y manquait. Pas la moindre décoration asiatique.

L'arme toujours au bout de son bras elle traversa le salon, pénétra dans le couloir en direction du petit bureau qu'elle avait repéré en consultant le dossier de Yoshima à la CIA. La pièce était un peu plus en fouillis et plus personnelle que le reste des lieux. Elle parcourut distraitement les papiers traînant sur la table. Il y avait aussi un ordinateur portable, mais elle ne se fatigua pas à l'allumer. Elle savait qu'elle n'y trouverait rien d'intéressant.

Finalement, elle tourna son attention vers une photographie. Le cliché montrait Yoshima en compagnie d'une femme que Randi identifia comme sa mère. Un type plutôt bien de sa personne, pas de doute là-dessus. Derrière les lunettes – dont son dossier disait qu'il n'avait nul besoin – le regard paraissait toujours chercher quelque chose qu'il ne parvenait pas à s'expliquer. Une discrète cicatrice courait le long de sa joue gauche et donnait à ses traits délicats une certaine rudesse. L'homme qui l'avait blessé n'avait pas vécu assez longtemps pour voir la plaie saigner.

Yoshima avait obtenu une licence de physique en suivant des cours entre deux missions. Personne à la CIA n'avait jamais compris pourquoi il s'était donné tout ce mal. Randi qui avait un peu parlé avec lui les deux ou trois fois qu'elle l'avait rencontré pensait que c'était par pur intérêt pour le sujet.

Et cela l'amenait à formuler une hypothèse intéressante : si la Chine cherchait un agent pour foutre le boxon dans une centrale nucléaire, Kaito Yoshima était le candidat idéal.

Elle sortit du bureau, passa dans la chambre, la fouilla de façon superficielle, avant de jeter un coup d'œil à la salle de bains pour admirer une douche en travertin qui aurait pu sans effort contenir une bonne dizaine de personnes.

La vérité était qu'elle se sentait un peu désolée pour Yoshima. Il avait été arraché à sa famille, éduqué dans un établissement brutal contrôlé par son gouvernement, et à présent, il risquait sa vie pour un pays où son allure japonaise faisait de lui la cible du racisme, de la suspicion et même de la haine. Pas étonnant qu'il aime les blondes occidentales. Elles ne voyaient en lui qu'un Asiatique. Presque aucune d'entre elles n'aurait été capable de faire la différence entre un Chinois et un Japonais, même si leur vie en dépendait.

Elle revint dans le salon, trouva de lui une autre photo. Il posait cette fois en compagnie d'un groupe de gens hilares à la sortie d'un bar. Son sourire n'était pas entièrement convaincant ; son regard semblait vouloir traverser l'objectif.

Les analystes de l'Agence le cataloguait comme un dépressif clinique, et, à en juger par ce qu'elle avait vu de lui, ils avaient sans doute raison. C'était là l'une des choses qui faisaient de lui un adversaire si dangereux. Il paraissait se désintéresser totalement de la question de savoir s'il allait vivre ou mourir.

Randi hésita à farfouiller encore dans quelques tiroirs supplémentaires, puis se ravisa. Elle n'était pas là pour ça.

Elle était là pour faire passer un message.

17

Aéroport de Pékin,
Chine

Kaito Yoshima tendit son passeport à travers la vitre et lança un sourire décontracté à l'officier de contrôle qui l'examinait avec une irritation visible. La situation aux îles Senkaku s'était plus ou moins calmée avec le retrait du bateau de guerre amiral japonais, mais son attentat malheureux contre le général Takahashi avait enflammé les deux pays. Exactement comme il l'avait prédit.

Bien sûr ses supérieurs allaient chercher à se planquer. Ils mettraient son échec inexplicable sur le compte de l'escalade entre les deux pays. Comme si un assassinat réussi avait été plus acceptable aux yeux du peuple japonais et comme si la Chine avait traité la mort de Takahashi avec solennité, plutôt que de la célébrer dans les rues.

— Quel est le but de votre voyage ? demanda l'officier machinalement.

Yoshima présenta un papier couvert de caractères chinois selon lequel il était un conseiller économique japonais sous contrat avec le gouvernement de Pékin – sa couverture habituelle quand voyager sous son identité chinoise était impossible. Dans le passé, le document avait donné des ailes à ces petits employés, mais son pouvoir semblait avoir diminué. Au lieu de le lui rendre en acquiesçant, l'homme se mit à l'examiner avec une expression qui passa du mépris au dégoût. Enfin, il fit claquer son tampon sur le passeport usé puis tourna son regard vers le touriste allemand qui suivait.

Yoshima traversa le couloir bondé en direction des réclamations.

Dans l'impossibilité de savoir comment réagir à la situation, il avait opté comme il le faisait toujours pour l'option la plus dangereuse. À présent, cependant, il commençait à regretter sa décision. Ses maîtres n'avaient pas fait le moindre commentaire en apprenant que Takahashi avait survécu à l'attentat. Yoshima n'avait pas de doute sur le fait qu'il servirait sous peu de bouc émissaire, mais quelques questions restaient en suspens quant à ce que cela signifiait. Après le paquet de politiciens qui chercheraient à profiter de l'attentat manqué pour faire avancer leurs carrières, serait-il admis le plus simplement du monde qu'il n'avait fait que suivre les ordres à la lettre et que la survie de Takahashi n'était qu'un bizarre coup du sort ? Recevrait-il l'un de ces blâmes complètement inutiles dans une profession clandestine comme la sienne ? Ou disparaîtrait-il à son tour comme tant de ses anciens condisciples avant lui ?

Mais c'était encore autre chose qui le faisait hésiter et observer la foule autour de lui – quelque chose de bien plus dangereux dans l'immédiat.

Bien sûr, on avait fait installer des caméras ainsi que d'autres matériels dans son appartement, chacun d'eux était relié à son propre site sécurisé sur Internet et il savait que Randi Russell était venue lui rendre visite. Ce qu'il savait aussi, c'était qu'elle n'avait pas fait le moindre effort pour désactiver sa sécurité, déguiser son identité, ou même procéder à une fouille standard. Pourquoi ? Était-ce là sa façon de demander l'ouverture d'une négociation ? Ou seulement ce qu'elle voulait lui faire croire et, dans ce cas, son véritable but était-il de l'approcher suffisamment pour le tuer ?

Quelqu'un pressa une main contre sa nuque et Yoshima sentit un poids soudain dans la poche de sa veste. Il se retourna d'un coup, se retrouva devant le visage effrayé d'une vieille femme qui se perdit rapidement dans la foule. Il passa aussitôt ses doigts contre le col de sa chemise et sentit un bout de papier adhésif sur son cou et, dessous, une petite bosse dure.

Chercher à savoir qui l'avait mise là aurait été futile. Ça pouvait être n'importe qui. Randi avait un faible pour les criminels. Il ne doutait pas que, dans un scénario comme celui-ci, elle avait engagé les meilleurs pickpockets du pays.

Sa veste se mit à vibrer. Se laissant une fois de plus guider, il plongea la main dans sa poche et trouva un téléphone. La crainte ou la prudence n'étaient plus de mise. Il était entièrement à la merci de la personne à l'autre bout de la ligne.

— Bonjour, Randi.

— Kaito… ou dois-je t'appeler Li ? Qui es-tu ces jours-ci ?

— Je suis Kaito.

— La chose posée sur ta nuque est un explosif. L'un de nos derniers modèles. Petit, délicat, étonnamment silencieux. Des qualités que tu n'apprécies pas trop, apparemment. Mais c'est suffisant pour te briser les vertèbres.

Il soupira calmement. Elle faisait manifestement allusion à l'explosion de Tokyo et au nombre inadmissible des victimes.

— Je me doutais de quelque chose de ce genre.

— Bien. Tu n'es pas stupide. J'ai toujours aimé ça chez toi, Kaito. Tu as des bagages ?

— Non.

— Sors par la livraison des bagages. Je suis garée dans une BMW bleue.

Il parvint sur le trottoir. Randi sortit de la voiture. Sa minijupe argent frisait l'obscénité. Elle avait des cheveux blonds et longs, Yoshima suspecta une perruque, et ses talons aiguilles rendraient difficile tout mouvement rapide – un détail qu'il enregistra aussitôt.

Elle se jeta à son cou, l'embrassa violemment sur les lèvres. Ce n'était pas la première blonde à l'accueillir ainsi à l'aéroport, il s'en fallait de beaucoup, et cela paraîtrait complètement normal à quiconque serait là pour le surveiller.

Tout en entrant dans le jeu qu'elle avait préparé il se concentra sur le téléphone qu'elle tenait à la main. Le détonateur de la bombe sur son cou était sans le moindre doute intégré à l'appareil, mais il n'avait aucun moyen d'en deviner le mécanisme. Devait-elle appuyer sur un bouton, ou appuyait-elle dessus en ce moment auquel cas ses vertèbres se disloqueraient sitôt qu'elle relâcherait la pression ?

— Tu veux conduire, mon cœur ? dit-elle en grimpant sur le siège passager.

Il se mit à pleuvoir tandis qu'il restait debout sans bouger. Puis, comme sous le coup d'une décision il avança résolument vers l'arrière de la voiture, jeta son bagage à main sur la banquette et s'assit au volant.

— Je suis heureuse de te voir, dit-elle tandis qu'ils s'enfonçaient dans la circulation. Ça fait combien ? Quatre ans ?

Il secoua la tête.

— Tu oublies le Cambodge.

— Oh mais c'est vrai. Il faisait quarante degrés avec un taux d'humidité de quatre-vingt-dix pour cent. Et ne me lance pas sur les serpents !

— La voiture est *clean* ? demanda-t-il.

— Je l'ai prise au hasard. Mais dans la dictature dans laquelle tu vis on ne peut jamais être sûr.

— Comment ça, « au hasard » ? Tu l'as volée ?

— Moi ? C'est toi qui conduis, je te signale.

Elle lui décocha un grand sourire.

— Relax. Je la rendrai à son propriétaire dès demain matin sur le chemin de l'aéroport.

— Après m'avoir tué ?

— Bon Dieu, Kaito ! Une gentille fille comme moi n'a pas le droit de rendre visite à un vieil ami ?

Il ne répondit rien.

— Est-ce que ton appart est *clean* ? demanda-t-elle, soudain sérieuse.

— Oui.

— Parfait. On fera le point là-bas.

18

Nord-Est du Japon

Le général Masao Takahashi s'assit en silence dans le véhicule ouvert. Il gardait les yeux fixés devant lui, sur la voie qui se perdait dans l'obscurité.

Le tunnel était un cercle presque parfait de cinq mètres de diamètre, creusé dans le flanc d'une montagne d'un coin reculé du Japon. Des spots largement espacés les uns des autres éclairaient les murs de pierre par intermittence, depuis le plafond, et l'équipe de sécurité assise autour de lui. Au-delà, il n'y avait rien.

Ils descendirent près d'un kilomètre sous terre, en direction de la porte blindée ouvrant sur ce qui avait été conçu comme une décharge de déchets nucléaires. Après le désastre de Fukushima, cependant, plusieurs centrales du pays avaient été mises à l'arrêt, et le complexe était pratiquement resté inoccupé. Sous couvert de vérifier la sécurité de l'installation, Takahashi y avait alors transféré le centre de contrôle des forces de défense. Le vrai motif était qu'il lui fallait remplacer le labo du Réacteur 4 perdu dans la catastrophe. Ce nouvel endroit offrait à la fois un confinement total et un abri contre les regards indiscrets.

Il fallut encore une dizaine de minutes avant d'atteindre l'entrée. Takahashi pouvait sentir le froid de la grotte qui commençait à pénétrer son uniforme. Ou peut-être n'était-ce pas la température du tout. Peut-être était-ce quelque chose de tout à fait différent.

À l'approche du véhicule, les portes massives s'ouvrirent automatiquement. Ils arrivèrent à un stop. Le béton recouvrant toute cette section avant son arrivée dans les lieux avait été retiré, et seuls restaient à présent la poussière naturelle et les rochers.

À pied, maintenant, ils s'enfoncèrent plus avant dans la grotte. Le passage se rétrécit peu à peu, jusqu'à se réduire à deux mètres de large. L'homme ouvrant la marche s'arrêta à un virage, attendit une seconde, puis fit un signal confirmant que le passage était sûr. Vivre en permanence entouré de gardes du corps donnait à Takahashi le sentiment d'être un lâche, mais, à ce stade, il n'avait plus tellement le choix. La plupart de ses rendez-vous se tenaient maintenant à son domicile lourdement gardé. Ce voyage était cependant apparu inévitable. Déplacer le Dr Ito avec toute l'efficacité et l'anonymat requis devenait chaque jour plus risqué.

Ils parvinrent enfin à une porte faite d'un matériau tissé rougeâtre – le même qui avait servi à construire sa limousine. Ses hommes se déployèrent à des points stratégiques le long du corridor, tandis qu'il pressait le pouce contre un écran inséré dans le mur.

À l'intérieur, la lumière était bien meilleure, même si les murs restaient un mélange de poussière et de roche sans ornement. Le seul meuble était une table de bois entourée de chaises. Les deux hommes qui s'y trouvaient se dressèrent aussitôt avant de s'incliner en signe de respect.

Takahashi leur retourna leur salut, hochant le buste d'abord en direction de Akio Himura, son chef des renseignements, puis vers Hideki Ito. Il posa une main chaleureuse sur l'épaule du scientifique.

— Comment allez-vous, Docteur ?

— Bien, Général. Merci de vous en enquérir.

Bien sûr il mentait. Ito était entièrement chauve, résultat de plusieurs protocoles de chimiothérapie, et son visage, comme écroulé par endroits, était parsemé de creux bizarres là où ses muscles s'étaient atrophiés. La pigmentation de sa peau semblait avoir été en quelque sorte court-circuitée par la dose massive de radiations qu'il avait reçue dans le Réacteur 4. Des taches plus ou moins foncées de tailles diverses parsemaient ses joues et la peau nue de son crâne.

Les deux personnes qui l'assistaient le jour de la catastrophe étaient mortes, mais pas de cause naturelle ni des suites de l'accident, ainsi que Ito en avait été averti. On avait simplement jugé que leur valeur ne justifiait pas le coût qu'aurait impliqué les soins nécessaires après leur exposition aux radiations. Avec Hideki Ito, bien sûr, c'était tout autre chose. Il n'y avait aucune limite à ce que Takahashi était prêt à entreprendre pour le maintenir en vie et capable de travailler.

— Je suis heureux de l'entendre, dit le général. Il saisit une chaise et la tint tandis que le corps frêle du physicien se laissait tomber dessus, un sourire de gratitude sur ses lèvres pelées.

Takahashi prit place à l'extrémité de la table, posa les yeux sur Himura. Il paraissait nerveux. Comme prévu.

— Je crois comprendre que vous avez identifié l'homme qui s'est enfui avec Randi Russell ?

— Oui, monsieur. Il s'agit de Jon Smith. Nous l'avons identifié grâce à sa relation avec Russell, non par le biais de la CIA.

— Ce n'est pas un de leurs agents, donc ?

— Non monsieur. C'est un médecin militaire stationné à Fort Detrick. Un microbiologiste spécialisé dans la détection de virus.

— Et qu'est-ce qui peut pousser un chasseur de virus à récupérer des échantillons de réacteur au fond d'un village de pêcheurs japonais ?

— Nous l'ignorons, monsieur. Il a un passé dans les Forces spéciales. Ça explique qu'il ait pu tuer un certain nombre de nos hommes et rejoindre la mer. Mais on manque d'informations valables à son sujet.

— Il est au Renseignement militaire ?

— C'est ce que je pense. Mais on ne parvient à trouver aucune connexion entre lui et cette division dans les systèmes informatiques de l'Armée américaine.

Le premier ordre du jour de Takahashi, lorsqu'il avait commencé à dessiner la remilitarisation clandestine du Japon, il y avait de cela plus de trente ans, avait été de construire une unité informatique. À l'époque, les ordinateurs étaient encore rudimentaires, très peu interconnectés, ce qui ne l'avait pas empêché de prédire avec une précision peu commune leur prolifération à venir, et aussi à quel point ils deviendraient centraux dans la stratégie des modes de guerre contemporains. Il avait réuni les meilleurs esprits du Japon, mis au point un système qui avait maintenant dix ans d'avance sur tout le reste de la planète, la NSA américaine incluse. Avec quelques exceptions notables, les hommes de Himura pouvaient contourner la sécurité de n'importe quelle banque de données privée ou gouvernementale de par le monde. Du moins était-ce là ce qu'il estimait.

— Nos capacités ne sont peut-être pas aussi performantes que ce que j'ai été amené à croire, fit-il.

— Je pense que si, monsieur. Même si notre capacité d'accès change à mesure que nos cibles améliorent leur sécurité ou changent de système, elle reste excellente. Le plus probable est que Smith travaille avec une unité clandestine, non répertoriée.

Les signaux d'alerte continuaient de briller.

— Une piste sur l'endroit où Russell et lui peuvent se trouver ?

Himura serra les lèvres.

— Pas encore. Russell est officiellement suspendue dans le cadre d'une commission d'enquête relative au meurtre d'un citoyen américain en Égypte. Smith est en arrêt maladie pour des blessures officiellement causées par un accident de plongée sous-marine. Mais on ne trouve trace de lui dans aucun hôpital militaire.

Takahashi acquiesça.

— Pourquoi lui ? Pourquoi Smith ?

— C'est un scientifique, répondit Himura.

— Mais pas spécialisé dans le champ qui nous intéresse.

— La nanotechnologie a plusieurs points communs avec la virologie, interjeta Ito.

— Oui, dit Himura. Le domaine spécifique des nanotechs est quelque peu obscur. Il est improbable que les Américains aient à portée de main quelqu'un doté de toutes les qualités nécessaires pour s'y repérer. Ils se sont rabattus sur lui par défaut.

— Cela voudrait dire qu'ils suspectent la présence de nanotechnologie à Fukushima, dit Takahashi tout en s'efforçant de garder une voix calme.

— J'ai passé en revue tous les protocoles de sécurité. Je n'ai pas réussi à trouver la moindre faille qui aurait pu les amener à penser ça, dit Himura. Mais bien sûr tout est possible.

— Très bien. Dans ce cas : à qui a-t-il apporté les échantillons ? Qui sont les meilleurs spécialistes aux USA ?

— Il y en a un certain nombre. De purs universitaires, pour la plupart.

— Le Dr Ito nous a déjà fourni les noms, Général. Nous les surveillons comme nous surveillons les meilleurs ingénieurs en matériaux de l'armée au cas où ils ne soupçonneraient pas ce qui a causé l'accident et en soient encore aux spéculations. Nous n'avons rien repéré pour l'instant.

Takahashi savait qu'il était inutile d'élever la voix ou de lancer des menaces. En dépit de sa récente série d'échecs, Himura était éminemment compétent et ferait tout ce qui était en son pouvoir pour remplir sa mission. Il sacrifierait même sa vie si cela s'avérait nécessaire.

— Et la tentative d'assassinat contre moi ?

Le responsable du Renseignement ne chercha pas à cacher son soulagement en constatant qu'il changeait de sujet.

— Le FPJ persiste à nier toute responsabilité. Les preuves contre eux sont solides mais indirectes. Rien qui n'aurait pu être fabriqué de toutes pièces par les services chinois.

— Vous pensez que c'est ce qui s'est produit ?

— J'en suis de plus en plus persuadé. Mais ça va être extrêmement difficile à prouver. Il n'y a aucune indication d'un mouvement quelconque contre vous dans les fichiers informatiques que nous avons infiltrés. Dans les opérations de cette envergure, les Chinois restent totalement hors de toute détection. Les ordres sont murmurés à des hommes sans position officielle.

Takahashi se renversa sur sa chaise, les yeux fixés sur le mur de pierre.

— Il est évident que les Chinois se gênent de moins en moins, fit-il après un moment. Les Américains font ce qu'ils peuvent pour négocier le maintien de la paix, mais je ne suis pas convaincu. Et franchement, je ne suis même pas certain que nous puissions leur faire confiance. Le temps est venu de regarder en face la possibilité d'une guerre et d'évaluer notre état de préparation.

— Les passions peuvent être apaisées, dit Ito, visiblement secoué par la perspective d'une confrontation militaire. Son génie inégalé lui avait permis de passer, au sein de l'organisation de Takahashi, du rang de rouage largement expérimental à celui de chef de la direction technique. Mais, pour autant, Ito restait indéniablement un faible. Pour le manipuler – et même pour l'aveugler – il avait suffi de lui fournir des fonds de recherche illimités et un accès sans entrave à la technologie de pointe. La vérité était qu'il n'était mû par aucun réel patriotisme, aucune conviction politique. Son intérêt ne résidait que dans les choses sur lesquelles son esprit hors du commun pouvait spéculer.

— Nous ferons bien sûr tout ce qui est possible pour préserver la paix, Docteur. Mais, quand bien même il est doux d'espérer le meilleur, il n'en est pas moins sage de prévoir le pire, n'est-ce pas ? fit Takahashi.

— Bien sûr. Naturellement.

— Et à propos, la démonstration du drone est toujours prévue cette semaine ?

— Oui, répondit Ito d'un ton soumis. Je crois que vous trouverez le programme bien plus sophistiqué que celui des générations précédentes. Nous avons aussi fait des progrès notables en termes de portée, de vitesse et de manœuvrabilité.

— J'attends de voir ça avec impatience. Mais je ne veux pas vous retenir plus longtemps. Ç'a été un plaisir de vous revoir, comme toujours. Et je suis heureux de vous voir en bonne santé.

Ito, qui, typiquement, n'attendait que cela, se leva rapidement, inclina brièvement le buste et sortit. Takahashi resta silencieux un bon moment. Il réfléchissait aux dangers et aux opportunités qu'offrait la situation en pleine évolution.

— Vous m'avez bien dit qu'il vous était possible de fabriquer des preuves de l'implication de la Chine dans l'attentat contre moi, Akio ?

— Oui, monsieur.

— Dois-je penser que vous avez préparé un plan à cet effet ?

— Effectivement.

— Bien. Faites fuiter juste ce qu'il faut pour que la presse se mette à spéculer sur un lien possible avec Pékin.

Himura se passa nerveusement une main sur les lèvres avant de répondre.

— Je vous le déconseille fortement.

— Et pourquoi cela ?

— Tout d'abord, créer des preuves comme ça de toutes pièces est extrêmement compliqué, le risque d'être découvert n'est pas mince. Ensuite…

Sa voix s'éteignit.

— Parlez, ordonna Takahashi.

Le chef du Renseignement eut un geste saccadé de la tête.

— Vous comprenez monsieur que ce… Il hésita de nouveau. Le Dr Ito a raison. Les passions sont en train de s'enflammer. Intensément.

— J'imagine qu'il ne vous a pas échappé que le Renseignement militaire américain a des preuves physiques à sa disposition venant de Fukushima. Et, facteur non moins important, la santé du Dr Ito se détériore. Je ne sais pas combien de temps notre équipe médicale pourra encore le maintenir en vie. Vous savez que sa présence est hautement désirable en cas de problème n'est-ce pas ? Si nous devions déployer des armes ?

— Oui, monsieur. Mais…

— Nous ne pouvons nous offrir le luxe d'attendre plus longtemps, dit Takahashi en se levant et défroissant son costume. Lancez l'opération immédiatement.

19

Pékin,
Chine

Kaito Yoshima marcha jusqu'au bar qui se trouvait dans l'angle de son salon et remplit deux verres. Randi hésitait. Elle avait son téléphone à la main, le pouce au-dessus de l'écran, mais commençait à regretter d'avoir proposé de revenir ici. Elle comprenait trop tard qu'elle lui avait laissé l'avantage du terrain, son propre appartement, où n'importe quelle surprise pouvait survenir.

Il revint vers elle, lui tendit un verre en cristal rempli de ce qui était manifestement un scotch de très haute qualité. Elle secoua simplement la tête.

— Il n'y a pas de piège, Randi. Tu as ma parole.

— Ce n'est pas ça. Je te fais confiance, Kaito, bien sûr. Ce sont les calories.

Il sourit, se laissa tomber sur le sofa, se mit à tapoter le coussin près de lui. Elle prit la chaise en face. Une épaisse table basse les séparait.

— Bien. Qu'est-ce qui me vaut le plaisir de ta visite ? La CIA me suspecte d'avoir maille à partir avec l'attentat contre Masao Takahashi ?

Ce n'était pas stupide. Mais la vérité était qu'elle n'avait pas la moindre idée des hypothèses que les analystes de l'Agence avaient concocté là-dessus. Elle décida d'en profiter néanmoins.

— Est-ce que l'Agence se trompe ?

Il secoua la main d'un geste dédaigneux, comme si la tentative d'assassinat d'un officier supérieur de l'armée du Japon était un sujet trop futile pour être discuté.

— On ne nous paye pas assez pour ça, Randi. Nous devenons chaque jour un peu plus les pions bons à sacrifier d'hommes stupides et déments dont le seul intérêt est de se maintenir au pouvoir.

— Ce n'est pas moi qui vais te dire le contraire.

— Tu as déjà pensé à quitter le gouvernement et ouvrir ta propre agence ?

— Ça m'a traversé l'esprit.

— J'y pense tous les jours. Et maintenant… Il resta silencieux un moment. Ils vont perdre le contrôle de la situation, tu sais. Et ce jour-là signera la mort de millions de gens. Pour rien. Pour une pièce du théâtre politique écrite dans le seul but de détourner le peuple de ses problèmes réels.

— Prends n'importe quelle catégorie de la population, explique-leur que tout ce qui ne va pas dans leur vie est la faute de tel ou tel groupe, fit Randi. La technique fonctionne depuis des millénaires.

— Les conséquences étaient déjà terribles en un temps où l'humanité n'avait à sa disposition que des épées et des gourdins. Il but une gorgée. Mon pays a toujours été difficile à gouverner. Trop grand, trop divers, trop opportuniste. Et, franchement, trop raciste. Le gouvernement a acheté la population avec la croissance mais cette croissance est impossible à maintenir. Et maintenant qu'elle commence à faiblir, nous sommes confrontés à une situation extrêmement dangereuse. Peut-être même à la dissolution de la Chine. Ce ne serait pas la première fois.

— Et si c'était le cas, où irais-tu, Kaito ?

Il croisa les jambes, étendit les bras sur le dossier du sofa.

— Je pense peut-être au Japon. Mais je n'appartiens pas à ce pays non plus. Je n'appartiens à rien.

— Tu es un mercenaire, alors.

— Quel autre métier pour un homme sans pays ?

Randi acquiesça en silence. Comme si souvent avec Yoshima, le plus intéressant de cette conversation était ce qu'il ne disait pas : le déni de son implication dans la tentative d'assassinat de Takahashi.

— La Chine fait jouer les tambours de guerre, dit-elle. Mais, comme tu le dis, ce n'est que mise en scène. Tout le monde le sait sauf…

— Sauf le général Takahashi, fit Yoshima, achevant sa phrase. C'est un homme brillant. Sa compréhension de la technologie, de la stratégie, de l'histoire et de l'art de la guerre est sans pareil. Par bien des aspects c'est le militaire idéal. S'il avait dirigé le Japon pendant la Seconde Guerre mondiale, je me demande si les Américains s'en seraient si bien tirés.

Yoshima finit son verre et saisit celui qu'il avait préparé pour Randi.

— Sa famille était l'une des plus riches et des plus puissantes au Japon avant la guerre. Tu savais ça ? MacArthur les voyait comme une partie du Japon féodal sur lequel reposait l'Empire, et il leur a tout confisqué. Takahashi a passé son enfance dans le froid et la faim. Sa famille a dû se faire héberger par ses anciens serviteurs et travailler dur pour survivre.

— Les valeureux se relèvent toujours, comme on dit.

— Absolument. Son père a commencé à reconstruire son empire presque immédiatement après la fin de la guerre, pendant l'occupation américaine. Au départ, ses affaires étaient à la limite de la légalité, mais il a fini par se reconstruire une légitimité. Aujourd'hui, sa famille a pratiquement retrouvé sa place d'autrefois.

— Je ne suis pas sûre de comprendre, Kaito. Si Takahashi est aussi intelligent que tu le dis, pourquoi ne joue-t-il pas le jeu ? Pourquoi risque-t-il une confrontation qui se révélerait désastreuse pour son pays ?

— J'admets que c'est bizarre. Il est peut-être en train de devenir fou. Ça arrive avec l'âge quand les souvenirs remontent. La défaite aux mains des Américains, les années d'humiliation, la perte de l'autodétermination… Il sourit. Toutes choses trop complexes pour être analysées par des pions comme nous, n'est-ce pas, Randi ? Où en étions-nous avant que tu ne m'entraînes à parler de ça ? Nous parlions boutique, je crois.

— Et de quelle boutique s'agit-il ?

— Réfléchis-y une seconde. Toi et moi. Sur le même… aide-moi. Je ne trouve pas le mot. Le même panneau ?

— La même plaque.

— Voilà. La même plaque. On aurait nos propres tarifs et on refuserait des offres vingt-quatre heures après avoir emménagé dans nos bureaux de luxe. Je pensais à Dubrovnik. Un endroit adorable. Mais je suis ouvert aux suggestions. Paris ? Rome ? Istanbul ? Le monde nous appartient.

Le vrombissement sourd des hélices d'un hélicoptère se fit entendre et Yoshima posa son verre pour se lever et se diriger vers la fenêtre.

— On aurait le pouvoir de choisir nos missions. Réfléchis-y. Seulement ce qui nous intéresse. Rien de ce en quoi nous ne croyons pas. Aujourd'hui, je préfère m'en remettre à ma conscience plutôt que de…

Brusquement il plongea vers la droite et plaqua la main contre ce qui semblait être un pan de mur dénué de toute décoration. En quelques secondes, des rideaux de fer tombèrent du plafond et couvrirent les fenêtres.

Effrayée, Randi saisit le Glock dans son sac. Des coups de bélier dans l'entrée la firent se retourner. Le premier fut un bruit de bois éclaté, suivi d'un second métal contre métal. Yoshima avait blindé sa porte.

Elle posa les yeux sur lui pour le découvrir occupé à taper le plus calmement du monde un code sur le boîtier d'un coffre installé dans le plancher. Puis il l'ouvrit, en sortit un Sig Sauer et un petit sac dont Randi en déduisit qu'il devait être rempli de passeports, de fausses cartes de crédit, et de cash. Elle avait le même en plusieurs exemplaires disséminés un peu partout dans le monde.

— Quelqu'un a dû t'identifier à l'aéroport, fit-il. C'est ce que je craignais.

— Alors pourquoi avoir accepté de venir ici, tu peux m'expliquer ?

— Il n'y avait nulle part où aller. Je me disais qu'on pourrait parler au calme. Devant un verre… Il l'étudia un moment. Qui sait où ça nous aurait menés ?

Les coups contre la porte se firent plus puissants. Des rafales de fusil-mitrailleur vinrent s'écraser contre les rideaux de fer aux fenêtres. Par réflexe elle plongea sous une chaise, s'aplatit au sol, se mit à ramper vers l'avant en direction de Yoshima avant de se rendre compte qu'il se tenait debout au milieu de la pièce et la regardait calmement.

— C'est un hélicoptère de la Sécurité intérieure, cria-t-il par-dessus le double vacarme des détonations et des coups de bélier. Je les connais bien. Je t'assure qu'ils ne sont pas assez puissants pour pénétrer mon dispositif.

— Tu as une sortie de secours, j'espère ?

— Peut-être, fit-il en l'entraînant vers la cuisine. Mais tout cela ne doit pas nous empêcher de poursuivre. Qu'est-ce que tu penses de ma proposition ?

— Laquelle ? Nous associer ou coucher ensemble ?

Cela le laissa coi pour un temps, qu'elle jugea anormalement long vue leur situation.

— Les deux.

C'était un type attirant, très intriguant, elle devait bien l'admettre.

— Coucher, dit-elle, peut-être. Mais s'associer, non, je ne pense pas.

Il sourit et se dirigea vers un petit placard à côté de la cuisinière.

— Voilà une réponse qui peut m'aller.

Dehors, les fusils-mitrailleurs s'arrêtèrent et cela parut augmenter la violence des coups de bélier contre la porte et les cris furieux des hommes.

— Ça reste à voir, Kaito, fit-elle seulement.

20

Environs de Washington D.C.
USA

Jon Smith entreprit de s'extraire de la voiture, puis se retourna pour saisir son sac.

— Je m'en occupe, Jon, dit le chauffeur en faisant le tour du véhicule.

— C'est bon, Eric, merci, l'arrêta-t-il en le repoussant d'un geste.

Il ajusta la sangle sur son épaule valide, se tourna vers la maison. Il inspira l'air des pins aussi profondément que ses côtes cassées le lui permettaient. Il était comme chez lui, et il le réalisa avec un bonheur qu'il n'aurait pas cru possible.

Tout était comme dans son souvenir. Son voisin le plus proche était à près de deux kilomètres au bout d'une route escarpée et venteuse, et le silence des lieux en cet instant lui parut extraordinaire. La maison elle-même, au design savamment négligé, présentait une allure élégante, décontractée, d'une rusticité campagnarde et étudiée qui avait coûté des fortunes.

Smith avança dans l'allée de gravier. Il marchait en évitant de se pencher comme la douleur l'y invitait. Mais la fierté a son prix, et il savait que Eric le regardait.

La porte était entrouverte, et le voyant du système de sécurité sophistiqué qui protégeait les lieux était au vert, indiquant qu'il était désarmé. Smith jeta un dernier regard à l'homme qui l'avait amené là.

— Hey, j'ai oublié de te féliciter.

— Merci.

Il entra, posa son sac sur le bar de la cuisine, se dirigea vers le réfrigérateur, en quête d'une bière. Les canettes se trouvaient sur l'étagère inférieure, si bien qu'en saisir une nécessita la difficile opération de se baisser en pliant les genoux. Le goût de la Lager était le même que dans son souvenir.

La maison était restée inoccupée un bon moment et il dut épousseter le bar avant de poser sa bière dessus. À l'époque où il l'avait découverte, la maison, qui tenait alors de la bicoque, appartenait à la colocataire de Randi. Un tueur afghan y avait foutu le feu, la détruisant de fond en comble, et Klein avait fait l'erreur de donner à Randi un chèque en blanc pour la faire reconstruire.

Puis ç'avait été l'attaque d'une équipe des Forces spéciales, l'odeur des gaz soporifiques empuantissant toutes les pièces, ils avaient cru qu'ils ne parviendraient jamais à s'en débarrasser, et apparemment, le coup de grâce pour l'ex-colocataire. Randi avait acheté la maison *via* une série de sociétés offshore. L'endroit n'était pas complètement impossible à dénicher pour quelqu'un de suffisamment déterminé et doté des ressources substantielles nécessaires pour entreprendre les recherches, mais la perspective d'être découvert ici restait assez improbable pour qu'il se sente en sécurité. Bien plus, en tout cas, que dans sa propre maison.

— Jon ! fit Karen Ives surgissant dans le vestibule. Comment vas-tu ?

— J'ai connu mieux. Tu as l'air en forme, toi, en revanche. Le bonheur conjugal te va bien, on dirait.

Karen et Eric s'étaient mariés un mois plus tôt. Voir deux de ses agents convoler avait rendu Klein furieux, mais même lui n'avait pas osé s'opposer à une histoire d'amour véritable.

— Et toi, tu m'as l'air… pas mort.

Il rit douloureusement, et but une autre gorgée de bière.

— L'odeur de gaz est partie, on dirait ?

— Nouveaux tapis, peinture neuve, boiseries vernies à neuf également, et on a laissé les fenêtres ouvertes vingt-quatre heures sur vingt-quatre un mois durant. Ça a marché, comme tu peux le voir. J'ai passé la maison au peigne fin, tout est OK. L'antenne-relais est toujours inutilisable, mais Randi a fait installer une liaison satellite. On a modifié ton téléphone pour que la connexion s'établisse automatiquement. Le frigo est rempli de bières, à ce que je vois tu t'en es déjà rendu compte. Quant aux médocs que tu as demandés, ils sont dans la salle de bains. Il y a autre chose qu'on peut faire pour toi ?

Il secoua la tête.

— Non, non. Vous pouvez filer, tout va bien.

— Tu es sûr ?

En fait, non, il ne l'était pas. Le plus sage aurait été de rester en Corée quelques jours encore, mais le travail l'attendait et il savait que Randi ne pourrait pas tout gérer seule.

— Oui. Je me sens bien mieux que je n'en ai l'air. Vraiment.

— Okay. Tu sais que l'endroit a beau être isolé, on peut quand même le localiser, n'est-ce pas ?

— Oui, mais je ne supporte pas l'idée de vivre dans une planque anonyme et minable. Ici, je ne suis pas tout à fait chez moi, mais presque.

Elle posa une clé USB sur le comptoir, la glissa jusqu'à sa bière.

— Fred m'a demandé de te donner ça.

Il acquiesça, saisit la petite clé dénuée de toute caractéristique. Internet et même la NSA étaient de plus en plus régulièrement la proie des hackers, si bien que, par précaution, Covert-One faisait désormais passer ses communications par des clés USB exclusivement. Comment Marty appelait-il ça ? Un entrefer.

— Préviens-nous si tu as besoin d'autre chose.

— Bien sûr.

— Je suis sérieuse, Jon. Ne joue pas les mâles bornés.

Il sourit.

— Merci, mais ne t'inquiète pas pour moi. Je vais bien.

Elle sortit, ferma la porte derrière elle et, presque aussitôt, Smith sentit ses épaules s'affaisser. Il était resté debout un peu trop longtemps.

Il se dirigea vers le petit bureau à l'arrière de la maison, s'y assit, alluma l'ordinateur portable qui se trouvait dessus, entra une série de codes afin de démarrer le système d'exploitation alternatif spécialement conçu pour Covert-One, qu'il savait y trouver – un système d'exploitation ultra-simple, ultra-sécurisé, que l'on ne pouvait connecter ni avec Internet ni avec le moindre périphérique à l'exception des clés USB spécifiquement fournies pour Covert-One.

Cinq bonnes minutes furent nécessaires à sa mise en route, le temps de scanner les anomalies possibles et de mettre en place la sécurité. Puis il inséra la clé, entra son mot de passe, et alla se chercher une nouvelle bière. Le décryptage de la clé prendrait bien cinq minutes supplémentaires.

Le rapport qui apparut enfin sur l'écran lui apprit que Randi se trouvait en Chine pour contacter Kaito Yoshima et, à cette nouvelle, il éprouva comme un pincement à l'estomac. Non qu'il eût le moindre doute sur la capacité de Randi à se défendre contre n'importe quel adversaire, mais Yoshima pouvait se révéler particulièrement dangereux quand l'envie lui en prenait. Il avait été entraîné pour cela dès sa prime enfance. Par ailleurs, il semblait aussi légèrement dérangé.

Smith poursuivant sa lecture sur l'écran découvrit que la pochette de débris radioactifs qu'il avait rapportée du Japon provenait de la centrale nucléaire de Fukushima. Voilà qui expliquait la piste suivie par Randi. Non seulement Yoshima était un saboteur expérimenté susceptible de passer pour un Japonais, mais il était également diplômé en physique nucléaire.

Le reste du document se concentrait sur le niveau de radiations suspect dans le Réacteur 4. C'était à peu près tout. En dépit du fait qu'il s'était fait tirer dessus avec une arbalète, avait failli se noyer, puis avait été jeté dans le coffre d'une voiture, rien de tout cela ne figurait dans le rapport, lequel ne contenait pas grand-chose de plus que lors du premier appel de Klein.

Il éjecta la clé, retourna dans la cuisine, la posa dans le micro-ondes, puis la regarda faire des étincelles tandis que le four la détruisait. Une bonne nuit de sommeil, voilà ce dont il avait besoin. Ensuite, il serait temps de se remettre au boulot et de conclure cette histoire.

21

Pékin,
Chine

Kaito Yoshima ouvrit les portes du placard et se mit à vider les étagères. Il jetait au sol les boîtes de conserve et les produits ménagers, tandis que Randi, le dos contre le mur près de l'entrée de la cuisine, observait la porte d'entrée qui commençait à se déformer sous l'effet des coups.

— Le plus tôt serait le mieux, Kaito !

— Un peu de patience, Randi. Je vais aussi vite que possible.

Elle jeta un œil au pistolet dans sa main, puis lâcha un long soupir exaspéré. Qu'est-ce qu'elle s'imaginait pouvoir faire, au juste, avec une arme de ce genre ? Elle était l'un des agents d'élite de la CIA. En tant que tel, tirer sur les autorités chinoises était tout bonnement hors de question. Pour peu qu'elle se fasse arrêter et identifier, les conséquences sur les relations déjà délicates entre les deux pays seraient inimaginables. À regret, elle ouvrit son sac, envoya l'arme y rejoindre les autres jouets mortels qu'elle trimbalait et qu'il était tout autant hors de question d'utiliser.

À l'extérieur, derrière les fenêtres barricadées, l'hélicoptère se faisait toujours entendre mais du moins on ne tirait plus. De façon moins positive, côté porte d'entrée, un morceau du cadre de la porte de la taille d'un ballon de basket venait de sauter. Elle vit le bras d'un homme surgir dans le trou et chercher le verrou à tâtons. La tentation de lui tirer dessus pour ralentir l'assaut était presque insupportable.

— Kaito…, fit-elle en se retournant. Elle n'acheva pas. Tout l'arrière du placard était maintenant au sol et à la place apparaissait un puits sombre au milieu duquel était tendu un câble vertical.

— Espèce de salopard ! cria-t-elle en se précipitant. Si tu m'as laissée…

— Du calme, Randi. Je suis là.

La voix retentit avec un peu d'écho. Elle se pencha dans le puits, aperçut Kaito accroché à un harnais à quelques centimètres en dessous du sol.

— Ils utilisaient ce câble pour transporter du matériel de construction quand l'immeuble a été édifié, dit Yoshima. Malheureusement, le conduit est si étroit que la seule façon de procéder si on veut avoir une chance de s'en sortir, c'est que tu te tiennes sur mes épaules.

Elle se baissa, tordit le talon de l'une de ses chaussures pour débloquer le mécanisme qui le maintenait en place, puis effectua la même opération avec l'autre. Il lui faudrait se souvenir de donner un sérieux bonus au technicien qui avait mis ce truc au point – du moins si elle vivait assez longtemps pour ça.

Ses chaussures maintenant plates, Randi ramassa un torchon à vaisselle, s'en couvrit les mains pour se protéger du câble de métal. Puis elle se glissa dans l'entrée, descendit vers Yoshima et s'installa à cheval sur ses épaules comme il le lui avait indiqué. Au même instant, la porte d'entrée cédait dans un vacarme immédiatement suivi par les cris excités des hommes et le bruit des bottes de combat se précipitant dans leur direction.

— Ferme la porte du placard, ordonna Yoshima.

Elle obéit. Bientôt, un filet de lumière rouge leur fournit juste assez de lumière pour distinguer quelque chose dans le tunnel.

— Il y a un loquet sur le côté gauche. Tu peux le trouver ?

Elle fixa l'obscurité, tandis que les voix et les bruits de pas de l'autre côté se faisaient plus proches, puis elle finit par l'apercevoir. *Au moins un homme doit se trouver dans la cuisine*, calculait-elle mentalement. *Peut-être deux*.

Le mécanisme était entièrement silencieux et elle parvint à l'activer juste avant que l'un des types de l'autre côté ne secoue la poignée. L'impact d'un coup de crosse contre la porte du cabinet suivit presque aussitôt.

Yoshima leva la tête.

— Je suppose que tu l'as trouvé.

— Oui. On peut y aller, maintenant ?

— Bien sûr. Mais d'abord un grand merci pour ta minijupe.

En réponse, elle faillit le frapper sur le coin de la tête, mais le son d'un tir automatique l'arrêta. Randi leva les mains par réflexe. Les balles au lieu de pénétrer ricochèrent sur le blindage des portes du placard. Elle ne put retenir un murmure de jurons en entendant le cri de douleur de l'un des hommes qui les poursuivaient, sans doute touché par un ricochet. Du moins ne pourrait-on pas l'en tenir pour responsable. Techniquement, cet imbécile s'était tiré dessus.

— Randi ? demanda Yoshima calmement. J'aimerais pouvoir retirer l'explosif que tu as posé sur la base de mon crâne, à présent. Si tu m'y autorises.

— Oh, mais n'en fais pas tout un plat ! cria-t-elle tandis qu'une autre rafale non moins assourdissante venait percuter la porte. C'est juste un morceau de scotch avec un Tic-Tac à l'intérieur.

— Naturellement, fit Yoshima en soupirant, tandis qu'ils commençaient à glisser le long du câble.

Si les hommes parvenaient à ouvrir les portes, ils arroseraient le puits de balles, et il n'y aurait nulle part où se cacher. La descente ne prit pas plus de quelques secondes, mais elles parurent à Randi une éternité.

Elle appuya ses genoux contre le mur, pour soulager Yoshima de son poids, alors qu'il allumait une autre lumière rouge et ouvrait un panneau débouchant sur un garage souterrain. Ils y pénétrèrent, se faufilèrent entre les voitures, guettant le moindre signe de vie des autorités chinoises. En dehors des caméras de sécurité installées près du plafond, l'endroit semblait vide de toute surveillance.

Yoshima se glissa le long d'un van cabossé, puis lui fit signe de le rejoindre tandis qu'il enfourchait une épaisse moto BMW qui semblait avoir été construite en vue d'une course d'épreuves.

Elle sauta sur le siège arrière à l'instant où il mettait le contact, eut à peine le temps d'enrouler ses bras autour de sa poitrine que la roue avant se levait déjà dans un rugissement qui les emporta le long de la rampe du garage.

Ils contournèrent la barrière de sortie, frôlant le mur à toute vitesse sous le regard médusé de l'employé. Yoshima se mit à zigzaguer en expert, et elle fit de son mieux pour peser le moins possible tandis qu'il accélérait, grimpait sur le trottoir, faisant fuir les passants qui se jetaient dans toutes les directions. Qu'il ait réussi à ne blesser personne tenait du miracle.

Deux voitures anonymes s'étaient mises en chasse derrière eux. Dans les crissements de pneus, les odeurs de caoutchouc brûlé, elles tentaient de forcer le passage à leur tour, mais plus volumineuses et moins maniables que la moto elles ne faisaient rien de mieux que d'accumuler les chocs et blesser les passants.

— Parle-moi de Fukushima ! cria Randi pendant ce temps. Ils roulaient maintenant sur une ligne blanche entre des rangées de voitures. Le compteur indiquait près de cent trente quand ils passèrent un croisement au feu rouge, manquant heurter de plein fouet un groupe de cyclistes.

— L'usine nucléaire ? cria-t-il en retour. Qu'est-ce que tu veux savoir ?

La police s'était jointe à la poursuite et Randi vit une voiture de flics tourner au croisement qu'ils venaient de franchir en trombe. La circulation se fit plus dense. Yoshima agrippa les freins, la moto se dressa sur la roue avant, elle crut qu'ils allaient basculer dans les airs et s'écraser droit sur un 4 × 4. Derrière eux, le bruit des sirènes allait croissant.

— Qu'est-ce qui s'est passé là-bas ? reprit-elle en criant toujours.

— Je ne comprends pas ce que tu me demandes. Un tsunami a frappé l'usine et mis les réacteurs hors d'état. Ce n'est pas vraiment le moment pour un cours de physique nucléaire, tu sais.

— Tu n'es pas mêlé à cette histoire ?

Doublant le 4 × 4, il accéléra de nouveau. Il était distrait par ses questions et vit trop tard la portière ouverte juste devant lui. Il vira sur la gauche dans un mouvement désespéré mais son guidon accrocha la porte et la moto vira, Randi eut le temps de sentir l'engin déraper sous eux et leur échapper. Yoshima heurta l'asphalte immédiatement tandis qu'elle était projetée sur le capot plus accommodant d'une Ford. Elle glissa dessus, parvint à atterrir sur ses pieds.

— Kaito ! cria-t-elle en courant entre les voitures. Elle parvint à sa hauteur, le remit sur ses pieds. Il titubait. Elle pouvait entendre le hurlement des freins derrière elle. Les gens sortaient de leurs voitures, appelaient la police en les désignant du doigt. Elle savait d'expérience à quelle vitesse les choses pouvaient dégénérer dans ce genre de situation. Il suffisait d'un rien, un type qui se prend pour Bruce Lee et cherche à les intercepter pour que tout vire au chaos intégral.

— En route ! dit-elle en ramassant la moto encore grondante.

Elle sauta dessus. Yoshima enroula ses bras autour d'elle, elle lança l'accélérateur et fonça droit sur un homme à l'expression rageuse qui leur barrait le chemin. L'espace d'une seconde, le type parut tenté de maintenir sa position, mais elle poussa les gaz, leva la roue avant, et l'homme s'écarta, paniqué.

— Kaito ! Dans quelle direction est-ce qu'on…

Il y eut un seul coup de feu. Presque aussitôt les bras de Kaito autour d'elle relâchèrent leur étreinte. Elle sentit son souffle contre son oreille tandis qu'il murmurait :

— Désolé. Nous n'aurons pas cette nuit ensemble, en fin de compte.

Randi tenta de l'agripper mais il basculait déjà vers l'arrière. Elle écrasa le frein, la moto s'arrêta dans un dérapage à quatre-vingt-dix degrés. Un pied à terre, elle posa les yeux sur lui. Il était allongé au beau milieu de la route. Deux types sortis d'une Audi noire garée de travers couraient dans sa direction.

Yoshima parvint à se soulever sur un coude et lui fit un signe d'adieu de la main avec un sourire sanguinolent.

Son sac à dos, elle eut le geste instinctif de l'ouvrir pour saisir son arme mais, de nouveau, s'arrêta à temps. Elle ne pouvait pas buter ces salopards. Elle ne pouvait pas sauver Yoshima.

Elle ne pouvait que redémarrer. Elle remit les gaz et tourna la moto d'un même mouvement et l'engin décolla. Elle vira à toute vitesse dans une petite ruelle. Si elle avait de la chance, l'étroitesse et l'obscurité la dissimuleraient à l'hélicoptère qu'elle entendait approcher.

22

Alexandria,
Virginie, USA

Jon Smith avançait d'un pas lent et égal le long du couloir. La fille à l'accueil lui avait indiqué que l'homme qu'il cherchait se trouvait dans le premier laboratoire après les bureaux – mais qui se serait douté qu'ils étaient si nombreux et que le couloir était si long ?

Ironiquement, ni les points de suture ni les vis de titanium dans son dos ne le faisaient vraiment souffrir. Mais ses côtes cassées étaient le vrai problème. Il ne pouvait pas respirer à fond, et le seul fait de sortir du lit se transformait chaque matin en une véritable performance. Il lui fallait doucement glisser du matelas jusque sur le plancher, avec des efforts continus.

Il s'arrêta devant une porte ouverte, frappa contre le chambranle et ouvrit. La femme qui se tenait dans la pièce leva les yeux de son ordinateur.

— Oui ?

— Je cherche le docteur Greg Maple.

— Vous êtes sur la bonne piste, fit-elle avec un sourire. Continuez. C'est le prochain labo.

— C'est encore loin ?

Elle parut troublée par la question, et prit le temps d'examiner ses épaules larges, sa taille mince, son visage hâlé.

— Une vingtaine de mètres, je dirai. Ça vous semble loin ?

Oui, pensa-t-il. Le souvenir de ses quatre kilomètres de jogging quotidien lui paraissait une partie de plaisir, par comparaison. Mais il dit seulement :

— Merci pour l'info.

Et il reprit sa route. Le labo se trouvait exactement là où elle le lui avait indiqué, et à sa droite une paroi de verre découvrait une vaste pièce encombrée de toute une machinerie incompréhensible à base de tuyaux et de câbles électriques. Maple se trouvait au centre, seul. Il était vêtu d'un pantalon décati et d'un pull qui semblait plus vieux encore. Il regardait quelque chose sur la table devant lui que Smith ne pouvait voir, et se tapotait la tête avec un stylo, avec l'air de réfléchir intensément.

Smith poussa la porte et entra dans la pièce. Il referma derrière lui.

— Salut, Greg.

— Jon ? Ça fait un bail, bonhomme, fit Maple, qui écarta grand les bras et s'approcha avec un large sourire.

Smith prévint d'une main l'étreinte qui s'annonçait.

— Du calme, Greg. J'ai plusieurs côtes cassées et je suis couvert de points de sutures.

Ce qui l'arrêta net.

— Qu'est-ce qui t'est arrivé ?

— Je suis parti faire de la plongée sous-marine au large du Japon, un bateau m'a heurté. J'ai passé plusieurs mois dans un hôpital là-bas, complètement anonyme.

Ce n'était pas la couverture idéale ; mais, jusqu'ici, personne ne l'avait éventée.

— Merde ! Quelle histoire ! J'ignorais, désolé. Ce n'est pas pire que le jour où je suis passé par-dessus bord dans le détroit de Béring. Au moins la mer du Japon est chaude.

Smith répondit d'un sourire. Maple était diplômé de l'académie navale. Il avait conduit des sous-marins avant de se former en ingéniérie nucléaire. Il était consultant pour plusieurs entreprises de défense qui concevaient des usines électriques et toute une série de systèmes d'armement marins. Si quiconque pouvait analyser les failles du confinement nucléaire, c'était Greg Maple.

— Et si je t'emmenais déjeuner, Jon ? Pour célébrer que tu t'en sois tiré une fois de plus ?

— Avec plaisir, dit Smith. Mais avant, j'aimerais que tu jettes un œil là-dessus, ajouta-t-il en soulevant l'attaché-case de sa main valide.

— Certainement. Qu'est-ce que c'est ?

— Il faut que tu me promettes que ça restera strictement entre nous.

— Okay.

— Je suis très sérieux, Greg. Tu ne peux parler de ça à personne. Ni à ta femme, ni à ta mère, pas même à ton prêtre. On est d'accord ?

— D'accord. Putain, Jon. Que veux-tu que j'ajoute ? Parole de scout. Croix de bois croix de fer.

Smith lui tendit la valise. Il était sur le point de l'ouvrir dans la foulée quand Smith l'arrêta :

— C'est radioactif.

— Radioactif ? Ce n'est pas un peu loin de ton domaine d'expertise ?

— Disons que je me diversifie.

— Bien, bien.

Ils traversèrent le labo. Maple posa l'attaché-case dans une enceinte de verre à base de plomb. À l'aide de manettes, il entreprit de manipuler les bras mécaniques qui, à l'intérieur, se mirent à bouger avec une précision remarquable. Au bout de quelques secondes, les verrous sautèrent et la valise s'ouvrit.

— On dirait des ordures, dit-il tandis que les bras mécaniques soulevaient le sac de débris et l'étendaient sur la petite plate-forme.

— C'est un mélange d'acier, de béton et de plastique, acquiesça Smith. Essaie de le briser. Tape dessus avec un truc.

Maple lui jeta un regard un peu perdu puis, toujours par le biais des bras mécaniques, frappa l'un des morceaux de béton de la taille d'une balle de golf qui fut aussitôt réduit en poussière. Il réitéra l'opération sur un bout d'acier et sur un morceau de plastique avec le même résultat.

— Qu'est-ce qui est arrivé à ces trucs ? demanda Maple.

— C'est ce que j'aimerais que tu m'expliques.

Il posa quelques débris sur un plateau.

— Jetons-y un œil au microscope.

Il y avait un moniteur et un clavier près des manettes. Maple entra une série de commandes. Au bout de quelques secondes, une image brumeuse apparut sur l'écran.

— Ça, c'est l'acier, dit Maple en tapotant l'écran. Haute qualité. Mais regarde à gauche, là où la texture change. On va zoomer un peu.

L'image grossit et se fit plus précise. Ce qui avait paru flou ressemblait maintenant, vu de près, à une concentration dense de petites marques.

— Eh bien…, fit Maple, interloqué. Voilà qui est nouveau.

— C'est ça qui cause la faiblesse structurelle du matériau ? Tous ces petits trous ?

— Probablement. Ce genre d'acier devrait apparaître comme une surface lisse à ce niveau de grossissement.

— Ça peut provenir des radiations ?

— Non, dit Maple l'air absent. Il augmenta de nouveau la puissance de l'appareil, et les irrégularités prirent une forme encore différente. Là où certains points vérolés étaient ronds et d'apparence laiteuse, d'autres paraissaient s'être écroulés sur eux-mêmes.

— Jetons un œil au béton.

Ils y trouvèrent le même genre d'altération, ainsi que dans les échantillons de plastique.

— Où est-ce que tu as trouvé ça ? demanda Maple, tout en ramenant le microscope sur l'acier.

— Ce n'est pas vraiment important.

— Ça m'aiderait d'avoir le contexte.

— Je crains que ça n'influence tes conclusions.

Maple soupira longuement, tout en fixant l'écran.

— Je peux demander un second avis ?

— Certainement pas.

Finalement, Greg se laissa tomber sur une chaise et leva les yeux vers Smith.

— Tu ne me donnes pas grand-chose pour travailler, Jon. Tu commences à ressembler à ces types de l'intelligence militaire.

— Disons que j'ai plusieurs cordes à mon arc.

— Ouais…

— Greg, si ce n'était pas difficile, je n'aurais pas eu besoin de toi. Donne-moi au moins ta première impression.

L'ingénieur se mordit la lèvre un moment.

— Ce n'est pas dû aux radiations, voilà une chose assurée. Pour le reste, je n'ai jamais vu ça de ma vie. Et j'ai vu tout ce que les radiations peuvent faire à des matériaux de construction. Ce qui est bizarre, ici, c'est que les traces soient si semblables d'un matériau à l'autre. Tu peux me dire si elles proviennent du même endroit ?

— C'est le cas, dit Smith. Après un moment, il ajouta : Est-ce que ça pourrait être le résultat d'un sabotage ?

— Un sabotage ? Avec quelle arme, le rayon de la mort ?

— Est-ce que je sais…

Maple pointa de nouveau l'écran.

— Regarde. Tu vois le modèle des altérations ? Sur certains échantillons ça va de l'extérieur vers l'intérieur, et sur d'autres, ça ne touche qu'un seul côté. Rien qui vienne de l'intérieur.

— C'est donc attaqué par quelque chose. Comme si ces matériaux s'étaient trouvés devant une source de radiations qui les avait lentement pénétrés.

— Ce ne sont pas des radiations, Jon.

Smith se pencha vers l'écran jusqu'à le toucher.

— D'une certaine façon ça ressemble à une attaque biologique. Une sorte d'infection. Une attaque de bactéries attaquant le tissu et qui se multiplient tout en pénétrant le matériau.

— Ton béton a chopé un coup de froid, c'est ça ?

— Je me contente de penser à haute voix. Pourquoi ne pas imaginer une espèce de liquide corrosif – un acide. Ça se répand sur le matériau et ça le pénètre tout en l'affaiblissant…

— Pourquoi pas, en effet. Sauf qu'il n'y a aucune indication de ce type de fluide. Et, au risque de me répéter, les altérations sur les trois matériaux sont extraordinairement similaires. Normalement, si tu répands de l'acide sur du béton, de l'acier et du plastique, tu n'obtiens pas le même résultat. Le plastique peut fondre, sur l'acier ça fait des gravures, et le béton ne garde qu'une seule trace. Je vais faire quelques tests, évidemment, mais je peux déjà te dire que ça ne ressemble à aucun agent chimique que j'aie pu voir.

— Tu en penses quoi ?

Il se renversa sur sa chaise et fixa l'image sur l'écran.

— Que tu as mis la main sur quelque chose de très nouveau. Et de très dangereux.

23

Mille cinq cents mètres
au nord-est de la Papouasie,
Nouvelle-Guinée

Le général Masao Takahashi se tenait sur le pont du cargo de marchandises et regardait au-delà du quai. Plus long qu'un porte-avions américain, le navire était vide, à l'exception de trois conteneurs massifs qui se trouvaient juste dans son dos. Le temps était au rendez-vous, parfait pour le test qu'il s'apprêtait à lancer, avec une épaisse couche de nuages suffisamment haute pour ne pas nuire à la visibilité, mais qui aveuglerait tout de même les satellites américains qu'il était désormais virtuellement impossible d'éviter. Une brume intermittente apparaissait aux vitres, et la force des vents atteignait quarante nœuds, ce qu'il considérait comme des conditions réalistes pour une bataille. Les guerres ne se livrent pas seulement sous des cieux tempérés.

Il regarda derrière lui les cinq hommes sur le pont, le parc d'équipements bien trop sophistiqués pour ce type de navire. Vêtu d'un bonnet de laine et le visage couvert de grosses lunettes noires dissimulant les traces de radiations, le Dr Hideki Ito parlait calmement au capitaine. Les autres hommes collés à leurs écrans d'ordinateurs opéraient les préparations nécessaires.

— Tout est prêt ? demanda Takahashi.

Ito acquiesça nerveusement.

— Oui, bien sûr, monsieur. Les avions sont déballés en ce moment même.

— J'aimerais parler aux pilotes.

Le scientifique regarda par la fenêtre. Il avait soudain l'air pensif. Ce n'était pas le genre d'homme à braver les éléments ni même à quitter son laboratoire s'il pouvait faire autrement.

— Akifumi, dit Takahashi. Vous voulez peut-être vous joindre à moi ?

Le capitaine Akifumi Watanbe s'inclina brièvement. Il s'avança vers l'extrémité du pont. C'était un homme taciturne qui, contrairement à ce que les apparences actuelles pouvaient laisser croire, n'avait jamais travaillé dans la marine marchande. Il s'était retiré des forces navales japonaises cinq ans plus tôt. On ne trouvait guère d'officier plus compétent ni plus patriotique dans tout le pays.

Le vent balayait les escaliers tandis qu'ils descendaient. La pluie commençait à faiblir. Sur le pont, les équipes de la Défense aérienne préparaient deux jets de combat Mitsubishi F-15 Eagles. Une autre équipe plus loin réglait une catapulte d'avion dessinée spécifiquement pour le navire.

Les deux pilotes se tenaient l'un à côté de l'autre devant les avions. Ils se redressèrent en voyant approcher Takahashi. Aucun mot ne fut échangé. Aucun n'était nécessaire. Il s'inclina profondément puis se recula pour les regarder grimper dans leurs cockpits respectifs.

L'automatisation était l'avenir de la guerre, particulièrement pour un pays qui ne pouvait compter que sur de faibles ressources, et Takahashi acceptait et méprisait tout à la fois ce nouvel état de fait. Le temps où la guerre créait des héros, où des notions telles que loyauté, courage, élevaient les êtres à des hauteurs sans pareilles, et où les hommes sachant qui ils étaient formaient entre eux des liens plus forts que tout ce que la vie civile pouvait promettre – ce temps-là était révolu.

Américains et Chinois pouvaient bien mettre leurs pays respectifs en faillite en finançant des armes dont les avancées technologiques ne seraient jamais que marginales comparées à celles qui avaient frappé son pays tant d'années plus tôt : ni lui ni le Japon ne pouvaient se payer le luxe de ces illusions infantiles.

Derrière lui, les hommes ouvrirent une caisse, et Takahashi s'avança jusqu'à elle, le silencieux Watanbe à sa suite.

Les missiles de nouvelle génération qu'elle contenait présentaient finalement un format assez petit. Il fronça les sourcils tout en passant une main sur la coque de titanium. Deux mètres était la limite des directives qu'il avait donné. Le mantra « petit, économique, et indépendant » avait été inventé par son mentor et Takahashi était resté fidèle à son esprit pendant plus de trente ans.

Il fit le tour de l'arme en prenant soin de ne pas déranger les hommes qui préparaient le tir. Il y avait deux ailes avant flexibles et une série d'ailes de queue disproportionnée permettant de manœuvrer l'engin comme le système l'exigeait.

Quand tout cela avait commencé, il y avait tellement longtemps, Takahashi s'était demandé s'il verrait de son vivant une telle classe d'armes opérationnelles. Des progrès dans les systèmes de propulsion, qui les rendaient à poids égal trois fois plus denses en énergie que le fuel le plus sophistiqué utilisé par les Américains, en avaient fait une réalité.

Dans un premier temps, ses équipes s'étaient concentrées sur une version sous-marine – une torpille propulsée par roquette qui s'était révélée cruciale pour la défense d'une nation insulaire, et relativement facile à développer en secret. Le système air-air qu'ils expérimentaient aujourd'hui était basé sur une technologie similaire et, même s'il n'avait pas été considéré comme une priorité au début, il était destiné à devenir une pièce critique dans le perfectionnement de la capacité militaire japonaise.

En fin de compte, le but serait de réduire la taille du projectile à un mètre et d'en diminuer le coût jusqu'à ce qu'une production en série de plusieurs milliers d'unités devienne possible. Les ennemis du Japon en resteraient muets.

Il sentit une main sur son épaule.

— On me dit que nous sommes presque prêts, Masao.

Se retournant, il sourit chaleureusement au capitaine.

— Je te suis mon ami.

Ils revinrent dans la cabine, où le Dr Ito s'agitait dans un état fiévreux défiant son âge et sa condition physique.

— Docteur, dit Takahashi. On me dit que nous sommes prêts ?

— Oui monsieur, répondit-il en se courbant. Nous sommes sur le point de réamorcer l'unité de lancer à eau. Il reste moins d'une minute.

L'un des missiles était installé au fond de l'océan.

Sur le pont, les moteurs des jets commencèrent à tourner et Takahashi se pencha par la fenêtre pour mieux voir quand le nez de l'un des avions fut attaché à sa catapulte. Watanbe annonça qu'aucun autre avion ne se trouvait à portée de radar et donna au pilote l'autorisation de décoller. Quelques instants plus tard, le F-15 prenait sa vitesse sur la piste d'envol artisanale.

— Que disent les derniers chiffres, Docteur ? demanda Takahashi tandis que le second avion se préparait à en faire autant.

— Je pense qu'il est plus qu'instructif de faire la comparaison avec les F-16 américains. Notre arme a cinq fois leur capacité opérationnelle, en partie grâce à la propulsion et au poids inférieur, mais aussi parce que nous pouvons la détruire une fois épuisée la réserve de fuel, plutôt que de la ramener à la base. En terme de production de masse, nous estimons le coût d'une unité à quatre millions de dollars américains, contre vingt-cinq pour le F-16, cela sans inclure le pilote ni l'entretien. Notre vitesse maximum est d'environ Mach 8, à comparer avec Mach 2 pour un avion classique. Et l'on peut pousser le champ de gravité à un niveau qu'aucun pilote humain ne pourrait supporter.

— Mais un pilote humain peut penser, dit Takahashi.

— Nos ordinateurs également, Général. En fait, nos systèmes surpassent régulièrement les pilotes humains.

— Dans les simulations.

— Je sais que vous êtes très opposé aux simulations, Général, mais elles sont devenues extrêmement sophistiquées. Il baissa les yeux au sol un moment, puis releva la tête, osant affronter le regard du général. Je tiens à redire que ce test n'est pas nécé…

Takahashi leva une main pour le faire taire. L'attention portée par Ito aux deux pilotes prouvait sa totale incapacité à dépasser son petit monde borné d'équations et d'expériences. Ces hommes avaient reçu l'honneur de se sacrifier pour leur pays. Leur courage nourrirait la mémoire de générations entières.

— Allez-y, ordonna Takahashi.

Il se pencha vers la vitre pour voir les deux F-15 tourner en boucle autour de la silhouette massive du navire.

Ito tapota l'épaule d'un jeune homme assis devant un terminal. Presque aussitôt, une fumée s'échappa du missile sur le pont. En quelques secondes, une flamme explosa à l'arrière, et noircit tout le pont tandis que le missile s'envolait. Takahashi le vit se stabiliser dans les airs puis se mettre à tourner autour du navire en position d'attente.

— Regardez maintenant à tribord, s'il vous plaît, dit Ito.

Takahashi tourna les yeux vers la direction indiquée. Il vit un second missile émerger de l'eau, s'envoler puis rejoindre le premier. Tous deux dessinèrent bientôt au-dessus d'eux un lent arc de cercle.

— Pour être clair, dit Takahashi, ces armes sont totalement autonomes, n'est-ce pas ? Ni vous ni personne de vos équipes ne les contrôlez d'aucune façon ?

— C'est exact, Général. Une fois l'ordre d'engagement envoyé, aucune intervention humaine n'aura lieu.

Il acquiesça. Donner une telle autonomie aux machines comportait certes une part de risque mais il n'y avait pas d'autre choix. Les drones américains ne pouvaient être contrôlés depuis des endroits isolés qu'en raison de la faiblesse de leurs adversaires. Un ennemi sophistiqué, en revanche, aurait la possibilité de bloquer les signaux de contrôle, voire de les détourner.

— Peut-on commencer le protocole d'offensive, monsieur ?

Takahashi acquiesça.

— Durant cette première démonstration, nous allons faire voler les unités en mode primaire. Pour utiliser la terminologie des jeux vidéo, c'est le niveau 1.

L'analogie était juste. Le système de contrôle informatique avait été créé par un ancien programmeur de jeux vidéo spécialisé dans la création d'opposants informatisés aux joueurs humains. L'homme était incontestablement brillant mais Takahashi avait encore des doutes. Il lui semblait impossible qu'une série de transistors et de puces en silicone puisse concurrencer l'instinct, l'ingéniosité et le courage humains.

Soudain, les missiles brisèrent leur cercle autour du navire pour foncer droit sur l'un des avions de combat qui entreprit aussitôt de les éviter. Les missiles n'étaient pas équipés d'armes offensives. C'étaient des armes-béliers, des kamikazes.

— En mode primaire, les missiles sont programmés pour être exactement au même niveau de capacité que les avions, expliqua Ito tandis que le général observait l'avion descendre en piqué pour éviter l'une des torpilles robotisées.

Le pilote parvint tout juste à redresser l'appareil à l'instant où il allait toucher l'eau, tandis que son adversaire électronique battait en retraite et se mettait en ligne pour une nouvelle attaque.

— Donc ce que vous voyez ici est une comparaison terme à terme entre les capacités des pilotes et celles des machines, poursuivait Ito.

Takahashi réalisa qu'il s'appuyait contre le système de contrôle du navire et se redressa. Il se tenait maintenant droit devant la bataille qui se déroulait sous ses yeux. Il lui était difficile de dissimuler ce qu'il éprouvait. Près de lui, même le stoïque Watanbe semblait perturbé par le spectacle. Les pilotes – deux de leurs meilleurs hommes – étaient complètement dépassés. Ils s'en tiraient mais tout juste, en volant manifestement aux ultimes limites de leurs capacités et, pour garder leurs adversaires électroniques à distance, il leur fallait user de toutes les ressources à leur disposition, missiles air-air et mitrailleuses.

— Ils n'ont tout simplement aucune chance de vaincre, dit Ito, qui semblait lire dans les pensées du général. Votre test est trop inégal. L'ordinateur peut diriger des centaines de variables différentes, calculer des millions de possibilités et prendre en une nanoseconde des décisions qui sont immédiatement traduites en actes…

— Passez en mode intégral, dit Takahashi.

— Mais monsieur, ne vient-on pas déjà de prouver…

— Vous n'avez rien prouvé du tout ! cria le général. Allez-y ! Maintenant !

— Oui monsieur, dit Ito en se reculant. Il était clair qu'il ne pouvait comprendre la soudaine colère du général.

L'un des pilotes tira une roquette et, malgré lui, Takahashi eut un sursaut d'allégresse à l'instant où elle fonça sur l'un des missiles de Ito. Les manœuvres d'esquive extrêmement précises qu'il avait fini par attendre de la part des armes électroniques ne s'étaient pas produites. Peut-être n'étaient-elles pas aussi performantes que leur créateur voulait bien le croire.

Mais soudain les moteurs rugirent et le missile de Ito augmenta sa vitesse d'un coup à un niveau qui semblait impossible pour disparaître dans les airs.

— La vitesse maximale des avions de combat AAM-3 atteint 2,5 Mach et leur portée est de treize kilomètres, expliqua Ito. L'ordinateur a déterminé qu'il serait plus efficace de rester hors de portée jusqu'à épuisement du fuel.

Le pilote inclina l'avion pour tenter d'éliminer le second missile autonome qui rasait les vagues à la poursuite du second avion, mais il n'avait aucune chance. La torpille allait beaucoup trop vite pour que l'œil humain puisse la suivre.

L'avion explosa dans une boule de feu à l'instant où Takahashi apercevait le second missile qui revenait à la charge. Le pilote l'aperçut lui aussi et, sans autre alternative, fonça droit dessus tout en tirant sans discontinuer des rafales de balles traçantes. La collision se produisit moins d'une seconde plus tard, emplissant l'air d'une nouvelle boule de feu qui se dispersa en débris enflammés tombant vers l'océan.

Takahashi s'écarta de la fenêtre. Le test se révélait un succès retentissant, mais tout ce qu'il éprouvait était une sorte d'engourdissement. Il s'était résolu à changer le monde, et c'était exactement ce qu'il venait d'accomplir. Il avait créé une nouvelle réalité dans laquelle des hommes tels que lui, ou comme ces pilotes héroïques, étaient totalement dénués d'importance comme de propos.

— Est-on prêts à une production en série ? demanda-t-il finalement.

— Oui, monsieur.

— Allez-y, dans ce cas.

— Tout de suite, dit Ito.

— Et le projet Fukushima ? demanda Takahashi. Il est remis sur les rails ?

La perte du laboratoire du Réacteur 4 avait représenté un sérieux revers, mais à toute chose malheur est bon : la nouvelle usine, dans le Nord, se révélait un terrain plus efficace – et plus privé – pour ce qu'il fallait entreprendre maintenant.

Ito humecta ses lèvres craquelées. Ses brûlures rendaient en général les expressions de son visage difficiles à déchiffrer mais, aujourd'hui, sa peur était repérable.

— Les progrès sont difficiles, Général. Nous essayons de contrôler les forces sous-jacentes de la nature.

— J'ai cru comprendre que tous vos tests donnaient pleine et entière satisfaction.

— Oui, monsieur. Mon système de correction des erreurs a fonctionné sans faute jusqu'ici. Mais ce ne sont que des simulations à échelle réduite. Nous…

— Vous n'étiez pas en train de me dire que je devrais me fier aux simulations ?

L'embarras de Ito ne fit que croître.

— Dans ce cas précis, se fier aux tests ne me semble pas très sage.

— Vous êtes trop modeste, Docteur. La vérité est que vous avez réussi. Vous avez réussi au-delà de nos rêves les plus fous.

24

Comté du Prince George,
Maryland, USA

Fred Klein se leva de sa chaise en voyant Randi se ruer dans son bureau. Smith, qui était enfin parvenu à trouver une position confortable, resta immobile.

— Est-ce que Yoshima est mort ? demanda-t-elle en guise de salut.

— Nous pensons que oui. D'après nos rapports, son corps a été embarqué par les autorités chinoises. Nous n'avons pas réussi à trouver d'informations plus précises.

Elle se tint figée au milieu de la pièce.

— Et moi ?

— Il apparaît que vous avez été identifiée. Le gouvernement chinois ne sait pas encore comment gérer le problème. Après tout c'est vous qui avez été attaquée et vous avez fait preuve d'une retenue impressionnante. Mon idée est que Pékin ne sera que trop heureux d'oublier toute l'histoire.

— Vous avez dit qu'il fallait qu'on avance, expliqua Randi sans nécessité. Yoshima paraissait la meilleure piste.

— Je suis d'accord.

— Ce n'est pas ta faute, fit Smith. Il était clair que Randi se considérait responsable de la mort de Yoshima, et Smith, qui avait lui-même affronté ce type de situation plus de fois qu'il ne voulait s'en souvenir, se sentait compatir. Si quelqu'un connaissait les risques inhérents à ce genre de vie, c'était Kaito. Je ne suis même pas certain que cela lui importait.

Son visage s'affaissa légèrement, et elle se laissa tomber sur une chaise, sans un mot.

— Avez-vous réussi à apprendre quelque chose ? demanda Klein.

— Je suis presque certaine qu'il est l'agent de l'attentat contre Takahashi. Sur Fukushima, il ne savait rien du tout.

— Vous êtes sûre ?

— Il a évidemment pu me mentir. Mais je ne crois pas.

Klein poussa un long soupir. Il saisit sa pipe.

— Donc, on en revient au point de départ, ou tout comme.

— Rien de tout cela n'a le moindre sens pour moi, intervint Smith. Je n'arrive pas à recoller les morceaux.

— Comment cela ? demanda Klein.

— D'après vos hommes, les autres usines nucléaires du Japon n'ont pas été endommagées, n'est-ce pas ?

— Nous les avons toutes passées en revue à la recherche du moindre signe correspondant à ce que vous et Greg Maple avez décrit et nous n'avons rien trouvé.

— Cela signifie que les Chinois sont en train de développer une nouvelle sorte d'arme et qu'ils l'utilisent sur cette usine et seulement sur celle-là.

— Ce n'était peut-être que leur première offensive, intervint Randi. Et le tsunami les a arrêtés.

— Mais pourquoi s'en prendre aux centrales japonaises ? Dans quel but ?

— Pour les discréditer ? dit Klein. Pour que Tokyo perde la face ?

— Un incident nucléaire sérieux a aussi l'avantage de faire diversion, fit Randi. Et n'oublions pas que tuer Takahashi aurait créé une brèche dans leurs capacités de défense. Ils préparaient peut-être une attaque.

Klein secoua la tête.

— Les Japonais ont d'autres généraux tout aussi compétents. Et nous sommes liés à Tokyo de telle sorte que, dans une guerre avec le Japon, les forces de défense japonaises seraient le dernier souci de la Chine.

— Je suis d'accord, dit Smith. Le gouvernement chinois génère toute cette hystérie pour faire diversion. Leur économie ralentit et c'est leur vrai problème. Mais ils n'ont aucune intention de déclencher une guerre. Par ailleurs, ils n'ont pas tout à fait tort de se faire du souci à propos de Takahashi. Un Japon remilitarisé viendrait perturber l'équilibre des forces dans le Pacifique de manière profonde, et le général n'est pas exactement une colombe.

— Tu penses que leur tentative d'assassinat est leur façon d'essayer de calmer le jeu ? demanda Randi.

— Il y a une espèce de logique tordue, là-dedans, non ?

Ils restèrent assis en silence pendant près d'une minute, puis Klein parla de nouveau.

— Il y a quelque chose qu'il faut se rappeler. Quoi qu'il se soit produit à Fukushima, c'est resté inachevé. Le tsunami a tout chamboulé. Était-ce un groupe terroriste ? Le FJP a augmenté l'impact de ses attaques ces derniers temps. Un groupe antinucléaire ? Le Japon n'en est pas avare, pour des raisons évidentes.

— Je n'y crois pas, dit Smith. Nous en saurons plus une fois que Greg aura fini ses analyses mais, pour l'instant, la technologie utilisée paraît bien plus sophistiquée que ce que l'on peut attendre d'un groupe terroriste ou écologique. Pour être franc, c'est même bien plus sophistiqué que tout ce que nous pouvons imaginer.

25

Tokyo,
Japon

L'entrée du général Takahashi dans le bureau fit instantanément se lever les deux hommes. Le Premier ministre Fumio Sanetomi s'avança rapidement vers lui, s'inclina puis lui tendit la main – une coutume occidentale qu'il avait adoptée quelques années plus tôt.

— Comment allez-vous, Général ? Je suis heureux de voir que vous paraissez en forme en dépit de vos épreuves récentes.

— Je vais bien, merci monsieur. J'ai eu énormément de chance. Plus que beaucoup d'autres ce jour-là.

Sanetomi acquiesça gravement. Il fit un geste pour désigner l'autre homme qui se trouvait dans la pièce.

— Vous connaissez Akio Himura.

Takahashi s'inclina respectueusement devant le responsable du Renseignement japonais. Le Premier ministre n'avait bien sûr pas la moindre idée de la proximité de la relation entre les deux hommes. Les politiciens étaient dépourvus de tout honneur. Ils allaient et venaient selon les caprices du peuple. Sanetomi était certes meilleur que la plupart d'entre eux, ses politiques économiques avaient accéléré la sortie de la récession, il paraissait avoir au moins une vague notion du potentiel de son pays à s'élever au rang de puissance mondiale éminente, et, comme ses prédécesseurs, il avait soutenu la croissance des forces de défense japonaise. Mais, comme eux également, il avait été tenu dans l'ignorance des proportions que cette croissance avait prises. La raison en était que, pour tout dire, on ne pouvait compter ni sur ses convictions, ni sur son courage.

— Prenez place, je vous en prie, dit le Premier ministre.

Takahashi et Himura s'exécutèrent. Sanetomi leur servit le thé.

— Je crois que vous savez tous les deux ce que je pense. Il est temps pour le Japon de s'émanciper de la tutelle américaine et de poursuivre ses propres intérêts. J'ai pris tous les risques politiques nécessaires pour qu'il en soit ainsi.

Takahashi ne put réprimer un petit sourire. *Les risques politiques.*

Le risque était considéré comme le plus grand des sacrifices dans la profession de Sanetomi. Takahashi songea par comparaison aux deux pilotes morts dans l'enthousiasme pour achever jusqu'au bout le test du nouveau système de défense, et une légère nausée l'envahit à la vue de l'homme assis en face de lui.

Même si le vernis de politesse exigé par la culture ritualisée du Japon parvenait à le dissimuler, Takahashi méprisait le Premier ministre, et il était certain que ce dernier en faisait autant à son sujet. Mais peu importait. Tous deux savaient que le pouvoir et l'argent de la famille de Takahashi combinés à sa popularité transformeraient en suicide politique toute tentative de l'écarter de son poste de commandant en chef des forces de défense.

Le Premier ministre reposa la théière. Il poursuivit sa pensée en choisissant ses mots avec soin.

— Vous poussez les choses trop loin, Général. Vous attisez des flammes qui pourraient tous nous détruire.

Takahashi, pour toute réponse, émit un acquiescement bref, proprement contrit.

— Et vous, poursuivit Sanetomi en tournant son regard vers Himura, la fuite en provenance de votre organisation selon laquelle la Chine pouvait être impliquée dans l'attentat contre le général était impardonnable. Les manifestations en Chine comme ici ont crû de façon considérable. On craint l'agitation.

— Toutes mes excuses, monsieur le Premier ministre. Je vous assure que nous faisons tout ce qui est en notre pouvoir pour identifier la fuite.

Sanetomi se repoussa dans son fauteuil et les examina un instant sans rien dire.

— À ce point, reprit-il, ce n'est plus très important. Ce qui est fait est fait. Et je me vois dans l'obligation de devoir reculer le premier. On ne peut pas se permettre une nouvelle tentative d'assassinat du général de la part de la Chine. Il est beaucoup trop important pour le Japon.

Takahashi acquiesça comme il se devait mais, pour lui, tout cela n'était que flatterie vide.

— Et qu'est-ce que cela implique, monsieur le Premier ministre ?

— Je travaille en direct avec le président Castilla pour mettre au point une série de concessions des deux côtés qui permettra de calmer le jeu.

— Des concessions ? dit Himura.

— Nous demanderons aux Chinois d'exercer leur pouvoir de censure pour éteindre les sentiments antinippons qui se répandent actuellement sur le Net et pour réprimer les manifestations. Ils devront retirer leur armée des îles Senkaku et accepter l'ouverture de pourparlers directs avec nous sur le statut de ces îles. Ils supprimeront bien entendu aussi leurs émissions télévisées antijaponaises et accepteront de travailler avec quelques-uns de nos propres animateurs pour développer des programmes plus en phase avec un climat apaisé.

Takahashi ne prit pas la peine de dissimuler ses sentiments. Après tout ce qui venait de se produire, la réponse du Premier ministre consistait donc à développer des émissions de télé ? C'était au-delà de l'absurde.

— Nous aurons à produire des concessions similaires, je suppose, dit Himura, manifestement inquiet à l'idée que Takahashi ne puisse se contenir.

— C'est la nature de toute politique, j'en ai bien peur, dit Sanetomi calmement. Nous retirerons de l'autel Yasukuni quelques-unes des reliques de soldats qu'ils estiment être des criminels de guerre. Nous travaillerons avec leurs historiens de manière à réécrire plusieurs chapitres de nos livres d'histoire de manière à… Sa voix faiblit tandis qu'il cherchait ses mots. À refléter de manière plus neutre les actions de notre armée pendant la guerre.

Takahashi ouvrit la bouche pour protester mais le Premier ministre l'interrompit d'un geste de la main avant qu'il ait prononcé le premier mot.

— De plus, nous promettrons d'accepter un certain niveau de partage des ressources des îles Senkaku. Et, par respect pour leurs inquiétudes quant à son potentiel offensif, nous accepterons de démanteler notre nouveau bateau de guerre.

Les mâchoires du général Takahashi se refermèrent. Son visage était devenu parfaitement opaque. Toujours plus d'excuses. Toujours plus de soumission. Mao avait peut-être éradiqué les fumeries d'opium en Chine, mais les Chinois, eux, n'avaient fait que remplacer une addiction par une autre : l'infinie repentance des Japonais. Et comme tous les camés, plus ils s'en emplissaient les veines, plus ils en avaient besoin.

— Dois-je comprendre que vous trouvez cet arrangement acceptable ? dit-il.

— Je le trouve inévitable, répliqua Sanetomi. Et, si vous me pardonnez ma franchise, votre attitude ne compte pas pour rien dans ce qui me conduit à cette position.

— Mon attitude ? Le gouvernement chinois produit une kyrielle de mensonges contre nous pour distraire son peuple de son incompétence totale et de sa corruption, et c'est moi, le responsable ? Pourquoi ? Parce que je crois en mon pays ? Parce que j'honore ceux qui ont donné leur vie pour lui ? Parce que je n'ai pas eu la courtoisie de mourir aux mains de mes assassins ?

Himura lui lança un regard de prudence et Takahashi s'arrêta net. Il avait raison. Bientôt, rien de tout cela n'aurait plus d'importance. Mais on ne pouvait accepter certaines insultes sans réagir.

Sanetomi, fixant sa tasse de thé, laissa le silence envahir la pièce une fois de plus.

— Vous devez accepter mes excuses, Général, reprit-il. Je n'ai pas appelé à cette réunion pour blâmer qui que ce soit. Je l'ai fait pour discuter d'une situation qui menace d'échapper à tout contrôle, et de façon plus rapide et plus dangereuse qu'aucun de nous ne peut le savoir.

— Comment cela ? intervint Himura.

— J'ai reçu récemment un appel assez perturbant des Américains. Ils disent avoir trouvé les indices d'un possible sabotage au sein du Réacteur 4 de Fukushima. Des échantillons dont la structure était endommagée d'une façon qu'ils ne parviennent pas complètement à comprendre.

— Avons-nous ces échantillons et pouvons-nous procéder à nos propres analyses ? demanda Himura d'un ton suave.

— Non, hélas. Les débris que nous possédions ont été jetés et les Américains n'ont pas proposé de nous transmettre les leurs. Nous avons examiné tous les autres réacteurs du pays, cependant, et nous n'avons rien trouvé de similaire. Le problème semble donc confiné à ce seul réacteur de l'usine de Fukushima.

Takahashi resta silencieux. Il était satisfait de voir le chef du Renseignement diriger la conversation. Le Premier ministre ne savait manifestement rien du fait que le Dr Ito avait utilisé le Réacteur 4 comme laboratoire, et moins encore des recherches qu'il avait entreprises là-bas.

— C'est très sérieux, dit Himura. Ça aurait pu être une attaque des Chin…

— Nous ne pouvons pas nous permettre de sauter aux conclusions, l'interrompit Sanetomi. Les Américains eux-mêmes ne se sont pas prononcés. Ça pourrait être un problème chimique ou radial, ou même une conséquence inattendue du tsunami.

— Comment ont-ils obtenu ces échantillons ? s'enquit Himura.

— Je ne vois pas bien en quoi c'est important, Akio. Les Américains sont nos alliés. Ils nous gardent complètement informés.

Takahashi se pencha en avant.

— Akio et moi-même serions impardonnables si nous n'évoquions la possibilité que tout cela soit la première salve d'une attaque chinoise. Il est entièrement plausible que le tsunami ait interrompu leurs plans et que l'attentat contre moi soit le signe qu'ils sont de nouveau prêts à passer à l'action.

— Je vous suggère une nouvelle fois de ne pas sauter aux conclusions. Cela dit, j'ai parlé au président Castilla de cette hypothèse et il a réaffirmé l'engagement des Américains à nos côtés. En fait, il est en train d'acheminer un nouveau porte-avions dans la région pour rejoindre ceux qui s'y trouvent déjà.

— Vous faites donc confiance aux Américains pour intervenir en notre nom contre leur premier partenaire commercial. Contre le pays dont les prêts permettent au gouvernement US de ne pas s'effondrer ?

Sanetomi acquiesça d'un geste bref et confiant.

— Effectivement. Mais je ne suis pas aussi naïf que vous l'imaginez, Général. Il est à l'évidence temps de faire un bilan détaillé de nos capacités de défense conte une attaque chinoise. Même si je pense que le président Castilla est un homme de parole, les Américains n'ont qu'une présence limitée dans cette partie du monde. Nous n'abdiquerons ni notre droit ni notre responsabilité à nous défendre nous-mêmes.

— Je m'y mets immédiatement, dit Takahashi, surpris que le politicien se décide à aller aussi loin.

— Mais faites cela calmement, Général. Ou plutôt, silencieusement. Je ne suis pas disposé à mettre nos forces de défense en état d'alerte alors que les Chinois viennent d'accepter le principe de négociation. On ne peut pas se permettre de faire quoi que ce soit qui viendrait torpiller cette perspective.

— Renoncer à l'état d'alerte me semble extrêmement imprudent, dit Takahashi parce qu'il savait que Sanetomi s'y attendait. En réalité, l'alerte était un anachronisme dans la mesure où les forces de défense se constituaient désormais principalement de réseaux informatiques et de systèmes autonomes. Il se pourrait que les Chinois n'aient accepté de négocier que pour mieux nous pousser à la complaisance.

— C'est un risque qui mérite d'être pris, Général. Je n'ai pas à vous rappeler qu'il s'agit de ma décision, j'en suis sûr.

Takahashi répondit d'un nouvel acquiescement contrit. Le Premier ministre pouvait bien jouer tous les jeux politiques qu'il désirait. Ils n'avaient plus le moindre sens. Même si les Américains n'avaient pas encore découvert la vérité sur Fukushima, ce serait bientôt le cas.

Le point de non-retour venait d'être franchi.

26

Environs de Washington D.C.
USA

Jon Smith ouvrit la boîte en carton puis transféra le fouillis de nourriture chinoise inidentifiable dans son assiette. De l'autre côté de la table basse, Randi croquait un pâté impérial d'une main tout en faisant tourner une baguette entre ses doigts de l'autre.

— Tu veux une autre bière ? dit Smith. La mienne est finie.

— Je vais les chercher.

Il parvint à se lever avant elle.

— Non non, ça me fait du bien de marcher, fit-il en se dirigeant vers la cuisine.

— Ce sont les consignes du toubib ? demanda-t-elle ironiquement.

Ignorant sa question, il ouvrit le réfrigérateur, plongea la main dedans pour dénicher deux bouteilles de Fat Tires.

— Merci encore pour l'hébergement, dit-il en les ouvrant et en revenant vers le salon.

— *Mi casa es su casa.*

Elle était vêtue d'un vieux sweat-shirt de la Columbia University et d'un short militaire qui devait avoir appartenu à son défunt mari. Ses pieds nus étaient posés sur la table basse en pierre fossile – l'un des meubles hors de prix que Klein avait financés par culpabilité.

— Le choix de la nourriture est intéressant, dit Smith qui, après s'être rassis dans le divan, commençait d'entamer les nouilles chinoises.

— Ne va pas me psychanalyser, Jon. J'avais envie de ça, c'est tout, okay ?

— Tout à fait.

Ils mangèrent en silence un moment, lui s'efforçant de trouver une position confortable sur le sofa et elle fixant le vide. Après leur réunion avec Klein, elle avait à peine ouvert la bouche pendant le trajet du retour, ce qui ne lui était pas habituel, car Randi en pleine opération était généralement une boule d'énergie nerveuse.

— Tu es sûre que ça va ? demanda-t-il.

Le son de sa voix la ramena au présent.

— Pourquoi est-ce que ça n'irait pas ?

— Je ne sais pas. Tu as l'air un peu… détachée.

— Me trouver mêlée à quelque chose qui pourrait déclencher la Troisième Guerre mondiale y est peut-être pour quelque chose.

Il la connaissait trop pour y croire. Randi s'épanouissait dans les situations de crise. Plus c'était dangereux, horrible et menaçant, plus elle se sentait bien.

— C'est Kaito, n'est-ce pas ?

Le pâté impérial s'arrêta net devant ses lèvres.

— Yoshima ? Eh bien quoi ?

— Il est mort.

— Je suis au courant, merci.

Smith se remit à manger. Insister ne ferait que l'énerver. Et il n'était pas en condition de gérer une Randi Russell en crise de nerfs.

Ce fut elle qui reprit, après un silence :

— Le contacter n'était peut-être pas une bonne idée.

Smith haussa les épaules.

— Parfois, fermer les yeux et foncer est la seule chose à faire.

— Sans doute…

Elle versa le contenu d'un carton de nourriture dans son assiette.

— Je déteste avoir à l'admettre, dit-elle, mais je l'aimais bien, ce type. Il n'avait rien du connard que l'on trouve habituellement dans notre milieu. Honnêtement, je ne sais pas ce qu'il était.

— Aussi totalement dingue qu'il est possible de l'être, selon moi.

— Sans doute. Mais qui ne l'aurait pas été avec l'éducation qu'il a reçue ?

D'un coup, elle remit ses pieds sur la table.

— C'était la première fois que je voyais Klein vraiment coincé. J'avais une piste. Du moins c'est ce que je croyais. Je n'arrête pas de me demander si je ne me suis pas poussée du col, en fait. Si je n'ai pas plongé sans vraiment réfléchir à ce que j'étais en train de faire.

Smith mangeait en méditant. Sa façon de se jeter au-devant des choses avec toute son énergie était sa plus grande force. Mais on n'enfonce pas des vis avec un marteau.

— Il n'était pas impliqué dans l'histoire de Fukushima, dit-elle. Je l'ai fait tuer pour rien.

— Mais Randi, tu parles comme si c'était le pape ou je ne sais qui. En plus de tout ce qu'il a fait au cours de sa carrière, il a tenté d'assassiner le chef de l'armée japonaise, je te rappelle. Et causé la mort de dizaines d'innocents au passage.

— Je sais, je sais. Mais je pense que plusieurs politiciens ont eu cette idée de l'attentat à la bombe. Ce n'était pas le style de Yoshima. Et puis, franchement, je ne suis pas non plus persuadée que Takahashi ne mérite pas d'être tué. Mettre de l'huile sur le feu est la seule chose qui a l'air de l'intéresser.

Smith haussa les épaules.

— Est-ce que tu es seulement certaine d'être responsable de la mort de Kaito ? Il a foiré l'attentat. Tu as peut-être été au mauvais endroit au mauvais moment. Une bimbo blonde de plus posée dans son appartement quand le gouvernement chinois a décidé que son temps de vie était écoulé.

Elle lui lança un Fortune cookie qui rebondit contre sa poitrine.

— Une bimbo, hein ?

— Je l'entendais au sens le plus positif.

— Je ne sais pas. J'ai un mauvais pressentiment à propos de cette histoire, Jon. Tu sais comment ça se passe. Tout le monde s'échange des politesses, et l'instant d'après on a des millions de morts. Les situations délicates ne sont pas mon fort.

Il rit, et la douleur ne lui parut pas aussi insupportable qu'elle l'avait été au cours des jours précédents.

— Tu as tout dit, là.

27

Au large des îles Senkaku,
Mer de Chine orientale

— Contacts ? demanda le capitaine Isao Matsuoka.

— Pas de changement, monsieur.

Il garda les yeux fixés sur les eaux calmes quelques instants supplémentaires. Puis il se tourna pour balayer du regard le pont du plus étincelant des navires de guerre japonais. Magnifique, même selon les critères américains – un bateau impeccable, conçu et géré par des marins qu'il estimait être les meilleurs du monde. Et cependant, ça ne voulait rien dire.

À la vérité, le JDS *Izumo* n'était rien de plus que vingt tonnes de ferraille. Le commander était pourtant un honneur. Et mourir à son bord en serait un plus grand encore.

À nouveau, il tourna les yeux vers la vitre pour examiner les hélicoptères alignés sur la piste de décollage et, derrière, la mer ouverte. Le soleil avait surgi des eaux une demi-heure plus tôt. Il le fixa, à la recherche d'ennemis derrière l'horizon.

Les forces japonaises et chinoises s'étaient toutes deux retirées à bonne distance sur ordre de leurs gouvernements respectifs. Le résultat était ce paysage à la paix trompeuse – un ciel d'azur, une douce houle : le calme avant la tempête.

— Capitaine, annonça son second surgissant derrière lui. Un appel crypté pour vous sur la ligne satellite.

Matsuoka hocha la tête.

— Je le prends dans ma cabine.

Il s'y rendit d'un pas vif tout en distribuant à ses hommes, en chemin, de respectueux saluts de la tête, agrémentés de sourires et même de quelques tapes dans le dos. Non que ce fût dans ses habitudes – ce genre de familiarités nuisait à la discipline, pour autant qu'il le sache. Mais aujourd'hui c'était différent. La qualité d'un officier de commandement dépendait de celle de son équipage et cet équipage-ci était le meilleur qu'il avait eu le privilège de commander. Il savait qu'ils feraient face à ce qui les attendait avec un courage et une résolution dont on se souviendrait dans les siècles à venir.

Il entra dans sa cabine, ferma la porte derrière lui, sortit le téléphone satellite d'un tiroir.

— Matsuoka à l'appareil.

— Bonjour, Capitaine.

Au son de la voix, il se redressa et, par réflexe, fit des yeux le tour de ses quartiers en guettant la moindre note de désordre. C'était sans objet, bien sûr. Rien n'était jamais désordonné dans sa vie.

— Bonjour, général Takahashi.

— Rapport sur la situation ?

— La mer est calme et le ciel clair, monsieur. Les Chinois se sont retirés. Ils restent confinés à la position indiquée dans ma dernière communication.

— Pouvez-vous me confirmer qu'il y a toujours un unique sous-marin *Songclass* à portée de torpille ?

— Il était là quand nous avons vérifié voici deux minutes, Général.

Matsuoka sentant soudain ses jambes faiblir se laissa tomber dans le seul fauteuil de la pièce. Était-ce l'instant ? Était-ce le début d'un nouveau Japon ?

— Ç'a été un grand honneur de vous servir, Isao.

— L'honneur a été pour moi, monsieur.

La communication s'interrompit. Matsuoka éteignit l'appareil. Il ne comprenait pas le plan du général. En fait, il n'en savait presque rien. Tout ce dont il pouvait être certain se résumait au fait que Takahashi était le plus grand patriote et le militaire le plus brillant qu'il ait rencontré. Sa famille avait servi le Japon des siècles durant. Après-guerre, elle avait été l'une des forces motrices derrière la reconstruction du pays et sa prospérité économique. Que Takahashi fût l'homme qui ouvrirait au Japon les portes d'une nouvelle ère n'avait rien que de très naturel.

Matsuoka saisit une photo encadrée posée sur son bureau. C'était l'un des rares objets personnels visibles dans la pièce. Le cliché montrait sa femme et ses deux jeunes fils. Il ne les verrait pas grandir, n'aurait pas son mot à dire sur ce qu'ils deviendraient. Mais ils se souviendraient de lui. Et tous ceux qu'ils rencontreraient au cours de leurs vies sauraient qu'ils étaient les fils du capitaine Isao Matsuoka.

28

Nord-Est du Japon

Le général Masao Takahashi entra dans la pièce, puis s'arrêta tandis que son garde du corps prenait position contre le mur de pierre et de boue. Tout absorbés par les écrans devant eux, les deux autres hommes présents dans la pièce ne leur avaient prêté aucune attention.

L'ingénieur assis derrière la console qui dominait les lieux s'appelait Rentaro Fuji. Il travaillait pour les forces de défense depuis plus de vingt-cinq ans et était largement responsable de la conception technologique des torpilles autonomes, ainsi que du système air-air testé la veille avec tant de succès. Penché sur son épaule, se trouvait la silhouette bossue et de plus en plus déformée du Dr Hideki Ito.

— Tout est prêt ? fit Takahashi en brisant le silence.

Les deux scientifiques se retournèrent d'un coup. Fuji bondit sur ses pieds pour procéder au salut rituel.

— Tous les systèmes sont au vert, Général.

Takahashi acquiesça de la tête. Il se tourna vers son garde du corps.

— Tout va bien. Attendez-moi dehors.

En dépit de son expression réticente, l'homme s'exécuta sans poser de questions. Takahashi lui faisait une totale confiance. Mais ce qui était sur le point de se produire dans cette pièce ne devait être révélé sous aucun prétexte. Seuls ceux qui se trouvaient ici en auraient connaissance. L'état de santé du Dr Ito n'en faisait pas un problème. Il l'ignorait, mais ses médecins ne lui donnaient pas un an de vie. Quant à l'homme qui reprenait maintenant position devant sa console, il arrivait au terme de son potentiel utilitaire et serait surveillé de très près sans relâche en attendant qu'une solution plus permanente soit trouvée. Takahashi en venait même à se considérer lui-même comme une menace potentielle. D'ici à quelques années, l'âge l'atteindrait comme il atteignait tout homme. Il ne pouvait envisager de laisser son esprit s'amoindrir. Aux premiers signes de dégénérescence, il se finirait.

— Le sous-marin chinois est toujours à portée de notre navire, dit Ito. Nous avons une torpille au fond de la mer à moins de six cents mètres.

— Le sous-marin transporte des missiles Yu-4, dit Takahashi. Est-ce que ce sera convaincant ?

— Nous en avons déjà discuté, monsieur. Notre technologie est sensiblement différente.

C'était plus qu'une litote. Leur système était basé sur celui du Shkval VA-111 soviétique – une torpille autopropulsée. Le carburant s'échappant de l'ogive permettait à l'arme de voler au sein d'une bulle d'air à une vitesse excédant les deux cents nœuds. La version soviétique était toujours disponible sur le marché international des armes, mais elle n'avait jamais dépassé le stade de prototype. Sa maniabilité était extrêmement médiocre, sa portée limitée à douze kilomètres environ, et le système de guidage archaïque ne pouvait ni compenser les courants marins impossibles à prédire, ni distinguer l'ennemi des éléments géologiques naturels.

Fuji et ses équipes avaient surmonté ces obstacles et bien d'autres. La portée de leur version du missile atteignait maintenant quatre-vingt-dix kilomètres à environ trois cent cinquante nœuds, la maniabilité avait été améliorée pour atteindre une précision totale, et le ciblage était obtenu par un ordinateur conçu à cet effet et connecté à un senseur dernier cri. Il ne se contentait pas de reconnaître un sous-marin d'un volcan au fond de la mer, il pouvait aussi différencier l'*USS Ronald-Reagan* du *Stennis*.

— Nous pouvons imiter la torpille chinoise, vous en êtes toujours certain ?

— Comme je vous l'ai dit, commença Ito de façon hésitante. Même avec nos modifications, cette technologie va faire un bruit différent de celui du Yu-4. Nous avons réglé sa vitesse pour correspondre au Yu-4 et nous utilisons la dose correspondante d'explosif. Je crains cependant que ça ne supporte pas un examen approfondi de la part des experts.

Takahashi regarda les mesures incompréhensibles qui s'alignaient sur l'écran et soupira longuement. Ils avaient plus de sept cents de ces armes sur le tapis sous-marin. Elles couvraient non seulement les eaux japonaises, mais aussi les ports chinois et les voies maritimes. Les missiles n'attendaient que le signal d'activation, après quoi leurs cerveaux artificiels prendraient le contrôle. Ils scanneraient la mer tout autour, définiraient les cibles, se coordonneraient entre eux. En quelques heures, ils pourraient décimer l'intégralité de la flotte chinoise et rendre obsolète pour toujours la guerre navale conventionnelle. Mais tout cela restait un jeu dangereux. Comme voici trois quarts de siècle déjà, tout était suspendu à la réaction des Américains. Le parti pris de Takahashi était de ne pas répéter les erreurs de ses prédécesseurs et d'éviter de provoquer les Américains. Mais si cela devenait nécessaire, il écraserait les USA tout comme les USA avaient écrasé le Japon soixante-quinze ans auparavant.

— Le sous-marin est-il en position d'attaque plausible ?

Ito essuya le film de transpiration sur sa peau translucide.

— Général, dit-il, je vous prie de bien vouloir accepter mes excuses. Mais je ne comprends pas ce que nous sommes en train de faire ici. La situation…

— Je vous ai posé une question, professeur, fit Takahashi, élevant la voix pour la première fois en présence du scientifique. Ito se raidit visiblement, tout comme l'homme assis près de lui.

— Oui, Général. Le sous-marin est en position acceptable. Mais les conséquences…

Takahashi n'avait pas l'habitude de se voir contesté. Il comprenait cependant que Ito n'était pas un soldat et ne pouvait être traité comme tel.

— Professeur, les Chinois augmentent leur budget militaire chaque année. Ils gavent leur population de propagande antinippone et entretiennent pour ça la mémoire d'événements qui, pour l'essentiel, se sont produits avant que la majorité de la population de notre pays n'ait vu le jour. Ils ont essayé de me tuer. Et pourquoi se priveraient-ils ? Ils n'ont à subir aucune retombée de ce qu'ils font. En fait, ils ont même été récompensés. Voilà que nous leur offrons des négociations et la promesse de concessions supplémentaires de la part de notre Premier ministre. Plus nous donnons, plus ils prennent. Ce que nous faisons ici aujourd'hui dirigera l'attention du monde vers où elle doit l'être : sur un pays qui fait tout pour devenir hégémonique en Asie. La situation est en train d'échapper à tout contrôle et ce que nous faisons ici, pour détestable que cela vous paraisse, est probablement la seule voie vers une désescalade.

Bien sûr c'était un tissu de mensonges. Les chiens qui composaient le gouvernement chinois ne recule-raient jamais. Leurs vies, leurs pouvoirs, leurs privilèges dépendaient de leur capacité à aveugler leur population devant le fait que, loin d'être un pouvoir émergent, la Chine avait commencé à pourrir de l'intérieur. La disparité des revenus, le recours à des salaires d'esclaves, la destruction de l'environnement, les tours de passe-passe de l'industrie financière : comme l'Union soviétique avant elle, la Chine avait commencé de couler. Et comme un homme qui se noie, elle était prête à entraîner tout ce qui se trouvait à portée pour absorber une dernière bouffée d'air.

— Je comprends, Général. Mail y a certainement une alternative.

Takahashi avait apaisé le scientifique autant qu'il le voulait. L'homme était chaque jour moins concentré, perdait un temps précieux à penser à des choses qui n'étaient pas de son ressort.

— Lâchez les missiles.

Ito se figea mais Fuji n'hésita pas.

— Les torpilles sont parties, Général.

Takahashi se mit au garde-à-vous. L'ordre qu'il venait de donner allait déboucher sur la mort de plus d'un soldat japonais. Il lui faudrait porter ce poids jusqu'à sa propre fin.

29

Résidence privée du Président,
Maison Blanche,
Washington D.C., USA

— Nous en sommes là, Fred.

Le président Sam Adam Castilla s'assit sur le sofa tandis que Klein regardait l'écran plat où tremblait l'image manifestement bricolée à partir de plusieurs sources d'un énorme navire de guerre en feu.

Les flammes et la fumée obscurcissaient la scène. Le vent soufflait sur le pont du navire qui dérivait lentement. Les marins japonais courraient dans toutes les directions avec l'espoir de contenir l'incendie et de porter secours à leurs camarades. Certains soulevaient déjà des cadavres, d'autres se jetaient par-dessus bord et Klein regardait avec horreur les corps sombrer dans les vagues.

Sa capacité d'analyse immédiate et son talent à anticiper à peu près toutes les situations faisaient de lui l'un des conseillers les plus fiables du Président. Mais quoi faire de cela ? Comment imaginer les conséquences incalculables d'un tel évènement ?

— Les médias ont eu accès à ce film, Sam ?

— Pas encore. Sanetomi est intervenu immédiatement. Mais ce n'est qu'une question de temps. D'ici à demain, le monde entier pourra voir le bateau de guerre le plus flamboyant du Japon sombrer au fond de l'océan avec son capitaine et une foule de jeunes hommes à son bord.

— Bon Dieu, maugréa Klein. L'écran s'éteignit. Qu'est-ce que disent nos analystes ?

— Nous n'avons rien de plus que cette vidéo pour l'instant, dit Castilla en s'asseyant derrière un petit bureau. Mais leur réaction initiale est que les dégâts correspondent à ceux que provoquerait une torpille bien placée. Tout à fait compatible, à vrai dire, avec la présence dans le secteur du sous-marin chinois *Songclass*.

— Qu'est-ce que dit Pékin ?

— Ils nient toute implication. Ils précisent que le sous-marin a toutes ses torpilles à bord, il n'en manque aucune. Les Japonais répliquent bien sûr que ça ne veut rien dire. Que si les Chinois ont planifié cette attaque, ils ont sûrement pris soin de charger un missile supplémentaire dans l'appareil et qu'ils ont pris toutes leurs précautions pour paraître innocents.

— Les réactions de l'opinion ?

— Au Japon, des centaines de milliers de gens sont descendus dans la rue. Le Premier ministre essaie de les calmer. Il a fait plusieurs déclarations expliquant que tous les faits ne sont pas encore connus. Le discours habituel. Avec pour seul résultat que les appels à sa démission se multiplient. Des manifestations similaires ont lieu en Chine. Les autorités font tout ce qu'elles peuvent pour les refréner, il faut leur reconnaître ça. La question est de savoir s'il n'est pas déjà trop tard.

Il enfouit sa tête entre ses mains.

— J'envoie deux porte-avions supplémentaires dans la région, Fred. Les Chinois font marche arrière et Sanetomi appelle au calme, mais Takahashi est très actif. Il a fait cinq déclarations à la télé japonaise aujourd'hui, toutes plus enflammées les unes que les autres, au point que j'ai demandé à la CIA de cesser de m'envoyer les traductions. J'ai eu le Premier ministre au téléphone. Il n'a plus aucun contrôle sur lui.

— Il ne peut pas obtenir sa démission ?

— Aucune chance, aucune. Takahashi n'est pas seulement l'un des hommes les plus riches du monde, c'est aussi l'un des plus puissants du Japon. Il fait partie des forces de défense depuis quarante ans. Les fuites sur la responsabilité des Chinois dans l'attentat contre lui ont encore renforcé sa crédibilité. Le peuple lui fait confiance et, d'après tous nos analystes, il y a de bonnes raisons à ça. Il a beau être un salopard et un nationaliste il n'en est pas moins brillant. Si cet enfant de putain faisait un coup d'État maintenant, sa cote de popularité serait probablement supérieure à la mienne. J'en viens à regretter que l'attentat contre lui ait échoué.

Klein fronça les sourcils.

— Quoi ? demanda Castilla en le fixant.

— Il nous remonte des informations contradictoires à ce sujet.

— Contradictoires ?

— Nous sommes certains que Kaito Yoshima était l'agent chinois opérationnel sur ce coup et qu'il a dirigé les soupçons sur le Front patriotique du Japon. Ce qui fuit depuis quelque temps des agences de renseignement nippon, par contre, a l'air de mettre en cause des mercenaires est-européens engagés par on ne sait qui. On ne peut rien confirmer à ce stade. Toute l'histoire a l'air de sortir de nulle part. Il y a comme ça toute une série d'éléments qui ne cadrent pas et dont on ne sait pas quoi faire.

— Franchement, c'est le cadet de mes soucis, répondit Castilla. La situation était déjà mauvaise, mais maintenant, il semble qu'on se dirige droit vers une guerre totale dans laquelle les USA seront obligés par traité d'intervenir. Le secrétaire d'État est en chemin vers la région. Il va rencontrer successivement Sanetomi et le président chinois. On va tenter de présenter l'incident comme une sorte de collision ou d'accident quelconque, avec l'espoir que les Chinois feront suffisamment de concessions pour que tout le monde puisse baisser les armes tout en sauvant la face.

— Ça peut marcher ?

— Il *faut* que ça marche. Une guerre entre les États-Unis et la Chine ne peut tout simplement pas avoir lieu. Ce serait la fin pour tout le monde.

Klein comprenait parfaitement. Les mots étaient difficiles à prononcer, mais ce dont ils parlaient n'était rien moins que la Troisième Guerre mondiale. Il n'y avait aucune possibilité pour que les Européens et les Russes se contentent d'un rôle de spectateurs si une confrontation entre les deux premières puissances économiques et militaires du monde devait avoir lieu. La situation dégénérerait totalement et, vu l'état des armes et des technologies, cela reviendrait à transformer la Terre en boule de cendre radioactive.

— Sam, je suis convaincu qu'il y a autre chose là-dessous. Essaie de garder le contrôle de la situation jusqu'à ce que Jon et Randi aient découvert ce qui s'est passé à Fukushima. Ce n'est qu'une intuition mais je suis sûr qu'il s'est passé quelque chose d'essentiel là-bas. C'est la pièce manquante du puzzle.

Castilla acquiesça mais son regard restait distrait.

— On se connaît depuis longtemps, Fred. La façon dont je prends mes décisions n'est pas bien compliquée. Je réunis les faits, j'écoute les analystes, et j'essaie d'engager les meilleurs pour entreprendre ce que j'ai décidé. Mais tu sais ce que je vais faire ce soir ? Je vais boire quelques verres de trop, et puis je vais me mettre à genoux et prier.

30

Alexandria,
Virginie, USA

Jon Smith se gara loin des lampadaires, dans la rangée vide, puis entreprit de s'extraire de sa Triumph classic. Un frisson le parcourut presque aussitôt, qui n'avait que peu à voir avec la fraîcheur automnale. C'était le souvenir de l'appel paniqué de Greg Maple qu'il avait reçu à quatre heures du matin. Jon lui avait plusieurs fois répété que la ligne n'était pas sûre mais en vain. Il lui avait finalement dit qu'il allait le rejoindre et il avait raccroché.

Smith parvint à courir un peu tout en approchant de l'immeuble en forme de bunker. L'éclairage à l'intérieur était faible, mais suffisant pour qu'il puisse distinguer une ombre en mouvement de l'autre côté de la vitre. À peine avait-il grimpé les escaliers que l'une des portes s'ouvrit à la volée et qu'il fut tiré à l'intérieur.

— Ça va, Greg ?

Le scientifique ne répondit pas. À la place, il examina d'un regard intense les alentours, puis referma la porte et poussa le verrou.

— Tu as trouvé d'autres éléments de contamination ?

Maple avait examiné les échantillons rassemblés par les contacts de Klein dans toutes les centrales nucléaires du pays et les avait jugés corrects. Smith craignait qu'il n'ait découvert après coup qu'il avait raté quelque chose et qu'un autre désastre asiatique soit sur le point de se produire. Peut-être même plus d'un.

Mais Maple se contenta de secouer la tête et s'enfonça dans l'escalier de l'immeuble d'un pas précipité.

— Non. Les échantillons que tu m'as donnés sont uniques.

Smith sentit presque ses côtes grincer tandis qu'il essayait de suivre le rythme de Maple. Rien d'aussi douloureux que ce qu'il avait traversé, cependant.

— Qu'est-ce qui se passe, alors ? Qu'est-ce que je fais ici à cinq heures et demie du matin ?

— Ils proviennent d'une centrale nucléaire, n'est-ce pas ? dit Maple ouvrant la porte de son labo.

Qu'il s'en rende compte était inévitable. En toute honnêteté, dans le cas contraire, Smith se serait mis à douter de ses compétences.

— Oui.

— Japonaise ?

— Fukushima. Le réacteur numéro 4.

Maple acquiesça d'un geste bref et s'assit devant un écran d'ordinateur qui contenait la même image brumeuse et grêlée que Smith avait vue quatre jours plus tôt. Cette fois, cependant, Maple avait l'air de savoir ce qu'il regardait. Il toucha l'écran du doigt, et Smith nota la tache de sueur qu'il laissa subsister en le retirant.

— C’est de la nanotechnologie, Jon. C’est de la fabrication moléculaire, putain !

De par sa formation de biologiste, Smith avait une compréhension des nanotechnologies supérieure à la moyenne. Le problème, cependant, c’était que la définition de la discipline ne cessait d’évoluer jusqu’à inclure désormais tout ce qui était petit et de fabrication humaine. Il n’avait jamais entendu le terme « fabrication moléculaire ».

— Explique-moi.

Maple soupira bruyamment d’un air exaspéré.

— C’est le Saint Graal, Jon. Même si le gouvernement décidait de jeter des millions à la pelle pour développer ça, nous aurions encore vingt, peut-être vingt-cinq ans de boulot avant de parvenir à un résultat tel que celui-ci. Putain mec, c’est…

— Greg ! Du calme ! Reprends depuis le début. Qu’est-ce que je suis en train de regarder au juste ?

Le scientifique se tut, le temps de reprendre le contrôle de lui-même, puis il dit :

— Okay… Voilà… La nanotechnologie connaît toutes sortes d’applications. La plus basique consiste à créer une nouvelle génération de matériau, d’accord ? Si l’on peut mettre individuellement des molécules, ou même des atomes individuels dans une structure donnée, on obtient un matériau qui fait ce qu’on veut sur un mode très fondamental.

— Fabrication de pierres plus dures que le diamant, amélioration de dissipation de la chaleur ou de la conductivité… ce genre de choses ?

— Exactement. L’étape suivante consiste à fabriquer des machines très petites et très simples.

— Jusque-là je te suis. J'ai travaillé avec quelques machines expérimentales en nanotechnologie capables de suturer des blessures de guerre. Le potentiel est impressionnant.

— Oui. Tout juste. Mais le vrai Graal, ce sont les machines capables de se dupliquer elles-mêmes. La meilleure analogie serait une imprimante 3D qui pourrait imprimer une copie d'elle-même en état de marche.

Maple tapa l'écran une fois encore et, une fois encore, laissa une trace digitale humaine.

— Tu vois ces taches grêlées, là ? Les petits trous ? Ce ne sont pas vraiment des trous. Ce sont des machines microscopiques autoréplicantes.

— Je ne comprends pas.

L'ingénieur nucléaire étala devant lui un diagramme complexe qui ne clarifia pas vraiment les choses.

— Les machines sont pour la plupart très endommagées mais après avoir examiné quelques centaines d'entre elles, je suis parvenu à dessiner un croquis un peu grossier de ce qu'on est en train de regarder.

— Et c'est quoi ?

— Une machine microscopique construite atome après atome.

— Dans quel but ?

— Elle utilise le matériau dans lequel elle se trouve, béton, plastique, acier, comme carburant pour se copier elle-même.

— D'accord. Mais qu'est-ce que ça fait une fois que ça s'est reproduit ? Quel est le but de ce truc ?

— Pour autant que je sache, c'est ça, son but. Rien d'autre. Il y a des structures dessus qui ont l'air d'avoir d'autres fonctions mais je n'arrive pas encore à comprendre ce qu'elles sont. Probablement un système de commande et de contrôle quelconque.

Smith réfléchit un instant.

— Okay. Si je résume, je lâche une série de ces trucs sur un morceau de béton et elles vont bouffer le béton et recracher des répliques d'elles-mêmes. Une deviendra deux, deux deviendront quatre, quatre, huit, etc., jusqu'à ce que le béton ait disparu.

— Voilà. À moins que certaines de ces structures de commande ne soient conçues pour les en empêcher.

— Donc la friabilité du matériau qu'on a constatée est le résultat de ces petits robots qui le dévorent. Ils font des trous dans la structure pour se reproduire.

— Exactement. Mais les problèmes structurels ne sont qu'un produit dérivé. Les machines ne sont pas aussi solides que le matériau qui les entoure. C'est comme percer des trous dans une pièce de métal pour la remplir de polystyrène. Au bout d'un moment, tu peux la casser en morceaux juste avec les doigts.

— Mais si ces trucs peuvent dévorer le béton, le plastique et l'acier, pourquoi pas aussi les rochers ? Pourquoi pas des gens ?

— Il y a en fait trois versions de ces engins, ici, et chacune est conçue pour n'utiliser qu'un seul type de carburant. Si tu les poses sur un rocher ou sur un homme, elles restent sans réaction. Comme une voiture au réservoir vide.

Smith acquiesça en silence. Le potentiel militaire d'une telle machine était évident. Il suffisait d'en jeter une poignée sur un tank et, au bout d'un moment, l'acier et le plastique se dégraderaient et l'arme se désintégrerait. Mais, tout comme les armes biologiques, ces choses posaient des problèmes logistiques. Que se passerait-il par exemple si un vent violent les ramenait sur votre propre tank ?

— Jon, reprit Maple en saisissant l'avant-bras de Smith. Je n'insisterai jamais assez sur la dangerosité de ces machines. À côté d'elles, les ogives nucléaires ressemblent à des battes de base-ball, et je n'exagère pas. Imagine que quelqu'un en conçoive une version qui se nourrirait de simple poussière. Elles se reproduiraient elles-mêmes à une vitesse exponentielle dingue. Selon leur vitesse, en l'espace de quelques mois, sinon de quelques semaines, tout ce qui resterait de la planète ce serait ça : des milliards de robots microscopiques se disputant le dernier grain de poussière pour se reproduire.

31

Au-dessus des îles Senkaku,
Mer de Chine orientale

À travers la vitre de l'avion de transport de la Défense aérienne, le général Masao Takahashi regardait le soleil se lever à l'horizon. Dans la lumière naissante, il cherchait les silhouettes des porte-avions américains qui naviguaient vers le nord-est. C'était la quatrième armada du même genre à s'aventurer dans les eaux asiatiques. Une démonstration de force destinée à contrebalancer la menace croissante pesant sur un pays que les Américains s'imaginaient encore aussi faible qu'à l'époque où ils avaient rédigé sa Constitution après l'avoir détruit.

La Chine reculerait sans doute un peu, le Japon continuerait de s'humilier au nom de son passé, les intérêts économiques de l'Occident – les seuls qui comptaient pour les États-Unis – seraient préservés.

Takahashi se souvenait encore du jour où il avait aperçu le grand homme – le général Douglas MacArthur – au centre du cortège militaire rugissant qui avait traversé le petit village ridicule où sa famille à lui, Takahashi, abandonnée de tous, pourrissait sur pied et tentait de survivre. MacArthur était exactement comme les actualités cinématographiques le représentaient : une statue en uniforme assise à l'arrière d'une Jeep, et dissimulée par un chapeau, une pipe, et des lunettes de soleil. Il n'avait même pas daigné jeter un œil aux agriculteurs misérables alignés le long de la route boueuse pour le regarder passer. Ironiquement, le peuple présent ce jour-là, ce peuple dont il avait volé la fierté et la dignité, et pour qui il n'éprouvait qu'indifférence, l'avait vu comme un dieu. Une entité surnaturelle capable de restaurer le Japon et de lui enseigner les arcanes secrets de la démocratie occidentale. Le sauveur d'une race arriérée incapable de se créer seule un avenir.

La mère de Takahashi n'était pas venue. Elle si élégante et fortunée avant la guerre, en était réduite à des journées de quatorze heures dans les champs. Elle était si épuisée qu'elle n'avait pu faire le déplacement. Takahashi ne l'avait jamais entendue se plaindre de ce travail éreintant et intense pour lequel elle n'était pas du tout faite. Elle savait si bien donner le change que, encore tout gosse à l'époque, il n'avait jamais eu la moindre idée de ce qu'il se passait ni deviné que les gâteries dont elle les gratifiait lui et ses frères, étaient prises en réalité sur ses propres rations, qu'elle se privait pour les nourrir au point de se laisser littéralement mourir. Ou peut-être que si, pensait-il parfois, peut-être au fond avait-il deviné la vérité, peut-être avait-il été incapable de raisonner au-delà de son estomac vide. Elle était morte à l'époque où son père commençait à poser les fondations de son nouvel empire, destiné à remplacer celui dont les Américains l'avaient dépouillé. Jusqu'à son dernier souffle, elle s'était souciée de l'avenir de ses enfants.

Ses écouteurs reprirent vie et la voix du pilote le ramena à l'instant présent.

— Nous avons un visuel de la cible, Général.

Takahashi s'avança dans l'allée vers la cabine de commandes et s'arrêta sur le seuil. Il posa les yeux sur les formes vagues des navires à travers le pare-brise et identifia le JDS *Isi*, un porte-hélicoptère et deux destroyers de classe Takanami. Le *Izumo* était absent. Il s'était enfoncé dans les eaux pour la dernière fois plusieurs heures plus tôt, avec quarante-trois hommes à son bord.

Les conséquences des naufrages avaient été immédiates. Suivant les ordres de leur gouvernement, les navires chinois s'étaient retirés des îles Senkaku tandis que des communiqués niant toute implication étaient rapidement et emphatiquement émis par Pékin. Mais l'opinion internationale restait sceptique. Et les jours suivants, le peuple chinois sevré de sa violente propagande antijaponaise était descendu dans les rues – cette fois avec une ferveur que le parti communiste se montrait incapable de contrôler.

En dépit de leurs tendances despotiques, les membres du Politburo dirigeaient leur pays selon le bon plaisir des milliers de gens qui les entouraient. Et le plaisir de cette foule, ces temps-ci, c'était le sang.

L'avion dans lequel se trouvait le général vira vers l'ouest et Takahashi se raidit à la vue des équipes de secours renforcées dont ils s'approchaient. Au bout de quelques instants, il distingua les plongeurs s'affairant dans les radeaux et les hommes debout sur le pont du *Isi* fixant des yeux la rangée de cadavres qu'ils avaient sortis de l'eau et enveloppés dans des drapeaux.

Takahashi avait passé la majeure partie de sa vie d'adulte à étudier le Japon et la nature complexe de ses habitants. Comment une petite île du Pacifique avait-elle pu défier le reste du monde ? Pourquoi les enfants japonais atteignaient-ils si régulièrement les plus hauts échelons universitaires ? Comment son peuple avait-il acquis son niveau sans équivalent de courage et de discipline ?

Il avait commencé par se concentrer sur l'Histoire et la culture. Mais il ne lui avait pas fallu longtemps pour réaliser qu'il ne trouverait là aucune réponse satisfaisante. Le Japon avait été un État féodal relativement primitif et fermé sur lui-même, et par certains aspects, cette culture médiévale avait survécu jusqu'au milieu du XIXe siècle. Ensuite, quand le Japon avait finalement décidé de se moderniser, le processus s'était déroulé à un rythme que le reste du monde n'avait pu qu'admirer. Seul l'échec du programme de développement des armes nucléaires avait ensuite empêché le petit archipel de prendre tout le contrôle de l'Asie.

Et même après sa défaite aux mains des Américains, le Japon était parvenu à se relever et à s'élever au rang de leader mondial dans des domaines comme l'innovation technologique. Il était devenu la seconde économie mondiale – et encore ne devait-il cette relégation à la deuxième position qu'à sa relative faiblesse démographique et à son manque de ressources naturelles.

Comment ?

La réponse, pour Takahashi, avait été fournie par les balbutiements de la science génétique. Isolés de leurs voisins, les Japonais n'avaient pas seulement développé une certaine apparence physique, ils avaient aussi fait croître en eux une intelligence, un sens de la discipline et de la loyauté qui les rendaient supérieurs aux autres races. En ce sens très profond, en avait conclu le général, ils étaient nés pour diriger.

— Général, dit le pilote qui se tourna dans son fauteuil et retira l'un de ses écouteurs. Un appel du Premier ministre.

Takahashi acquiesça tout en pointant les corps alignés sur le pont de l'*Isi* derrière la vitre.

— Faites des photos de ça, dit-il.

Ce serait une image puissante capable de rallier le peuple à sa cause. Il ne serait pas difficile à Sanetomi d'additionner deux et deux et de deviner qui avait laissé fuiter la photo vers la presse, bien sûr, mais que pourrait-il faire ? L'influence de Takahashi croissait à mesure que les Japonais découvraient en leurs hommes politiques les pauvres acteurs qu'ils étaient en réalité, chaque jour un peu plus.

Il s'assit à l'arrière, brancha son casque sur le système de communication.

— Takahashi à l'appareil, fit-il.

— Quel est votre avis, Général ?

Sanetomi avait beau s'efforcer de donner à sa voix une intonation autoritaire, il ne pouvait cacher son appréhension. Rien dans sa vie ne l'avait préparé à affronter une telle situation. Avant de faire son droit et de découvrir son don pour les discours et sa capacité à se faire des amis puissants, Sanetomi n'avait été qu'un simple professeur. La situation présente demandait un véritable charisme. Sanetomi n'était qu'un homme qui porte beau. Il faisait bien sur un écran de télévision.

— Les Chinois ont coulé l'*Izumo* dans des eaux que toute la communauté internationale reconnaît comme étant nôtres, dit Takahashi.

Le Premier ministre tenta de répondre, mais Takahashi ne lui en laissa pas le temps.

— Selon les Américains, il est aussi probable qu'ils ont essayé de saboter l'usine nucléaire à Fukushima. Et nos propres services de renseignement nous disent qu'ils sont derrière ma tentative d'assassinat.

— L'implication des Chinois dans les problèmes de Fukushima relève de la pure conjecture, Général.

Et ce ne serait jamais rien d'autre, pensa pour sa part Takahashi. À haute voix, il dit :

— Toutes mes excuses, monsieur le Premier ministre. Bien sûr. Vous avez parfaitement raison.

— Nous devons reculer, dit Sanetomi. Ça ne peut pas aller plus loin.

— Et comment souhaitez-vous que nous fassions cela, monsieur ? Dois-je donner l'ordre à nos capitaines de saborder leurs navires ? Vous pensez que ça satisfera les Chinois ? Ou si vous voulez, on peut aussi les récompenser pour leurs agressions, on pourrait leur donner…

— Je n'accepte pas votre ton, Général ! Qu'est-ce que vous cherchez, au juste, une guerre ? Vous croyez que ce sera glorieux ? Même avec l'aide des Américains et les jouets dérisoires que vous avez développés, la destruction du pays serait d'un niveau sans précédent depuis la Seconde Guerre mondiale. C'est ça, que vous voulez ? Mourir l'étendard de votre famille au bout du bras pendant que tout le pays brûle ? C'est votre conception de l'honneur ?

Takahashi ne répondit pas tout de suite. Il gardait les yeux fixés sur les équipes de secours de l'autre côté de la vitre. Leurs efforts devenaient manifestement inutiles. Aucun survivant supplémentaire n'avait été retrouvé au cours des six dernières heures.

— Il faut parfois détruire avant de pouvoir construire, dit-il calmement.

Le silence sidéré de Sanetomi au bout du fil était inattendu.

— Vous avez passé bien assez de temps sur place, Général, finit par dire le Premier ministre. Rentrez. Immédiatement.

— Comme vous le souhaitez, répondit Takahashi avant de couper la communication.

Il se renfonça dans son fauteuil. Il passa les secondes suivantes à écouter le son du moteur de l'avion et réfléchir. C'était inévitable : le Japon se dirigeait vers la première – et possiblement la dernière – des guerres mondiales postmodernes. La technologie finirait par évoluer au point que les batailles entre pays avancés deviendraient impensables. L'ordre du monde serait alors sans doute fixé à jamais. Il était de son devoir de s'assurer que ce nouvel ordre serait dirigé par le Japon.

Takahashi sentit l'avion prendre de la hauteur. Ils faisaient route vers le Japon, selon les ordres hystériques de Sanetomi.

Combien de temps les Américains mettraient-ils à percer le sens des échantillons du Réacteur 4 sur lesquels ils avaient mis la main ? Peut-être avaient-ils déjà compris.

En ce cas, ils feraient tout pour bloquer Takahashi et l'empêcher d'utiliser l'arme que Ito avait mise au point. Ils iraient même jusqu'à alerter les Chinois, si cela devenait nécessaire, voire à envisager avec eux des frappes préventives. Ce qu'il lui fallait, c'était un peu de temps pour tout préparer. Sous peu, plus personne ne serait en mesure de l'arrêter.

32

Alexandria,
Virginie, USA

Jon Smith errait dans le laboratoire. Il regardait sans vraiment les voir les tables en acier inoxydable, les ordinateurs et tout le matériel dont se servait Maple. Ce dernier l'observait avec une expression confuse, impuissante, qui marquait plus que la simple inquiétude. Quand un type qui gagne sa vie en combinant des armes nucléaires avancées commence lui-même à s'angoisser, songea Smith, il est temps de commencer à paniquer.

— Tu t'y prendrais comment si tu devais développer une arme de ce genre ? demanda soudain Smith en s'arrêtant au beau milieu de la pièce.

— Je le ferais avec beaucoup de détermination, de la matière grise et des fonds.

— Donc, d'après toi, ce n'est pas le boulot d'un groupe terroriste.

— Non. Bien sûr que non, Jon. C'est un gouvernement qui finance ça. Et à un niveau bien plus important que nous-mêmes serions prêts à le faire.

Smith acquiesça. Le champ des nanotechnologies était plutôt théorique, et même s'il s'était vu allouer un budget pour ça de la part du Pentagone dans ce domaine, les sommes seraient restées symboliques. Ce genre de recherche à long terme était considéré comme plus ou moins illusoire par Washington, certainement pas comme une priorité. Il avait rencontré le même problème des années durant. Le département de la Défense tendait à s'intéresser surtout aux recherches capables de rendre les technologies existantes plus solides, plus rapides et plus précises. Les hommes politiques, eux, privilégiaient les systèmes spectaculaires, les trucs géants et coûteux susceptibles de créer des répercussions économiques positives dans leurs régions. La nanotechnologie ne correspondait à rien de tout cela.

— Okay, Greg. Mais soyons plus précis. Quel gouvernement ? Et d'abord qui sont les meilleurs scientifiques dans ce domaine ?

— Eh bien, fit Maple, il y a Günter Heizenburg, bien sûr, en Allemagne. Il fait des trucs intéressants à l'Université de Munich. Sean Baxter est au MIT. Il est spécialisé dans la création de nouveaux matériaux par nanotubes. Mais je peux te garantir qu'aucun de ces types n'a la capacité de fabriquer quelque chose comme les échantillons que tu m'as apportés. Tu sais comment ça se passe. Leurs assistants sont de simples étudiants et ils doivent se battent bec et ongles pour grappiller des crédits de recherche.

— Qui d'autre alors ? Fais un effort, bordel ! aboya Smith incapable de se maîtriser. L'Asie était sur le point d'exploser et d'entraîner le reste du monde avec elle. Quelqu'un semblait avoir mis la main sur une arme capable de détruire la planète entière. Pardon, Greg, se reprit-il. Ç'a été deux semaines difficiles.

— Pas de souci. Je comprends exactement ce que tu ressens. Je n'arrive pas moi-même à prendre toute la mesure de ce que j'ai découvert en examinant ces échantillons. Je me dis que tout ça est un cauchemar et que je vais me réveiller. Même si nous avions, nous, la capacité de mettre une arme pareille au point, on trouverait en face des batteries entières de commissions d'éthique. Elles réfléchiraient des années avant de nous autoriser à construire quoi que ce soit et de nous dire jusqu'où nous pouvons aller. À moins que des petits malins au sein du gouvernement ou de l'armée… On joue avec les forces fondamentales de l'univers, ici. Une fois qu'une telle arme est hors de contrôle, il n'y a plus rien à faire.

— Okay, Greg. Revenons en arrière un instant. Ces échantillons ne sont pas tombés du ciel. Quelqu'un est en train de travailler en ce moment même dans un laboratoire ultrasécurisé, ultraéquipé et ultrafinancé. Qui ?

— Pourquoi ne pas demander une consultation à Günter et Sean, ils…

— Non. On ne parle de ça à personne.

— Écoute, Jon. J'ai une certaine compétence en nanotechnologie, mais ce n'est pas mon domaine. Je connais ces deux types et je peux me porter garant pour chacun d'entre eux.

— Ce n'est pas seulement une question de confidentialité, Greg. Quiconque est impliqué sait que nous avons ces échantillons en notre possession. Et ils ont certainement les ressources nécessaires pour surveiller les quelques spécialistes que nous pourrions contacter.

La silhouette de Maple s'affaissa légèrement. Il se mit à fixer d'un air vide les diagrammes qu'il avait dessinés.

— J'en reviens toujours à la même réponse.

— Qui est ?

— Réfléchis. Qui a l'argent, la volonté et l'accès aux talents nécessaires pour construire ça ? Smith comprit où il voulait en venir et secoua la tête.

— Pas nous, Greg.

— D'après toi, peut-être. Mais, écoute. Je sais que tu es un excellent scientifique et je sais que tu as des contacts. Néanmoins, des choses peuvent se décider à des échelons bien supérieurs au tien.

Que Maple envisage cette possibilité n'avait rien que de très logique, mais Smith n'avait ni le temps ni la possibilité de laisser son ami se perdre en fausses pistes.

— Je vais te dire quelque chose que je ne répéterai pas, Greg. Ensuite on laissera tomber le sujet. Il n'y a pas d'échelon supérieur au mien. Ça n'existe pas.

Maple lui lança un regard sceptique, le temps de réaliser à quel point Smith parlait sérieusement.

— Élargissons le champ, reprit Smith. Qui sont les personnes les plus douées travaillant dans une discipline connexe ?

L'ingénieur secoua les épaules, hocha la tête.

— Okay. Disons quelqu'un qui aurait travaillé dans les nanotechnologies il y a de ça des années, qui serait mort aujourd'hui…

Nouveau haussement d'épaules.

— … Ou bien qui serait passé à autre chose ?

À ces derniers mots, Greg releva les yeux.

— Quoi donc ? demanda Smith.

— Eh bien, commença Maple tout en se mordant l'ongle du pouce d'un air songeur. Il y a bien un type… Ça fait un bail, maintenant. Vraiment un bail, ça remonte à l'époque où toi et moi étions encore des adolescents boutonneux. Le père de la nanotechnologie théorique est Richard Feynman, mais le type auquel je pense serait plutôt le premier à avoir essayé des applications pratiques. Personne avant lui n'avait fabriqué quelque chose de concret dans ce domaine. Sur quoi il a quitté l'université, il s'est lancé dans le consulting. Pour autant que je sache, il n'a plus jamais travaillé dans la recherche après ça.

— Son nom ?

— Ito.

Un flot d'adrénaline parcourut Smith à l'énoncé d'un nom asiatique.

— Hideki Ito, dit Maple. Japonais.

Smith se remit à arpenter le laboratoire d'un bout à l'autre.

— On sait ce qu'a fait Ito depuis qu'il a commencé le consulting ?

L'ingénieur fronça les sourcils.

— Non, aucune idée. J'imagine qu'il est toujours en vie, en tout cas je n'ai pas entendu dire qu'il était mort. En dehors de ça, je ne suis au courant d'aucun travail significatif émanant de lui depuis ses débuts sans lendemain dans la nanotechnologie.

Un scientifique japonais. Un réacteur japonais. À mesure que les éléments se mettaient en place, bizarrement, l'image d'ensemble semblait devenir plus floue. Smith, qui continuait d'arpenter le labo, soudain s'arrêta net.

— Quoi ? demanda Maple. Tu as une idée ?

Smith le regarda droit dans les yeux.

— D'abord, je tiens à le répéter, tout ça est tellement top secret que nous n'avons pas de catégorie pour le nommer. La moindre fuite aurait de très sérieuses conséquences.

— Tu n'es pas en train de me menacer, par hasard, Jon ?

— Si. Écoute, je suis navré de t'avoir embarqué là-dedans. Mais le fait est que tu l'es, et même si c'est ma faute, il n'y a rien que je puisse faire pour revenir là-dessus.

— Tu plaisantes ? J'ai des usines moléculaires tout à fait décentes dans ce labo. Je n'aurais manqué ça pour rien au monde. Tu me connais depuis longtemps, Jon, ce n'est pas mon premier tour de piste. Tu peux me faire confiance.

— Okay. Donc, voilà où nous en sommes. Les niveaux de radiations dans le Réacteur 4 à Fukushima étaient trop élevés pour être explicables par les dégâts causés par le tsunami. Ce réacteur était supposé avoir été désalimenté.

Maple parut dépité.

— C'est tout ? Après tant d'avertissements solennels j'espérais quelque chose de plus excitant.

— Est-ce que les radiations peuvent détruire ces trucs ?

— À des niveaux suffisants, oui, sans doute.

— Donc, ces petites machines sont en fait des sortes de virus artificiels, c'est ça ? Elles s'introduisent dans leur hôte pour s'en nourrir et se reproduire à l'identique.

Et plus elles sont nombreuses, plus les dégâts qu'elles causent sont importants.

— Oui, c'est probablement la bonne manière de les analyser pour quelqu'un ayant ta formation. Des virus qui détruisent les structures cellulaires du béton, de l'acier, et du plastique.

— Bon. Je me suis frotté à quelques-uns des agents pathogènes les plus dangereux sur la planète durant ma carrière. La première chose à laquelle je pense dans ces cas-là est : confinement. Une bonne quantité d'acier inoxydable, du verre de quatre centimètres d'épaisseur, des verrous solides et des scaphandres équipés de recharges en oxygène. Et si rien de tout cela ne suffit, il y a toujours le recours à une douche de produits chimiques toxiques détruisant tout ce qu'ils touchent.

À en juger par son expression, Maple commençait à comprendre où il voulait en venir.

— Je vois. Tu veux dire que le Réacteur 4 n'a pas été saboté par des nanomachines. Elles ont été développées sur place ! Le tsunami a créé une brèche dans le confinement et leur labo s'est retrouvé noyé sous les radiations. Comment n'y ai-je pas pensé plus tôt ! C'est la raison pour laquelle les échantillons que tu m'as donnés ne réagissent pas. Ils sont morts !

33

Comté du Prince George,
Maryland, USA

Quand Jon Smith pénétra dans le bureau de Klein, la jeune femme aux bras couverts de tatouages et au nez percé d'un anneau doré qui se trouvait là parut extraordinairement heureuse de la diversion. Smith compatit : se trouver coincé dans une pièce étroite entre Fred Klein et Randi Russell pouvait être un peu difficile.

— Comment te sens-tu ? demanda-t-elle avec une sollicitude qui n'était pas feinte.

— Un petit peu mieux chaque jour, Star. Merci.

Star Minetti avait un peu plus de trente ans et l'allure d'une femme qui aurait passé la majeure partie de sa vie à vendre de la drogue sur une Harley Davidson. En réalité, c'était une ancienne bibliothécaire et une documentariste de génie. On disait d'elle que, si vous la jetiez au beau milieu d'un entrepôt rempli jusqu'à la gorge d'un fouillis de documents gouvernementaux, elle en ressortirait dans la minute avec l'exact post-it froissé dont vous aviez justement besoin. C'était à peine une exagération. Le seul fait que le patron accepte de passer par-dessus les piercings et les tatouages en disait long sur ses capacités réelles.

Klein l'accueillit d'un geste discret de la tête tandis qu'il s'asseyait mais Randi, occupée à ouvrir son gobelet de café, l'ignora totalement. Ça ne le surprit pas. Leur conversation sur Kaito Yoshima avait dévié vers des sujets personnels et, comme chaque fois que c'était le cas, elle paraissait vouloir prendre ses distances.

— Vous avez trouvé le Dr Ito ? demanda Smith.

— Pas exactement, répondit Star, appuyée contre le mur dans ce qui semblait être un effort pour le décorer de graffitis. Mais il a bel et bien une adresse. Une jolie maison aux environs de Ono. C'est même répertorié dans l'annuaire local.

Smith allait poser une question qu'elle anticipa :

— À quelques kilomètres de l'usine de Fukushima.

— C'est ce que je craignais. J'imagine qu'il a déménagé ?

— La maison est fermée, oui.

— On sait quand il a déménagé ?

— Le coin fait partie des zones évacuées après le tsunami. Il n'est jamais revenu.

Smith émit un long soupir.

— Continuez, Star, intervint Klein.

— Oui, monsieur. Le Dr Ito a ouvert un cabinet de consulting quelque temps après avoir quitté son poste de chercheur à l'université de Kyoto. Il gagne pas mal, quelque chose comme quatre cent mille dollars américains si l'on en croit sa déclaration d'impôts. Et il n'a que trois clients, des entreprises.

— Lesquelles ? fit Randi en levant enfin les yeux de son mug.

— Je pourrais vous donner leurs noms mais ça ne vous avancerait à rien. Pour autant que je sache ce sont des sociétés-écrans. Il semble qu'elles n'aient été montées que dans le seul but de le payer.

— Il a des employés ?

— Aucun. C'est un solitaire.

Smith repoussa sa chaise pour mieux la voir.

— Et l'autre point sur lequel je vous ai demandé de travailler ?

— Le général Takahashi ? Vous aviez raison. C'est encore un peu brumeux, mais sa famille a des parts en nombre significatif dans le capital de la compagnie qui gère l'usine de Fukushima.

Pas vraiment ce qu'il souhaitait entendre. Quelques jours auparavant, il aurait juré qu'il n'y avait pas pire scénario que la perspective de voir les Chinois derrière le labo de nanotechnologie clandestin planqué dans le Réacteur 4. À présent, la perspective que Takahashi soit impliqué plutôt que Pékin lui semblait potentiellement plus catastrophique encore.

— Très bon travail une fois de plus, Star. Merci.

Elle marcha droit vers la porte, manifestement heureuse de s'échapper avant que Smith ne change d'avis et ne lui demande de rester.

— Fermez la porte derrière vous, s'il vous plaît, lui jeta Klein.

Puis Smith, Randi et Klein s'enfoncèrent dans un silence que Smith fut le premier à rompre :

— On ne peut pas sous-estimer les dangers d'une arme pareille.

— Ni le risque qu'elle échappe à tout contrôle, enchaîna Randi.

— Vous êtes sûr que l'objectif est bien militaire ? demanda Klein. J'ai lu votre rapport, je me suis documenté sur la technologie impliquée. Est-ce qu'on peut imaginer que tout ceci soit le fruit d'une recherche commerciale de la part de la famille Takahashi ? Les nanotechnologies se développent dans tous les secteurs, je serais surpris qu'ils ne s'y intéressent pas.

— Non, bien sûr, c'est possible, admit Smith. Mais pourquoi tout ce secret, dans ce cas ? Et pourquoi tester l'autoréplication dans les trois matériaux qui sont précisément au cœur du mode de vie occidental et de la fabrication d'armes ? Si je faisais des recherches dans ce domaine, j'utiliserais le matériau le plus rare possible, au contraire. De la sorte, je n'aurais pas à irradier et détruire tout le labo en cas de brèche.

Klein se renversa sur sa chaise. Il fixa silencieusement une vieille carte géographique accrochée au mur.

— Tous les analystes sont raisonnablement d'accord sur le fait que le Japon cherche à étendre ses capacités militaires et à s'émanciper de notre protection, fit-il. Si je dirigeais une puissance insulaire aux ressources et à la main d'œuvre limitées, c'est précisément le genre d'arme que je chercherais à me procurer.

Randi se leva soudainement :

— Je connais deux analystes à l'Agence qui suivent de près les affaires japonaises. Ils pourraient peut-être nous éclairer.

Klein lui jeta un bref signe de tête.

— Contactez-les. Discrètement.

Elle vira sur ses talons puis s'arrêta et se tourna vers Smith.

— Tu as l'air en forme, Jon. Ça fait plaisir de ne pas te voir traîner la patte comme un vieillard.

Dans la seconde, elle passa la porte et sortit.

Smith sortit de sa poche un bout de papier qu'il fit glisser sur le bureau :

— J'ai une petite liste d'achats pour vous, Fred. Juste au cas où.

Klein saisit le papier, se mit à le lire, et ses pupilles se dilatèrent.

— Bon Dieu, Jon. Je ne suis même pas certain que l'on en trouve encore un seul dans toute l'Amérique.

— Faites au mieux.

— Vous ne voulez pas qu'on vous le dépose dans votre garage, j'imagine ?

Smith secoua la tête.

— Planquez le tout dans un emballage et envoyez-le à la base d'Okinawa. Et priez Dieu pour que nous n'ayons pas à nous en servir.

34

Quartier général de la CIA,
Langley, Virginie,
USA

Randi Russell se précipita dans l'entrée du bâtiment de la CIA. Ça l'irritait chaque fois. Le dédale des rues et des souks de tout le Moyen-Orient n'avait aucun secret pour elle, mais chaque fois qu'elle devait venir au QG de Langley, dans son propre pays, elle trouvait le moyen de se perdre. Elle mettait les pieds en Virginie aussi rarement que possible, naturellement, et seulement quand elle ne pouvait pas faire autrement.

Elle repéra la salle de conférences qu'elle cherchait et accéléra le pas. Les hommes qui l'attendaient étaient les meilleures pointures de toute l'Agence sur le Japon. Au vu du bordel insensé qui secouait tout le Pacifique, il ne faisait pas de doute qu'ils avaient mieux à faire que de lui consacrer du temps.

Jonglant entre son carnet de notes et son mug de café, elle agrippa la poignée de la porte en grimaçant et entra dans la pièce. Elle détestait les immeubles de bureau et tout ce qui s'y rapportait. L'odeur, les lumières fluorescentes, la décoration ringarde... Et, plus que tout, la bureaucratie qui couvait là-dedans comme un foyer de bactéries.

Les deux hommes la regardèrent entrer sans réagir. Qu'ils l'aient reconnue n'était même pas certain. Elle les avait rencontrés brièvement quelques années plus tôt mais était devenue depuis pour la CIA comme une sorte de fantôme, dotée d'une réputation qui reposait sur une série d'histoires plus ou moins extravagantes qui circulaient dans les bureaux de Langley. La plupart étaient fausses, bien sûr, et la grande majorité des employés de la CIA n'aurait jamais les autorisations nécessaires pour entendre les vraies – qui étaient plus extravagantes encore.

Comme équipé de ressorts, l'homme à sa droite sauta sur ses pieds et fit le tour de la table.

— Randi, Randi, fit Carl Rainsburg en prenant sa main et en l'embrassant. Quel plaisir de vous revoir...

Il devait faire dans les deux mètres et ne pesait pas plus de soixante-quinze kilos tout mouillé. Il avait des cheveux couleur sable, et possédait un master en littérature japonaise passé dans une école près de Tokyo. Quant à son compère, toujours assis, c'était un immigré japonais de la première génération, un peu potelé, doté d'une horrible coupe de cheveux et de l'habitude de mordre sa lèvre inférieure quand il devenait nerveux. En cet instant, il la rongeait si avidement qu'il donnait le sentiment d'avoir raté le déjeuner.

À un moment donné quelqu'un à la CIA avait baptisé ces deux analystes Laurel et Hardy, et lcs surnoms semblaient à Randi encore plus appropriés aujourd'hui.

— Tellement aimable, fit Randi en retirant sa main et en cherchant une chaise. Rainsburg se précipita pour la lui apporter, puis rejoignit son compagnon de l'autre côté de la table.

— Heureux de vous voir, mademoiselle Russell, dit Stephen Sato, interrompant brièvement ses efforts pour avaler sa lèvre.

— Moi de même. Je vous suis reconnaissante à tous deux de prendre le temps de ce rendez-vous. Vous devez être très occupés en ce moment.

— C'est tout naturel, dit Rainsburg. Nous n'avons pas tous les jours l'occasion de parler avec une légende vivante si gracieuse.

— Hm-mm.

— Vous excuserez mon collègue, dit Sato avec un sourire plus rusé qu'elle ne l'en aurait cru capable. Nous avons toujours le temps pour les membres de l'Agence qui s'intéressent à notre champ d'expertise. Quelle que soit leur apparence. Que pouvons-nous faire pour vous, mademoiselle Russell ?

— Je m'intéresse à ce qui se passe en ce moment en Asie.

— Comme le reste du monde ces temps-ci, dit Rainsburg. Et vous avez bien raison, vous pouvez me croire. Tout le monde s'observe même là-bas et tous les ingrédients sont réunis pour une confrontation.

— Ce que je cherche à savoir, c'est pourquoi. Je vois bien l'intérêt des Chinois dans cette situation mais qu'est-ce que les Japonais ont à y gagner ?

Sato soupira lourdement.

— Vous disposez de combien de temps ?

— Donnez-moi la version courte.

— C'est l'Histoire, le vrai sujet, commença Rainsburg. Des milliers d'années d'Histoire qui ont culminé durant la Seconde Guerre mondiale avec des troubles extrêmement sérieux. Disons simplement que les deux pays se méprisent. Vous le savez, vous avez travaillé en Chine.

Elle acquiesça.

— Mais la logique voudrait que Masao Takahashi cherche à reculer par tous les moyens possibles, dit-elle. Pourquoi ne le fait-il pas ? Ai-je tort de penser que les forces de défense japonaises n'ont pas la moindre chance face aux Chinois ?

— Les forces d'*autodéfense* japonaises, rectifia Sato. Non, vous avez raison. Officiellement, au terme de la Constitution que nous avons écrite pour eux, le Japon n'a pas d'armée. Officieusement, ils sont le cinquième budget de Défense de la planète.

— Néanmoins, l'interrompit Rainsburg, le Japon ne peut pas faire face à la Chine.

— Il s'en faut de beaucoup, reprit Sato. Leurs soldats sont bien entraînés et leur matériel est tout à fait décent, mais face à Pékin ? C'est mathématique. Vous avez un quart de million de soldats équipés d'armes conventionnelles d'un côté, deux millions et demi de l'autre, renforcés par un arsenal nucléaire. Ça ne peut pas le faire.

— Sauf qu'il y a un hic, fit Rainsburg.

— Je sais, dit Randi. Le traité au terme duquel nous devons les défendre.

— Exactement. Et ça rend la situation beaucoup plus compliquée. Les Japonais sont fatigués de se faire taper dessus pour des choses qui se sont produites avant même que la plupart d'entre eux soient nés. Ils veulent être respectés, et ils veulent être autonomes.

— Mais si Takahashi provoque une guerre et nous oblige à la faire à sa place, en quoi le Japon sera-t-il autonome ?

— Vous soulevez là un point intéressant, dit Sato. Takahashi est un type compliqué. Ultranationaliste, mais subtil. Et pour être franc, il ne porte pas les États-Unis dans son cœur. Il nous reproche le déclassement social spectaculaire de sa famille après-guerre. On s'est un peu échinés, Carl et moi, à essayer de comprendre à quoi il joue, pour être sincère.

— Est-ce qu'il est en train de devenir fou ? Il a plus de soixante-dix ans, après tout. Un peu de gâtisme n'est pas à exclure.

Sato secoua la tête.

— Non, non. Aucune indication en ce sens, croyez-nous. Takahashi sait ce qu'il fait. Il a peut-être changé d'avis sur la politique. Peut-être cherche-t-il à se présenter. Nous n'arrivons pas à le savoir, pour l'instant. Mais il est évident que son attitude belliqueuse répond à un plan réfléchi.

Randi choisit les mots qu'elle prononça ensuite avec beaucoup de prudence. Elle ne voulait pas prendre le risque de révéler quoi que ce soit.

— Et s'il pensait qu'il peut gagner ?

— Comment ça ? réagit Rainsburg. En nous entraînant dans le conflit ? Qu'est-ce que…

Il retomba dans le silence en voyant Randi secouer la tête.

— Non : je veux dire, s'il pensait qu'il peut gagner sans nous ?

Ils s'entre-regardèrent et éclatèrent de rire.

— Ça non, fit Sato tandis que Rainsburg continuait de ricaner. Écoutez, Takahashi est un peu dingue, et il ne fait aucun doute que son idée de la supériorité du Japon est aberrante. Mais il en sait plus sur l'Histoire et la stratégie militaire que la plupart de nos meilleurs généraux réunis. Et pas besoin d'être une lumière pour regarder l'échiquier asiatique et comprendre que le Japon n'y a pas sa place.

— Donc, ce que vous dites, c'est que s'il se mettait à croire ça, il y aurait une chance pour qu'il agisse en conséquence, fit Randi de manière aussi inoffensive que possible.

— Croire quoi ? Que les forces de défense japonaises peuvent vaincre la Chine ? Qu'est-ce qui pourrait bien l'amener à penser une chose pareille ?

— Je ne sais pas, j'essaie juste de réfléchir, dit Randi. Et si, pure hypothèse, si les forces de défense japonaises avaient à leur disposition une arme dont nous n'avons pas connaissance ?

Rainsburg ouvrit de grands yeux :

— J'ai l'impression qu'il faut la mettre en contact avec Eric, fit-il en direction de Sato.

— Qui est Eric ?

— Eric Fujiyama, expliqua Rainsburg. Il travaillait ici mais il a pété un câble. Vous savez comment ça se passe. On est tous plus ou moins complotistes, hein, c'est le métier qui veut ça. Mais Eric est allé un peu plus loin que la moyenne dans cette direction.

Sato pointa un doigt sur sa tête.

— Paranoïa aiguë. Il pense que le Japon est en passe de conquérir l'univers.

— Intéressant, dit Randi. Vous devriez peut-être, oui.

— On devrait quoi ?

— Nous mettre en contact.

Ils s'entre-regardèrent de nouveau, mais cette fois personne ne rit. À leur hésitation soudaine, Randi comprit qu'ils lui cachaient quelque chose. Elle croyait savoir quoi.

— Vous le voyez toujours, n'est-ce pas ?

Les deux hommes baissèrent les yeux d'un air coupable. Sato fut le premier à parler.

— C'est un malade, d'accord, mais il est aussi très intelligent. Il en sait plus sur le Japon que la plupart.

— Peut-être même plus que nous, dit Rainsburg.

— Bien, dit Randi. On dirait que c'est l'homme qu'il me faut. Vous avez un numéro ?

Les deux hommes sourirent.

— Quoi ?

— Il n'apprécie pas vraiment les téléphones, expliqua Sato.

— On le contacte comment, alors ? Par pigeon voyageur ?

Rainsburg gribouilla quelque chose sur un bout de papier adhésif qu'il lui tendit.

— C'est le numéro de sa Poste restante à Portland. Vous lui écrivez à cette adresse. Au stylo, surtout.

— Pas de courrier spécial, encore moins de Recommandé, précisa Sato. Donnez-lui simplement une Poste restante où vous répondre, timbrez et envoyez. S'il est intéressé, vous aurez de ses nouvelles au bout de quelques jours.

Randi baissa les yeux vers l'adresse.

Bon Dieu...

35

Tokyo,
Japon

Les quatre hommes se levèrent à l'entrée de Takahashi, le saluèrent respectueusement puis s'assirent autour de la table de conférence. Il leur retourna leurs saluts silencieux avant de prendre place au bout.

Les chefs de l'armée d'autodéfense japonaise et le directeur des services de Renseignement nippons avaient été convoqués par le Premier ministre pour discuter de la persistance des actions hostiles de la Chine. L'éventualité d'une action militaire défensive contre l'imposant voisin était devenue trop évidente pour rester ignorée même de la classe politique.

La réunion avait été prévue pour quinze heures, mais à quinze heures trente, ils attendaient toujours. C'était prévisible. Fumio Sanetomi jouait du peu de pouvoir encore en sa possession. Cela n'aurait aucune influence sur les hommes présents dans cette pièce. Quelqu'un au cabinet de Sanetomi avait sans le moindre doute été mandaté pour les observer discrètement et reporter le moindre signe d'impatience. C'est pourquoi chaque homme était assis sans un mot, les yeux fixés devant lui. Et ils restèrent dans cette position aussi longtemps qu'il fut nécessaire.

Puis, enfin, Sanetomi entra dans la pièce. Il avait trois quarts d'heure de retard.

— Bonjour, monsieur le Premier ministre, dit Takahashi en se levant et s'inclinant.

— Messieurs, répondit Sanetomi, mes plus profondes excuses. J'ai reçu un appel inattendu du président Castilla, la conversation vient de s'achever.

Son refus de répondre au salut de Takahashi était manifeste. Takahashi sourit passivement devant l'insulte, puis se rassit sans bouger. Les photos des victimes de l'*Izumo* avaient été diffusées par toutes les chaînes d'infos sur la planète et il ne faisait pas le moindre doute que Sanetomi avait compris d'où venait la fuite. Il ne faisait pas de doute non plus qu'il ne pouvait rien faire. À mesure que la menace contre le Japon augmentait, l'opinion se détournait du cirque politicien pour lorgner vers les militaires, doués de la compétence et la résolution nécessaires pour défendre le pays.

— Chacun autour de cette table comprend que cette réunion n'a pas officiellement lieu, fit Sanetomi en s'asseyant en face de Takahashi. Est-ce que c'est clair ?

Tous acquiescèrent. Le Premier ministre fixa Takahashi dans les yeux puis dit :

— Aucune fuite ne sera tolérée.

Le général s'inclina en signe d'acquiescement. Il se savait intouchable. Sanetomi ignorait tout de ce qui allait se produire immanquablement sous peu. Même les hommes autour de cette table – des hommes sur la loyauté desquels le Premier ministre croyait pouvoir compter – avaient en réalité prêté serment à Takahashi, et, à travers lui, au Japon nouveau.

— Commençons par l'enquête sur le naufrage de l'*Izumo*, fit Sanetomi. Amiral ?

Sachio Inoue s'éclaircit la gorge avant de commencer.

— C'est sans conteste possible une torpille, monsieur. L'analyse des dommages causés, comme les résidus chimiques et les témoignages des marins survivants, confirment qu'elle a été tirée depuis le sous-marin chinois qui se trouvait dans la zone au moment de l'attaque.

— Et les Américains ?

— Nous leur avons transmis nos informations et ils ont confirmé.

Takahashi observa le visage du Premier ministre tandis qu'il accusait le coup. L'amiral Inoue avait naturellement falsifié les informations avant de les transmettre à l'US Navy. L'élément principal qu'il leur avait fallu contrôler était la différence de son entre leur torpille et celle du Yu-4 chinois. Les enregistrements avaient été modifiés en conséquence. Les Chinois avaient produit les leurs pour mieux nier toute implication dans l'attaque. Mais l'opinion internationale n'était pas prête à les écouter.

— Cela peut-il avoir été un tir accidentel ? demanda Sanetomi. Voire un ordre donné par un officier déserteur ?

— Il n'y a aucun moyen de le savoir, intervint Takahashi. De toute façon, cela ne fait aucune différence.

Nos marins sont morts et l'armée chinoise est en état d'alerte maximum.

Pour toute réponse, Sanetomi lui jeta un regard furieux avant de se tourner vers l'amiral.

— Y a-t-il une autre explication plausible ?

Inoue secoua la tête.

— Pourquoi auraient-ils fait une chose pareille ? demanda Sanetomi. Quel avantage en retirent-ils ?

Akio Himura, le directeur du Renseignement, répondit :

— Nous pensons que les problèmes économiques de la Chine sont pires que les estimations officielles. L'industrie bancaire chinoise a été autorisée à dissimuler une grande partie de sa dette et il se pourrait bien que le pays soit à la veille d'une catastrophe financière. Dans la mesure où l'effondrement serait un résultat de la corruption massive de la classe politique, cela pourrait déboucher sur une révolution. Ou du moins sur des troubles sérieux. Une confrontation militaire est peut-être le seul évènement de poids capable de faire diversion.

— Mais ça ne serait pas seulement une guerre contre nous, ils le savent, objecta Sanetomi. Ce serait une guerre contre l'Amérique.

— Vraiment ? fit Takahashi.

Sanetomi leva aussitôt la main pour le faire taire.

— Nous sommes tous au courant de ce que vous avez subi dans l'enfance, Général. Nous savons votre profond ressentiment vis-à-vis des États-Unis. Mais j'ai parlé à leur Président. Il m'a assuré que le pays honorerait le traité en cas d'agression. Au moins pouvez-vous trouver quelque réconfort dans le fait qu'ils ont envoyé plusieurs porte-avions dans les eaux asiatiques ?

— En vérité non, monsieur le Premier ministre. Je ne peux pas. La Chine a le contrôle de leur dette, elle détient plus d'un milliard de clients potentiels pour les compagnies américaines, et les ateliers de confection chinois sont remplis de produits à bon marché dont les Américains raffolent. Notre importance pour les intérêts des USA pâlit en comparaison.

— Ça suffit ! éclata Sanetomi. Je ne suis pas là pour discuter économie ou même politique. Si c'était le cas, j'aurais convoqué des experts sur ces questions. Votre mission est de défendre ce pays au cas où cela deviendrait nécessaire et elle s'arrête là. Est-ce que je me fais bien comprendre ?

Takahashi répondit d'un profond salut. En toute probabilité, quand tout serait accompli, les militaires contrôleraient le pays. La seule question était de savoir s'il serait plus avantageux de laisser ce petit homme à son poste pour la galerie, ou si une exécution publique pour trahison serait préférable.

— Le président Castilla a proposé d'organiser des négociations directes entre les leaders chinois et moi-même, reprit Sanetomi. J'ai accepté, tout comme le président Yandong. Tous les efforts nécessaires pour trouver une issue pacifique à cette situation seront accomplis, et je pense fermement qu'ils seront couronnés de succès. Cependant, nous devons considérer ce qui se passerait dans le cas contraire. Quelles sont nos capacités d'intervention ?

Il se tourna vers Himura.

— Commençons par les Renseignements.

Himura acquiesça nerveusement, puis se redressa sur sa chaise.

— Pour ce qui est de la guerre informatique, notre pénétration des systèmes civils et gouvernementaux chinois est excellente. Je pense que nous sommes en mesure de planter soixante-dix pour cent de l'ensemble du réseau chinois dans les minutes qui suivront leur attaque. Leur Internet deviendra virtuellement inutilisable, et les communications téléphoniques devraient subir une dégradation à hauteur de quarante pour cent. Nous sommes un peu entravés sur ce dernier point en raison de l'archaïsme de leur technologie concernant les lignes fixes.

— Et les ordinateurs militaires ?

— Ils sont bien plus lourdement gardés naturellement. Mais notre accès, combiné à la perte du réseau public dans un certain nombre de bases, devrait suffire à provoquer un chaos significatif au sein de la chaîne de commandement. Cela réduirait également la capacité de leurs tirs de missiles d'au moins vingt pour cent.

Sanetomi se tourna vers le commandant de la défense aérienne.

— Et pour les quatre-vingts pour cent restant ?

— Notre bouclier antimissile a été une priorité pour plusieurs raisons, répondit le général Tadao Minami. Nous projetons d'être en mesure d'intercepter pratiquement tous les projectiles entrant. Nous pouvons aussi créer une zone dans laquelle les avions ennemis ne seront pas en mesure d'opérer. Le problème, bien sûr, c'est que les nôtres ne le seront pas non plus, malheureusement.

En dépit de ce qui semblait à première vue un diagnostic excellent, la réaction de Sanetomi parut très mesurée.

Les Américains s'étaient concentrés sur une stratégie de défense antimissile au coup par coup. Mais toutes les recherches de Ito indiquaient que c'était là au bout du compte une impasse. Même si les tests de simulation montraient qu'il était possible de détruire chaque missile l'un après l'autre, l'ennemi pouvait riposter par des mesures d'une efficacité presque comique. La seule solution réaliste consistait à créer un champ massif de vibrations électromagnétiques capable de court-circuiter les systèmes électroniques de tout objet pénétrant l'espace aérien japonais.

Et la seule façon de faire cela passait par la mise au point d'une série d'armes tactiques nucléaires hautement spécialisées. Les explosions en elles-mêmes ne seraient pas particulièrement puissantes – beaucoup moins que celles des bombes utilisées à Hiroshima et Nagasaki – mais les séquelles seraient très innovantes. Une multitude de particules microscopiques resteraient dans l'atmosphère pendant plusieurs jours, assurant au Japon un impénétrable nuage radioactif.

— Et le danger pour les civils ?

— Acceptable, fit Takahashi intervenant une fois de plus dans la conversation. Même lors des attaques nucléaires pendant la Seconde Guerre mondiale, la plupart des morts par radiations ont été largement causées par l'ingestion de cendres radioactives après que les gens soient allés boire dans les rivières contaminées, et non par les explosions elles-mêmes. Notre réserve d'eau potable est aujourd'hui protégée contre ce genre de contamination. Bien sûr, nous projetons une augmentation du taux des cancers de vingt pour cent dans le pays pour la génération à venir, de même qu'un surcroît de malformations congénitales, mais c'est inévitable. Et certainement préférable à l'alternative.

— Qu'en est-il de nos drônes air-air ? demanda Sanetomi, qui se refusait à seulement poser les yeux sur son chef d'état-major.

— Sans grande utilité, répondit le général Minami. Nous n'avons achevé les tests que tout récemment, l'ordre de fabrication n'a pas encore été lancé. Nous avons bien sûr à notre disposition des combattants conventionnels capables de patrouiller quand il est possible de voler. Globalement, nous pensons que ce sera suffisant pour limiter les pertes humaines à environ un million.

— Un million, répéta Sanetomi, apparemment incapable d'intégrer le chiffre. Et c'est un succès ?

— Dans un pays de cent trente-cinq millions d'habitants sous le feu de la deuxième armée du monde, oui, fit Minami. En fait, si l'on ne dépassait pas ce chiffre, je considérerais cela comme un miracle.

À nouveau, Sanetomi se tourna vers l'amiral Inoue.

— Et la défense maritime ?

— Comme vous le savez, nous en sommes à la troisième génération de torpilles à condensation, et elles se révèlent extraordinairement efficaces. Plusieurs centaines sont actuellement disposées dans nos eaux nationales, dans les ports chinois et dans les voies maritimes. Nous contrôlerons la mer dès que vous nous en donnerez l'ordre.

— Vous faites preuve de beaucoup d'assurance, Amiral.

— Elle est justifiée, je vous le garantis. Ni les Chinois ni les Américains ne sont au courant de la façon dont notre technologie s'est perfectionnée, ils n'ont donc préparé aucune défense. Notre système est virtuellement infaillible face aux contre-mesures actuelles.

Sanetomi se tourna alors vers la seule personne encore silencieuse, un homme aux cheveux gris presque de l'âge de Takahashi.

— Nos forces terrestres ?

— Étant donné nos capacités maritimes et aériennes, dit le général Aenzo Kudo, il est improbable que nous nous trouvions dans la position de devoir combattre une armée d'invasion terrestre. C'est pourquoi nos préparatifs concernent principalement les secours à déployer dans les zones qui seraient frappées par les armes chinoises, et puis le maintien de l'ordre public bien entendu. Sur ces deux aspects, je suis certain que nous pouvons atteindre une efficacité maximale.

Sanetomi se renversa dans son fauteuil et fixa le vide devant lui durant quelques secondes.

— Et si les Chinois décident d'utiliser leur arsenal nucléaire ?

— Dans ce cas extrêmement improbable, notre défense antimissile pulvériserait l'essentiel de leurs attaques, dit Takahashi. Et même moi, je suis convaincu que les Américains interviendraient avec tous les moyens nécessaires.

— Je me demande s'il ne serait pas prudent d'annoncer au reste du monde l'existence de notre système de défense à vibrations électromagnétiques. Dans le cas contraire, si nous devions le mettre en place, il serait facilement pris pour une attaque nucléaire et déclencherait une réplique de la part des Chinois.

— Ce serait une rupture sérieuse des traités internationaux, dit Takahashi. Et cela pourrait même provoquer une escalade supplémentaire. Je conseille d'attendre. Si la situation dégénère au point que nous devions le déployer, il sera toujours temps de l'annoncer.

Sanetomi acquiesça avec réticence, sans rien ajouter.

Bien entendu ils n'avaient discuté que des systèmes de défense japonais. Sanetomi ne savait rien de leurs capacités offensives. Les équipes de Ito étaient parvenues à réduire une bombe nucléaire de vingt kilotonnes – presque exactement la puissance des armes utilisées contre Hiroshima et Nagasaki – aux dimensions d'un container susceptible d'être transporté par un seul individu. Trente-trois de ces engins avaient été enterrés à travers la Chine ainsi que dans plusieurs points stratégiques en Amérique, en Europe et en Asie.

Selon toutes probabilités, néanmoins, aucune des armes de l'arsenal nucléaire japonais – pas même le système de défense antimissile – ne serait déployée. Comparées aux découvertes nanotechnologiques de Ito, toutes ces bombes même atomiques étaient obsolètes.

— De quel type d'aide aurions-nous besoin de la part des Américains dans tout cela ? demanda Sanetomi.

— D'une aide limitée, répondit Takahashi. Il est peu probable qu'ils interviennent sur le territoire chinois dans le cadre d'une guerre conventionnelle, et nos torpilles rendent leur puissance navale sans objet. Leurs avions de combat sont potentiellement utiles face aux attaques chinoises, mais si notre bouclier antimissile a été déployé, ils ne pourront pas approcher notre espace aérien.

— Donc, si je comprends bien, le scénario le plus optimiste est un match nul au bout duquel un million de nos concitoyens trouveraient la mort, résuma Sanetomi. Et dans le pire, la situation dégénère en un conflit nucléaire au cours duquel des millions de gens meurent dans les deux camps. Tout cela sans aucune raison.

Takahashi resta sans expression. Intérieurement, il lui semblait qu'un courant électrique parcourait toutes les fibres de son corps. Ce ne serait pas des millions, non. Mais des dizaines de millions. Et ce ne serait pas sans raison. La Chine serait totalement décimée. Les Chinois ramperaient dans la poussière comme des animaux pour trouver de quoi survivre.

En même temps, le reste du monde entrerait dans une nouvelle ère. L'ère du Japon.

36

Environs de Portland,
Oregon, USA

— Essaie encore, dit Jon Smith, se penchant un peu plus sous le capot de la voiture rouillée AMC Gremlin.

Randi tourna la clé, le moteur vrombit puis s'arrêta.

Le vent se levait, arrachant des feuilles rouges aux arbres alignés le long de la petite route de campagne. Une ou deux tombèrent sur le moteur. Smith les écarta du bouchon du filtre à air avant de dévisser l'écrou à ailettes qui le maintenait en place.

— Qu'est-ce qui déconne avec le filtre à air ? demandait Randi pendant ce temps tout en se penchant par la fenêtre.

— C'est un modèle vieux de quarante ans, voilà ce qui déconne. Tu ne pouvais pas voler une voiture un peu plus neuve ?

Chaque fois qu'elle avait besoin d'un véhicule vraiment sûr, Randi avait l'habitude de s'en prendre aux voitures parquées dans la section longue durée des aéroports. Elle les ramenait avant le retour de leurs propriétaires légitimes, et ceux-ci avaient la surprise de découvrir leur voiture entièrement révisée et le réservoir plein.

— Fujiyama m'a fait comprendre qu'il s'évaporerait s'il me voyait arriver dans une voiture moderne, expliqua-t-elle.

Smith laissa échapper un soupir agacé. Avec un petit bâton, il se mit à farfouiller dans le carburateur. Eric Fujiyama avait accepté de leur parler mais à des conditions qui auraient semblé excessives même à un schizophrène paranoïaque. On ne pouvait pas lui parler par téléphone ni le retrouver dans une brasserie de Portland devant une bière, non. Au lieu de ça, il fallait, Dieu seul savait pourquoi, s'équiper de pelles et conduire une vieille guimbarde jusqu'au milieu de nulle part. Smith semblait le seul à craindre que le correspondant mystérieux qui leur avait fixé rendez-vous dans les bois leur ai demandé d'apporter des pelles pour creuser leurs tombes.

— Essaie à nouveau.

Cette fois, après quelques crachotements, le moteur démarra. Smith remit en place le filtre à air, ferma le capot, fit le tour du véhicule pour venir prendre place sur le siège passager.

— Débrouille-toi pour ne pas caler.

Avec un air buté pour toute réponse, Randi démarra sur les chapeaux de roues, les yeux sur une carte scotchée au tableau de bord. La route qu'elle avait soulignée indiquait un virage au prochain croisement. Elle vira sur un chemin de terre défoncé, dans un dérapage qui fit hurler les suspensions d'âge antédiluvien et couvrit la musique rock de Steely Dan qui tombait des enceintes. Smith fit une nouvelle tentative pour éteindre la stéréo mais le bouton de volume était cassé et la bande magnétique coincée dans le lecteur résistait à tous ses efforts pour l'éjecter.

— Ralentis, Randi.

— Qu'est-ce que tu racontes ? On se traîne, là, on irait plus vite en marchant !

— Et c'est ce qu'on finira par faire si tu fous en l'air les essieux de cette bagnole ou ce qui en reste.

— Qu'est-ce qu'il y a qui ne va pas chez toi, aujourd'hui, tu t'es levé du pied gauche ?

Pour toute réponse, il lui fit un doigt d'honneur puis se tourna vers la fenêtre pour regarder les arbres qui défilaient à une vitesse effrayante. Se retrouver coincé dans cette voiture bringuebalante avait réveillé le poignard dans son omoplate – voilà ce qui n'allait pas. Et ce n'était pas la seule chose. Ses deux parents, des athlètes accomplis, lui avaient transmis un patrimoine génétique pratiquement idéal qu'il avait passé son existence à développer et entretenir. La discipline de vie à laquelle il s'était soumis aurait fait pâlir un entraîneur de commando d'élite. Il avait depuis toujours le sentiment d'être un superhéros et n'en pouvait plus de se sentir affaibli.

Au bout de vingt minutes de torture, ils débouchèrent enfin sur une petite clairière. Smith sortit un Sig Sauer d'entre les sièges et se mit à scruter les ombres de la forêt alentour, tandis que Randi faisait de même. Ni téléphone ni GPS ni radio, avait insisté Fujiyama. Aucun renfort à attendre si les choses tournaient mal.

— Ça ne te semble pas extraordinairement stupide ? fit Smith tandis qu'ils sortaient de la voiture et s'accroupissaient de part et d'autre du véhicule.

— Arrête, Jon, tu es comme moi, tu adores ces conneries. Tu es juste de mauvais poil aujourd'hui.

Il se renfrogna, les yeux dans le viseur pointé sur la clairière. Rien en vue, sinon la forêt. Bien sûr, cela ne voulait rien dire. La complexité du terrain, l'épaisseur du feuillage : une armée aurait pu se cacher là, et ils n'en auraient rien su avant de se faire tirer dessus.

Mais ce ne fut pas des coups de feu qui se firent entendre. Ce fut le bruit d'un moteur montant le long de la route qu'ils venaient d'emprunter. Smith et Randi se mirent à couvert entre les arbres, et observèrent en silence la Jeep découverte CJ5 qui venait se garer non loin de leur voiture. L'homme au volant, un Asiatique, ne devait pas avoir loin de quarante ans. Eric Fujiyama défit sa ceinture de sécurité, sauta hors du véhicule au milieu de la clairière.

— Randi ! Où êtes-vous ?

Smith jeta un regard à Randi et haussa les épaules. L'homme était vêtu d'un simple jean et d'un sweat-shirt et rien n'indiquait la présence d'une arme.

— Je suis là, répondit-elle en surgissant à découvert. Elle s'avança d'un pas calme, son pistolet coincé dans le dos de son pantalon.

— Salut, fit-il. Vous savez suivre des instructions. C'est bien.

— Seulement jusqu'à un certain point, j'en ai bien peur.

Sur ces mots, Smith apparut derrière elle, le Sig Sauer pendant au bout de sa main. Fujiyama se figea une seconde, puis fit mine de s'enfuir mais Randi le rattrapa par le col.

— Du calme, Eric. Nous sommes là pour parler, c'est tout.

— Qui c'est, lui, putain ? Je vous avais dit de venir seule !

— Je sais. Je suis désolée. Il a insisté pour me suivre.

Smith s'assit sur le pare-chocs de la Jeep et lança à Fujiyama un sourire désarmant.

— Heureux de te rencontrer, Eric.

Ce n'était visiblement pas réciproque, mais il ne pouvait plus rien faire à ce stade, et il eut l'air de le comprendre.

— Donc, fit-il, laissez-moi deviner. Masao Takahashi a soudainement l'air de péter un câble et Laurel et Hardy n'arrivent pas à comprendre pourquoi. Du coup, vous autres à la CIA vous flippez, au point de venir chercher l'aide du type que vous avez viré parce que tout le monde pensait qu'il était devenu fou.

— Je ne vous ai pas viré, clarifia Randi. Je n'avais même jamais entendu parler de vous jusqu'à il y a quelques jours.

En réponse, il croisa les bras sur sa poitrine et dit :

— Bon. Et vous voulez quoi, maintenant ?

Smith posa son arme sur le pare-chocs, à une distance moins intimidante.

— Vous aviez vu juste, Eric. Tout se passe comme si Takahashi était impatient de voir son pays se lancer dans un combat de boxe avec King-Kong. Bien sûr, les États-Unis interviendront, mais même avec notre aide, le Japon a toutes les chances de se prendre la raclée de son histoire. Qu'est-ce que le général a dans le crâne, au juste ?

— Ce qu'il a dans le crâne, répéta Fujiyama avec un petit sourire. Saviez-vous que le Japon, un pays officiellement sans armée, est en réalité le cinquième budget militaire mondial ?

— Oui.

— Bien. Mais ce que vous ignorez, c'est que les chiffres officiels indiquent probablement moins de la moitié des dépenses réelles. C'est l'une des raisons pour lesquelles la récession a duré plus longtemps que prévu dans le pays.

— Si c'était vrai, remarqua Randi après une seconde passée à accuser le coup, cela mettrait le Japon presque à égalité avec la Chine. Ce que l'on voit de leur armée n'a pourtant rien de faramineux.

— Non, n'est-ce pas ? Les Japonais sont célèbres pour leur efficacité. Mais ils dépensent plus de cent milliards de dollars annuels pour leur défense et apparemment sans résultat tangible. Qu'est-ce que cela signifie, d'après vous ? ajouta-t-il sur un ton sarcastique.

— Personne ne peut dissimuler un arsenal de tanks et de navires correspondant à une telle somme, objecta Randi. En se basant sur ce qu'elle et Smith avaient appris sur la nanotechnologie, la direction que prenaient les paroles de Fujiyama devenait évidente.

— Les Japonais n'ont pas la possibilité de construire une armée conventionnelle, poursuivit-il. Trop de choses s'y opposent : la réticence culturelle de l'opinion depuis la Seconde Guerre mondiale, la Constitution imposée par MacArthur, le risque de voir se créer une course aux armements en Asie…

— Sans parler de la démographie qui fait défaut et du manque de ressources naturelles…, intervint Smith.

— Gagné ! Vous reviendrez en deuxième semaine. Donc ? Ils doivent se montrer inventifs.

— Et le nouveau vaisseau de guerre qu'ils ont appareillé ? fit Randi. Ce n'est pas de l'armement traditionnel ?

— Celui qui est au fond de l'eau aujourd'hui, vous voulez dire ? Simple diversion. Pour être franc, je ne serais pas surpris d'apprendre que Takahashi l'a coulé lui-même.

Smith ouvrit la bouche pour l'interroger sur ce point, mais le jeune analyste semblait s'échauffer et poursuivit :

— Vous souvenez-vous de l'époque où la technologie la plus cool venait du Japon ? Betamax, les DVD, les jeux vidéo, les players…

— Bien sûr, dit Randi.

— Qu'est-ce qui s'est passé ?

La question était rhétorique.

— Soudainement, comme par hasard juste à l'époque où Takahashi a été nommé aide de l'ancien responsable des forces de défense, tout ce secteur d'innovation a disparu et l'Amérique a pris le dessus. Où sont passés les brillants esprits qui travaillaient dans le secteur ? La CIA a l'air de croire qu'ils se sont envolés.

— Mais pas vous, dit Randi. Vous pensez que Takahashi les a embauchés pour développer un arsenal du futur.

Smith gardait un visage impassible, mais son esprit s'efforçait de tirer les conclusions de ce qu'il entendait. Oui, les pièces du puzzle commençaient à se mettre en place. Et l'image qu'elles dessinaient était terrifiante.

— Parlons de Akito Maki, poursuivit Fujiyama.

— De qui ? demanda Randi.

— Un jeune ingénieur chimiste. Dans les années quatre-vingt-dix, il faisait des recherches avancées sur la façon d'augmenter considérablement l'énergie stockée dans les carburants pour missile. Ensuite il a été embauché dans l'une des compagnies tenues par la famille Takahashi où il ne semble pas avoir produit quoi que ce soit de vendable. Parlons de Genjiro Ueda, un ingénieur qui travaillait sur un mélange de fibres de carbone et de céramique pour produire des matériaux neufs d'une résistance inédite. Il s'est retrouvé embauché par un entrepreneur privé qui le paye à prix d'or, apparemment pour ne rien produire du tout. Et bien sûr, il y a leur parrain à tous : Hideki Ito.

Smith ne put s'empêcher de jeter un regard à Randi. À l'énoncé du nom, la jeune femme resta figée.

— Ito est l'un des pères de la nanotechnologie, continuait Fujiyama. Il y a de ça quelques décennies il faisait des choses vraiment intéressantes dans ce domaine. Puis il s'est mis à son compte et plus personne n'a entendu parler de lui. Et ce ne sont là que quelques-uns des programmeurs, biologistes, ingénieurs et physiciens nucléaires qui se sont en quelque sorte évaporés dans les airs du Japon au cours des trente dernières années.

— Vous avez la moindre preuve pour appuyer ce que vous dites ? demanda Smith.

Fujiyama posa les yeux sur lui. Il avait l'air de douter de la suite des choses. Finalement, il parut prendre une décision, se dirigea vers l'est, la colline couverte d'arbres qui les surplombait.

— Une pile de dossiers est enterrée là dans un coffre que j'ai conçu moi-même.

— Des dossiers ? dit Randi. Vous voulez dire des papiers ? Pourquoi ne pas tout mettre sur une clé cryptée ?

Fujiyama éclata de rire.

— Pour la même raison que je n'ai pas voulu que vous me contactiez par email. Et que je vous ai impérativement demandé de venir dans une voiture de modèle ancien et de ne pas apporter avec vous le moindre objet électronique.

— Vous pensez que les Japonais les utilisent pour nous surveiller.

— Vous plaisantez ? Je vous le garantis. Ils prétendent n'avoir aucun réseau de renseignement mais Takahashi reconnaissait l'importance à venir des ordinateurs quand j'étais encore en maternelle. Quelle voiture moderne, quel objet électronique n'a pas au moins un composant conçu ou fabriqué par les Japonais ? Tout ce piratage de haut niveau dont on accuse la Chine…

— Est en réalité le fait de réseaux japonais ? C'est ce que vous êtes en train de nous expliquer ?

— Évidemment ! La Chine, c'est un souk. Ils se servent encore d'ânes pour cultiver leurs terres, bordel.

Même s'ils commencent à se développer sérieusement, par nature c'est un peuple essentiellement tourné vers lui-même. Les Japonais sont très différents. Toujours à s'approprier ce qu'ils peuvent de leurs voisins pour en faire leur profit.

— Très bien, dit Randi. Doit-on croire que vous nous avez demandé d'apporter des pelles parce qu'il vous serait agréable de nous passer quelques copies de vos documents ?

De nouveau il eut l'air de douter, et de nouveau sa réticence s'évanouit.

— Oui. Je vous connais de réputation, Randi. Mais bien sûr, rien de tout ça ne vient de moi, d'accord ?

— Naturellement. Je n'ai jamais entendu parler de vous, dit-elle, ouvrant le coffre de la Gremlin pour sortir deux des trois pelles qui s'y trouvaient. Elle en tendit une à Fujiyama, qui désigna aussitôt Smith.

— Et lui ?

— Il reste en retrait, il surveille les voitures.

Elle se mit à grimper, Fujiyama sur ses talons luttant pour garder le rythme. Smith la remercia en silence. En temps normal, un tertre de ce genre lui aurait paru juste bon à faire quelques longueurs d'échauffement. Aujourd'hui, c'était l'Everest.

Randi savait qu'elle allait bien trop vite mais faire circuler son sang l'aidait à réfléchir. Une pelle dans une main, le Beretta dans l'autre, elle commençait à regretter d'avoir laissé Smith se tirer d'affaire. Elle et Fujiyama étaient totalement exposés, sans aucun moyen de communication, sans renfort, et sur un terrain très favorable aux embuscades.

Mais ce n'était pas ce qui l'effrayait le plus. Ce qui lui faisait grimper la colline à un rythme que peu de gens pouvaient suivre, c'était le fait que le récit délirant qu'elle venait d'entendre était tout à fait plausible. Elle en était presque à vouloir faire demi-tour et quitter les lieux. Elle n'avait aucune envie de poser les yeux sur une pile de papiers qui lui confirmeraient que la Troisième Guerre mondiale était en marche à quelques milliers de kilomètres vers l'est.

Elle cessa d'entendre la respiration saccadée de Fujiyama derrière elle et s'arrêta pour se laisser rattraper.

— C'est tout en haut ? demanda-t-elle tandis qu'il laissait tomber sa pelle et se pliait en deux pour respirer. Il acquiesça faiblement de la tête.

— Pourquoi cet endroit ? demanda-t-elle en se remettant en marche, mais à un rythme plus lent.

— Aucune raison, parvint-il à articuler. C'était l'idée, justement. Un endroit choisi au hasard, vers lequel rien ne mène.

Il leur fallut encore quinze minutes pour couvrir ce qu'elle aurait parcouru en cinq, mais elle avait besoin de lui, et ne pouvait se permettre de le laisser en arrière. Ils parvinrent au sommet. Fujiyama sortit de sa poche une boussole, un mètre à ruban. Prenant pour repère un rocher escarpé à demi enterré près d'une souche, il se mit à calculer des distances.

Randi l'observa en silence, tandis qu'il s'agitait, faisant des marques dans la terre et calculant le point suivant. Un GPS aurait permis d'aller bien plus vite. Mais il était clair qu'il ne voulait pas prendre le moindre risque de se faire repérer.

Au bout d'environ cinq minutes de ce manège, Fujiyama planta finalement un bâton dans le sol en guise de marqueur et partit chercher la pelle.

— C'est là ? demanda Randi en s'approchant pour lui venir en aide.

— Oui. Il y a 1,20 mètre à creuser à peu près. Le terrain est assez difficile, dans mon souvenir.

Ils s'installèrent chacun d'un côté et se mirent à creuser. Il ne fallut pas longtemps à Randi pour réaliser à quel point le souvenir de Fujiyama était justifié. Un fouillis de racines et d'herbes mêlées avait poussé depuis qu'il avait enterré les documents, rendant leur tâche encore plus lente.

L'air de l'automne n'était pas assez frais pour contrer le soleil qui leur tombait dessus. Bientôt, Randi put sentir des rigoles de sueur couler sur son visage et sa nuque tandis qu'elle plantait à coups réguliers l'outil dans le sol, rejetant les pelletées de terre qui vinrent former derrière elle un petit remblais de cailloux et de poussière.

Fujiyama faisait de son mieux pour suivre son rythme. Mais il avait à peine entamé le sol tandis que la profondeur du trou côté Randi atteignait déjà cinquante centimètres.

Elle creusait d'autant plus vite qu'elle les savait tous deux exposés. Monter la colline l'avait rendue nerveuse, mais ce n'était rien à côté du fait de se tenir debout au sommet d'une colline. Deux silhouettes parfaitement découpées sur un ciel dégagé. Mieux valait en finir au plus vite.

Elle plantait la pelle dans le sol et sautait dessus pour l'enfoncer plus profondément quand elle se sentit soudain rejetée en arrière. La lame de la pelle se trouvait encore dans la terre, et le manche entre ses mains, et il lui fallut quelques secondes pour réaliser ce qui venait de se produire.

— Merde ! s'exclama-t-elle en jetant le bout de bois loin d'elle.

— Prenez la mienne si vous voulez, fit le jeune analyste, une note d'espoir dans la voix.

— Non. Il faut finir ce truc et filer d'ici au plus vite. Il y a une troisième pelle dans la voiture. Je file en courant la chercher. Continuez de creuser.

— Je suis vraiment crevé, Randi. Peut-être que…

— Vous préférez avoir à remonter toute la colline ?

— Non, fit-il en jetant un regard vers le chemin en pente raide, mais…

— Alors fermez-la et creusez. C'est vous qui avez enterré ce merdier ici.

Sur ce, Randi se mit à courir. D'un rythme rapide, sautant par-dessus les rochers et les branches tombées, elle parcourut en sens inverse le chemin qu'ils avaient pris. Elle avait gardé son Beretta à la main et fonçait tout en s'efforçant de jeter un œil alentour, mais à ce rythme, il n'y avait aucun moyen de distinguer quoi que ce soit avec précision. Parfois la vitesse doit l'emporter sur la prudence.

Randi avait parcouru un quart du chemin environ quand un bruit reconnaissable entre tous lui parvint. Elle rebondit contre un arbre et se retourna juste à temps pour apercevoir un pilier de feu s'élever du sommet de la colline. Des débris divers, des morceaux du corps d'Eric Fujiyama avaient été projetés dans le ciel et retombaient en brûlant.

Par réflexe, elle fit quelques pas en direction de l'explosion. Puis elle rebroussa chemin et reprit sa course vers la clairière. Quiconque avait posé cette bombe devait savoir qu'elle et Smith se trouvaient là, et Smith n'était pas en état de se défendre tout seul.

37

Tokyo,
Japon

— Takahashi suivit Akio Himura, et tous deux passèrent les portes épaisses conduisant dans la partie la plus sécurisée du bâtiment.

Officiellement, le Japon n'était doté d'aucune infrastructure de renseignement et l'existence de ces locaux – prétendument une annexe comptable du ministère du Budget – était l'un des secrets les mieux gardés du pays.

Les murs étaient couverts de miroirs sans tain. Ainsi que Takahashi le savait, ils étaient surveillés de toutes parts par les hommes d'élite de la sécurité de Himura. Au moindre signe de problème, les multiples portails automatiques qu'ils avaient franchis en entrant se verrouilleraient pour les piéger – eux et quiconque tenterait de pénétrer dans les lieux.

Le texto crypté lui était parvenu durant la réunion dénuée de sens qu'il venait d'avoir avec le Premier ministre, empêchant Takahashi de réagir. À la place, il était resté assis, obéissant et immobile durant vingt insupportables minutes supplémentaires. Puis, la réunion achevée, et sans hélicoptère à disposition, lui et Himura avaient dû faire le voyage en voiture, et perdre ainsi une précieuse demi-heure supplémentaire dans la circulation encombrée d'un après-midi normal à Tokyo.

Ils s'arrêtèrent devant une porte blanche en fibre de carbone. Himura leva les bras au-dessus de sa tête. Takahashi fit de même. Les rayons du scan qui les parcoururent pouvaient détecter non seulement des armes mais aussi n'importe quel objet digital, de la caméra au stylo, susceptible d'enregistrer ce qui se passerait à l'intérieur.

Une lumière verte apparut et la porte s'ouvrit.

— Au rapport, prononça Himura tandis qu'ils entraient dans le Saint des Saints du Renseignement nippon. La pièce était étonnamment peu remarquable. Pas plus de vingt mètres carrés délimités par d'austères murs blancs et contenant en tout et pour tout trois bureaux en métal et sur chacun d'eux un terminal d'ordinateur. Devant les écrans, s'affairaient des hommes d'apparence bien trop juvénile pour ce type de poste à haute responsabilité. Mais l'expertise technologique nécessaire rendait les générations précédentes obsolètes.

— Deux inconnus ont contacté Eric Fujiyama sur le site des documents, dit celui qui se trouvait le plus près d'eux sans lever la tête de son écran, ce qui fit se hérisser Takahashi. Mais il se maîtrisa. Le Renseignement obéissait à des règles fort différentes de celles de l'armée. Ici, les gens ne se mettaient pas au garde-à-vous en voyant un supérieur entrer dans la pièce.

— On a une idée de leur identité ? demanda Himura en se postant derrière l'ingénieur.

— Nous avons pénétré un satellite américain mais la vision n'est pas optimale. Il y a une femme blonde et un homme aux cheveux sombres. L'homme est resté près des voitures. La femme a grimpé la colline avec Fujiyama. Il semble qu'elle ait cassé sa pelle en creusant et elle est redescendue vers les voitures pendant que Fujiyama continuait de creuser. Elle était à mi-chemin quand la mine a explosé.

— Elle est touchée ?

— Apparemment non.

— Russell et Smith, fit Takahashi calmement.

Himura acquiesça.

Cela faisait des années qu'ils traquaient Fujiyama. En fait, ils avaient joué un rôle discret dans le discrédit qui avait amené la CIA à se débarrasser de lui. Après son licenciement, hélas, il avait persisté à alimenter ses théories et même enterré un coffre soigneusement conçu par ses soins contenant ce qu'ils supposaient être des preuves étayant ses idées.

Takahashi avait découvert l'existence de ce trésor compromettant, et donné l'ordre de le déterrer pour le remplacer par un explosif. Le plan était que Fujiyama ou qui que ce soit d'autre se montrerait intéressé par ce qu'il avait amassé serait vaporisé avant d'y avoir eu accès. À l'évidence, ça n'avait pas marché comme prévu. Avoir laissé vivre Fujiyama se révélait une erreur.

— Ils sont où, à présent ? demanda Himura.

— Sur l'autoroute 5, en Oregon.

— Destination ?

— Probablement l'aéroport. Russell est connue pour voler des voitures sur les parkings longue durée. Le modèle et l'état de la voiture qu'elle conduit laissent penser que ce n'est pas un véhicule de location.

— On peut le contrôler ? demanda Takahashi.

— Non. C'est un vieux modèle, d'avant l'automatisation.

— Ont-ils contacté qui que ce soit ? fit Himura.

— Probablement pas. Ils ne se sont pas arrêtés une seule fois. Et l'une des conditions imposées par Fujiyama pour les rencontrer était de venir sans téléphone ni moyen de communication.

— On a des gens à nous dans la région ? Quelqu'un à même de les intercepter ? dit Takahashi.

— Personne.

Takahashi saisit le bras de son directeur du Renseignement et le tira à l'écart.

— Nous n'avons aucun moyen de savoir ce que Fujiyama leur a dit avant de mourir. Mais le plus probable est qu'il leur a assez parlé pour leur donner envie d'en savoir plus.

Himura acquiesça.

— Si on doit agir, c'est maintenant. Avant qu'ils puissent avertir leurs supérieurs. Si on les perd…

Il n'acheva pas.

— Mais agir comment ?

— On ne peut pas se servir de leur voiture mais on peut en utiliser d'autres. Avant tout, je dois vous prévenir, Général. Le risque de nous voir exposés est extrêmement élevé. En fait c'est presque une certitude.

Le regard de Takahashi traversa la pièce, jusqu'à l'écran qui servait à surveiller Smith et Russell. Himura voyait juste. C'était extrêmement dangereux. Mais ne rien faire l'était tout autant. Le seul fait qu'ils aient contacté Fujiyama rendait probable leur découverte des nanorobots, et ils suspecteraient bientôt le Japon d'être mêlé à leur développement.

— Allez-y, ordonna-t-il.

Himura s'inclina brièvement en guise d'acquiescement et revint se poster derrière le jeune homme assis devant le terminal de surveillance.

— Y a-t-il d'autres véhicules à disposition ?

— Oui. Mais on va perdre l'image satellite et la circulation autour d'eux est assez faible en ce moment. Ils sont à dix minutes de l'aéroport à peu près. C'est plus qu'il n'en faut pour nous raccorder aux caméras de sécurité. On aura une meilleure couverture image et la densité des voitures de modèles récents sera plus élevée.

Himura posa une main sur l'épaule du jeune homme.

— Russell et Smith ne doivent pas pénétrer dans ce terminal. C'est compris ?

38

Aéroport International de Portland,
Portland, Oregon,
USA

Randi Russell fit entrer la Gremlin dans le parking longue durée tout en gardant un œil sur le rétroviseur. Le soleil encore haut dans le ciel sans nuage contrastait avec la mer de voitures qui faisait face au terminal. Son regard entraîné n'avait repéré personne sur leurs traces, mais elle n'était pas certaine que cela ait encore la moindre signification.

— Attends une seconde, dit Smith, les yeux sur les notes qu'il avait gribouillées sur un bout de serviette en papier trouvé dans la boîte à gants.

— Était-ce Wedo ?

— Lequel ?

Il soupira d'un air exaspéré.

— Maki est le type spécialisé dans le carburant de missiles dont Fujiyama nous a parlé. Son prénom, c'était quelque chose comme Akido. L'autre, c'est l'ingénieur en matériaux. Genjiro Wedo ?

Elle secoua la tête.

— Non, pas Wedo. Ça finissait en *a*. Weda ?

— C'est ça ! fit-il, écrivant le nom aussitôt. Voilà ! Genjiro Weda. Tout ce qui nous reste à faire, c'est trouver un moyen de faire passer ça à Star.

Elle roula jusqu'au guichet du parking, prit un ticket, et se mit en quête d'une place.

— On va récupérer nos téléphones dans quelques minutes, dit-elle. Mais je me demande si on doit les utiliser, même avec les protocoles cryptés de Covert-One. Je suis en train de devenir aussi parano que Fujiyama.

— Quand quelqu'un fait sauter le sommet de la montagne ou tu te trouves et tue ton informateur, ça ne s'appelle plus de la parano.

— Non, c'est vrai, fit-elle, s'arrêtant pile devant une zone que dominait un panneau d'interdiction de stationnement. Elle sortit de la voiture, cogna le panneau d'un coup ferme, le réduisant à la dimension d'un Frisbee. Quand elle reprit place au volant et redémarra, Smith nettoyait déjà l'intérieur de toute empreinte digitale.

Randi sortit d'entre les sièges un petit sac à dos et se mit à farfouiller dedans pour en libérer le panneau de double fond. Elle tendit à Smith un portefeuille rempli de cartes de crédit et de papiers d'identité usagés, en prit un autre pour elle-même.

— Je suppose que tu es d'accord qu'on devrait se séparer et acheter des tickets de retour sous des noms d'emprunt ?

— Totalement, répondit-il, tout en faisant l'échange de portefeuilles. Je ne comprends pas où tout ça nous mènera, mais, pour le moment, le plus sage est de supposer le pire.

— Comme par exemple de penser que les Japonais ont passé les trente dernières années à mettre secrètement au point des armes futuristes et qu'ils les pointent sur nous aujourd'hui ?

— Dit comme ça, ça paraît catastrophique, non ? fit Smith avec un pâle sourire.

Randi maugréa quelque chose, puis sortit dans la lumière du soleil. Lentement, elle fit un tour complet sur elle-même pour scruter les alentours. Quelques passagers dispersés entraient et sortaient du terminal. Personne ne se trouvait à moins de cinquante mètres. Un couple dans une BMW payait au guichet d'entrée du parking. Une femme dans une Prius roulait lentement dans leur allée à la recherche d'une place.

— Je propose d'éviter les transports aéroportuaires et de tout faire à pied, dit-elle en enfilant le sac à dos. On récupère nos téléphones à la consigne et on vole sur des compagnies séparées.

— Ça me paraît bien, répondit Smith qui sortit de la voiture et claqua la portière. J'imagine que la Gremlin n'a droit ni à un plein ni à une révision, hein ?

— C'est bien la première fois, fit Randi. Je dois me ramollir.

Elle s'engageait dans l'allée en direction du terminal quand le hurlement strident d'un moteur à fond se fit entendre à sa droite. Smith la vit se retourner, sortir le Beretta de sous sa veste et le pointer à hauteur du pare-brise de la Prius qui lui fonçait dessus.

Randi avait un don particulier pour ce type de réaction. Il n'y avait pas le moindre laps de temps entre l'instant où son esprit percevait le danger et celui où son corps réagissait de la manière la plus efficace possible

– et la plus définitive. C'était sans aucun doute la raison pour laquelle elle était encore en vie. Mais, parfois, cette même capacité de réaction lui faisait négliger les détails.

Smith fonça, ignorant la douleur dans son dos et se jeta sur elle. Il le savait, les réflexes de Randi avaient transformé la silhouette au volant de la voiture en cible et tout ce qu'elle pouvait penser en cette seconde se résumait à la meilleure façon de lui tirer dessus. Ce qu'il voyait, lui, cependant, c'était une femme terrifiée luttant désespérément pour reprendre le contrôle de son véhicule.

Ce fut fini en moins de deux secondes. Il heurta violemment Randi sur le côté, tous deux tombèrent à la renverse sur la rangée de voitures garées derrière elle. Le coin avant de la Prius le heurta au passage, mais la voiture était si légère que l'effet se limita à le projeter sur le pavé.

Randi heurta l'arrière d'une Nissan Pathfinder qui retint sa chute tandis que la Prius sautant sur le trottoir effectuait un tonneau et atterrissait sur le toit. Randi se redressa rapidement, tourna à 360 degrés tout en braquant le pistolet droit devant elle à la recherche d'un second attaquant. Autour d'eux, les passants, persuadés d'assister à une attaque terroriste ou à une fusillade de masse, avaient lâché leurs bagages et s'enfuyaient dans toutes les directions.

— Putain, Jon ! dit Randi baissant enfin les yeux sur lui tandis qu'il essayait de se relever. Tu as failli…

Soudain, la Nissan vide derrière laquelle elle se tenait se mit en marche et Smith vit les feux de recul s'allumer. Sous l'effet de la surprise, elle mit un temps avant de réagir, bougea une fraction de seconde trop tard. Le moteur rugit, elle tomba, et disparut sous le véhicule.

— Randi ! cria Smith tandis que la Nissan heurtait une Volkswagen garée dans la rangée en face. Il bondit vers elle alors que la Pathfinder effectuait déjà une manœuvre pour une nouvelle attaque.

Elle était groggy, et l'un de ses bras saignait abondamment. Sa minceur combinée à la haute suspension augmentée de la Nissan lui avaient sans doute sauvé la vie. Il l'agrippa par le col de sa veste sans un regard pour le véhicule qui fonçait sur eux dans son dos.

Randi ne pesait pas lourd, Dieu merci. Il la projeta sur le capot d'une Mazda surbaissée et, dans la foulée, sauta dessus à l'instant où la Nissan venait heurter le pare-chocs arrière. Tous deux roulèrent sur le capot, tombèrent au sol pour atterrir dans l'espace étroit qui séparait la Mazda d'un minivan garé à côté.

Randi était parvenue à amortir la chute et visant par-dessus le capot avait tiré deux balles en plein pare-brise de la Nissan, à la place où aurait normalement dû se trouver le conducteur. Sauf qu'il n'y en avait aucun.

Smith la saisit de nouveau par le col et la tira violemment :

— Il faut filer d'ici ! Tout de suite ! fit-il en désignant le terminal.

Elle se mit à courir dans la direction du bâtiment. Smith s'efforçant de la suivre réalisa qu'il se remettait à cracher du sang. Randi coupa à droite devant une Mercedes toute neuve et il tenta de l'avertir :

— Non ! Prends à gauche !

Elle hésita une seconde, puis obéit. Elle démarrait un sprint quand la Mercedes démarra et tourna d'un coup brusque dans sa direction. Elle avait à peine réussi à atteindre la vieille camionnette que Smith avait essayé de lui indiquer lorsque la Mercedes la défonça. Il évita la voiture, plongea à l'arrière de la camionnette, passa sur le toit de la cabine et sauta pour atterrir juste à côté d'elle.

— Reste derrière moi !

Smith s'accroupit, et se mit à courir d'un véhicule usagé à l'autre à travers le parking. Elle tentait de le couvrir, pointant son arme dans l'espace mais sans savoir sur quoi tirer. Elle le rejoignit à l'embranchement de la route qui menait droit devant le terminal.

— Go ! hurla-t-il.

L'entrée était encombrée de voitures et de shuttles à l'arrêt du fait de la panique qui s'était emparée de la foule.

Un taxi accéléra soudain dans leur direction. Mais le véhicule était trop bas pour les suivre jusque sur le trottoir et vint heurter la bordure de béton qui enfonça tout l'avant dans un bris de tôle et une pluie d'étincelles.

Smith se précipita vers les portes, luttant contre la foule qui jaillissait du terminal.

À l'intérieur, des gardes armés avaient sorti leurs armes mais, comme tout le monde autour, ils étaient incapables d'identifier la nature de la menace et d'où elle provenait. Pour la plupart, les passants se ruaient sur les portes de sortie par instinct, tandis que d'autres semblaient vouloir s'enfoncer dans le bâtiment le plus profondément possible en courant, et en propageant l'hystérie générale.

Randi lâcha son arme pour enlever sa veste. Elle baissa la tête tandis qu'ils passaient les caméras de sécurité omniprésentes dans les aéroports modernes. Smith se débarrassa de sa veste également, la laissa tomber au sol parmi les voyageurs qui couraient en tous sens. Il passa un bras autour de Randi, l'attira à lui, pour partie dans le but de les isoler du reste, mais surtout dans l'espoir de cacher son bras ensanglanté.

Ils n'avaient plus nulle part où aller. Ils restaient au milieu de la foule la plus dense, mimant les mouvements des passants pour se dissimuler parmi eux. Avec un peu de chance, ceux qui les pourchassaient perdraient leur trace dans ce chaos.

39

Nord-Est du Japon

— Docteur ? Le général au téléphone pour vous. La ligne est sécurisée.

Hideki Ito leva les yeux de son terminal pour découvrir le garde qui se tenait dans l'embrasure.

— Désolé, vous avez dit le général ?

L'homme acquiesça.

— Si vous voulez bien me suivre.

Ito se leva, suivit nerveusement l'homme dans le corridor. Takahashi était un fanatique de la sécurité, particulièrement en ce qui concernait les installations de la recherche fondamentale. Il venait rarement dans l'ancienne décharge nucléaire réaffectée, et n'y passait *jamais* un seul coup de fil. La vulnérabilité des communications électroniques était l'une des pires craintes du vieil officier. Qu'avait-il pu se produire pour le pousser à enfreindre ses propres protocoles de sécurité ? Les Chinois avaient-ils reculé sous la pression internationale ? Ito se mit à transpirer en dépit de la fraîcheur émanant des murs de terre. Avaient-ils attaqué ?

Il n'y avait presque aucune connexion entre le monde extérieur et cet endroit – un manque de distraction qu'il appréciait généralement. Mais il commençait à se demander si le général ne tirait pas avantage de sa propension à se noyer sous le travail. Ito savait depuis le début qu'il n'était qu'un pion dans le grand jeu de Takahashi. Un pion important, bien sûr, mais rien d'autre qu'un pion. À présent, cependant, il se demandait s'il ne s'était pas laissé aussi emprisonner.

— Par ici, monsieur, s'il vous plaît, fit le garde en le guidant vers une porte découpée dans le mur.

La chambre de communication était, de façon compréhensible, petite et austère. C'était la première fois qu'il y pénétrait depuis qu'il travaillait ici.

Un unique écran d'ordinateur laissait voir un message requérant son mot de passe. Il le tapa sur le clavier, passa un casque sur la peau abîmée de son crâne.

— Allô ? Général ?

— Nous devons accéder aux fichiers de Fujiyama, fit Takahashi en matière de salut. Sa voix normalement si disciplinée avait pris un timbre colérique et, en l'entendant, Ito sentit son estomac se serrer.

Eric Fujiyama avait en sa possession une série de dossiers version papier qu'il avait entassés dans un coffre extrêmement bien conçu enterré quelque part dans l'Ouest américain. Takahashi en avait découvert l'emplacement et l'avait fait ramener ici, mais accéder à son contenu s'était révélé bien plus difficile que quiconque aurait pu s'y attendre. Un examen minutieux utilisant plusieurs systèmes d'imagerie graphique avancée avait découvert une série complexe de mécanismes entrelacés qui mesuraient des choses telles que la vibration, les changements dans la pression atmosphérique et la température. À l'intérieur, se trouvait une fiole contenant un liquide dont l'analyse spectrale avait prouvé qu'il s'agissait d'un acide susceptible de détruire les documents à la seconde où qui que ce soit tenterait de forcer le coffre.

— Je ne suis pas sûr qu'ils soient accessibles, Général. Une seule erreur et…

— Débrouillez-vous ! Vous m'avez dit que vous pouviez utiliser les nanotechs.

— J'ai dit que c'était *possible.* Les robots peuvent peut-être affaiblir suffisamment la structure pour l'ouvrir sans dommages. Mais on ne peut pas garantir que cela ne déclenchera pas…

— Fujiyama a parlé à Smith et Russell. Nous ignorons ce qu'il leur a dit. Il est probable qu'il leur a donné des informations se trouvant dans les dossiers. Nous devons découvrir quoi si nous voulons anticiper ce qu'ils vont faire.

— Smith et Russell sont toujours vivants ? Comment ça ?

— Ce n'est pas votre problème, Docteur. Votre unique souci est de récupérer ces dossiers sans les endommager. Je tiens à préciser que vous ne travaillerez plus sur rien d'autre avant d'avoir réussi. C'est clair ?

— Oui, monsieur, dit Ito avec réticence.

Quel choix avait-il ?

La communication s'interrompit. Il retira le casque avant de se laisser tomber tout chancelant dans le seul fauteuil de la pièce.

S'il échouait ? Si les dossiers se trouvaient détruits par ses efforts pour y accéder ? Même du fond de son isolement, Ito pouvait sentir le changement en Takahashi comme chez les hommes en charge du site. Un cataclysme approchait – qu'il avait contribué à préparer sans le savoir. Le jour où il exploserait, il les consumerait tous.

40

Au-dessus de Norfolk,
Virginie, USA

Installé dans le fauteuil en cuir épais, Jon Smith regardait le paysage défiler par la fenêtre du G5 que Fred Klein leur avait envoyé, et qui s'élevait au-dessus de l'aéroport de Norfolk où Randi et lui s'étaient donné rendez-vous. Une série de faux papiers d'identité, des vêtements neufs, des casquettes de base-ball et des lunettes de soleil leur avaient permis d'échapper à leurs poursuivants. Smith était maintenant convaincu qu'il s'agissait des hommes du général Masao Takahashi.

Randi se laissa choir dans le siège en vis-à-vis et glissa entre eux, en travers de la table étroite, une bouteille de Tylenol et une canette de Budweiser.

— Il n'y avait pas de bouteille dans le frigo. J'ai pensé qu'une Bud même en canette valait mieux que de l'eau.

Avec la bière, il avala les pilules de médicaments prescrits, puis inclina le fauteuil et ferma les yeux. L'épisode dans le parking combiné aux heures passées à sillonner le pays dans un anonymat relatif et en classe économique n'avaient pas fait de bien à son dos. Du moins avait-il cessé de cracher du sang.

— Essaie de dormir un peu, Jon. Le vol est long jusqu'à Okinawa. Fred a tout préparé pour notre atterrissage à la base de Kadena. On fera route ensuite vers le Japon continental, et pour ça j'ai besoin que tu sois en pleine forme. Pour l'instant, tu as l'air d'un vieillard.

— Ce n'est pas l'âge, répondit-il sans se donner la peine d'ouvrir les yeux. C'est la distance parcourue.

Elle ne répondit pas tout de suite, mais, quand elle le fit, ce fut sur un ton de contrition qui ne lui ressemblait pas.

— Merci pour tout à l'heure. Sans toi, j'aurais tué une innocente avant de me faire écraser par une Nissan dernier modèle. Ce n'est pas comme ça que j'imagine ma dernière heure.

Il eut un mince sourire.

— Je me suis souvenu de ce que Fujiyama disait à propos des voitures. Son insistance pour qu'on ne conduise que de vieux modèles.

— Oui. Mais je pensais que c'était à cause des GPS. Je n'arrive toujours pas à comprendre ce qui s'est passé sur ce parking, Jon. Comment quelqu'un peut-il contrôler ces voitures à distance ? On dirait…

Le son d'un éclat de rire dément l'interrompit. Smith baissa les yeux sur son téléphone. La sonnerie, terriblement à propos, était celle qu'il avait attribuée à Marty Zellerbach, un ancien ami de collège devenu l'un des hackers les plus pointus de la planète. Smith faisait parfois appel à lui mais jamais sans réticence. Zellerbach souffrait du syndrome d'Asperger, une forme d'autisme qui pouvait le rendre épuisant, surtout lorsqu'il cessait de prendre ses médicaments, ce qui lui arrivait à intervalles réguliers. Son humeur dans ces périodes devenait incontrôlable.

— Tu vas répondre ? demanda Randi.

— Non.

— Tu sais pourquoi il appelle, Jon. Il va bien falloir qu'on lui parle à un moment ou un autre.

— Plutôt à un autre, si je peux choisir.

Mais Randi le prit de court, lança d'autorité sa main en direction de l'appareil et appuya sur la touche d'appel.

— Marty, mon cœur, fit-elle. Comment vas-tu ?

— Randi ? La question est comment vas-tu, *toi* ?

— Très bien, merci.

— J'ai pu constater que tu étais toujours aussi belle. La blessure n'a pas dû être très sérieuse.

Smith se renfrogna. CNN avait déjà diffusé les images tremblantes d'un téléphone portable montrant ce qu'il s'était passé à Portland. Randi et lui y étaient vaguement reconnaissables mais, dans le chaos général, personne n'aurait pu affirmer qu'ils étaient la cible de l'attaque – ou même qu'il y avait une attaque.

— Jon ? Vous êtes là ? Vous allez bien ? poursuivit la voix de Marty. Vous aviez l'air de fonctionner un peu au ralenti sur les images.

— Je vais bien, Marty.

— Je suppose que les voitures en avaient après vous plutôt qu'après la femme à la poussette ?

Tout en le laissant parler, Randi vérifiait que l'appel était bien crypté. C'était une précaution inutile. Marty n'avait pas l'habitude d'appeler depuis une ligne non sécurisée. C'était un familier des théories conspirationnistes, il se méfiait terriblement de la NSA et aussi, depuis quelque temps, des extraterrestres.

— Je crois qu'on peut dire ça, répondit-elle. Qu'est-ce qui est arrivé là-bas, Marty ? Comment peut-on piloter des voitures à distance ?

— Ce n'est pas difficile. Les voitures ne fonctionnent plus mécaniquement, de nos jours. Elles sont presque entièrement électroniques. Il suffit juste de pénétrer le système de contrôle. Mon voisin, celui qui appelle constamment les flics à mon sujet, tu vois de qui je parle ? J'ai pénétré sa Lexus en utilisant le capteur de contrôle de la pression des pneus. Maintenant, son système de chauffage est à fond pendant l'été et l'air conditionné marche tout l'hiver. Je pourrais prendre le contrôle de sa voiture et le faire passer à travers les portes de son garage si j'en avais envie. Une idée à creuser, d'ailleurs, il faut que…

— D'accord, fit Smith, interrompant Zellerbach avant qu'il n'embraye sur l'une des digressions qui lui valaient sa réputation. Mais dans ce cas précis, Marty, tu as un accès physique à sa voiture. Tu as dû brancher ton ordinateur portable à l'intérieur, je suppose. Imaginons que tu veuilles le contrôler à distance. Qu'est-ce qu'il faudrait ? Un câble ou un système de contrôle radio, non ?

Il y eut une longue pause.

— Oui. C'est vrai.

— Personne n'a pu entrer dans toutes ces voitures pour les pirater, Marty. Et je parierais qu'il n'y avait non plus personne dans les environs muni d'un contrôleur radio. Alors ?

Silence. À l'évidence, c'était là une énigme que Zellerbach ne pouvait pas entièrement résoudre. Et s'il y avait quelque chose que Zellerbach ne supportait pas, c'était un problème technologique à propos duquel Zellerbach ne pouvait pas pontifier à l'infini.

— Quelqu'un a peut-être pénétré le système pendant la fabrication dit-il. Il est possible de prendre le contrôle radio en piratant les antennes-relais ou même les satellites. Un aéroport est un lieu idéal pour ça. Il y a plein de caméras de sécurité auxquelles se connecter pour voir ce qu'on fait…

— Les marques et les modèles étaient tous très différents les uns des autres, fit Randi.

— Oui, mais des parties de ces voitures sont fabriquées partout dans le monde. Peu importe qui a recouvert les sièges et fabriqué le levier de vitesses. Ce qu'il faut savoir, c'est qui a mis au point l'unité de contrôle du moteur.

— Est-ce que c'est difficile à faire, Marty ?

— C'est une question plutôt vague. Ça dépend de…

— Okay, laisse-moi la formuler autrement. Combien cela me coûterait-il de t'embaucher pour le faire ?

— Je demanderais quelque chose comme cinquante millions de dollars d'acompte sur cinq ans. Sans garantie, hein. Cela nécessite d'infiltrer les compagnies qui dessinent et construisent les unités de contrôle, et de trouver le moyen de dissimuler un programme très sophistiqué dans leurs systèmes. Ensuite, il faudrait encore trouver le moyen de communiquer avec le programme à distance…

Il s'interrompit, soudain perdu dans ses pensées.

— C'est un milieu que tu connais bien, fit Smith. Qui a fait le coup, à ton avis ? Donne-moi quelques noms…

— Je pense qu'on peut éliminer la possibilité d'un hacker individuel, fit Zellerbach. Des groupes comme Anonymous sont tout aussi improbables. Étant donné le niveau d'investissement et de technicité, je dirais, un gouvernement.

Smith et Randi échangèrent un regard. Ils pensaient la même chose sans avoir à se le dire : les Japonais faisaient l'essentiel du travail de construction et de design de l'industrie automobile. Et ils avaient la capacité technique de pirater antennes-relais et satellites.

— Okay, fit Smith. Merci, Marty.

— Tu veux que je fasse des recherches là-dessus ?

— Certainement pas, dit Randi. On ne sait pas au juste dans quoi on s'embarque. Mais c'est extrêmement dangereux. Les restes du dernier type qui nous a aidés ne suffiraient pas à remplir une boîte à chaussures.

— Ça ne me fait pas peur.

— On sait ça, Marty, dit Smith. Mais tu viens de nous donner l'information dont on avait besoin. On te rappelle.

Il prit le téléphone des mains de Randi et coupa la communication. Puis il ferma les yeux à nouveau, et se laissa bercer par le bruit du moteur et celui de Randi tapant sur son clavier d'ordinateur. Un temps indéfini s'écoula. Il était sur le point de s'endormir quand la voix de Randi lui parvint.

— Star a les noms qu'on cherchait, Jon.

— Et ?

— Le chercheur spécialisé dans le carburant pour missiles est Akito Maki, avec un *t*, pas un *d*. L'ingénieur en matériaux s'appelle Genjiro Ueda. Tous deux sont toujours vivants et travaillent comme consultants privés. On a leurs résumés biographiques, leurs déclarations d'impôts, leurs adresses privées, leurs téléphones, je ne sais quoi encore.

Smith prit le temps d'une longue expiration.

— S'ils en savaient assez pour faire exploser le sommet de la colline, il faut supposer qu'ils ont mis la main sur les dossiers que Fujiyama avait enterrés. Ils vont prendre leurs précautions avec tous ceux dont les noms sont mentionnés.

— Nous n'avons pas tellement le choix. Nous parlons d'un Japon qui a passé les trente dernières années à construire une armée clandestine et s'est mis en tête d'attaquer la Chine. Il nous faut du concret, le Président ne peut pas se rendre à l'ONU avec de simples hypothèses. Ces types sont tout ce qu'on a.

Smith ne pouvait pas rester éveillé plus longtemps. Pour guérir, son corps puisait dans des réserves en temps normal illimitées, mais qui n'avaient plus grand-chose à offrir. Tandis qu'il commençait à sombrer, son esprit se mit à projeter les images des guerres qu'il avait traversées. Son expérience n'était rien comparée à ce que serait une confrontation entre les deux géants asiatiques. À quoi cela pourrait-il ressembler ? À rien de connu. En théorie, la Chine pouvait écraser le Japon par le nombre et par les équipements militaires. Takahashi était trop intelligent pour ne pas le savoir. Le plus probable était donc que les premiers tirs en provenance du Japon seraient parfaitement silencieux.

Takahashi allait envoyer un commando déployer les nanorobots sur le territoire chinois en toute discrétion. Le pays pourrirait doucement de l'intérieur. Les réseaux électriques commenceraient à flancher, les machines à se désintégrer, les immeubles à s'effondrer. Le temps que Pékin prenne conscience de ce qui était en train de se produire, le pays serait déjà pratiquement revenu à l'âge de pierre. Plus de nourriture, plus de transports, plus de chauffage. Même plus d'aide en provenance de l'extérieur, car toute tentative en ce sens subirait les attaques des mêmes robots achevant de ronger la Chine.

Et, à y bien réfléchir, c'était là le scénario le moins catastrophique. Il en existait un autre, plus terrifiant encore, selon lequel la technologie que Takahashi s'était procurée finirait par échapper à tout contrôle. Quelques mutations mineures suffisaient sans doute à rendre le fonctionnement des robots complètement chaotique et, dans ce cas, rien ne pourrait plus empêcher qu'ils se répandent sur toute la planète, détruisant tout sur leur passage.

41

Nord-Est du Japon

— Rapport d'étape, fit le général Takahashi en pénétrant dans le laboratoire étincelant. Le Dr Hideki Ito se tenait debout devant un mur en verre épais. Les manettes qu'il agitait contrôlaient des bras mécaniques de l'autre côté de la paroi de verre. Ils forçaient l'ouverture d'une boîte de métal.

Takahashi parvint à sa hauteur. Le physicien n'avait pas eu le temps de se retourner.

— Continuez, fit-il, ne vous arrêtez pas.

Ito fit une sorte de révérence tordue avant de ramener toute son attention sur la boîte.

— Les nanorobots ont affaibli significativement la structure du coffre, Général. Nous avons la confirmation qu'ils l'ont pénétré. La fiole dont nous pensons qu'elle contient de l'acide est en verre, donc intacte. Tout comme les documents. Le papier n'est pas utilisable par les robots.

— Mais vous n'avez pas réussi à l'ouvrir.

— Non. Ces bras ont été pensés pour des tests structurels, pas pour réaliser des opérations délicates de ce genre. Nous devons y aller doucement.

— Utilisez des outils conventionnels, dans ce cas, fit Takahashi d'un ton sec.

— Le coffre a subi trop d'irradiations. Les niveaux sont au-delà des normes de sécurité, même avec un scaphandre de protection.

Les mâchoires serrées par l'impatience, Takahashi observa en silence les efforts maladroits de Ito.

Ses hommes avaient perdu la trace de Smith et Russell à l'aéroport de Portland. *À cette heure*, pensait-il, *ils font probablement route vers le Japon dans un avion privé ou militaire*. Fujiyama avait dû leur confier ce que contenaient les dossiers enfermés dans ce coffre. S'était-il contenté de considérations générales, était-il allé jusqu'à donner des noms, des projets, des lieux précis ? Takahashi n'avait aucun moyen de le savoir et pas suffisamment d'hommes de confiance pour couvrir toutes les hypothèses.

De l'autre côté de la paroi, les bras mécaniques ripaient sur le cadran chiffré du coffre. Ito laissa échapper un soupir frustré.

— Combien de temps encore, Docteur ?

— Impossible à dire, Général. Même si les bras avaient été conçus pour ça, il faudrait y aller doucement. On ne peut pas être sûr que le mécanisme qui relie l'acide au déclencheur a été suffisamment affaibli. Je…

— Ouvrez l'enceinte.

Ito se tourna vers lui. Il avait l'air de ne pas avoir compris ce qu'il venait d'entendre.

— Pardon ?

Takahashi traversa le laboratoire jusqu'aux combinaisons de protection suspendues au mur, en saisit une et entreprit de l'enfiler.

— Ouvrez l'enceinte, répéta-t-il.

— Mais, Général, le volume des radiations est très au-dessus du niveau de protection des combinaisons. Je…

— Vos objections sont bien enregistrées, Docteur, dit Takahashi. Entrez votre code d'accès pour ouvrir l'enceinte et quittez les lieux.

— Mais, Général, vous ne…

La peur était gravée en profondeur sur le visage ravagé du physicien. Après ce qui lui était arrivé à Fukushima, il n'était pas difficile de comprendre pourquoi.

— Tout de suite ! ordonna Takahashi.

Ito se figea. Takahashi enfila le casque et le relia à un petit réservoir d'air.

Sortant de sa torpeur, le physicien entra son code sur un clavier qui se trouvait près du sas, puis se rua vers la sortie.

Takahashi franchit le sas. Il s'avança droit sur le coffre au centre de la pièce confinée. Plusieurs outils destinés à être maniés par les bras automatiques étaient dispersés tout autour. Il s'empara du plus lourd, dut lutter pour assurer sa prise contre les gants de protection engourdissant ses gestes, puis se mit à frapper de toutes ses forces sur le coffre. Dans l'effort sa respiration embruma la visière de son casque. Au cinquième essai, le cadran explosa, des morceaux se répandirent au sol. Takahashi choisit un outil plus petit, entreprit de creuser le mécanisme mis à nu, retirant un à un, avec précaution, les multiples fils qui s'y trouvaient enchevêtrés.

Tout en s'activant, il s'efforçait en vain de chasser de sa mémoire le souvenir des victimes des radiations laissées par les Américains à Hiroshima et Nagasaki. Il était encore tout enfant quand il avait découvert les premières brûlures. Elles ressemblaient à celles de Ito aujourd'hui. Mais à l'époque, personne n'avait jamais rien vu de tel. Plusieurs années étaient passées avant que les cancers ne se révèlent dans toute leur ampleur. Il se souvenait de voisins dévorés par d'énormes tumeurs, des rumeurs s'échangeaient dans le quartier sur leurs agonies lentes, terriblement douloureuses, incompréhensibles.

Le dernier loquet tomba. Au moyen d'un tournevis en fibre de carbone, Takahashi pénétra la soudure de la serrure du coffre. Il n'entendait plus rien en dehors de son propre souffle. La sueur coulait sur ses yeux à présent. Il tenta de la chasser en clignant les paupières. L'acier commença à donner du jeu et il enfonça le tournevis plus profondément.

Enfin le couvercle s'ouvrit.

Les documents sont intacts, constata-t-il.

La tension dans ses épaules et son dos se relâcha quelque peu. Il retira prudemment du coffre la pile de papiers kraft.

Le destin favorisait une fois de plus le peuple japonais.

42

Banlieue de Yaita,
Japon

La voiture de Jon Smith entra dans la rue banlieusarde à la vitesse exacte autorisée par le panneau. De chaque côté, les maisons arboraient un mélange de styles plus anonymes qu'il ne s'y était attendu. Tous empruntaient, à des degrés divers, à l'architecture traditionnelle japonaise. Chacun des terrains mesurait en moyenne quatre mille mètres carrés et le paysage d'ensemble était beaucoup trop vaste pour offrir la moindre couverture.

Il avait déniché une agence de location de voitures équipée de modèles aux vitres teintées. Combinée à ses cheveux sombres et à son teint, cela l'aiderait à ne pas trop attirer l'attention. Non que le quartier ait été envahi par la foule. En dehors d'un groupe de gosses jouant au football dans une cour d'école trois kilomètres plus haut, il était pratiquement désert. Tout le monde était encore au travail.

Sa cible, l'ingénieur en matériaux Genjiro Ueda, vivait au sommet d'une colline boisée qui s'élevait à une centaine de mètres sur le ciel couvert. Le soleil se reflétait sur les vitres des maisons largement espacées, une allée étroite était parfois visible entre les arbres. Au bout d'un moment, les terrains se firent plus vastes encore, tandis que le feuillage gagnait en densité : il approchait du sommet. La question était de savoir s'il valait mieux y aller tout de suite ou bien attendre l'obscurité.

L'urgence de la situation dictait de négliger la prudence. Randi et lui s'étaient mis d'accord sur ce point avant de se séparer et qu'elle se mette en chasse de Akito Maki. S'ils voyaient juste au sujet de Takahashi, l'homme devait être en train de couvrir ses arrières et d'effacer toute trace de ses activités passées en ce moment même. Chacun de ceux qu'il avait employés pouvait à tout instant disparaître.

Un œil sur le rétroviseur, Smith entreprit de parcourir les informations fournies par Star sur sa cible. Ueda, lut-il, approchait la cinquantaine. Il était un peu plus mince et en meilleure santé que Smith ne l'avait espéré. Il possédait un doctorat de l'Institut de Technologie de Tokyo, où il poursuivait des études sur la fibre de carbone, quand il avait soudainement tout plaqué pour ouvrir sa propre entreprise. Il gagnait correctement sa vie. Mais même l'inestimable Star n'avait pas découvert l'identité de ses clients.

Les photos-satellites et quelques clichés de rues provenant de Google montraient une maison élégante, à étage, équipée d'une barrière plus formelle que fonctionnelle à laquelle manquait une porte. C'était là que vivait Ueda ainsi que la femme qu'il avait épousée quinze ans plus tôt. Star n'avait détecté aucun système de surveillance. Le couple n'avait apparemment pas d'enfant, pas d'animal domestique – et pas non plus de voisins détectables à proximité. L'ingénieur semblait travailler la plupart du temps depuis un bureau situé dans la maison, sa femme n'avait pas d'emploi. Smith comptait donc les trouver chez eux.

La route se fit plus raide. Il maintint la vitesse égale. Les environs idylliques n'avaient rien de l'Afghanistan, mais cela n'empêchait pas son taux d'adrénaline de grimper. Les opérations de Covert-One étaient normalement planifiées jusqu'au moindre détail et, par comparaison, celle-ci semblait désespérément bancale. Ses blessures le faisaient encore souffrir. Son corps ne pouvait sans doute fonctionner qu'à soixante pour cent de ses capacités. Il n'avait pas eu le temps d'installer une équipe de surveillance et de patrouiller le coin, il n'avait pas d'équipe de secours, et la somme totale de son expérience opérationnelle au Japon se limitait à s'être fait tirer dessus dans le dos avec une arbalète.

Il tourna dans l'allée de Ueda, saisit le Taser compact qui se trouvait sur le siège passager. Le plan était de mettre le scientifique en état de choc, de le fourrer dans le coffre, et de dégager aussi vite que possible. Simple. Trois minutes maximum, en tenant compte de la résistance qu'il rencontrerait de la part de l'épouse. Comme Randi aimait à le dire, qu'est-ce qui pouvait foirer ?

En temps normal, Smith aurait laissé la voiture le long de la route. Il aurait marché jusqu'à la barrière. Mais un Américain d'un mètre quatre-vingts ne passait pas vraiment inaperçu dans le coin, particulièrement si l'envie lui prenait d'escalader une barrière au beau milieu de la journée. Mieux valait s'adapter au rythme naturel des lieux.

Il se gara derrière un van Toyota, glissa le Taser dans sa poche, puis sortit du véhicule. C'était, constata-t-il, comme sur les photos : une jolie maison agrémentée d'un jardin agréable. Tout paraissait normal.

Mais, s'il avait été l'un des hommes de Takahashi, il aurait fait en sorte que tout paraisse normal, justement.

Il n'y avait pas de sonnerie en évidence près de la porte. Une main sur le Taser dans sa poche, il frappa quelques petits coups secs à la porte.

Des pas s'approchèrent de l'autre côté. Il se recula, vérifia de nouveau derrière lui qu'il était seul. La porte s'ouvrit sur une Japonaise séduisante qui devait avoir dans les trente-cinq ans. Elle parut sincèrement surprise de voir un Américain à sa porte, et Smith décida d'interpréter cette surprise comme un signe positif.

À en croire Star, l'épouse de Ueda avait appris l'anglais au collège cinq années durant. Il prononça lentement :

— Bonjour. Pardon de vous déranger sans rendez-vous. Je suis le Professeur Jon Richards, du MIT, j'aimerais voir votre mari s'il est ici.

En dépit de son front qui se plissait sous l'effort, elle parut le comprendre.

— Entrez, je vous en prie, répondit-elle avec un fort accent au bout de quelques secondes. Il est là, il est dans son… dans son bureau.

Smith sourit aimablement, passa le seuil, ferma la porte derrière lui.

— S'il vous plaît, attendez, dit-elle avant de s'éloigner vers l'arrière de la maison.

Il attendit qu'elle ait disparut avant de la suivre en silence. Au fond de sa poche, ses doigts agrippaient le Taser. Il eût mieux valu pour elle qu'elle soit absente, mais c'était sans doute trop demander. Un peu de ruban adhésif ferait l'affaire.

Il la vit passer un seuil à l'arrière et décida que c'était là sa meilleure chance. Les plans de la maison, tels qu'il s'en souvenait, indiquaient une seule entrée dans la pièce. Il les contrôlerait plus facilement dans un espace confiné.

La voix un peu haut perchée mais inintelligible de Genjiro lui parvint.

— Bonjour, fit-il, pénétrant dans le bureau tout en s'efforçant de paraître décontracté.

C'était une pièce de taille moyenne encombrée de livres.

— Qui êtes-vous ? demanda Genjiro en se levant de sa table de travail.

Son anglais était solide. Son corps aussi, manifestement. D'après Star, il pratiquait les arts martiaux depuis l'âge de cinq ans.

— Je suis ingénieur au MIT, répéta Smith avec un nouveau sourire. J'étais dans le coin et Bob Darren m'a conseillé de venir vous voir.

Il avait accroché le regard de Genjiro et gardait les yeux fixés sur lui pour faire diversion, tandis qu'il sortait discrètement le Taser de sa poche. Mais c'était compter sans la femme qui se trouvait de trois quarts derrière lui.

Brusquement, elle vira sur elle-même et lança un coup de pied fouetté droit sur la tête de Smith. Il se baissa, le coup frôla son cuir chevelu tandis que Genjiro faisait un bond par-dessus son bureau.

Il était en train de perdre le contrôle de la situation. Il n'avait pas plus de quelques secondes pour tenter de se ressaisir. S'il survivait à cela, pensa-t-il dans un flash, il devrait se souvenir d'engueuler Star pour avoir oublié de mentionner les talents de combattante de l'épouse de Genjiro. Celle-ci s'était repositionnée rapidement devant lui. Elle lança son pied en direction de ses testicules. Dans son état normal, il l'aurait contré sans mal d'un balayage avant de neutraliser le mari d'un coup de Taser. Mais il n'était pas dans son état normal.

Il ne lui restait d'autre choix que de se servir du Taser contre elle. Il balança l'arme et la vit se raidir d'un coup avant de s'effondrer comme une masse. À cet instant, Genjiro lui jeta un rapide coup de pied de côté. Avec derrière lui des décennies d'entraînement, Genjiro n'allait pas lui rendre la partie facile. Il était expert en taekwondo, spécialisé dans les techniques de pieds, un jeu que Smith n'avait aucun intérêt à jouer. Il esquiva le coup, agrippa l'homme en visant le cou, dans l'espoir de le serrer d'assez près pour le neutraliser.

Genjiro lança un coup de coude. Smith le colla de plus près encore et, plutôt que le coude, reçut le triceps qui amortit la violence du choc. Genjiro lui enfonça le pied droit d'un coup violent que le cuir des chaussures de marche de Smith absorba, lui donnant le temps d'enrouler un bras autour de la gorge de l'ingénieur.

Genjiro agrippa les doigts de Smith pour les lui briser avant qu'il ne referme le poing. Mais sa tentative d'écraser son pied l'avait déséquilibré et Smith parvint à le faire basculer au sol. Il bascula avec lui, atterrit des deux genoux en plein sur son dos, sentit le corps de Genjiro s'amollir sous l'impact et, se penchant sur lui autant que son dos le lui permettait, il en profita pour renforcer sa prise d'étranglement. Pendant un moment Genjiro lança frénétiquement les mains à l'aveugle dans son dos et Smith dut enfoncer son visage dans le dos de son adversaire pour se protéger. Puis l'ingénieur commença à faiblir. Smith continua de serrer.

Il ne relâcha son étreinte que quand l'homme lui parut sur le point de s'évanouir.

Il le retourna. Genjiro tenta encore quelques faibles mouvements. Il s'arrêta en sentant le silencieux d'un Sig Sauer pressé sous son menton.

— On peut tous les deux sortir d'ici indemnes, Genjiro. Je ne veux qu'une seule chose. Que tu me parles de ton travail.

— Quoi ? Je suis un consultant, je…

— Tu travailles pour Masao Takahashi.

Tout en parlant, Smith réalisa à quel point il avait espéré que Genjiro ignorerait tout de ce dont il parlait. Mais le regard que lui jeta le Japonais ne laissait pas le moindre doute. Il savait exactement ce que Smith lui demandait.

— Qui ? demanda-t-il, visiblement trop paniqué et mal en point pour trouver une réponse plus élaborée.

— Tu vas me faire croire que tu ne sais pas qui est Takahashi ?

— Non, bien sûr. Je…

— Ton pays est sur le point d'entrer en guerre. Takahashi fait tout ce qu'il peut pour que ça se produise.

— Tout ce qu'il peut pour que ça se produise ? répéta Genjiro qui commençait à se ressaisir. Les Chinois attaquent nos navires. Ils ont essayé de le tuer. Il ne fait que se défendre !

— Et si je te disais que Takahashi a lui-même fait couler l'*Izumo* ? Qu'il *veut* cette guerre ?

— Non. Impossible ! Aucun Japonais ne peut vouloir ça. Le Japon n'aurait aucune chance contre la Chine ! Les Américains entreraient en jeu, personne n'y gagnerait rien, ça ferait des millions de morts. Takahashi sait ça mieux que personne.

Smith acquiesça imperceptiblement. Genjiro n'avait aucune idée du plan d'ensemble. *C'est un pion, un simple soldat*, comprit-il. Un soldat brillant, mais rien de plus.

— Tu crois que tu es le seul à avoir été recruté ? reprit-il. Où sont tous ceux qui ont aidé à faire du Japon la capitale mondiale de la technologie dans les années quatre-vingt-dix ? Où est Hideki Ito ? Où est Akito Maki ?

Genjiro ne répondit pas. Il avait l'air de réfléchir à ce qu'il venait d'entendre.

— Takahashi a toute une armée d'hommes comme toi à sa disposition. Ils lui fabriquent des armes, insista Smith. Et vous avez fait du bon boulot, beaucoup trop bon. Au point que la dissuasion n'est plus de mise. L'avantage militaire est tel aujourd'hui que Takahashi pense qu'il peut gagner cette guerre.

Genjiro ouvrit la bouche pour dire quelque chose. Juste à cet instant, un bruit de verre brisé retentit.

Par réflexe, Smith se laissa tomber et roula sur le côté, son pistolet braqué à l'aveugle devant lui. Un épais projectile avait pulvérisé la fenêtre à l'est et avait percuté le mur opposé. Il avait explosé dans l'impact, envoyant en cascade sur le sol une grappe de petits objets qui ressemblaient à des cartouches de calibre .50.

Profitant de la confusion, Genjiro encore groggy entreprit de se redresser. Dans la pièce, le vacarme paraissait semblable à celui des fusées que son père achetait au marché noir le jour de l'Indépendance.

— Baisse-toi !!, hurla Smith tandis que de petits jets de flamme éclataient derrière le fuselage minuscule des objets éparpillés. Ils se mirent à glisser le long du sol comme des jouets. Puis un ou deux décolèrent.

Smith saisit la cheville de Genjiro pour le tirer au sol mais trop tard. L'un des projectiles l'atteignit au côté droit, lui perforant les deux poumons et le cœur avant de ressortir dans son dos dans une explosion de sang, de chair et d'os. Hors de contrôle, l'objet tournoya encore un moment dans l'espace avant de venir heurter un mur et de retomber sur le sol.

La plupart des autres projectiles se trouvaient encore par terre. Smith, courbé en deux, se dirigea vers la femme de Genjiro. Il n'avait pas la moindre idée de ce que ces trucs pouvaient bien être ni de l'étendue de leurs capacités. Étaient-ils équipés d'un système de guidage ou volaient-ils au hasard pour déchiqueter tout ce qui se trouvait à portée ? Dans tous les cas, il n'avait pas l'intention de s'attarder pour le savoir.

Derrière lui un sifflement se fit entendre. Il plongea sans chercher à comprendre et roula sur le corps de la femme qui commençait tout juste à reprendre ses esprits. Le projectile frôla son épaule avant de s'encastrer dans l'épais bois sculpté sous le plafond.

Si tous ces trucs se mettaient à voler, il était clair que Smith n'avait plus que quelques secondes à vivre. Il saisit la femme encore à demi évanouie, la tira vers l'épais bureau qui dominait la pièce pour se mettre à couvert. Soudain elle hurla, et, dans la seconde, il sentit le sang éclabousser son visage. Elle avait un trou de la taille d'une balle de base-ball dans la cuisse droite.

Son plan ne marchait pas. Les projectiles tueurs n'étaient pas de simples éclats d'obus high-tech, ils étaient dotés d'une sorte de système de commande, d'une structure de contrôle sans doute automatisée et, s'ils ne pouvaient pas faire le tour du bureau, ils passaient directement au travers.

Smith souleva la femme qui se débattait et la mit sur son épaule. Il s'élança vers la fenêtre brisée, passa à travers, emportant dans le même mouvement ce qui restait de verre accroché au cadre. Il roula sur lui-même, se retrouva sur le dos, le Sig Sauer pointé vers la fenêtre – un geste réflexe tout aussi inutile que le précédent.

Il lui fallut quelques longues secondes d'immobilité totale avant de réaliser que les projectiles ne les suivaient pas à l'extérieur. Il pouvait encore les entendre pétarader entre les murs. Celui qui les avait mis au point les avait programmés pour rester confinés à l'intérieur.

L'arme au poing, il se mit en position accroupie, s'éloigna de la femme qui gémissait, à demi inconsciente, sur le sol, pour reconnaître les lieux. Ils étaient pris en sandwich entre la maison et une haie au feuillage dense. Impossible de voir derrière. Cela signifiait que l'on ne pouvait pas le voir non plus depuis l'autre côté. Sa voiture devait se trouver sur la droite à environ vingt mètres – dans son état, et avec la femme de

Genjiro en état de choc, une distance infranchissable. La transporter sur son dos allait transformer ces vingt mètres en une très lente torture.

Smith sortit son téléphone de sa poche et, le dos contre les planches mal dégrossies qui entouraient la maison, il appela Randi.

— Oui, fit-elle en décrochant à la seconde sonnerie.

— Arrête tout ! Tu m'entends ? Arrête tout !

— Jon ? Mais qu'est-ce que…

Soudain son corps fut traversé par une douleur d'une intensité qu'il n'avait jamais connue jusque-là. La voix de Randi disparut, ses jambes cédèrent. Le pistolet tomba de sa main tandis qu'il luttait pour se redresser. Puis ce fut le noir.

43

Utsunomiya,
Japon

— Jon ! hurla Randi dans l'appareil. Jon, tu m'entends ?

Pas de réponse. À la place, le bruit de parasite fut si intense qu'elle dut éloigner l'appareil de son oreille. Puis ce fut le silence.

Résistant à l'envie de cogner le téléphone contre le tableau de bord de sa voiture de location elle le jeta violemment sur le siège passager. La circulation devant elle était complètement encombrée. Elle obliqua dans une rue légèrement plus fluide bordée de gratte-ciel d'habitation.

Impossible de se garer comme elle pouvait s'y attendre. Elle s'arrêta devant un quai de chargement décoré de signes emphatiques dont le sens devait être *Stationnement interdit*.

— Calme-toi, fit-elle dans le vide.

Sur le trottoir, les passants la regardaient avec une vague inquiétude, sans doute en raison de l'expression de fureur qu'elle devait afficher. Pour faire diversion elle ramassa le téléphone, et se mit à mimer une conversation enjouée avec un interlocuteur imaginaire. Quelques secondes plus tard, plus personne ne faisait attention à elle.

Qu'est-ce qui s'était passé Bon Dieu ? Elle avait déjà vu Smith saigner d'une artère. Elle l'avait vu se faire tirer dessus, manipuler des virus susceptibles de tuer la moitié de l'humanité, et cela avec un flegme imperturbable. Cet appel ne ressemblait à rien de ce qu'elle savait de lui, il semblait désespéré.

Elle tourna le volant comme pour redémarrer avec l'intention de le rejoindre, mais s'arrêta avant d'accomplir la manœuvre. À quoi bon ? Il y en avait bien pour une heure de route – du moins si le GPS de son téléphone cessait de parler inexplicablement japonais.

Sa propre cible, en revanche, était à moins de deux kilomètres et son instinct lui intimait de la rejoindre en dépit des avertissements de Smith. Akito Maki : leur dernière piste. Si elle le laissait échapper, il n'y aurait plus rien à faire.

Elle regarda de l'autre côté de la rue. Un drapeau de guerre aux couleurs du Japon impérial flottait devant l'entrée d'un immeuble. C'était peut-être le vingtième depuis le début de la journée. Il y avait eu aussi les manifestations, les T-shirts, les pancartes, les barricades érigées devant les bureaux du gouvernement. Confrontés à la frénésie des Japonais accumulant les réserves en prévision d'une guerre à leurs yeux certaine, les magasins d'alimentation commençaient à souffrir de pénurie.

Du plat de la main, elle frappa le volant et cela lui fit tant de bien qu'elle réitéra le geste trois ou quatre fois. En temps normal, elle n'aurait pas eu le moindre doute que Smith se tirerait d'affaire quelle que soit la situation, mais ses blessures l'avaient transformé. Le plus probable était qu'il était mort ou une fois de plus prisonnier quelque part.

Un homme en uniforme de police approcha. Il pointait le doigt sur elle et elle secoua la tête en signe d'excuse, puis démarra. Le GPS de son téléphone l'avertit en japonais qu'elle s'éloignait de sa destination. Elle l'éteignit et composa le numéro de Fred Klein.

S'ils avaient jamais eu besoin de l'un de ses miracles, c'était maintenant.

44

Nord-Est du Japon

Jon Smith ouvrit les yeux sur une lumière fluorescente qui pendait au-dessus de lui. Au-delà, il distinguait un plafond de terre. À en juger par les cailloux qui s'enfonçaient dans son dos, le sol devait être fait du même matériau.

Il s'assit, fit des yeux un tour rapide de l'endroit où il se trouvait. Ça ressemblait à une petite cave. Les stries uniformes dans les murs indiquaient qu'elle avait dû être creusée par une machine. L'espace ne devait pas excéder trois mètres et il était doté d'une porte unique composée d'un matériau rougeâtre couvert d'un tissage en fibre de carbone. Une simple table et deux chaises en bois constituaient les seuls meubles.

Il se mit debout de façon précaire et entreprit d'évaluer les dégâts. Son dos ne semblait pas aussi esquinté qu'il l'avait craint – le bureau de Ueda se trouvait au rez-de-chaussée, Dieu merci. Il se souvint qu'il avait heurté le sol avec l'épouse blessée de l'ingénieur. Il se souvint qu'il avait appelé Randi. Après cela plus rien – jusqu'au réveil dans cette cave.

Il s'assit sur l'une des chaises. Une coupure sur le dos de sa main avait été bandée. Mieux valait cela que le contraire, sans doute. Mais se réveiller dans des lieux non identifiables avec des blessures trafiquées par des mains inconnues ne lui avait pas trop réussi ces derniers temps.

Il envisagea d'essayer de défoncer la porte avec la chaise avant de conclure que ce serait une perte de temps. Ses pensées se tournèrent vers Randi. Avait-elle fait comme il le lui avait dit ? Avait-elle fait demi-tour, s'était-elle enfuie ?

Le fait qu'elle ne se trouvât pas là, avec lui, laissait penser que c'était le cas. Mais elle pouvait aussi bien avoir été tuée. Ou être détenue quelque part ailleurs.

Soudain la porte tourna sur ses gonds. Smith se leva de sa chaise, se mit à reculer et posa une main sur la chaise en guise d'arme de fortune. De nouveau, il abandonna l'idée. Le mieux pour l'heure, serait d'essayer de savoir où il se trouvait.

L'homme qui pénétra dans la cave était plus petit que Smith de dix bons centimètres. Il était doté d'un corps solide, trapu, et d'un visage tanné sous des cheveux gris coiffés en brosse. Smith le reconnut aussitôt.

— Général Takahashi, dit-il en s'inclinant légèrement, tandis que l'idée de le tuer sur place avant que quiconque lui vienne en aide lui traversa l'esprit. Mais il n'en savait pas assez sur ce qui se passait pour agir.

Takahashi lui retourna son salut. La porte derrière lui s'était refermée automatiquement.

— Colonel Smith.

Il s'avança vers la table.

— Asseyez-vous je vous en prie. Vous êtes blessé à ce qu'on me dit.

Smith prit une chaise et regarda le général en faire autant.

— Randi Russell ? dit simplement Takahashi.

— Elle exécutait une mission identique à la mienne, dit Smith qui comprenait que mentir n'aurait servi à rien. Je lui ai ordonné de laisser tomber après être tombé sur vos... sur vos jouets.

Le vieil homme acquiesça.

— Une arme anti-personnel autopropulsée, fit-il en guise d'explication. Elle manque encore un tout petit peu de sophistication. Efficace dans un rayon d'action donné, mais au-delà, elle ne se repère plus que par signaux thermiques. Les systèmes de câblage plus avancés sont encore trop lourds.

Cela expliquait pourquoi les projectiles ne l'avaient pas visé, ni suivi par la fenêtre. Mais, en dépit de cela, l'arme était dotée d'un potentiel terrifiant. Au milieu d'une armée d'infanterie par exemple elle pouvait faire des dégâts considérables. Rien d'approchant n'était en cours de développement aux États-Unis.

— Mais ce ne sont pas ces projectiles qui m'ont touché, n'est-ce pas, Général ?

— Non. La maison de Genjiro était entourée de petites graines de silicone très similaires au sable mais chargées de radiations solaires. Quand un certain signal est donné à distance, ces graines se disposent d'elles-mêmes en circuit électrique. La décharge qu'elles provoquent peut tuer ou paralyser quelqu'un à plus ou moins long terme, selon la puissance. Voyez cela comme un champ de mines du vingt et unième siècle, si vous voulez. Sauf que contrairement aux mines traditionnelles, on peut aussi les désactiver quand les hostilités prennent fin. À l'avenir, cela évitera de voir des enfants se faire arracher les jambes par des bombes oubliées une fois la paix revenue. Un progrès significatif, vous ne trouvez pas ?

— Genjiro a été tué par quelque chose qu'il avait aidé à concevoir, fit Smith, qui ne tenait pas à discuter prospective d'avenir avec le général. Quelle ironie.

— Et quel dommage, acquiesça Takahashi. Il nous a apporté beaucoup, toutes ces années. Mais il avait fait son temps, pour être sincère. Comme soldat et comme scientifique, vous avez dû le découvrir comme moi, je suppose, la guerre favorise les hommes sages et expérimentés. Mais la science, elle, préfère les jeunes. Les inspirés. L'expérience ramollit les scientifiques.

Smith ne répondit pas.

— Savez-vous où vous êtes, Colonel ?

— Je ne peux que le supposer.

Takahashi se recula sur sa chaise et l'invita d'un geste :

— Allez-y.

— Voyons. Après avoir perdu le Réacteur 4, vous avez dû vous mettre en quête d'un autre endroit afin de pouvoir poursuivre vos recherches sur les nanorobots. Je note que cette pièce est totalement dépourvue de plastique, de béton comme de métal, qui sont les trois matériaux dont les robots se nourrissent et qu'ils détruisent. Par ailleurs, vous devez avoir besoin de radiations de secours au cas où les choses déraperaient. C'est la raison pour laquelle vous aviez choisi Fukushima.

Donc, si je devais parier, je dirais que nous nous trouvons dans une décharge nucléaire souterraine.

Le vieux soldat sourit.

— Laissez-moi vous dire que vous êtes à la hauteur de votre réputation, Colonel. Même si l'on sait très peu de chose sur vous. Nos services ont une pénétration excellente des ordinateurs militaires américains. Ils indiquent que vous êtes un microbiologiste. Un chasseur de virus, je crois que vous appelez ça comme ça. Mais c'est à peu près tout.

— Votre taux de pénétration n'est peut-être pas aussi performant que vous voulez le croire.

— Je pense que si. Nous avons développé des superordinateurs et des programmes de guerre électroniques dès le début des années quatre-vingt. Votre NSA a au moins dix ans de retard sur nous. Non, une explication bien plus probable au manque d'informations vous concernant est que vous n'êtes mandaté par aucune des organisations officielles du Renseignement américain.

Fred Klein avait insisté pour que les systèmes informatiques de Covert-One soient totalement coupés du monde extérieur. S'en servir nécessitait une présence physique devant l'un des terminaux de la marina, et personne ne parvenait jusqu'à eux sans une autorisation directe de Klein – pas même les unités d'élite de l'armée américaine.

— Savoir, c'est pouvoir, fit Smith pour tout commentaire.

Takahashi sourit. Il ne s'attendait évidemment pas à ce que Smith déballe tout et lui donne le nom de son employeur.

— La technologie est le savoir d'aujourd'hui, enchaîna-t-il. Vous avez dirigé le développement militaire au sein de l'unité de Fusion de Dresner, non ?

— C'est exact.

L'information était plus ou moins publique, et il ne voyait aucune raison de la dissimuler.

— Un système fascinant, reprit le général. Limité, bien sûr. La direction que vous avez donnée aux recherches là-bas m'a beaucoup intéressé.

Il jeta vers Smith le genre de regard que l'on a pour un enfant surdoué.

— Je regrette beaucoup que vous ne soyez pas né japonais, Colonel. Vous auriez fait merveille dans mon équipe.

Smith accepta le compliment d'un hochement de tête. La tonne d'informations qu'il avait ingurgitées sur Takahashi lui avaient dépeint un soldat d'une valeur exceptionnelle. À présent qu'il l'avait devant lui, il réalisait à quel point le portrait était encore loin du compte.

— Mais le programme ne vous a pas bluffé pour autant, si je comprends bien, fit Smith, dans une tentative pour entraîner Takahashi sur le terrain de ses propres technologies. Il paraissait étonnamment peu sur ses gardes à ce sujet.

— Ce sur quoi vous travailliez était déjà obsolète à l'époque, Colonel. On ne peut pas augmenter les capacités des soldats. Pas de façon vraiment significative. Aussi bien équipé soit-il, un militaire sera toujours au bout du compte un paquet de chair et de sang à la merci d'émotions instables impossibles à anticiper.

— Obsolète, répéta Smith pensivement. Comme votre navire de guerre ?

L'expression de Takahashi indiqua qu'il se savait percé à jour – mais qu'il ne s'en souciait pas.

— L'*Izumo* n'était qu'un accessoire du décor militaire. Tout juste bon à mobiliser le peuple japonais et à déstabiliser les Chinois.

— Vous avez mieux que ça dans votre manche, visiblement.

— Sans le moindre doute. Mon prédécesseur à la tête de la Défense japonaise est vraiment parti de rien. Il a jeté sur la page tout ce que nous pensions savoir sur l'art de la guerre. Ensuite, il est allé chercher des philosophes, des chercheurs et des scientifiques qui ne connaissaient rien aux champs de bataille. Et, tous ensemble, ils se sont mis à imaginer quelque chose d'entièrement nouveau.

— Et vous avez réussi à trouver les talents pour mettre cette nouveauté en pratique ?

— Les jeunes en Amérique sont si centrés sur eux-mêmes, vous ne trouvez pas ? Si narcissiques et soucieux de leur individualité. Les Japonais, au contraire, sont nationalistes par nature. La plupart de ceux que j'ai approchés se sont tout de suite sentis honorés de se voir proposer de servir leur pays. Et j'ai convaincu les autres par des ressources financières.

— Vous les avez convaincus de faire quoi, au juste, Général ? Déclencher une guerre contre la Chine ?

Le visage de Takahashi se figea comme un masque.

— Il y a de cela longtemps, mon pays a renoncé à son droit de constituer une force militaire sous la pression du vôtre. Nous avons dû composer avec ça, et c'est ce que nous avons fait par le biais du développement économique. Mais une superpuissance a besoin des deux. En tant que soldat au service de ce qui n'est plus aujourd'hui que la seconde puissance militaire de l'histoire, Colonel, vous devez comprendre cela.

Smith décida d'ignorer la rétrogradation de son pays en seconde position, et dit :

— Je ne peux pas m'empêcher de penser que vous êtes en train de me confier beaucoup de choses.

Cela signifiait qu'il allait se faire torturer, puis tuer. Mais il semblait naturel d'aborder le sujet.

— Nos pays sont alliés, Colonel, répondit Takahashi. Rien de ce que j'ai entrepris n'a jamais été fait pour endommager cette relation de proximité.

Il avait prononcé ces derniers mots d'une voix qui manquait totalement d'émotion. Au mieux, le général devait considérer les États-Unis comme un mal nécessaire. Au pire, comme un problème auquel il n'avait pas encore trouvé de remède.

— Je suis libre de sortir d'ici, fit Smith, c'est ce que vous prétendez ?

— Mais oui, Colonel, bien sûr, fit Takahashi en riant. Du moins d'ici quelque temps. Mais j'aurais besoin d'un petit service avant cela.

— Oui ?

— Votre Président organise personnellement une rencontre au sommet entre son homologue chinois et notre Premier ministre. La réunion s'ouvre demain en Australie. J'aimerais que vous contactiez vos supérieurs pour organiser un rendez-vous entre lui et moi pendant qu'il est là-bas.

Plongeant une main dans sa poche, Takahashi en sortit un téléphone qu'il fit glisser sur la table.

— Croyez-moi sur parole quand je vous dis qu'un sommet sino-japonais n'a aucun sens, Colonel. Nous entrons dans une nouvelle ère. Il est temps que l'Amérique discute avec nous sur la manière dont nous allons gérer cela.

— Sur la manière dont le monde va être divisé entre vous et nous, si je comprends bien.

— Si vous préférez.

Takahashi se leva, s'inclina brièvement, puis se dirigea vers la porte – et Smith se retrouva seul à nouveau dans la cave.

Il n'y avait aucun moyen de s'assurer des capacités militaires réelles de Takahashi, mais même à supposer qu'elles se limitaient à ce dont Smith avait directement fait l'expérience, la nature de la guerre en serait changée à jamais. Si Takahashi avait effectivement trouvé le moyen de contrôler ses nanorobots au point de pouvoir les déployer pour un usage militaire, alors toute l'armée américaine, et toutes les armées du monde, devenaient inutiles.

Il saisit le téléphone et composa l'un des nombreux numéros d'urgence qu'il avait appris par cœur des années plus tôt. L'appel re-routé sur le système de communications analogiques en Birmanie, traverserait une maison équipée de deux combinés littéralement scotchés l'un à l'autre. La conversation une fois achevée, la maison serait opportunément réduite en cendres.

Klein décrocha sans surprise dès la première sonnerie.

— Oui.

— Nous avons un petit problème, monsieur.

— Vous allez comment ?

— Pour l'instant, bien

— Mais vous avez réussi à trouver un téléphone ?

— On me l'a fourni.

— Je vois. Dans quel but ?

— Le général voudrait un entretien privé avec notre ami pendant ses vacances dans le Sud.

— Bien compris. Votre recommandation ?

— Il serait sage qu'il accepte.

— Notre ami peut-il contacter directement le général pour lui donner directement sa réponse ?

— Je pense que oui. Le général ne semble pas particulièrement inquiet de sa sécurité.

— Et vous ? Y a-t-il quoi que ce soit que l'on puisse faire pour vous aider ?

Intéressante question. Klein proposait d'envoyer un commando le libérer. À y bien réfléchir cependant, Smith se trouvait dans l'endroit où les nanorobots étaient entreposés. En un sens il était à pied d'œuvre. Il lui suffisait de trouver une opportunité pour agir.

— Non, fit-il, ça va aller.

— Merci de votre appel. Et bonne chance.

45

Tokyo,
Japon

Un sac sur son épaule, se faufilant entre les passants qui se pressaient sur le trottoir, Randi Russell surveillait son reflet dans les vitrines pour s'assurer qu'elle n'était pas suivie. Les quelques coups d'œil admiratifs masculins étaient la seule chose notable. Covert-One n'avait pas de planque permanente à Tokyo, et, dans l'urgence, Klein avait dû improviser quelque chose. Ils s'étaient mis d'accord sur la location d'un appartement dans une partie de la ville majoritairement fréquentée par les touristes et les hommes d'affaires étrangers, en sorte qu'elle n'était pas la seule Occidentale alentour.

Elle coupa à droite, monta quatre à quatre un escalier qui menait à une succession de portes en verre. Elle plaqua sa main sur un lecteur d'empreintes biométriques – les Japonais adorent la technologie –, et le bruit du verrou se fit entendre. L'instant d'après, elle foulait un couloir à la décoration minimaliste et soignée en direction d'une série d'ascenseurs.

Elle s'engouffra dans celui de droite, appuya sur le bouton, un œil surveillant la porte de verre à l'entrée de l'immeuble. Toujours rien à signaler, mais ça ne signifiait pas grand-chose. Dans ce genre de foule, une équipe de professionnels aurait été indétectable. Sans compter le probable piratage des caméras de surveillance qui équipaient à peu près tous les murs de Tokyo. À ce stade, tout ce qu'elle faisait relevait du coup de dés et de la chance – et les dés étaient très certainement pipés.

L'ascenseur s'éleva rapidement dans les étages. En débouchant dans le couloir, Randi posa la main sur le Beretta planqué sous sa veste. Le couloir était vide.

Elle avança vite, avec le sentiment d'être à découvert. Elle présenta sa carte magnétique à la cellule photoélectrique d'une porte qui s'ouvrit aussitôt. Elle franchit le seuil.

Un homme jaillit depuis le sofa constituant le seul meuble du petit espace où elle venait de pénétrer. Il dit, en la fixant d'un air effrayé :

— Vous n'êtes pas Jon.

— On m'avait dit que vous étiez intelligent, fit-elle pour toute réponse, tout en passant dans la cuisine minuscule où elle vida le sac contenant le plat japonais et la bière qu'elle avait apportés. De manière prévisible, le réfrigérateur n'était pas plus grand que celui de ses années d'étudiante. L'espace à Tokyo était d'une rareté phénoménale. Elle aurait préféré quelque chose de plus grand mais les appartements de taille appréciable attiraient par trop l'attention.

— Qui êtes-vous ?

— Ce n'est pas très important, répondit-elle en lui jetant une bière et en prenant une pour elle-même. Elle sortit de la cuisine et s'avança jusqu'au divan.

— Je voudrais parler de nanotechnologie.

Greg Maple posa les yeux sur elle.

— J'ignore de quoi il s'agit, fit-il sans détourner le regard.

Il l'étudiait avec une expression énigmatique plus compliquée à interpréter que la seule peur qu'elle s'était attendue à trouver étant donné les circonstances.

— Pourquoi me regardez-vous comme ça ? fit-elle en ouvrant sa bière. Elle but une gorgée.

— Vous…, commença Maple. Vous ressemblez à quelqu'un que j'ai connu autrefois.

Randi ne réagit pas immédiatement. Maple et Smith étaient amis depuis longtemps. Suffisamment pour qu'il ait eu l'occasion de rencontrer sa sœur.

— Sophie, vous voulez dire.

Elle vit ses yeux s'agrandir. La ressemblance entre elle et sa sœur était suffisante pour avoir provoqué plus d'une fois ce genre de réaction. Mais elle n'avait pas envie de penser à – la fiancée de Jon, morte avant de l'avoir épousé.

— Randi Russell, fit-elle pour couper court, en chair et en os.

— La fameuse agent de la CIA ? Je le savais ! s'exclama Maple en tirant à lui une chaise pliante. Il s'assit et, dans l'espace étroit, leurs genoux se touchèrent presque. Jon est de l'Intelligence militaire, vous travaillez ensemble.

— C'est exact, dit-elle sans chercher à le détromper.

— Où est-il ? Est-ce qu'il va bien ?

Question difficile. Elle n'en savait sincèrement rien. D'après Klein, Smith semblait en bonne santé lorsqu'il avait appelé quelques heures plus tôt pour organiser une rencontre entre le Président et Takahashi. Mais il n'y avait aucun moyen de savoir si c'était encore le cas.

— Nous l'avons perdu, fit-elle.

— Perdu ?

— Égaré. Temporairement. Je le remplace dans l'intervalle.

— C'est la raison pour laquelle vous m'avez kidnappé ? demanda-t-il, une ombre de colère compréhensible dans la voix.

Elle décida de l'admettre :

— Vous l'avez aidé à résoudre l'énigme des nanorobots, à ce qu'il m'a dit. J'ai besoin que vous en fassiez autant pour moi. J'ai besoin de savoir ce que vous savez.

— Pourquoi n'avoir pas décroché un téléphone plutôt que de me traîner jusqu'au Japon ?

— Les téléphones de nos jours… Trop difficiles à sécuriser. Je préfère les bonnes vieilles conversations face à face. Buvez donc votre bière avant qu'elle se réchauffe.

Il ouvrit docilement la canette, but une gorgée, qui ne parut pas le calmer le moins du monde.

— Eh bien ? demanda-t-elle. Avez-vous trouvé quelqu'un qui puisse nous aider ?

Il secoua la tête.

— Qui puisse vous aider, probablement pas. Mais j'ai découvert des choses… stupéfiantes.

— Allez-y je vous écoute. Gardez en mémoire que je ne suis pas Jon. Je n'ai pas de formation scientifique.

— Okay. J'ai découvert que les robots possèdent deux types de structures qui n'ont apparemment rien à voir avec la capacité des machines à se reproduire.

— Oui, Jon m'en a parlé. Vous ne saviez pas à quoi elles servaient.

— Je crois que je sais, maintenant. La première sert à contrôler le nombre d'autoréplications par unité. Vous prenez un nanorobot, vous réglez le compteur de réplications sur, par exemple, dix, et la machine se réplique dix fois. Ensuite, le chiffre décroit, chacune des nouvelles unités ne peut plus se reproduire que neuf fois. Et à leur tour, chacune des quatre-vingt-une créées ne peuvent se répliquer qu'en huit exemplaires. Et ainsi de suite. Quand vous arrivez à zéro, l'opération de réplication est achevée. On peut parvenir à des millions de machines avant que le processus ne s'arrête. Si vous réglez le compteur sur mille au lieu de dix, le chiffre final n'est pas imaginable.

Randi fronça les sourcils et posa sa bière.

— Vous parliez de deux structures. Quelle est l'autre ?

— Le magnétisme, apparemment.

— Vous voulez dire que ces machines s'attirent l'une l'autre ?

Il secoua la tête :

— Non. Je crois qu'elles mesurent le champ magnétique terrestre.

— Dans quel but ?

— Probablement dans le but de se localiser. Comme les oiseaux.

Elle prit le temps de réfléchir.

— Attendez, fit-elle, réalisant qu'elle n'aimait pas du tout la conclusion à laquelle elle arrivait. Si les robots savent où ils sont, il doit être possible de les programmer pour qu'ils ne fonctionnent que dans une ère géographique donnée. Pour qu'ils soient inopérants partout ailleurs.

— Ça doit être très possible.

Ils savaient depuis un moment que la technologie fonctionnait – que les machines étaient capables de s'autorépliquer en utilisant pour carburant l'acier, le plastique et le béton. Ce dont Jon n'était pas sûr, c'était de leur capacité militaire. Pour être efficace, une arme doit être mortelle, mais aussi contrôlable. Un fusil ne sert à rien si on ne peut pas viser une cible précise. C'était exactement de cela que Maple était en train de parler. Les machines localisaient leur territoire.

— Ce que vous êtes en train de me dire, reprit-elle tout en se demandant jusqu'où elle pouvait l'interroger sans lui révéler trop d'informations, c'est que l'on peut faire en sorte que ces machines ne soient opérantes que, mettons, en Chine ? Sitôt qu'elles franchiraient la frontière d'un autre pays elles s'arrêteraient automatiquement ?

— En admettant que le système fonctionne bien, oui. Le problème avec la réplication est qu'il est difficile de ne pas y introduire d'erreur. *Mutations* serait sans doute un meilleur mot. En général, ces mutations ne sont pas détectables. Parfois elles tuent l'organisme ou, dans le cas présent, elles cassent la machine. Mais de temps à autre, elles peuvent aussi l'améliorer.

— Améliorer ses capacités de reproduction. Vous parlez d'une mutation qui aurait pour effet d'enrayer le système de contrôle ?

— Exactement. En théorie, on peut imaginer que l'introduction d'erreurs dans le système aurait pour effet que les machines se reproduisent indéfiniment ou qu'elles se mettent à opérer en dehors de la zone géographique présélectionnée. Pire, même, des changements pourraient se produire dans le choix du type de carburant qu'elles utilisent. Que se passerait-il si les robots « décidaient » de se reproduire dans la pierre, par exemple ? Ou dans l'eau ? Voire dans la chair humaine ? Potentiellement, c'est l'apocalypse.

— Et dans ce cas-là ? Comment les arrête-t-on ?

— Par radiations. De la radioactivité à dose massive. C'est la seule chose que je connaisse qui puisse détruire ces engins.

Elle émit un long soupir, saisit à nouveau sa bière.

— Et voilà pourquoi Fukushima avait été choisi pour installer le laboratoire, n'est-ce pas, Docteur ? Pour avoir un moyen d'agir en cas de perte de contrôle ?

— Je suppose que oui. Tout se passait probablement bien jusqu'au moment où le tsunami a causé une brèche dans l'espace de confinement. Ils ont été forcés d'irradier le réacteur.

— Je vois. Imaginons qu'ils aient repris le travail. Soit à un niveau expérimental, soit à un niveau de fabrication industrielle. Il leur faudrait un lieu hautement sécurisé possédant un accès à des radiations radioactives très fortes.

— C'est probable.

— Bon. Maintenant, mettez-vous une seconde à leur place. Quel emplacement choisiriez-vous ?

— Un sous-marin nucléaire serait l'idéal. Facile à irradier et, même si on ne tuait pas toutes les machines, en cas de pépin elles finiraient au fond de l'océan. Sans chaîne de carburant, elles n'auraient d'autres possibilités que de rouiller dans l'eau salée sans menacer quoi que ce soit.

— On ne peut rien prédire sur l'équipement militaire des Japonais ces temps-ci. Mais l'idée qu'ils aient construit quelque chose de cette envergure sans que personne s'en aperçoive n'est pas très plausible.

— Oui, c'est ce que je pense moi aussi, répondit Maple. Mais j'ai une théorie. Ça vous intéresse ?

— Évidemment que ça m'intéresse.

— Il y a de ça quelques années, les Japonais ont construit des installations pour entreposer les déchets nucléaires de leurs réacteurs. Ils ont creusé à flanc de montagne dans le Nord-Est. Pour moi, c'est la réponse. Si je travaillais sur ces machins, c'est là que je m'installerais.

46

Environs de Melbourne,
Australie

Le président Sam Adam Castilla se tenait devant la grande baie vitrée dominant des rangées de vignes qui s'étendaient jusqu'à l'horizon. Le soleil à peine levé répandait sur le paysage de longues traînées d'ombre qui obscurcissaient tout, à l'exception de la silhouette d'un garde et de son berger allemand surveillant les alentours.

La maison était louée à un industriel australien dont il avait fait la connaissance lorsqu'il était gouverneur du Nouveau Mexique. L'isolement relatif des lieux rendait la tâche des Services secrets plus facile. C'était un abri naturel pour les négociations secrètes qu'il présidait. Le choix du cadre est plus important que la plupart des gens ne l'imaginent. La chaleur, le confort, la sérénité : tous ces éléments peuvent inciter les parties qui s'opposent au compromis.

Il jeta un coup d'œil rapide à sa montre : le moment était venu. L'une de ses prérogatives, en tant que président des États-Unis, était de savoir se faire attendre mais, dans ce cas précis, il sentit que ç'aurait été une erreur.

Il traversa la suite luxueuse, sortit dans le long couloir qui traversait tout l'étage. Deux hommes des Services secrets le suivaient. Les lèvres contre les micros dissimulés à leurs poignets ils annoncèrent aux équipes extérieures que le Président arrivait.

En temps normal, il les aurait salués par leurs noms, mais pas aujourd'hui. Aujourd'hui, il était perdu dans ses pensées.

La première réunion directe entre le Premier ministre Sanetomi et Yandong, son homologue chinois, s'était étonnamment bien déroulée. Ou peut-être n'était-ce pas si surprenant. Les deux hommes étaient animés des mêmes tendances au patriotisme. Mais ils semblaient comprendre d'instinct, dans ce cas précis, qu'il ne faudrait plus beaucoup de temps avant que la situation ne dégénère au-delà de ce qu'aucun des deux pays ne pouvait contrôler. Le sommet avait à peine commencé, mais les six heures de réunion qui s'étaient achevées un peu plus tôt dans l'après-midi avaient déjà abouti à un certain nombre de compromis substantiels. Même la question des îles Senkaku devrait pouvoir trouver une solution de principe dans les tout prochains jours. Ce dont Castilla n'était pas certain, en revanche, c'était si cela importait encore.

Il tourna le coin du couloir, sans rien voir des tableaux de maître ni des diverses pièces historiques qui d'habitude captaient son attention. Ses yeux fixaient une porte fermée au bout du couloir. Le Premier ministre japonais, le président de la Chine : ces deux hommes en train de dialoguer avaient-ils encore la moindre pertinence ? Ou bien le contrôle de la situation et l'avenir de la planète étaient-ils passés entre les mains d'un seul homme ? L'homme qu'il était sur le point de rencontrer.

Castilla s'arrêta, prit une longue inspiration, tandis que ses deux gardes du corps prenaient position le long du mur. Il y avait étonnamment peu d'avantages à être président des États-Unis. L'un de ceux qu'il appréciait ordinairement consistait à être mieux informé que ses interlocuteurs. Dans ce cas précis, l'avantage était perdu.

Il poussa la porte et la referma derrière lui. Un Japonais vêtu d'un costume d'affaires bleu sombre se leva aussitôt de l'un des deux fauteuils latéraux installés devant la cheminée. Les lumières électriques avaient été diminuées, et les flammes diffusaient dans la pièce une chaleur rayonnante. L'atmosphère, cependant, respirait la tension et non la sérénité que les lieux suggéraient.

Le général Masao Takahashi s'inclina respectueusement, tandis que Castilla traversait la pièce pour lui tendre la main. La poigne du militaire s'avéra aussi ferme qu'il s'y attendait. Ils se fixèrent doit dans les yeux un long moment. Aucun des deux ne domina l'autre, aucun des deux ne céda non plus.

— Je vous en prie, dit Castilla en indiquant le fauteuil dont Takahashi venait de s'extraire.

Après un nouveau et bref salut, le soldat s'assit et le Président prit place dans le fauteuil voisin.

— Je crois comprendre que vous êtes en possession d'informations de valeur regardant les négociations actuelles entre votre pays et la Chine, dit Castilla.

— Je vous suis très reconnaissant de me recevoir. Très honoré aussi, fit Takahashi. Je sais à quel point votre temps est compté.

La fameuse politesse japonaise. Castilla avait envie de le saisir à la gorge. Il voulait lui hurler *Qu'est-ce que vous êtes en train de foutre espèce de malade ! Vous voulez déclencher la Troisième Guerre mondiale ?*

À la place, il sourit, saisit un pot sur une table près de lui :

— Thé ?

— Volontiers, merci.

Takahashi évaluait l'homme en train de remplir deux tasses devant lui. Une fois de plus, le sort lui souriait. La plupart des politiciens sont faibles et sans dimension. Castilla était différent. Une personnalité extrêmement intelligente dont les connaissances en Histoire, en géopolitique et en économie ne dépendaient nullement de son entourage. Il lui résisterait, sans nul doute. Mais plus qu'aucun autre il serait capable de comprendre les enjeux de ce qui se jouait et, en fin de compte, de se rendre à l'évidence.

Takahashi voyait les Américains comme un peuple intéressant. Inférieur aux Japonais, certes, mais en même temps doté d'une impureté génétique qui constituait par bien des aspects leur principal avantage. À l'origine, l'Amérique avait attiré ceux qui étaient capables d'accomplir la difficile traversée de l'océan et, plus important encore peut-être, ceux qui le voulaient. Des individus dotés du courage, de la force mentale et de la discipline nécessaires pour rejeter le joug des aristocraties européennes et se forger une vie indépendante.

Le Président ne semblait pas décidé à parler plus avant, si bien que Takahashi prit l'initiative :

— Je suppose que le colonel Smith et son équipe vous ont mis au courant de tout ce qui concernait Fukushima ?

— De votre usage du Réacteur 4 pour mettre au point une arme basée sur le développement moléculaire ?

Takahashi acquiesça.

— Oui. À ma connaissance, cette arme est susceptible d'attaquer le béton, le plastique et l'acier, autant dire les briques fondamentales sur lesquelles repose la civilisation contemporaine. Mais je crois également comprendre qu'elle est presque impossible à contrôler. Si vous deviez la déchaîner…

La voix de Castilla se perdit.

— Elle a été testée à de multiples reprises, fit Takahashi. Chaque fois avec succès. Nous pouvons la contrôler.

— Ce que vous faites grâce au champ magnétique terrestre.

— Vous êtes effectivement bien informé.

— Le problème est que mes équipes ne sont pas convaincues. Mes hommes pensent qu'il y a une grande différence entre un laboratoire et le monde réel. Les conséquences de l'utilisation d'une arme de ce type vont bien au-delà de tout ce que l'humanité a développé jusqu'ici. La seule analogie à laquelle je puisse penser serait une guerre nucléaire totale entre nous et l'URSS durant la guerre froide.

Takahashi saisit la tasse et la porta à ses lèvres. Si talentueux soit-il, ce politicien n'était au fond pas moins hypocrite que les autres. Chaque fois que le peuple américain se voyait menacé, les États-Unis jetaient par-dessus bord leurs valeurs de liberté, des droits de l'homme et de vie privée. Leurs drones robotisés anéantissaient des civils partout sur la planète. Ils emprisonnaient les gens par milliers sans le moindre chef d'inculpation et les torturaient pour obtenir des informations. Ils lâchaient des bombes atomiques quand bon leur semblait. Mais sitôt qu'un autre pays menaçait d'en faire autant, voilà qu'ils étaient les premiers à invoquer la modération et la retenue.

— Nos efforts de développement se sont diversifiés au cours des dix dernières années, monsieur le Président. Les nanorobots ne sont qu'un de nos composants parmi bien d'autres.

— C'est-à-dire ?

En guise de réponse, Takahashi but une nouvelle gorgée.

— L'un des bénéfices de posséder un tel arsenal n'est-il pas de mettre ses ennemis au courant et de leur faire savoir que vous êtes prêt à vous en servir ? dit Castilla.

— Mais vous n'êtes pas notre ennemi, monsieur le Président. Je suis ici en visite amicale.

Castilla ne chercha pas à dissimuler son scepticisme.

— Le Japon est une île. Dois-je supposer que votre priorité se limite à contrôler la mer ?

— Notre priorité est la guerre informatique. La supériorité navale ne vient qu'en second.

— L'un de vos nouveaux navires de guerre a bien été coulé.

— Pure mise en scène. Notre défense repose sur des torpilles autopropulsantes.

— Du genre des Shkvals soviétiques ?

— Non. Comparées aux Shkvals nos torpilles sont comme un ordinateur devant un calculateur de poche. Bien plus rapides, dotées d'une portée plus grande, et infiniment plus intelligentes.

— Mais elles ne vous protègent pas d'une batterie de missiles chinois, ni de l'aviation de Pékin.

— Notre système de défense aérienne est extrêmement efficace. Il fonctionne par pulsions électromagnétiques.

Le front de Castilla se plissa.

— Nucléaire, fit-il.

— Oui. Notre système crée un nuage radioactif de longue durée susceptible de détruire tout ce qui traverse l'espace aérien.

— J'aurais imaginé que votre passé vous aiderait à comprendre à quel point ce genre d'arme est dangereux.

— Au niveau émotionnel, oui. Nous comprenons cela très bien. Mais au niveau logique, nous comprenons aussi le pouvoir que ça représente. Les victimes d'Hiroshima et Nagasaki furent bien moins nombreuses que le public ne l'imagine. Des gens qui se trouvaient à quelques mètres seulement de l'explosion sont toujours vivantes aujourd'hui. Évidemment, ce n'est pas la solution idéale, mais, d'après mes équipes, l'approche américaine de l'interception de missiles est au bout du compte une impasse.

— Si les Chinois assistaient à la détonation d'armes nucléaires... Castilla marqua un temps. Cela pourrait dégénérer en un conflit total.

— Nous les avertirions de notre système de défense de manière à ce qu'ils ne l'interprètent pas comme une frappe offensive. Mais s'ils choisissaient l'escalade, il est fort improbable que leurs armes pourraient nous atteindre.

Même à la lumière chaude qui montait de la cheminée, le Président était devenu nettement plus pâle. Takahashi en fut satisfait. Cela prouvait que, comme il le pensait, Castilla n'était pas stupide. Il comprenait la réalité de la menace.

— Et les armes biologiques ? dit le Président d'une voix égale et prudente.

— Nous possédons des réserves de version modifiée du syndrome respiratoire aigu sévère, le coronavirus. Une telle arme ne serait utilisée que dans le cas d'une invasion terrestre sérieuse, bien entendu. Même s'il n'est pas particulièrement mortel, le SRAS est extrêmement contagieux, très rapide, la maladie dure deux semaines en moyenne et elle est très invalidante, à ce qu'on me dit.

— Votre population est protégée, j'imagine ?

— Naturellement, fit Takahashi d'une geste presque négligent de la main. Ça s'est fait très calmement dans le cadre d'un programme de vaccination national. Nous avons aussi une armure trente fois plus légère et dix-neuf fois plus fine que l'acier. Un carburant de fusée neuf fois plus puissant par kilo que ce qui est à votre disposition. Des ordinateurs bien plus puissants que ceux de la NSA. Je pourrais continuer comme ça longtemps, mais j'imagine que vous saisissez le principe.

De nouveau, le scepticisme se peignit sur le visage du Président.

— Vous croyez que j'exagère, dit Takahashi. Que même en doublant notre budget public, nous n'avons pas pu prendre une telle avance sur vous. Vous ne comprenez pas que ce n'est pas une question de budget.

— Ah non ?

Takahashi secoua la tête.

— Non. Vous savez quel est votre problème ? C'est que le but de l'armée américaine n'est pas de gagner des guerres.

— Les chefs d'état-major seraient certainement surpris d'entendre ça.

— Excusez mon anglais déficient, monsieur le Président. Le terme de « but » n'est sans doute pas celui qui convient. Laissez-moi le remplacer par celui de « priorité ». Avant toute chose, l'armée américaine sert de soutien à l'emploi, ce qu'elle fait à travers le volontariat actif, le personnel d'encadrement, ce genre de choses. Elle enrichit aussi les sous-traitants privés sous contrat avec le Département d'État. Elle permet la réélection des politiciens locaux qui parviennent à attirer dans leurs régions des projets militaires générateurs de richesse. Et, il faut bien l'admettre, elle flatte les egos et la nostalgie des généraux vieillissants tels que moi. Avec tout le respect que je vous dois, monsieur, votre pays a injecté des centaines de milliards dans une armée qui n'a pas été capable de gagner la moindre guerre depuis qu'elle nous a anéantis il y a de ça soixante-quinze ans. Vous voulez les passer en revue ? L'Afghanistan. L'Iraq. Le Vietnam. La Corée. La Somalie. Vos soldats sont courageux, bien entraînés. Mais votre complexe militaro-industriel n'a qu'une devise : « Prenons ce qui n'a pas marché dans le passé et refaisons la même chose en plus cher. »

— Et quelle est la vôtre ?

Takahashi se contenta de hausser les épaules en réponse. Puis il reprit :

— Les États-Unis ont complètement détruit les capacités militaires de mon pays durant la Seconde Guerre mondiale. Cela nous a permis de repartir de zéro. Vous, d'un autre côté, vous avez mis au point une industrie militaire massive à cette époque. Une industrie qu'il a été dans l'intérêt de beaucoup de gens de maintenir et de voir grandir. Votre programme F-35 est un exemple intéressant. Un billion de dollars a été dépensé pour un jet de combat sans mission claire. Or, cet avion ne représente qu'un progrès marginal par rapport à ceux qui existaient déjà. Et il est si complexe qu'il est presque impossible de le faire voler sans risques. Et il y a aussi les milliards dépensés pour des armes qui passent directement de l'usine à l'entrepôt de longue durée parce que votre armée ne sait pas quoi en faire. Rien de tout ça ne m'impressionne.

Castilla prit sa tasse dans ses mains devenues glacées à l'écoute des paroles de Takahashi.

— Général, vous préparez-vous à annoncer publiquement l'état de votre arsenal ? Avec peut-être une démonstration devant les caméras du monde entier ? Vous savez que cela entraînerait un changement immédiat de la Chine à votre égard. Pékin ferait tout pour maintenir des relations pacifiques. Et c'est ce que vous cherchez, n'est-ce pas ? La paix ?

Takahashi observa l'homme qui buvait son café devant lui. *Un politicien vraiment très habile*, songea-t-il. *Un allié de valeur. Ou un ennemi redoutable.*

— Je ne suis pas certain que ce serait l'intérêt de mon pays, monsieur le Président.

À l'évidence, Castilla s'était préparé à cette réponse. Son visage ne trahit aucune émotion.

— Vous voulez cette guerre, fit-il, c'est ce que vous êtes en train de m'expliquer.

— Dit comme ça, c'est très exagéré. Mais vous conviendrez avec moi, je crois, que les Chinois posent de nombreux défis au Japon comme au reste du monde. Ils volent les propriétés intellectuelles des autres pays. Ils manipulent le taux de change. Ils réduisent des populations en esclavage pour rendre leur industrie plus compétitive et détruire les emplois américains. Ils créent des conflits frontaliers avec pratiquement tous les pays de la région, et entretiennent une armée qui les aide à maintenir ces conflits sous pression. Ils protègent la Corée du Nord. Leurs problèmes environnementaux ont atteint un tel niveau qu'ils contaminent les pays alentour. Et leurs exigences en matière de ressources est en passe de devenir infinie. En résumé, ce ne sont que des sangsues. Des parasites. Un milliard de sangsues.

Cette fois, Castilla fut incapable de cacher ses sentiments. Le sang parut se retirer complètement de son visage. Takahashi se pencha en avant, posa sa tasse sur la table et planta ses yeux dans ceux de l'homme qui avait été le plus puissant du monde.

— Je vous dis tout cela par courtoisie, monsieur le Président. Le Japon ne veut pas de votre protection et il n'en a nul besoin. Concluez votre sommet si vous l'estimez nécessaire, mais rappelez vos navires de guerre hors de la région, restez en dehors de tout cela. Ça ne vous regarde pas.

— Et si le peuple américain refusait de rester les bras croisés pendant que vous commettez un génocide ?

Castilla s'attendait plus ou moins à ce que Takahashi se sente insulté par le mot de génocide. Mais l'officier japonais ne cilla même pas, et Castilla en conçut une horreur pire que tout ce qu'il avait éprouvé jusque-là.

— Ne vous méprenez pas, monsieur le Président. Je protégerai les intérêts de mon pays quoi qu'il en coûte. Et contre tous ses ennemis.

47

Nord-Est du Japon

Randi Russell se baissa pour éviter les branches basses d'un arbre, et reprit sa route qui montait en direction des portions de ciel bleu, gravissant une montagne parmi toutes celles qui donnaient forme au tapis vert apparemment infini recouvrant cette partie de l'île. L'absence totale de piste avait quelque chose de rassurant. Le feuillage lui rappelait ce qu'elle avait connu au Laos, la température en moins.

Elle s'adossa à un tronc, porta la gourde à ses lèvres. Elle n'y voyait pas à plus de trois mètres. Elle était certaine de ne pas être suivie. Pour rester silencieux, quiconque lancé sur ses traces aurait dû ralentir à un rythme tel qu'il n'aurait pas pu la suivre.

Elle avait décidé de laisser tomber toute couverture crédible. Personne, de toute façon, ne croirait qu'une Américaine en marche vers une usine de déchets nucléaires n'était qu'une randonneuse perdue en forêt. En conséquence, elle s'était équipée de bottes de marche ultralégères, d'une combinaison kaki spécifiquement teintée pour l'environnement, et d'un Beretta silencieux muni de deux chargeurs. Si on la repérait, il n'y aurait pas le moindre doute sur le but de son voyage, mais au moins aurait-elle une chance raisonnable de s'en tirer vivante.

Elle se remit en marche, esquivant les arbres, traversant les buissons épais, traçant son chemin méthodiquement vers le sommet qui, avec un peu de chance, n'exploserait pas cette fois, contrairement au précédent.

Quand le terrain se fit plus nivelé elle rampa à ras de terre au milieu des feuilles mortes et des branches à la recherche d'équipements de surveillance et de mines. Ou de quoi que ce soit d'autre. À vrai dire, elle ne savait pas à quoi s'attendre. Selon les dernières informations émanant de Fred Klein, des saloperies comme des lasers spatiaux ou des rottweilers génétiquement modifiés et phosphorescents n'étaient pas à exclure.

Elle ralentit encore. Elle rampa dans l'herbe haute, jusqu'à ce que le chemin commence à descendre. Il lui fallut un petit moment pour creuser dans la végétation un trou où se glisser et qui lui permettrait de se repérer. Puis elle sortit ses jumelles, heureuse de constater que son sens de l'orientation n'avait pas totalement laissé place à l'ère des GPS : à un peu moins de deux kilomètres vers le bas se trouvait exactement ce qu'elle était venue observer. Assez semblable aux photos qu'elle avait pu voir sur Internet.

L'entrée se faisait par une grotte naturelle d'une hauteur d'environ vingt mètres et d'une largeur moindre. D'après les plans publics, la grotte descendait dans la montagne sur environ un kilomètre, jusqu'à une succession de portes blindées. Derrière, s'étendait une caverne creusée par l'homme et conduisant au principal entrepôt de déchets nucléaires.

Une route d'accès pavée permettait aux poids lourds d'y accéder en toute sécurité. L'entrée par une clôture grillagée ne payait pas de mine, et débouchait sur une cour suffisamment large pour y décharger le contenu d'un semi-remorque. On distinguait des rails en direction de l'entrée de la grotte. Aucun des chariots les empruntant n'était visible. Elle supposa qu'ils devaient être rangés juste à l'entrée pour les protéger des intempéries. Une petite guérite s'élevait devant, avec un seul garde à l'intérieur.

Randi laissa échapper un long soupir, prit ses jumelles pour étudier les lieux en détail. Mais même ainsi, il n'y avait pas grand-chose à voir. Elle avait sous les yeux exactement ce à quoi l'on pouvait s'attendre devant ce type d'installation. Soit Takahashi était aussi malin qu'on le disait, soit cet endroit n'était rien de plus qu'une poubelle radioactive.

Randi fit le point sur le type en faction. Un bref espoir la parcourut pour la première fois depuis des jours. L'homme semblait bien trop entraîné pour une simple sentinelle. Elle attendit de le voir sortir de la guérite pour s'en assurer, puis le surveilla tandis qu'il arpentait les lieux le long du grillage, concentré, les yeux fixés sur les arbres, quelque soixante mètres au-delà de la clairière artificielle creusée devant l'entrée. Le ventre parfaitement plat. La respiration aisée. Aucune hésitation dans les pas. Chaque mouvement avec la même efficacité fluide. Il portait un fusil d'assaut belge. Ce n'était pas une arme très commune, elle-même s'était prise d'affection pour ce modèle quelques années plus tôt.

Randi pointa les jumelles sur l'entrée de la grotte. Elle ne distinguait rien que l'obscurité et les ombres. Smith se trouvait-il là-dedans ? Était-il en vie ? Et si oui, dans quel état ?

Son instinct lui disait que c'était bien là, c'était le lieu. Takahashi n'était rien s'il n'était pas efficace, et il était mille fois plus efficace de réquisitionner une telle installation existante que d'en bâtir une neuve à partir de rien. Le Réacteur 4 de Fukushima fournissait un précédent. Et si l'on ajoutait à cela la présence d'un garde manifestement bien trop entraîné pour surveiller un simple dépotoir nucléaire, les choses commençaient à faire sens.

Elle n'avait de toute façon pas tellement le choix. Entre les informations fournies par Klein et ce qu'elle avait lu dans la presse, il devenait clair que le temps des hésitations était bel et bien dépassé. La situation en Asie allait exploser, et il n'était pas du tout certain que la puissance diplomatique et militaire des États-Unis suffirait à calmer le jeu. La seule alternative, pour incroyable que cela paraisse, c'était elle. Une femme seule, planquée dans l'herbe détrempée.

Elle recula lentement sur environ quarante-cinq mètres, avant de se relever et de faire demi-tour. Qu'est-ce qu'elle ne voyait pas ? Qu'est-ce que les scientifiques de Takahashi avaient bien pu concocter au cours des trois dernières décennies ? Bien sûr les nanorobots, les torpilles, les impulsions électromagnétiques, les bactéries. Mais ça, c'était le plus énorme, le plus visible. Quel genre de défense avait-il mis au point devant l'entrée de cette grotte ? Qu'avait-il construit dont elle n'aurait jamais entendu parler, et pour quoi elle n'était pas entraînée ?

Quant aux nanorobots, s'ils se trouvaient bel et bien à l'intérieur, quel risque y avait-il pour qu'un assaut dans la grotte les libère dans la nature ? À en croire Greg Maple, le potentiel relevait de l'apocalypse.

Au bout du compte ? Elle était baisée. Takahashi avait gagné.

Elle prit son élan depuis un rocher, atterrit deux mètres plus bas dans la boue. Elle secoua la tête violemment, se força à inspirer plusieurs fois l'air de la montagne. Ce n'était pas le moment de s'apitoyer sur elle-même. Rien n'était encore joué. Rien n'était impossible.

48

Environs de Melbourne,
Australie

Suivant les pas de David McClellan, Fred Klein s'avança sur le gazon parfaitement entretenu, longea le mur de la bâtisse tout en s'efforçant d'éviter les lumières qui tombaient de ses fenêtres. Le reste de l'équipe de la sécurité présidentielle avait été positionné ailleurs avant son arrivée. Chacun savait que lui et Castilla étaient amis depuis le lycée et se rencontraient régulièrement. Étant donné ses états de service à la CIA et à la NSA, des rumeurs circulaient sur son rôle de conseiller occasionnel du Président, et apparaître publiquement en Australie leur aurait donné un peu trop de poids. Mieux valait entrer et sortir aussi discrètement que possible.

Un filet de sueur peu habituelle s'était formé entre sa paume et la poignée de l'attaché-case qu'il transportait. McClellan lui indiqua d'un geste des escaliers creusés dans le sol entre deux énormes buissons en fleur. Il descendit les marches jusqu'à une porte en fer qui n'était pas fermée.

Derrière, la cave était sombre et partiellement inachevée. Un tel endroit clandestin convenait parfaitement à ce rendez-vous précis. Le président Sam Adam Castilla était assis, seul, derrière une table pliante installée près du mur, et fixait le verre en cristal qu'il tenait à la main. Il ne salua pas l'entrée de son ami et Klein comprit tout de suite qu'il se trouvait sous le poids d'une formidable pression. Ce que Castilla ignorait, c'était qu'elle était sur le point d'empirer.

— Je crois que les négociations se passent bien, fit Klein, résolu à commencer l'entretien sur une note positive.

— Peu importe, répliqua Castilla, sans quitter des yeux les deux doigts de bourbon dans son verre. Quelque chose paraissait changé en lui. Pour la première fois depuis qu'ils se connaissaient, Klein nota que cet homme, en temps normal une force de la nature, paraissait sur le point de se briser.

Il s'assit, posa sur la table un épais dossier sur lequel était écrit : « À L'ATTENTION EXCLUSIVE DU PRÉSIDENT. »

— Je n'ai pas l'énergie, Fred. Résume-moi juste l'essentiel.

Auparavant, Castilla lui avait donné un compte rendu détaillé de son entrevue avec Takahashi et lui avait demandé d'évaluer la véracité de ses affirmations. Pour autant que Klein le sût, personne d'autre n'était au courant de cette rencontre avec le général japonais.

Il saisit la bouteille de Black Widow et se servit un fond de verre.

— En résumé ? fit-il. En supposant que les chercheurs de Takahashi se soient concentrés ces trente dernières années sur les systèmes dont il t'a parlé, tout ce qu'il a dit est largement crédible, d'après mes équipes.

Castilla laissa échapper un long soupir.

Klein ouvrit le dossier et entreprit de résumer les divers points dans l'ordre.

— Nous savons à l'évidence que les nanorobots existent. Mais ce que nous ne savons pas avec certitude, c'est si leurs systèmes de contrôle sont assez robustes pour en faire des armes viables.

— D'après toi c'est possible. Ils ont la possibilité de les déployer.

— Je crois, oui.

Castilla but une sérieuse gorgée de son verre et la compléta à la bouteille.

— Vos hommes ont réussi à les localiser ?

— Les robots tu veux dire ? Randi travaille là-dessus en ce moment même. Mais les pistes sont limitées.

— Donc on n'avance pas.

Klein avait beau haïr le fait de décevoir son ami, il ne voyait aucun moyen d'enjoliver les choses.

— Désolé, Sam. Mon meilleur agent a été capturé. Et je me bats contre un général brillant qui a mis son plan au point à une époque où toi et moi étions encore à la maternelle. Nous improvisons face à un homme qui a tout planifié.

— Je ne te reproche rien, Fred. Personne ne pouvait faire plus. Je sais tout cela.

Klein acquiesça brièvement et reprit.

— Nous sommes convaincus que Takahashi est bien en possession des torpilles dont il t'a parlé. La technologie existe depuis l'époque soviétique et l'intelligence artificielle requise pour les faire fonctionner n'est pas tellement plus avancée que ce que l'on voit tous les jours dans les jeux vidéo. Étant donné que ça a dû être une priorité pour lui, nous pensons qu'il a dû en déployer un nombre significatif.

— Alors explique-moi une chose, Fred. Pourquoi n'avons-nous pas, *nous*, des missiles sous-marins de trois cents nœuds équipés d'intelligence artificielle ?

— Nous travaillons à leur développement en ce moment même mais le programme manque de fonds. Le niveau de notre supériorité navale en rend l'usage discutable, de toute façon. Par ailleurs, le pays est culturellement réticent à s'en remettre aux ordinateurs pour des questions de vie et de mort. Par tradition, on préfère avoir des hommes aux commandes.

— Parce que les Japonais ont une tradition différente ?

— Non. Ce qu'ils ont, c'est une démographie limitée et des ressources qui le sont tout autant. La philosophie du prédécesseur de Takahashi se résumait en trois mots : petit, bon marché, et indépendant. Il semble qu'ils en soient toujours là.

— Comment peuvent-ils lancer leurs missiles ? Leur marine est plutôt faible. Et la communauté du Renseignement à qui j'alloue chaque année des milliards se serait rendu compte de quelque chose, j'imagine, si les Japonais fabriquaient des sous-marins en grande quantité.

— Mon hypothèse est que les torpilles sont probablement installées au fond de l'océan. Elles attendent un signal.

— Formidable.

— Quant à la défense antimissile, mes équipes pensent là aussi que Takahashi dit la vérité.

— Donc, pour résumer : Nous, les États-Unis, nous avons dépensé Dieu sait combien en systèmes complexes sans pouvoir même détruire un bâtiment de ferme, tandis qu'une petite île dans le Pacifique peut attaquer la Chine.

— Nous avons fait des recherches en bouclier antimissile électromagnétique il y a quelques années. On a décidé de ne pas les poursuivre. Je n'ai pas besoin de te rappeler que nous devons avancer prudemment en matière de défense antimissile. Les relations internationales, et aussi, contrairement à Takahashi, nous ne voulons *pas* déclencher de guerre. Après tout, il s'agit d'armes atomiques, Sam.

Klein parcourut le dossier puis se renversa dans son fauteuil. Il examinait le profil de son ami devant lui. Le tableau qu'il lui peignait était déjà sombre, mais le président des États-Unis ne savait pas encore tout.

— Il nous faut aussi aborder ce que Takahashi n'a pas dit, Sam.

Castillo plongea ses yeux dans les siens.

— Ce qu'il n'a pas dit ?

— Nous devons envisager la possibilité qu'il possède des drones de combat autonomes basés sur la technologie dont ils se servent pour leurs torpilles. Auquel cas nos avions ne représentent pas pour eux un défi d'envergure.

— De mieux en mieux.

— Puisqu'ils ont une défense nucléaire, nous devons également envisager qu'ils possèdent une capacité nucléaire offensive.

— Des missiles ?

— Probablement pas. Trop difficiles à dissimuler. Plutôt des bombes atomiques cachées dans des valises. D'après mes équipes, les Japonais pourraient facilement avoir développé ce genre d'engin. La puissance est de vingt à cinquante kilotonnes.

— Formidable.

— Autre chose. S'ils ont un programme d'armes biologiques, je pense qu'il est prudent de supposer qu'il n'est pas purement défensif contrairement à ce que Takahashi t'a dit.

— Et côté bonnes nouvelles ? demanda Castilla. On a quelque chose ?

— On a une chose. Je ne pense pas qu'ils puissent fabriquer un tel arsenal en grande quantité. Il leur serait impossible de garder le secret, et il y a aussi un problème de coût.

Soudain, Castilla se leva et se mit à aller et venir d'un bout à l'autre du sol de pierre.

— J'étais assis à deux mètres de ce Takahashi, Fred. Je l'ai regardé dans les yeux. J'ai eu la certitude qu'il n'avait pas construit son armée pour défendre le Japon. Il l'a fait pour annihiler la Chine et transformer son pays en superpuissance. Le gouvernement de Tokyo finira par ne plus être qu'une marionnette entre ses mains, et Takahashi commencera sa marche vers l'est.

Il se tourna vers Klein.

— Gérer le pouvoir n'est pas chose facile, Fred. Mais jusqu'ici, les États-Unis ont su maintenir les choses en bon équilibre. Je ne vais pas te raconter d'histoires. Pour une part, c'est vrai, notre retenue vient de ce que nous croyons fermement en la liberté, la nôtre et celle des autres, mais ce n'est pas la seule raison. Il y a aussi le fait que nous vivons dans un pays immense doté d'énormes ressources naturelles. Nous n'avons jamais dû faire la guerre pour subvenir à nos besoins premiers. Le Japon est différent. C'est une petite île dotée d'une population vieillissante et d'une dette extérieure considérable. Alors tu peux me croire si je te dis que Takahashi a des visées impérialistes.

Castilla se remit à arpenter la pièce.

— Je réfléchis à cette histoire de nanorobots depuis l'instant où tu m'en as parlé. Tu t'es demandé ce qui se passerait si Takahashi s'en servait bel et bien ? Tu y as vraiment réfléchi ? Une fois le plastique des câbles réduit en poussière, tout le réseau électrique de la Chine s'effondrera. Un peu plus tard, les barrages céderont, créant des inondations apocalyptiques. Il y aura des explosions dans les immeubles, les machines se démantèleront toutes seules. Et pas seulement les voitures et les tracteurs. Même les outils les plus simples comme les pelles seront réduits en miettes. L'hiver approche. Un milliard d'êtres humains pourraient se retrouver sans chauffage, sans abris ni nourriture. À terme, on parle de centaines de millions de victimes, Fred. Des centaines de millions.

— Tu lui as parlé, dit Klein. Tu l'as regardé dans les yeux, comme tu dis. Où se situent les États-Unis, dans sa vision des choses ?

— C'est toute la question. Pour la première fois depuis trois quarts de siècle, nous ne sommes nulle part. Takahashi n'a pas d'amour particulier pour les États-Unis. Il nous rend responsables de beaucoup de problèmes du Japon. Mais il n'est pas stupide. Il sait que nous représentons plus d'un cinquième de l'activité économique mondiale. Tout ce qu'il nous demande, c'est de nous tenir à l'écart du génocide qu'il prépare. Simple, non ?

Castilla plongea la main dans sa poche, en retira un petit étui dans lequel se trouvait une unique cigarette. Le Président l'avait mise de côté douze ans plus tôt, lorsqu'il avait cessé de fumer. En cas d'urgence absolue, aimait-il dire.

Klein faillit protester, mais se retint, et regarda en silence son ami allumer un briquet.

— Je ne dors pas très bien, reprit-il, laissant la fumée s'échapper de ses lèvres. Mais l'une des rares choses qui m'ont permis de trouver quelques heures de sommeil, ici ou là, c'était de savoir que si tout devait partir en sucette, j'avais au moins à ma disposition le plus puissant arsenal militaire de la planète. Et voilà que tu me dis que c'est de la foutaise.

Klein posa ses deux mains à plat sur la table devant lui.

— Non, ce n'est pas ce que je dis. Nous sommes toujours la première puissance militaire au monde, Sam. Ça ne se mesure pas seulement en nombre de jouets destructeurs. Nous l'utilisons aussi pour reconstruire les pays après qu'ils ont été dévastés. Nous sommes l'organisation de secours la plus efficace de la planète. Nous fournissons la sécurité, nous savons promouvoir la stabilité. Nous créons des technologies qui ont des retombées positives sur l'industrie privée et font avancer le monde. Et, soyons francs, Takahashi a raison sur un point, nous fournissons du travail et de l'argent aux entreprises qui travaillent avec la Défense. Ce que tu dois comprendre, c'est ceci : ce n'est pas d'une armée du vingt et unième siècle, dont le Japon s'est doté, c'est d'une machine de guerre.

49

Nord-Est du Japon

Randi Russell s'arrêta à l'entrée de la cuisine et regarda autour d'elle. Les volets étaient tirés. La seule lumière venait d'une lampe suspendue au-dessus d'une table en tôle au centre de la pièce. La maison était quelque peu délabrée mais vaste et isolée, ainsi qu'elle l'avait demandée. Et puis, il y avait l'eau courante, du chauffage, c'est-à-dire plus que la plupart des lieux qu'elle avait hantés au cours des dix dernières années.

Elle regardait les quatre silhouettes qui, devant elle, parcouraient de leurs doigts la carte étalée sur la table et parlaient à voix basse. À gauche, Eric et Karen Ivers, des agents de Covert-One qu'elle connaissait depuis qu'elle y était embauchée – en fait, ils l'avaient kidnappée le canon sur la tempe pour l'emmener à son premier rendez-vous avec Klein.

L'homme au milieu, blond et sec, faisait presque deux mètres. Klein l'avait envoyé sur place en dépit de son allure qui ne pouvait passer inaperçue au Japon, et ce seul fait signifiait qu'il devait être doué de qualités exceptionnelles.

L'homme à sa droite était plus petit d'au moins trente centimètres. Un Japonais, Dieu merci. C'est lui qu'ils utiliseraient comme paravent. Les autres membres de l'équipe seraient forcés de se déplacer la nuit et d'emprunter des routes secondaires.

— Quelqu'un a des idées brillantes ? demanda-t-elle en s'avançant dans la pièce.

Tout le monde se tourna vers elle, elle serra la main du grand blond.

— Vous devez être Vanya. Enchantée.

— Tout le plaisir est pour moi, Randi. Je suis impatient de travailler avec vous.

Elle hésitait sur la provenance de son accent. Europe de l'Est, sans aucun doute. Mais impossible de localiser le pays. C'était probablement volontaire.

Elle se tourna vers l'homme à ses côtés, s'inclina brièvement :

— Et vous devez être Reiji. C'est un honneur.

Il lui retourna son salut mais ne dit rien. Avec un peu de chance, c'était parce qu'il était calme, non parce qu'il ne parlait que le japonais.

Enfin, elle fit un signe de tête à Eric et Karen.

— Félicitations pour le mariage. Navrée d'avoir manqué ça.

Ils répondirent du même geste indulgent.

Tout en les examinant, Randi se demandait quoi penser. En tout, ils n'étaient que cinq, dont deux qu'elle n'avait jamais vus. La confiance de Fred Klein qui les avait recrutés était à elle seule un gage. Mais sa règle personnelle était de travailler de préférence avec des agents qu'elle avait déjà vus en action. Ou du moins qu'elle connaissait de réputation.

— Je suppose que vous avez tous été mis au courant du problème auquel nous sommes confrontés ? fit-elle.

Acquiescement général.

Elle se pencha sur la carte, indiqua un point rouge au centre de l'île.

— Nous supposons que les nanorobots sont développés ici, dans ce site de déchets nucléaires creusé à flanc de montagne.

Puis, faisant glisser son doigt le long d'une ligne fine :

— Ceci représente la seule route d'accès. Tout le reste est escarpé et couvert d'arbres. Il y a une portion de terrain relativement plate au sud de l'installation. Elle est bordée par un canyon aux parois raides mais négociables. Les habitations les plus proches sont un petit village à environ soixante kilomètres à l'est.

Elle prit son téléphone, chercha une photo qu'elle plaça sur l'écran.

— Ici, on voit l'entrée. Comptez cinq mètres de diamètre. Le terrain a été aplati et il y a des rails qui conduisent à l'intérieur. Il faut faire un kilomètre dans la caverne avant de tomber sur les portes blindées.

Elle fit défiler une seconde photo.

— Voilà la clôture grillagée. Elle entoure l'installation. Quatre mètres de haut, surmontée de lames de rasoir. En plus des caméras évidentes, il y a un garde. C'est la seule sécurité visible.

— On peut s'attendre à des choses moins visibles, j'imagine ? demanda Karen.

— Sans aucun doute.

— Ce tunnel est certainement un stand de tir, intervint Vanya. À leur place, j'aurais installé dans les parois une série de fusils actionnables à distance. En l'espace de quelques secondes, l'air serait si rempli de balles que l'on ne pourrait même plus respirer.

— N'oubliez pas les mines, dit Reiji dans un anglais respectable. Les mines antipersonnel peuvent être extrêmement efficaces dans un espace confiné.

— Et ce ne sont là que des dispositifs conventionnels, dit Randi. L'armée japonaise semble avoir passé les trente dernières années à développer toute une nouvelle batterie de jouets mortels. La vérité est qu'on ne sait pas ce qu'on va trouver. Si nous avons raison à propos de cet endroit, il est très possible que nous soyons confrontés à des choses que nous n'avons jamais imaginées jusqu'ici.

— Et si on se trompe, on se retrouvera face à des conducteurs de chariots élévateurs complètement sidérés, dit Eric.

Ce qui déclencha quelques rires moroses. Pas suffisants pour briser la tension mais assez pour la faire baisser d'un cran.

— Qu'est-ce que l'on sait sur les portes blindées ? demanda Karen.

— Les spécialistes parlent de trente centimètres d'acier. Mais ça pourrait être plus que ça.

— Plus de trente centimètres d'épaisseur ?

— Peut-être beaucoup plus.

Les analystes militaires de Klein avaient passé en revue les prétentions de Takahashi. Ils avaient mis en relief un élément qui avait échappé à tout le monde jusque-là, Randi incluse : la limousine du bon général.

Chacun attribuait à la chance sa survie à la tentative d'assassinat perpétrée par Yoshima. Mais, si l'on regardait les images attentivement, sans préjugés, il devenait clair que le hasard n'avait rien à voir là-dedans. La voiture qui aurait dû être entièrement vaporisée semblait n'avoir subi que quelques égratignures. Et un hélicoptère l'avait fait disparaitre on ne savait où. Cela indiquait que Takahashi devait avoir en sa possession un matériau nouveau et extrêmement résistant.

— Il serait plus facile de creuser directement dans la roche, on dirait, fit Eric.

— La probabilité pour que quelqu'un survive à une incursion dans ce tunnel est très faible, non ? renchérit Vanya.

— Je sais une chose, fit Eric. Je n'ai pas envie d'être le crétin qui va devoir creuser là-dedans.

Tout le monde eut l'air d'acquiescer.

— Bien, conclut Randi après un moment. Donc on oublie la porte d'entrée.

Il y eut un silence.

— J'ai l'impression de dire une évidence, fit Karen, mais pourquoi ne pas se servir d'une bombe à force pénétrante ? C'est rapide, efficace, et ça devrait régler la question de leurs mesures de sécurité quelles qu'elles soient. On pourrait la faire lancer depuis la base d'Okinawa. Ça ne leur laisserait aucun laps de temps pour réagir.

Reiji fronça les sourcils.

— Bombarder le Japon ? Vous n'êtes pas sérieuse, n'est-ce pas ?

Randi le regarda. Un patriote, évidemment. Elle hésita avant de lui répondre. D'un autre côté, Klein avait personnellement donné son aval à chacune des personnes présentes autour de la table. De son point de vue, leur loyauté vis-à-vis de Covert-One était au-dessus de tout soupçon.

— Malheureusement si, Reiji, ça pourrait arriver, fit-elle enfin. Toutes les options sont sur la table. Mais je vous rassure. Le vrai problème ici ce n'est pas d'autoriser ou non un bombardement. Ce sont les nanorobots possiblement entreposés dans la grotte. Le risque qu'ils soient dispersés dans la nature en cas de frappe est beaucoup trop grand pour être couru.

— Et les livraisons ?

— Le peu d'informations que nous possédons à ce sujet indiquent que tout ce qui rentre et sort est soumis à une sorte de scanner à particules. On ne pourrait pas faire passer un cafard.

— *La barrique d'Amontillado*, dit soudain Vanya, et tout le monde se mit à le fixer.

— Il y a trois Américains ici et aucun de vous n'a lu Edgar Poe ? reprit-il. Votre système éducatif est aussi mauvais qu'on m'a appris à le croire. *La barrique d'Amontillado* raconte l'histoire d'un homme qui se venge en emmurant son adversaire. Ce que je veux dire est ceci : nous ne voulons pas vraiment rentrer dans cette grotte. Nous voulons juste que les autres n'en sortent pas. Pourquoi ne pas la sceller ?

— Voilà le genre d'idée hors des sentiers battus dont nous avons besoin, s'exclama Randi. Mais dans ce cas précis, je ne crois pas que ce soit possible. Nous pensons qu'il y a énormément d'équipements et de puissance…

— Elle a raison, intervint Reiji. Quand les ouvriers et les scientifiques à l'intérieur réaliseront ce que nous essayons de faire, ils paniqueront et chercheront à sortir par tous les moyens. S'ils y arrivent, leurs armes pourraient bien sortir avec eux.

Tout le monde se tut. Un silence déprimant envahit la pièce. Randi passa à nouveau la carte en revue, à la recherche de quelque chose, n'importe quoi, qu'ils auraient oublié.

— Allez, allez. Encore un effort. On est censés être les meilleurs non ? Faites-moi renter dans cette cave, Bon Dieu.

50

Nord-Est du Japon

Depuis sa position sur le lit de camp, Jon Smith examinait la chambre pour ce qui devait être la millième fois. Il était clair que Takahashi n'avait pas envisagé de garder de prisonnier dans ces lieux. Il avait été forcé de réaménager une pièce qui, à l'origine, devait être une salle de repos. Il y avait encore une kitchenette, et même un réfrigérateur plein. Le mobilier était utilitaire, et une petite salle de bains équipée d'un lavabo avait été installée de l'autre côté d'une porte coulissante.

Plus intéressantes étaient les matériaux de construction. Les murs, un mélange de roche naturelle et de boue séchée, et les quelques meubles – jusqu'au réfrigérateur –, un mixte de céramique, de fibre de carbone et de bois. On lui avait retiré ses vêtements au profit d'une combinaison blanche en coton du même type que celle qu'il avait aperçue sur le dos de deux employés tandis qu'on le traînait dans sa cellule. Les boutons se trouvaient être en os. L'absence de ceinture permettait l'économie d'une boucle. Les chaussures sans lacets ni clous. Même s'il ne pouvait être absolument certain que les nanorobots étaient développés ici, l'absence totale de matériaux qu'ils pouvaient attaquer laissait penser que c'était bien le cas.

La question était : que pouvait-il y faire pour empêcher la Troisième Guerre mondiale en préparation de l'autre côté de ces millions de tonnes de terre et de rocs qui le recouvraient ?

Smith se leva, saisit l'une des chaises pliantes dans sa main droite. Le bras tendu sur le côté il entreprit de la lever avec précaution. La douleur brûlante dans son omoplate n'était plus aussi cuisante que la veille. Il n'était pas certain de vivre encore assez longtemps pour profiter de sa guérison. Mais du moins pouvait-il utiliser le temps qui lui était imparti pour récupérer un peu de sa force.

À mi-parcours de la troisième série de mouvements, la porte donnant sur le corridor s'ouvrit. Il laissa tomber la chaise et se retourna. Il s'attendait à voir Takahashi, mais se trouva face à quelqu'un de tout à fait différent.

L'homme qui venait d'entrer devait faire un mètre soixante-dix. La façon dont il se déplaçait, le dos voûté, lui donnait l'air d'être bien plus petit. Des touffes éparses de cheveux longs semblaient avoir poussé n'importe où et n'importe comment sur la peau endommagée de son crâne et la chair décolorée de son visage semblait par endroits comme effondrée, contrastant avec ses yeux étonnamment vifs.

En dépit de son état méconnaissable il n'y avait guère de doute sur son identité. Encore moins sur le fait qu'il avait travaillé dans le Réacteur 4 le jour du tsunami.

— Docteur Ito, dit Smith, indiquant la chaise qu'il venait de reposer.

Le physicien acquiesça avec reconnaissance et s'assit sans parler. Son expression était difficile à déchiffrer en raison de la paralysie partielle de ses muscles faciaux, mais tout son corps suggérait la peur.

— Mes félicitations, dit Smith en prenant une chaise de l'autre côté de la table. La nanotechnologie que vous avez développée a un demi-siècle d'avance sur tout ce que j'ai eu l'occasion de voir jusqu'ici.

Ito s'inclina de façon presque imperceptible pour recevoir le compliment.

— L'ingénierie moléculaire, fit-il. Mon rêve depuis toujours. Pouvez-vous imaginer les possibilités ? Des gratte-ciel qui se construiraient tout seuls. La réparation, et peut-être pourquoi pas la création d'organes sans chirurgie…

— Mais ce n'est pas du tout dans cette direction que vous avez dirigé vos recherches, l'interrompit Smith.

— Non, répondit-il. Une intonation de souffrance se mêlait à son accent. À mesure que je creusais, les gens tout autour ont commencé à s'effrayer.

— De quoi ? Des dangers potentiels ? fit Smith.

Ito acquiesça.

— Un scientifique tel que vous appréciera l'ironie. Plus j'avais du succès, plus il devenait difficile de trouver des fonds. Personne ne voulait être associé à un possible accident.

— Personne sauf Takahashi.

Cette fois, l'acquiescement tint du sursaut de la tête – le sursaut bizarre, frénétique, de quelqu'un s'éveillant d'un cauchemar pour tomber dans un autre.

— Il avait des ressources pratiquement illimitées. Il était extrêmement généreux.

— Mais il y a toujours des contreparties, n'est-ce pas ?

Ito se pencha en avant. Il paraissait avoir besoin de s'accrocher à la table.

— Il voulait que mon invention puisse attaquer le béton, l'acier et le plastique. Ce n'était pas l'idéal du point de vue de la sécurité, mais le danger restait gérable. Après avoir réussi l'autoréplication j'ai voulu diversifier les recherches, naturellement. Mais alors Takahashi n'a plus été intéressé.

La part scientifique de Smith pouvait sympathiser avec Ito. Qu'il était facile de s'aveugler à tout ce qui n'était pas la prochaine découverte – celle qui changerait le monde, vous donnerait une place aux côtés des grands esprits de l'histoire humaine. Cela pouvait être plus enivrant que n'importe quelle drogue.

— Et lorsqu'il est devenu clair que votre invention déstructurait les matériaux dont elle se nourrissait, Takahashi vous a demandé de vous concentrer sur la façon de contrôler le processus.

Ito se mit à le fixer d'un air suspicieux.

— Je ne suis pas qu'un physicien, Colonel. Je suis un soldat. Et j'en serais un bien médiocre si je ne savais pas qu'une arme qu'on ne peut contrôler est inutilisable.

Il se tut quelques secondes.

— Je n'ai pas commencé dans la vie avec l'intention de fabriquer des instruments de mort, vous savez, reprit-il. Moi, je voulais créer quelque chose. Je voulais explorer mes théories.

— Et c'est le moyen que vous avez trouvé pour le faire, l'interrompit Smith. Takahashi était la seule source de financement sur laquelle vous pouviez vous reposer, donc vous lui avez obéi.

Nouveau hochement de tête nerveux.

— J'ai limité leur capacité à l'autoréplication pour des raisons d'évidence. Takahashi m'a aussi demandé d'intégrer un facteur géographique, en sorte que les robots cesseraient de fonctionner au-delà d'une zone déterminée.

— Et ces mesures fonctionnent ?

— Dans nos tests ? Parfaitement, répondit-il avec un malaise que Smith comprenait parfaitement.

— Combien d'autoréplications avez-vous pratiquées dans ces tests, Docteur ?

Il parut vouloir se lever mais sans en trouver l'énergie.

— Des dizaines de millions.

— Et combien en attendriez-vous si ces machines devaient être utilisées comme instrument de guerre ?

— Le chiffre est pratiquement incalculable. Plus grand que le nombre d'étoiles dans l'univers. C'est ce que je me suis exténué à expliquer au général. À mesure que le nombre de réplications augmente, augmente aussi le risque d'une mutation désastreuse. Mais chaque jour il semble moins enclin à écouter. Il a changé, Colonel. Vous êtes encore jeune, vous ne pouvez pas comprendre. Takahashi n'a plus beaucoup d'années devant lui. Il a dédié sa vie à cette entreprise. Il…

— Dédié sa vie à *quoi*, exactement ?

Ito se mit à regarder autour de lui, comme si quelqu'un était en train de les épier.

— Je pensais que c'était à la création d'un Japon nouveau. Un Japon qui pourrait rivaliser avec l'Amérique, peut-être même la dépasser. Imaginez ce que ces armes sont capables de faire. Détruire le complexe militaro-industriel de la Corée du Nord sans même blesser ses citoyens. Toucher des armes spécifiques dans des régions précisément définies à l'exclusion des autres. Il n'y a pas de limites à ce qu'elles nous auraient permis d'accomplir.

Par bien des aspects, Ito voyait juste. Que se passerait-il si les nanorobots ciblaient le matériel de fabrication des bombes ou de la poudre au Moyen-Orient et en Afrique ? Et même, Bon Dieu, dans certains quartiers du cœur de l'Amérique. Combien de vies seraient sauvées ? Combien de pays stabilisés ? Le problème, cependant, était celui de l'intention. L'Amérique avait réussi remarquablement bien dans l'usage de sa force. En dépit de toutes ses imperfections, le pays avait un gouvernement stable, bénéficiait d'une culture démocratique profondément ancrée, et d'une réticence généralisée à utiliser son pouvoir à moins que cela ne paraisse absolument nécessaire.

Takahashi, lui, n'avait aucune de ces qualités.

— Je comprends que rien de tout cela n'était dans vos intentions, docteur Ito. Mais vous savez aussi bien que moi que ce que vous vouliez n'a plus aucune importance aujourd'hui. Takahashi est en train de provoquer une guerre avec la Chine et il projette de démontrer la nouvelle supériorité militaire de son pays en rayant ce pays de la carte.

Ito acquiesça misérablement :

— Et il ne va pas s'arrêter là. Sa vision est celle de ses pères : ressusciter le Japon impérial. À cause de moi, il va y parvenir.

51

Environs de Tokyo, Japon

S'avançant seul dans le couloir de terre et de pierre, le général Masao Takahashi se découvrit en proie à un ressentiment familier. Il vivait comme une insulte le fait de devoir se dissimuler sous terre avec ses hommes les plus loyaux. Bien sûr, ce n'était que temporaire. Le temps était proche où le peuple japonais comprendrait enfin ce qu'il était en train d'accomplir.

La porte devant lui coulissa sans qu'il fit un geste. Plusieurs capteurs avaient déchiffré son identité biométrique tandis qu'il approchait. Il pénétra dans une pièce où se trouvaient les responsables des trois branches de ses forces de défense ainsi que Akio Himura, le directeur du Renseignement japonais.

Takahashi choisit de ne pas s'asseoir. Il indiqua à ses hommes de se passer du salut traditionnel à leur supérieur. La réunion était après tout une formalité. Les plans pour l'attaque de la Chine avaient été déterminés des années durant, chaque détail passé en revue. À mesure que le jour final approchait, il convenait que les hommes dirigeant cet effort de guerre se rencontrent enfin face à face.

— Je crois comprendre que toutes les mesures défensives sont en place et prêtes à être déployées. Cela inclut les missions de secours civil dans l'éventualité où une attaque toucherait notre sol.

Les hommes assis autour de la table acquiescèrent.

— Une fois encore : nous sommes d'accord, il n'y a pas de problème dont je ne sois pas au courant ?

Nouvel acquiescement. Il avait beau déjà connaître la réponse à cette question, il se détendit quelque peu en voyant son équipe répondre unanimement.

— Il n'y a donc plus qu'à attendre Ito. Il met la dernière main aux boîtes individuelles contenant les nanorobots spécifiquement ciblés. Ils seront passés en Chine en contrebande puis lâchés dans toutes les grandes villes, dans les bases militaires et les centrales électriques.

— Est-ce qu'on a une estimation du temps que mettra le barrage à se rompre ? demanda l'amiral Inoue.

Le barrage des Trois-Gorges, sur la rivière du Yang Tsé, devait être la première structure attaquée. Sa destruction libérerait un déluge faisant des millions de victimes et couperait l'électricité dans des régions stratégiques du pays. La Chine serait dépassée par l'ampleur de la catastrophe et concentrerait toutes ses forces à secourir les blessés et à déterminer les causes de l'accident.

Pendant ce temps, le reste des infrastructures se désintégrerait tranquillement dans tout le reste du pays. Quand leurs machines se mettraient à tomber en morceaux et leurs immeubles à s'effondrer, les Chinois n'auraient toujours pas la moindre idée de ce qui leur arrivait. Et même dans le cas contraire, ce serait trop tard.

— Nous nous attendons à une rupture complète dans les six semaines après le déploiement, répondit Takahashi. Le reste de la Chine s'effondrera trois semaines après cela.

— Et les Américains ? Qu'en est-il de votre meeting avec Castilla ? demanda Tadao Minami. C'était un soldat trop brillant pour être écarté de la direction de la défense aérienne, mais Takahashi le considérait néanmoins comme le plus faible du groupe. Il ne voyait pas le Japon du futur comme autre chose que l'un des membres les plus puissants de la communauté internationale, tandis que les autres, à commencer par Takahashi, partageaient la vision d'une domination nippone totale.

Takahashi croisa les bras sur sa poitrine.

— Leur réaction est difficile à prédire. Castilla paraît suffisamment intelligent pour comprendre la nouvelle position subordonnée qu'occupera désormais son pays. Mais je ne suis pas sûr de la profondeur de sa compréhension. Par ailleurs, nous devons garder en mémoire qu'il n'est qu'une facette du gouvernement américain. Le Congrès auquel il doit répondre est non seulement très puissant mais peuplé de fanatiques et de crétins. Nous devons donc nous préparer à une réaction stupide de la part de l'Amérique.

Le visage des hommes dans la pièce s'assombrit. Certains étaient la proie d'un sentiment plus fort que la seule appréhension, mais c'était là quelque chose que Takahashi s'était préparé à tolérer.

— Ne vous méprenez pas, messieurs. J'ai fait savoir à Castilla que rien de tout cela ne constituait une attaque contre l'Amérique et que nous n'avions aucune intention d'en déclencher une à moins d'être provoqués.

— Et si c'est le cas ? demanda Minami. Ils sont toujours la pierre angulaire de l'ordre du monde. Ils comptent pour presque un quart du produit intérieur brut de la planète. Cet élément comptera beaucoup pour nous dès lors que la Chine ne sera plus là. Jusqu'où pouvons-nous nous permettre de les toucher ?

Takahashi n'était pas habitué à être défié, et il se raidit imperceptiblement devant ce qu'il percevait comme une attaque.

— Si les Américains se rangent du côté des Chinois, nous répondrons. Est-ce clair ?

Ses hommes répondirent tous par l'affirmative. Mais l'inquiétude sur leurs visages restait perceptible. La vérité était qu'il se serait réjoui violemment à l'idée d'écraser les États-Unis pour ce que ces derniers avaient fait autrefois au Japon. Mais il savait que ce n'était pas possible. Au bout du compte, le plaisir de voir le pays se vider progressivement de son pouvoir et de son influence – celui d'entendre les dirigeants américains solliciter l'autorisation de Tokyo pour chacune de leurs actions –, tout cela serait bien plus satisfaisant.

— Comme vous le savez, je réalise et apprécie l'importance de l'Amérique dans la défense des intérêts de notre pays, continua-t-il, en faisant un effort pour se modérer. J'ai mis au point contre eux un plan de bataille progressif qui devrait se révéler suffisamment dissuasif sans que nous ayons besoin d'utiliser les armes de Ito.

— Ce plan comporte une attaque terrestre ? Contre leur population civile ?

De nouveau, Takahashi se raidit. Il avait répondu aux objections de Minami et, à présent, ce dernier approchait l'insubordination.

— Si nécessaire, nous détruirons les capacités navales de l'Amérique dans le Pacifique. Et s'ils ne se retirent pas immédiatement, oui, nous les envahirons. Le peuple américain est faible, incapable d'endurer ne serait-ce que le plus petit manque de confort. Nous avons identifié quatorze stations électriques individuelles qui ne sont protégées par rien d'autre que par de simples grillages. Si nous les détruisons, le pays tout entier se retrouvera dans l'obscurité pour un minimum de trois semaines. Il ne faudra pas plus de quelques heures seulement pour que les gens demandent une reddition inconditionnelle.

— Et s'ils s'avèrent plus forts que vous ne pensez ? insista Minami.

— Eh bien dans ce cas l'Amérique cessera d'exister ! Takahashi se mit à crier. Nous lâcherons sur eux l'arme de Ito et nous les regarderons pourrir ! Est-ce que c'est clair ?

Minami baissa les yeux. Il ne voulait pas croiser le regard de son supérieur.

– Bien sûr, Général, je comprends parfaitement.

Takahashi fit des yeux le tour de la table. Ne trouvant pas d'autre dissident, il se leva, salua brièvement de la tête et sortit. Il n'y avait rien de plus à dire. Il avait bien choisi ses hommes. Même Minami mourrait avant d'échouer à remplir son devoir envers le Japon.

Revenu dans le couloir, le général parvint à un croisement en T et, l'espace d'une seconde, hésita. Des affaires à Tokyo requéraient sa présence. Mais plutôt que de tourner à gauche, vers la sortie, il prit à droite. La pente s'accrut tandis que le chemin s'enfonçait dans la terre sur une distance qui semblait infinie.

La porte du fond ne s'ouvrit pas automatiquement à son approche, il dut placer sa main contre une plaque de verre et composer un code sur un clavier afin de pouvoir passer.

À l'intérieur, les murs étaient peints d'un blanc morne, à l'exception de l'un d'entre eux entièrement en verre du sol au plafond. De l'autre côté, Takahashi pouvait observer ce qui ressemblait à seize Thermos parfaitement normales. Chacune contenait les millions d'exemplaires du nanorobot mis au point par Ito. D'ici à quelques jours, le physicien en remplirait quatre-vingt-seize de plus. Une pour chacune des cibles de la Chine.

Takahashi fit quelques pas, s'arrêta devant la paroi de verre et se pencha en avant. Le sommet politique australien était achevé, et le président Castilla avait merveilleusement bien fait son job. La tension entre la Chine et le Japon se calmait. Le Premier ministre Sanetomi avait parlé aux principaux médias japonais et les avait convaincus que les bénéfices qu'ils retiraient de l'hystérie antichinoise ne leur servirait à rien le jour où le ciel se remplirait de missiles. Et la Chine suivait, usant de son contrôle totalitaire des médias pour modérer les messages antijaponais.

Sanetomi avait même planifié un voyage à Pékin. Selon la rumeur, il s'apprêtait à faire encore de nouvelles excuses pour le rôle joué par son pays dans les atrocités commises pendant la Seconde Guerre mondiale, excuses que la Chine accepterait formellement.

Les yeux sur les Thermos, Takahashi passait tout cela en revue. Son souffle embuait la vitre devant lui au rythme de sa respiration. Son plan initial, provoquer une attaque immédiate de la Chine, jouer les victimes, avait échoué. Mais c'était sans importance.

Les règles d'engagement, les illusions de la morale, les lois internationales, tout cela était hors de propos pour la guerre. Les institutions étaient pour les faibles. Et le Japon allait cesser de feindre la faiblesse.

52

Nord-Est du Japon

— Vous ne pouvez pas me kidnapper comme ça ! Vous ne pouvez pas me jeter à l'arrière d'un avion et me voler mon invention ! dit Max Wilson, resserrant le col de sa veste en cuir autour de son cou et fixant la forêt dense qui les entourait.

— Je ne comprends pas pourquoi vous persistez à me répéter ça, répliqua Randi avec impatience. Je le peux puisque je l'ai fait.

Wilson était plus petit qu'elle de quatre bons centimètres, mais de constitution solide, avec des mains calleuses et un nez qui avait l'air d'avoir été brisé plus d'une fois. Pas vraiment le genre d'homme dont on devinerait qu'il est diplômé de Standford et Cal Tech.

Son père était mort dans un accident minier en Virginie Occidentale, Wilson était alors âgé de douze ans. Mû par ce qui semblait être un sens de la loyauté filiale poussé au paroxysme, il avait repris le flambeau, quitté le collège pour descendre à son tour dans les mines. Et il n'avait pas fallu longtemps pour que les ingénieurs repèrent son talent : trouver à chaque problème des solutions moins chères, plus pratiques et plus élégantes que les leurs. Il y avait aussi ses sujets de distraction : théories des nombres, mécanique quantique, paléomagnétisme… L'un des géologues de la compagnie avait recommandé Wilson à son alma mater où il avait été aussitôt accepté. Il avait passé les dix années suivantes à l'université avant de retourner, de son plein gré, à la mine.

— Vous êtes supersexy, j'imagine que c'est une consolation, fit-il en la toisant.

— Merci, docteur Wilson. Très aimable.

— Appelez-moi Max. Et vous êtes ?

— Randi.

— Randi…

— Juste Randi.

— Du gouvernement, maugréa-t-il.

— Vous m'avez été chaudement recommandé par Greg Maple.

Il murmura quelque chose que Randi ne comprit pas mais concernait, en gros, le savon qu'il s'apprêtait à passer à son collègue sitôt de retour aux États-Unis.

Randi posa une main sur son dos et le guida entre les arbres. Ils avancèrent en zigzag jusqu'à une clairière recouverte d'un dais de camouflage.

— Où est-ce qu'on est, je peux savoir ?

— Dans les bois, répliqua Randi.

— Pas en Amérique, en tout cas. Le vol a duré trop longtemps.

— Ce n'est pas important.

— Ah non ? Pour vous peut-être, parce que vous savez où vous êtes. Vous n'avez pas été kidnappée.

Elle haussa les épaules. Difficile de contester sa logique.

Ils parvinrent à une côte et Wilson s'arrêta. Juste en face se trouvait un cylindre en argent d'environ six mètres de long et d'un peu moins de cinquante centimètres de diamètre. Il avait été livré en pièces détachées, de manière à pouvoir être transporté facilement dans les montagnes du Japon. Les cinq gamins qui s'agitaient autour l'avaient presque entièrement monté.

— Hé ! s'exclama Wilson, mais ce sont mes étudiants !

— Je me suis dit que vous apprécieriez un peu d'aide.

Il pivota vers elle, de nouveau furieux, et elle tenta de contrer sa colère avec ce qu'elle espérait être un sourire désarmant. Ses méthodes de persuasion naturelles étaient inutilisables avec les civils et les universitaires.

— De l'aide à quel sujet ? fit-il, d'une voix qui tremblait de fureur.

Randi pointa le nord.

— Pour créer un tunnel à travers cette montagne.

Son visage se vida de toute expression.

— Vous ne parlez pas sérieusement.

— J'ai l'air de plaisanter ?

— Mais c'est un prototype, bordel ! Cette machine n'a jamais été utilisée !

— Oui, mais la version précédente a fonctionné. Et même très bien fonctionné à ce qu'on m'a dit. J'ai cru comprendre que ce modèle était encore meilleur.

L'invention de Wilson était une foreuse de tunnel d'un nouveau genre. En surface, elle n'avait pas l'air très différente de celles utilisées d'ordinaire, mais les ressemblances s'arrêtaient là sitôt qu'on entrait dans les détails. Habituellement, les foreuses projetaient d'énormes volumes de terre qu'il fallait ensuite déblayer ; des attelles devaient être placées à intervalles réguliers pour empêcher le puits de s'écrouler. Il y avait aussi les énormes câbles électriques nécessaires au fonctionnement des machines. Le système de Wilson s'était débarrassé de toutes ces complexités. Un noyau à énergie nucléaire propulsait les excavateurs. L'excès de chaleur du réacteur faisait fondre la terre pour la transformer en une substance plus dure que le béton. Au stade final, la machine qu'il concevait serait plus grande qu'une locomotive. Ce prototype en revanche était bien plus petit et parfait pour l'idée, à vrai dire complètement folle, sur laquelle Randi et son équipe s'étaient arrêtés.

— Pas moyen de la mettre en marche, protesta Wilson. Vous n'imaginez pas ce qu'il faut que je fasse pour obtenir du carburant nucléaire de la part du gouvernement.

— Je l'ai fait remplir avant de la transporter jusqu'ici.

— Vous dites n'importe quoi.

De nouveau, Randi secoua les épaules.

— Quand je demande quelque chose, Max, je l'obtiens. Vous devriez garder ça en mémoire.

Il l'observa un moment en silence, puis se tourna vers son invention. Quand ses étudiants le virent approcher, ils abandonnèrent leur tâche pour l'entourer. Ils parlaient tous en même temps avec des voix paniquées.

Randi les observa quelques secondes, puis repartit vers les arbres. Elle marcha jusqu'à une petite table où

Eric Ivers et Vanya s'affairaient sur une carte topographique. Reiji avait emmené Karen faire des courses, ce qui leur prenait toujours plusieurs heures, car tout devait arriver par petites quantités afin de ne pas attirer l'attention.

— Comment on s'en sort ?

Pour toute réponse, Vanya lui lança un regard soucieux, Ivers se contenta de rire. Ils se trouvaient à mi-chemin du flanc d'une montagne abritant une usine de déchets nucléaires dont il pensait qu'elle dissimulait l'arme la plus dangereuse jamais construite par des mains humaines. Leur plan ? Si tu ne peux pas entrer par la porte, casse un carreau et passe par-derrière.

— Pas terrible, hein ?

— Non, non, fit Ivers. C'est tout simple. Tout ce qu'on a à faire, c'est de ramper dans trois kilomètres de tunnel brûlant, finir le chemin en creusant à la main pour que personne n'entende le bruit du petit missile nucléaire souterrain de Wilson, et sortir de là d'un seul bond en criant « plus un geste ! ».

— Qu'est-ce qui pourrait foirer, vu comme ça, hein ? fit Randi.

Vanya grimaça. L'humour de Randi tombait à plat, visiblement. Il compta sur ses doigts :

— Un prototype de foreuse jamais testé, assemblé par une bande d'étudiants sans expérience a toutes les chances de foirer pendant l'opération. Takahashi est probablement équipé de senseurs sismiques qui nous détecteront à mi-chemin au moins avant le point d'arrivée. On ne sait pas comment creuser la dernière portion de tunnel, et la moitié de la montagne est faite de roche dure. Mais soyons fous : imaginons même une seconde que l'on parvienne à entrer dans les lieux. Combien de gardes va-t-on devoir affronter ? Mystère. De quelles armes ils disposent ? Mystère. Est-ce que l'endroit correspond au plan d'origine entre nos mains ou est-ce que Takahashi a fait tout changer comme c'est probable, auquel cas comment se repérer ? Mystère aussi.

Il se tut – mais Randi savait qu'il aurait sans doute pu continuer comme ça une bonne heure.

Pendant un long moment, plus personne ne dit rien. Vanya venait de formuler ce qu'ils pensaient tous. Mais quelle alternative avaient-ils ? Pour inconcevable que ça paraisse, Klein leur avait clairement fait savoir qu'ils représentaient la dernière chance susceptible d'éviter le plus grand désastre humanitaire de l'Histoire. Elle-même se connaissait suffisamment pour savoir qu'elle ne supporterait pas de ne rien tenter. Si l'on devait tomber de toute façon, mieux valait perdre en combattant plutôt que d'accepter son sort.

— Écoutez, commença-t-elle. Normalement, quand je dis quelque chose comme ce que je m'apprête à formuler, je ne le pense pas, mais là, si. Personne ne vous tiendra rigueur si vous voulez vous retirer. Le plus probable, de toute façon, c'est qu'il n'y aura plus grand-monde pour vous reprocher quoi que ce soit.

Vanya prit le temps de réfléchir.

— Monsieur Klein m'a sauvé la vie par deux fois, fit-il enfin. Je marche. Peu importe comment ça finit.

— Eric ?

Son sourire habituellement franc trembla.

— Je savais que c'était une mission de merde quand j'ai signé, Randi. Mais ce truc que Wilson a construit, en fait de foreuse, va creuser nos tombes, et tu le sais.

On va crever dans ce tunnel et personne n'en saura jamais rien. Il n'y aura ni défilé, ni articles à sensation dans la presse, ni statue érigée en notre mémoire. Tout ce que nous aurons, c'est un trou douillet à flanc de montagne au Japon et quelques potes pour le partager.

— Donc, tu te retires.

Il secoua la tête.

— Karen m'a dit qu'elle restait. Elle est ma seule famille. Donc, j'imagine que je peux mourir avec elle.

53

Le Bureau ovale,
Washington D.C.,
USA

Le général Keith Morrison, chef de l'état-major des armées, bondit de son siège en voyant entrer le président Castilla dans le Bureau ovale. Il avait l'air un peu somnolent et Castilla espéra que ce n'était que la conséquence des insomnies provoquées par l'agitation de ces derniers jours.

Castilla lui tendit la main.

— Vous avez de bonnes nouvelles, Keith ? fit-il avec un geste de la tête en direction de l'épais dossier que l'officier avait apporté.

L'expression de Morrison passa de la somnolence à la souffrance.

— Asseyez-vous, je vous en prie, dit Castilla en lui indiquant le sofa.

Trois jours plus tôt, il avait personnellement mis Morrison au courant de son rendez-vous avec Takahashi, ainsi que de l'analyse qu'en avait faite

Covert-One, et de tout ce que Greg Maple avait découvert sur les armes mises au point par Hideki Ito. Il avait donné pour mission à Morrison de vérifier très discrètement tous ces points et d'en faire une analyse de son cru. Personne en dehors d'une petite poignée d'experts ultrasélectionnés ne devait être mis dans la confidence – ni le ministre de la Défense, ni la CIA, et encore moins la NSA. À ce stade, le secret était primordial. À l'exception de Fred Klein, Morrison était la seule personne en qui il avait toute confiance. Non seulement l'homme était un héros authentique, mais il était aussi diplômé de Harvard et, enfin, il semblait physiquement incapable de ne pas suivre les ordres de son commandant en chef. Peut-être plus important encore, il connaissait personnellement Masao Takahashi depuis plus de vingt ans.

Morrison commença à ouvrir le dossier qu'il tenait à la main puis, soudain, parut perdre toute force. Il se contenta de l'étaler sur la table qui les séparait.

— Puis-je vous demander où vous vous êtes procuré l'analyse que vous m'avez fournie, monsieur ?

— Non, répondit simplement Castilla.

Le soldat acquiesça :

— Eh bien c'est un sacré boulot. J'aurais aimé que celui qui l'a faite travaille pour moi.

Le Président avait eu tout le temps de se préparer au rendez-vous, il garda une expression impassible. Il avait espéré que Morrison viendrait lui expliquer combien Takahashi et Klein divaguaient, mais la vérité était là : aucun de ces deux hommes n'avait jamais été pris en défaut jusqu'ici.

— Parlez-moi de Takahashi, dit Castilla.

C'était l'un des rares points aveugles de Klein. Il avait beau être le meilleur pour collecter les informations, il n'avait jamais travaillé avec le général nippon, jamais bu un coup de trop en sa compagnie – il ne le connaissait pas.

Morrison se mordit la lèvre quelques secondes.

— Masao est une personnalité complexe. Brillant, aucun doute là-dessus. Son savoir historique est proprement encyclopédique et, en même temps, il se débrouille pour ne jamais se laisser embourber dans le passé. Il a toujours été porté par une vision prospective de la chose militaire…

La voix de Morrison faiblit.

— Mais j'ignorais jusqu'à quel point.

— Laissez-moi vous poser une question, Keith. Est-ce que vous l'appréciez sur un plan personnel ? Est-ce que vous le considérez comme un ami ?

Morrison secoua la tête.

— J'ai toujours admiré Masao. Mais quand on commence à le connaître, on découvre qu'il y a chez lui quelque chose de très sombre.

— Expliquez-vous.

— D'abord, il est clair qu'il tient les États-Unis pour responsables de la défaite du Japon. Il nous voit aussi comme la principale cause de la faiblesse militaire de son pays au cours des soixante-quinze dernières années. Et sur un plan plus personnel, il considère que les USA sont coupables de la mort de plusieurs membres de sa famille, pendant et après la guerre. Y compris sa mère.

— Donc, le fait que nous ayons aidé le Japon à se reconstruire économiquement en dépit de tout ce que le pays avait fait ne l'atteint pas le moins du monde ?

— Il ne voit aucune générosité là-dedans. Pour lui c'est un signe de peur.

— Peur de quoi ?

Morrison ne répondit pas tout de suite. Il cherchait à s'exprimer aussi précisément que possible.

— En plus de son intérêt pour l'Histoire, Masao est passionné de génétique. Et même s'il ne l'a jamais formulé ouvertement, je peux vous assurer qu'il est convaincu que le peuple japonais est... comment ?

— Je vous en prie, ne dites pas « une race supérieure », fit Castilla qui commençait à se sentir mal. Le monde n'avait déjà que trop connu cela.

— J'aimerais bien l'éviter, mais l'expression est malheureusement exacte. Dans son esprit, si nous avons interné les citoyens américano-japonais pendant la Seconde Guerre mondiale, c'est parce que, inconsciemment, nous avions compris qu'ils formaient un groupe homogène et supérieur au reste du pays et qu'il devait être éliminé en tant que tel. Il voit notre aide dans la reconstruction du Japon comme une tentative désespérée de le contrôler, de le rendre dépendant de nous en l'empêchant de retrouver une autonomie militaire.

— Bon sang, Keith. Est-ce que je n'apprends tout ça que maintenant ?

— Les sentiments personnels de Takahashi n'avaient jamais compté, jusqu'à présent. Il ne dirige pas le pays. Le Japon est un allié pratiquement dépourvu de capacité offensive. Du moins c'est ce que nous pensions.

Castilla ne répondit pas. La perspective de Takahashi utilisant son nouvel arsenal sur le territoire américain le paralysait presque.

— S'il croit que les Japonais sont au sommet de la hiérarchie génétique, finit-il par articuler, j'imagine qu'il voit les Chinois à l'autre bout ?

— Sans le moindre doute.

— Et nous, nous sommes où là-dedans, Keith ?

— J'ai bien peur de ne pas avoir la réponse à cette question, monsieur. Intuitivement, je dirais que nous ne sommes pas du tout dans son viseur. Il ne nous calcule pas. Les Chinois ont une haine profonde des Japonais et ils font pression sur toute la région.

Castilla acquiesça d'un air entendu. S'il avait été le Premier ministre japonais plutôt que le président des États-Unis, le problème de la Chine l'aurait laminé. La situation entre le Japon et la Chine commençait à ressembler à ce qu'avait été celle des USA et de l'URSS au temps de la guerre froide. À ceci près que le Japon n'avait pas d'autre choix que de faire confiance aux États-Unis au cas où les choses dégénéreraient vers un conflit armé. C'était une position extrêmement précaire.

— Okay. Mais alors pourquoi l'escalade, Keith ? Pourquoi ne pas faire une démonstration publique des capacités militaires nippones qui remettrait la Chine à sa place et ferait retomber la tension ?

— Cela ne ferait que maintenir le statu quo. Takahashi est plus ambitieux que ça. Pour lui, la démonstration consiste à se débarrasser de son seul rival en Asie par la force. Il aura alors le contrôle de toute la région. Le Japon est une île sans beaucoup de ressources propres et dotée d'une population relativement peu importante et vieillissante. Il a besoin de territoire, d'une relance démographique, et de matières premières.

— Quel est son objectif final ?

— Si je me fie à ce que je connais de lui, je dirais que son but est de balayer la Chine de la carte et, par-là même, de supplanter les États-Unis comme unique superpuissance.

Il était temps de prendre un remontant. Castilla se leva, marcha jusqu'à son bureau, en sortit une bouteille. Morrison, un Mormon convaincu, ne buvait pas une goutte d'alcool, inutile de lui en proposer même s'il donnait tous les signes d'en avoir besoin.

— Donc, d'après vous, il va attaquer ?

— Oui, monsieur.

— Comment ?

— Sans le moindre doute il commencera par les nanorobots. À sa place, je les introduirais discrètement sur le territoire chinois. Le temps que Pékin réalise ce qui se passe, leurs infrastructures militaires et civiles se seront déjà effondrées. En imaginant qu'ils comprennent qui est derrière et qu'ils soient encore capables de monter une contre-attaque, la défense japonaise sera à même d'y répondre sans mal.

Castilla se servit un verre de bourbon, puis, sentant ses jambes trembler, s'appuya à son bureau. La situation était presque impossible à appréhender. Des centaines de millions d'individus en plein hiver, sans électricité ni abri, sans nourriture ni moyen de transport. Les villes peuplées de gens se battant pour le moindre bout de pain dans les décombres. Une planète à qui manquerait soudainement, avec la Chine, un pouvoir industriel gigantesque, qui fabriquait en énormes quantités les biens de consommation le plus courants et offrait des milliards de milliards de dollars en produits et services.

Une dépression mondiale s'ensuivrait certainement et les États-Unis et le Japon passeraient les cinquante années suivantes à se battre pour la suprématie.

— On parle de la destruction de centaines de millions d'individus, Keith. Des civils. Des femmes et des enfants. Comment arrêter ça ?

— Militairement ?

Castilla acquiesça de la tête.

— On ne le peut pas, monsieur. Désolé.

— Ce n'est pas acceptable. L'Amérique ne va pas rester les bras croisés pendant que des foules entières se font massacrer. Ce n'est pas dans nos habitudes.

— Je comprends, monsieur. Mais mon devoir est de vous fournir une opinion brute.

— Qui est ?

— Nous ne pouvons pas gagner. Mais nous pouvons perdre gros.

— Vous êtes en train de m'expliquer qu'un pays qui dépense en budget militaire plus que dix autres réunis serait impuissant ?

— Essentiellement, oui. À cause d'un certain nombre de problèmes insurmontables avec le Japon. Premièrement, nous serions obligés de nous appuyer avant tout sur nos forces navales. Or je n'ai pas le moindre doute sur le fait que les torpilles autopropulsées dont Takahashi vous a parlé sont exactement conformes à ce qu'il en dit. Il ne bluffe pas.

— Donc tous les porte-avions dont les amiraux me répètent que j'ai absolument besoin sont inutiles face à une poignée de torpilles qui fonctionnent comme des jeux vidéo ?

— Notre flotte n'a pas été conçue pour contrer un essaim de missiles autonomes se déplaçant à trois cents nœuds, monsieur. Au bout du compte, nos portes-avions ont la taille de vraies villes et ils se déplacent à la même vitesse. On serait obligés de les garder hors de portée des torpilles et nous ne savons même pas ce qu'est au juste cette portée. En mettant les choses au pire, tous nos porte-avions pourraient être coulés en l'espace de quelques heures.

— Les sous-marins ?

— On peut supposer qu'ils seraient plus difficiles à Takahashi de les neutraliser.

— Donc on pourrait les utiliser ?

Morrison acquiesça.

— La seule chance que j'entrevois pour défaire le Japon, c'est une attaque nucléaire préventive effectuée par vagues successives. De préférence conjointement depuis la terre et la mer, et en coordination avec la Chine.

Castilla but une longue gorgée de bourbon. Il se concentra un moment sur la sensation de brûlure dans sa gorge. Morrison était en train d'évoquer rien moins que l'annihilation de toute vie sur l'île du Japon par une attaque que le monde interpréterait sans le moindre doute comme parfaitement gratuite. Tout cela sur la supposition que Takahashi allait bel et bien attaquer la Chine, et qu'il possédait les armes dont il se vantait.

— Il y aurait des contrecoups à prévoir, cependant, reprit Morrison.

— Ah oui ? fit Castilla, d'une voix qui s'élevait de manière incontrôlable. Des contrecoups au fait de transformer le Japon en tas de poussière radioactive ? Je n'aurais pas cru, voyez-vous.

Il se reprit et laissa échapper un long soupir.

— Désolé, Keith.

— Ce n'est rien, monsieur. Je crois que j'ai hurlé exactement la même chose à mon subordonné ce matin même.

— Vous voulez parler des représailles japonaises, n'est-ce pas ?

— Oui, monsieur.

— Les nanorobots.

— Je ne suis pas certain que ce serait dans l'intérêt de Takahashi. La destruction des États-Unis aurait des conséquences dévastatrices pour la stabilité économique et civile du monde, et c'est quelque chose dont les effets se feraient sentir au Japon pour au moins un siècle.

— Alors quoi ?

— Vous devez comprendre que les États-Unis ne sont pas du tout défendus en cas d'attaque de la part d'un ennemi sophistiqué. On peut penser que Takahashi serait averti du moment où nous allons frapper. Or, d'après ce qu'il vous a dit, son système de défense antimissile est capable de protéger le Japon au moins quelques jours.

— Et durant ces quelques jours…

— Il frappera. On doit s'attendre très certainement à une cyberattaque ultrasophistiquée. Nous perdrons nos communications, Internet, l'essentiel de nos centrales électriques. Si j'étais à sa place, je viserais en priorité les centrales les plus stratégiques de manière à m'assurer que nous mettrons des mois à réparer les dégâts.

De plus, si Takahashi possède un programme d'armes nucléaires, on peut supposer qu'il a mis au point des bombes miniaturisées et qu'il en a dispersé un certain nombre sur le territoire américain.

— Qu'est-ce qui vous fait penser ça, Bon Dieu ? fit Castilla. Il n'a jamais parlé de missiles miniaturisés !

— C'est ce que je ferais si j'étais lui, monsieur. Il y a plusieurs années de cela, nous avons nous-même développé de telles bombes miniatures dans des valises et des attachés-cases. On a abandonné cette fabrication au profit d'un système de missile intercontinental extrêmement efficace. Mais une telle technologie s'inscrit parfaitement dans la philosophie générale de Takahashi. Ce sont de petites armes, peu chères à fabriquer, indépendantes.

— Avez-vous la moindre idée de l'endroit où les trouver ? Où peuvent-elles être ?

— Aucun moyen de les dénicher, répondit Morrison. Quant à les localiser, je dirais sans doute Washington. Tout notre gouvernement et notre administration sont concentrés sur un lieu extrêmement réduit, vous le savez. Ce qui rend la tâche des lobbyistes et des bureaucrates d'autant plus aisée. Et bien sûr, il y a aussi la possibilité d'une attaque biologique, même si c'est le risque le moins probable.

— Grand dieux, parvint à articuler Castilla.

Il se sentait physiquement paralysé.

— Il n'y a rien d'autre à faire que de ne rien faire, c'est ce que vous êtes en train de me dire ?

— Nous nous connaissons depuis longtemps, monsieur le Président. Vous savez combien il est difficile pour moi de formuler une telle chose. Mais, oui, c'est ce que je dis. On ne peut pas gagner cette guerre. Et même dans le cas contraire, on ne peut pas être certains que cela aiderait la Chine en quoi que ce soit. Les nanorobots sont déjà déployés. La meilleure chose pour nous à ce stade est de commencer à mettre au point les plans d'une intervention humanitaire quand tout sera fini. En dehors de cela, nous sommes coincés.

54

Nord-Est du Japon

Jon Smith observa attentivement la porte qui s'ouvrait. La procédure était toujours la même : un unique gardien, le dos contre le mur le plus éloigné du couloir, une main enfoncée dans sa veste suggérant une arme. Et aussi toujours le même homme – trapu, dur, le visage tanné, des yeux sans expression. Le talent de Smith pour évaluer le potentiel de ses adversaires lui avait plus d'une fois sauvé la vie, et il ne faisait aucun doute à ses yeux que ce type était redoutable. Forces spéciales, probablement. Avec une expérience du combat significative, et très consciencieux.

Smith pensait – ou plus exactement il espérait – que c'était là le début d'une autre visite du Dr Ito à la conscience déchirée, mais, à sa place, ce fut Masao Takahashi qui entra. La porte se referma derrière lui. Smith s'inclina respectueusement. À peu près tout ce qui pouvait servir d'arme avait été retiré de la pièce. S'en fabriquer une à partir de ce qui restait était impossible sous l'œil du deux caméras braquées sur lui en permanence.

— Colonel Smith, dit le général, qui s'assit et posa une tablette informatique sur la table. J'ai quelque chose à vous montrer qui vous intéressera, je crois.

Smith baissa les yeux sur la tablette. L'écran tactile était divisé en quatre images vidéo. En haut à gauche, on voyait une table installée dans les bois, recouverte d'un auvent de camouflage. Deux hommes étaient penchés dessus, et échangeaient silencieusement des considérations autour de quelque chose qui devait être une carte topographique. Le second écran montrait un imposant cylindre en argent qu'un groupe de jeune gens était en train de finir d'assembler. Une femme, à quelques mètres d'eux, appuyée contre un arbre, les regardait s'affairer. L'image était trop petite pour discerner les visages mais sa silhouette ne laissait aucun doute. Randi Russell.

Les deux autres écrans ne laissaient voir que la forêt dense. Sur l'un d'entre eux, quelques feuilles floues au premier plan bouchaient la vue.

— Cette scène se déroule en ce moment même dans la montagne, de l'autre côté de ces rochers, dit Takahashi. On me dit que la machine est une foreuse d'un nouveau genre, équipée d'un moteur nucléaire. Il apparait que mademoiselle Russell est suffisamment avisée pour ne pas tenter un assaut frontal contre nous. Elle choisit donc d'attaquer par le flanc. Je dois admettre que j'admire sa ténacité. La machine elle-même est très ingénieuse, il faut l'avouer.

— Mais son plan ne va pas marcher, dit Smith.

— Non. Et je ne peux pas croire qu'elle ne le sait pas. Mademoiselle Russell a le devoir d'agir. Elle a l'intention de le faire au mieux de ses capacités. Je n'en attends pas moins de la part d'une femme de sa réputation.

— Toute la montagne est équipée de caméras ? demanda Smith pour gagner du temps…, mais dans quel but ? Dans l'attente de l'inspiration soudaine qui le ferait sortir d'ici et prévenir Randi que son opération était compromise ?

— Non, répondit Takahashi, ce ne serait pas très pratique. Il posa un doigt sur l'écran. En fait, je crois que vous serez très intéressé par cette technologie. Votre armée a investi de fortes sommes dans la production de drones de surveillance furtifs et miniaturisés. Nous avons fait la même chose il y a plus de dix ans. Franchement, ce n'est pas la solution idéale.

— Non ? dit Smith, toujours à la recherche d'une façon de prévenir ce qui commençait à devenir inévitable.

Takahashi secoua la tête.

— Non. Ils ne sont pas si furtifs que ça, ils sont difficiles à manier, en particulier pour les atterrissages, et leur champ d'action est assez limité. Les oiseaux, cependant, n'ont aucun de ces inconvénients. Le jour où un membre de mon équipe est venu me voir avec l'idée d'équiper les oiseaux de proie de caméra de fibre optique et de les contrôler à distance par de légers chocs électriques, j'ai été plus que sceptique. Mais voici que douze ans plus tard, nous sommes en possession d'une plate-forme de surveillance incroyablement polyvalente. Et pour presque rien. Même en comptant le budget nécessaire à l'entraînement des animaux, notre coût à l'unité n'excède pas trois mille dollars.

— Impressionnant, dit Smith, incapable de détacher ses yeux de Randi. Le don de la jeune femme pour détecter le danger frisait la sorcellerie. Pourtant, elle se tenait là, totalement inconsciente de ce qui la menaçait. Il essayait absurdement de lui communiquer par la seule force de son regard l'idée de lever les yeux. Mais, même s'il avait réussi elle n'aurait vu qu'un putain d'oiseau perché sur une branche.

— Je dois avouer que je ne sais pas comment réagir aux efforts de mademoiselle Russell, et c'est pourquoi j'ai pensé vous demander votre avis. Je suppose que, à cette heure, Keith Morrison a expliqué à votre Président combien s'aligner sur la Chine serait suicidaire. Mais l'a-t-il écouté ? Faut-il interpréter ce que vous regardez sur l'écran comme une ultime et futile tentative pour m'arrêter ? Ou s'agit-il de la première salve d'une attaque de grande envergure de la part de votre pays ? Castilla est-il décidé à sacrifier les vies de millions d'Américains pour protéger un pays comme la Chine, qui devient pourtant chaque jour un peu plus une menace pour vous et votre position dominante ? De mon point de vue ça paraît… dément.

Smith se pencha sur les vidéos en essayant de décider ce qu'il allait répondre. Il avait eu beaucoup de temps pour réfléchir, et il en avait consacré l'essentiel à la question de savoir comment les États-Unis s'en tireraient dans une confrontation avec l'arsenal de Takahashi. La conclusion à laquelle il était arrivé était celle-ci : l'Amérique serait décimée, et le monde plongerait dans le chaos.

— Le président Castilla n'est pas stupide, ses conseillers non plus, Général, fit-il. Voici ce que je peux vous dire. Si Randi est impliquée, cela signifie qu'il s'agit d'une opération discrète de petite envergure. À peu près personne n'est au courant. Si elle échoue, personne ne le sera jamais non plus.

— Donc, d'après vous, votre pays se retirera.

— D'après moi, oui, fit Smith honnêtement. Il y a une grande différence entre sacrifier une poignée d'agents et trois cent cinquante millions de civils.

Takahashi se recula sur sa chaise et acquiesça pensivement.

— Mais peut-être votre Président ne peut-il admettre que vous ne soyez plus la première puissance mondiale.

— C'est un réaliste, Général. Nous savons depuis des décennies que l'époque des guerres entre puissances dominantes est révolue. La capacité destructrice des armes modernes est simplement trop énorme. Il n'y aurait que des perdants.

Takahashi sourit légèrement.

— Jusqu'à présent.

Il se référait manifestement aux nanorobots, à leur capacité à déstabiliser le monde à son profit.

— Vous vous trompez, dit Smith. Je crois que les conséquences de votre arsenal sur vous et votre peuple dépassent de très loin tout ce que vous imaginez. Et je suis convaincu que le Dr Ito vous dirait la même chose si vous lui posiez la question.

— Les scientifiques ne sont jamais sûrs de rien, balaya Takahashi. Ils se dérobent, ils doutent, ils sont ambigus et rendent tout plus compliqué. En tant que soldat, j'attendais mieux de vous.

— Navré de vous décevoir, Général. Mais je ne suis pas seulement un scientifique, je suis l'un des meilleurs experts en guerre biologique. Et c'est pratiquement une guerre de ce genre que vous vous apprêtez à mener. Vous créez une forme de vie artificielle et l'utilisez comme une arme. Vous n'arriverez pas à la contrôler, je vous le garantis. Si vous croyez de votre devoir d'attaquer la Chine, allez-y. Balancez votre arsenal nucléaire. J'imagine que vous en possédez un des plus conséquents. Vous devez aussi avoir le moyen de le déployer sans qu'ils s'en rendent compte. Mais détruisez l'arme de Ito et tout ce qui s'y rattache.

Pour toute réaction, Takahashi appuya une nouvelle fois sur l'écran de la tablette. L'image, cette fois, montrait une clairière vide d'environ vingt mètres de diamètre. Smith se concentra dessus sans parvenir à deviner ce qu'il était censé voir. Au bout de quelques secondes, un projectile surgit en haut du cadre. Un mélange de poussière et de rochers fut soulevé dans les airs sous l'impact, puis la fumée boucha l'image.

Il ne comprit pas tout de suite ce qui venait de se produire. Puis il aperçut, derrière la fumée, les morceaux de métal répandus au sol dans la clairière : ailettes, ogive, des bouts de fuselage. C'était une espèce de bombe, probablement lâchée depuis un drone à haute altitude. Un obus ? Soudain de petits jets de flammes apparurent un peu partout dans la clairière. Et il les regarda en silence tandis qu'ils décollaient et s'envolaient dans les airs.

55

Nord-Est du Japon

— Tout le monde à terre ! cria Randi en écartant les étudiants de la foreuse tandis qu'un sifflement strident venu du ciel envahissait tout. Max Wilson se tenait debout, figé, au-dessus de la coque en titanium de la machine, un bouquet de fils électriques de couleurs différentes dans une main, des pinces dans l'autre. Elle agrippa sa cheville, tira d'un coup sec, l'entraînant au sol.

Le sifflement était maintenant si puissant qu'elle dut hurler pour se faire entendre.

— Enfoncez vos visages dans la terre ! Les mains sur la tête !

Tous obéirent sauf un, un gosse totalement paniqué qui ne devait pas avoir dix-huit ans.

— Bruce ! Viens ici tout de…

Le bruit de l'impact l'interrompit, bien plus proche qu'elle n'avait espéré. Elle enfonça son visage dans l'herbe, prête à se faire pulvériser par les flammes, mais rien ne se produisit. Elle resta immobile quelques secondes encore, puis se redressa, sortit son Beretta et courut jusqu'à l'arbre le plus proche.

Elle aperçut Eric Ivers à quelque dix mètres sur sa gauche. Lui aussi s'était mis à couvert. Il lui lança un regard inquisiteur auquel elle ne put que répondre par un signe d'ignorance. Vanya se trouvait un peu plus loin devant. Il avançait méthodiquement en direction de l'impact, les mains serrées sur un MP5.

— Reiji, Karen, fit Randi en activant son micro, ça va ?

Ils étaient rentrés des courses une heure plus tôt et elle n'avait aucune idée de l'endroit où ils se trouvaient.

— C'est bon, fit Karen après quelques secondes. Reiji et moi approchons par le sud. Je ne sais pas ce que c'est mais l'impact s'est produit dans la petite clairière où on a déballé la foreuse.

— Bien reçu. Vanya s'en approche par le nord, il doit être à cinquante mètres. Eric et moi le couvrons.

— Compris.

— Fais attention, Karen. On ne sait pas à quoi on a affaire, souviens-t-en.

Au signal de Randi, Ivers répondit d'un signe de tête et pointa le canon de son Glock en direction du feuillage épais tandis qu'elle se lançait et parcourait quelques mètres. Une fois de nouveau à couvert, elle lui fit signe de se lancer à son tour.

Ils avancèrent ainsi l'un et l'autre, s'arrêtant à intervalles réguliers pour écouter le silence et s'efforcer de distinguer quelque chose à travers les arbres. Vanya approchait le bout de la clairière quand Randi entendit un faible sifflement qui semblait venir de devant lui. Le volume du sifflement augmenta. Dissimulée derrière un tronc d'arbre, elle passa la tête pour tenter de voir de quoi il s'agissait. Mais le feuillage était trop dense pour distinguer quoi que ce soit. La seule chose visible était une espèce de lumière artificielle vacillant entre les ombres.

Elle jeta un regard à Ivers. *Des fusées à eau ?* articula-t-il en silence.

La vérité était qu'elle n'en avait pas la moindre idée.

— Vanya, fit-elle dans son micro. Arrête-toi où tu es, ne va pas plus loin, il y a quelque chose que je n'ai…

Soudain, Vanya jaillit de sa cachette, lâcha son arme et se mit à courir vers eux en un sprint désespéré. Elle pointa son arme devant elle à la recherche d'une cible identifiable avec le sentiment de chasser des fantômes. Au bout de quelques secondes, elle les vit. Un essaim de petites traînées lumineuses qui filaient derrière Vanya et semblaient sur le point de le rattraper.

— À terre ! cria-t-elle.

Il lui obéit, se jeta la tête la première par-dessus une bûche. C'est alors que, au lieu de poursuivre leur chemin, certaines des petites lumières changèrent de trajectoire. L'une vint percuter la bûche avec tant de force qu'elle la coupa en deux. Quatre autres touchèrent Vanya avec un bruit sourd, s'enfoncèrent dans son corps, soulevant tout autour des feuilles maculées de sang.

— Reculez ! cria Randi. Karen ! Reiji ! Vous m'entendez ? Foutez le camp de cette clairière !

Elle et Ivers se mirent à courir entre les arbres, le bruit des projectiles derrière eux. Ces trucs obéissaient à un système de guidage mais lequel ? Elle vira à gauche, avec l'espoir de les détourner de Wilson et de ses étudiants. Ivers tourna à droite.

Randi se jeta contre un arbre, et le bois explosa sous l'impact. Elle osa se retourner, découvrit trois autres projectiles au moins qui volaient en formation irrégulière, tous dans sa direction.

Quittant son abri, elle se remit à courir, sauta par-dessus un épais rocher. De l'autre côté, le sol parut disparaître sous ses pieds et elle se retrouva en train de rouler sur la pente du canyon.

56

Nord-Est du Japon

Jon Smith arpentait sa prison avec l'envie irrépressible de projeter quelque chose à terre. Mais on ne lui avait rien laissé d'assez dur qu'il puisse fracasser pour se soulager.

Takahashi l'avait quitté une heure plus tôt en emportant avec lui la tablette. Ils avaient regardé ensemble l'un des hommes de Randi se faire tuer et Randi elle-même disparaître derrière un rocher. Il ne pouvait être certain de la suite, mais le souvenir de son expérience sous les mêmes projectiles lui en donnait une petite idée. La seule raison pour laquelle il était encore vivant était que ceux auxquels il avait été confronté avaient été programmés pour rester entre les murs de la maison de Genjiro Ueda. Ce n'était pas le cas cette fois.

À nouveau la porte coulissa. Smith se précipita vers elle jusqu'à une position d'où il pourrait se jeter sur Takahashi et l'étendre d'un coup sur la nuque. Il n'avait pas d'illusion sur l'aide que cela pourrait apporter à Randi, ni sur sa capacité à arrêter le cours des événements mondiaux qui se préparaient, mais du moins aurait-il sa vengeance avant qu'ils ne lui logent une balle dans la tête.

À la place de Takahashi, cependant, ce fut la silhouette voûtée de Hideki Ito qui apparut. Smith passa un œil dans le couloir en direction du garde qui se tenait contre le mur. Toujours le même – observant tout de ses yeux noirs, une main dans la poche. La distance entre eux n'était que de quatre mètres, mais ç'aurait aussi bien pu être un kilomètre.

La porte se referma. Ito s'approcha de Smith.

— Il faut que je vous parle.

— À quel sujet ?

Ito pointa les caméras braquées sur eux.

— J'ai démarré un programme d'amélioration du système de sécurité. Les caméras sont en train de se reprogrammer. On a sept minutes.

Smith jeta machinalement un regard à l'horloge au mur et nota l'heure exacte avant de se remettre à examiner Ito. Partout où c'était encore possible, sur sa peau ravagée, des gouttes de sueur perlaient, faisant de son visage une sorte de patchwork gras et scintillant.

— Je vous écoute.

— Je n'ai jamais construit ces machines avec l'intention d'en faire des armes offensives. J'étais convaincu que le général se contenterait d'une démonstration sans danger dans un but dissuasif et que cela nous protégerait de nos ennemis. Je pensais faire œuvre utile.

— Et il va s'en servir pour exterminer les Chinois.

— C'est… La voix de Ito s'altéra. Est-ce que *ironique* est le mot qui convient ? L'utilité de ma technologie vient de ce qu'elle peut être dirigée vers des cibles très précises. Certains matériaux, certains lieux. Nous pourrions détruire toute la capacité militaire de la Chine sans faire une seule victime. Mais il va s'en servir de façon totalement indiscriminée. Il va tuer tout le monde !

Ito cherchait-il à soulager sa conscience ou bien était-il là pour proposer quelque chose de concret ? Smith, douloureusement conscient du temps qui s'écoulait, jeta un œil aux caméras aveugles.

— Est-ce qu'on peut l'en empêcher ? dit-il.

— Le Premier ministre est parti pour la Chine aujourd'hui. Il a ordonné à Takahashi de le suivre. Sanetomi et Yandong ont tous deux fait savoir qu'ils comptaient trouver une solution.

— Mais Takahashi n'en veut pas.

— Non. Il m'a donné pour mission de finir les armes et sitôt qu'elles seront prêtes, il les déploiera.

— Vous êtes ici parce que vous ne voulez pas de ce sang sur vos mains, n'est-ce pas, Docteur ? Vous avez quelque chose en tête ?

Ito fouilla sous sa blouse pour en sortir un tournevis fait d'une matière qui ressemblait à de la fibre de carbone.

Smith faillit éclater de rire. De la part d'un homme qui était parvenu à maîtriser la fabrication d'objets à l'échelle moléculaire, il avait espéré quelque chose de plus intelligent.

Ito perçut sa déception.

— Comme vous devez le savoir depuis votre enquête à Fukushima, nos protocoles de stérilisation sont similaires à ceux que vous utilisez dans votre laboratoire de Fort Derrick.

— Les radiations, dit Smith.

Ito acquiesça brièvement de la tête.

— Et en tant que chef de projet, êtes-vous habilité à déclencher le processus unilatéralement ?

— Oui. Mais tout ici est contrôlé par Takahashi. La procédure prend du temps et il est habilité à passer outre et à l'arrêter en cours de route.

— Il le fera ?

— Je vous le garantis. J'ai vu à quel point il est devenu vicieux. Il ne laissera jamais ses armes se faire détruire.

— Qu'est-ce que vous proposez, dans ce cas ?

— Si nous pouvons avoir accès à l'une des salles de serveurs, il y a une chance pour que je puisse bloquer sa tentative d'arrêter le protocole de stérilisation.

— Eh bien pourquoi ne le faites-vous pas ?

— Parce qu'il me faut son autorisation pour accéder à ces serveurs-là.

— Et c'est là que j'interviens ?

— Oui.

Smith baissa les yeux vers le tournevis dans la main du physicien.

— Il y a un problème avec votre plan.

— Lequel ?

— Même à mon meilleur, je n'arriverai pas à couvrir la distance entre moi et ce garde avant qu'il ait sorti son arme. Et croyez-moi, je ne suis pas à mon meilleur.

— Mais nous devons…

— Ce que nous devons, c'est prendre en compte la réalité, Docteur. Je n'arriverai pas à neutraliser ce garde.

Ito se mit à paniquer.

— Il n'y a pas de temps à perdre ! Les caméras vont se remettre en marche dans quelques minutes. Vous devez m'aider !

— Du calme, Doc. Je vais vous aider. Mais il va y avoir un petit changement dans le plan. Quand vous sortez d'ici, est-ce que le garde vous suit où est-ce vous qui le suivez ?

Les yeux injectés de sang de Ito s'agitèrent de droite et de gauche tandis qu'il cherchait frénétiquement à se souvenir.

— Il me suit, fit-il enfin.

— Okay. Très bien, dit Smith en s'efforçant de garder un ton égal. Est-ce qu'il a un gilet pare-balles ?

— Je ne crois pas. Non. Je ne lui en ai jamais vu.

— Bien. Alors vous allez sortir d'ici comme vous le faites d'habitude. Et quand vous arriverez à son niveau – Smith posa un doigt en haut de son estomac – vous lui planterez ce tournevis exactement ici.

— Quoi ? fit Ito tandis que ses yeux s'agrandissaient. Vous voulez…

— Écoutez-moi ! fit Smith élevant la voix suffisamment pour le faire taire. Vous devez le planter et couper vers le haut vers votre droite. Vers son cœur.

— Mais…

— Il ne peut pas s'attendre à ça. Mais dès que vous agirez, il tentera de saisir son arme, sans doute aussi de vous attraper. Collez-vous à lui. Soyez calme, ne lui laissez aucune marge de manœuvre. Ce sera fini en deux secondes.

— Non, dit Ito. Je ne peux pas faire ça.

— C'est cela ou avoir le sang de millions d'innocents sur les mains. En fait de dilemme moral, celui-ci est assez clair.

— Mais… je suis un scientifique. Un vieil homme. Et s'il me tue ?

— Eh bien dans ce cas, toutes vos craintes cesseront d'exister, n'est-ce pas ?

Le scientifique s'essuya la bouche sur la manche de sa blouse. Puis, étonnamment, il se retourna d'un coup et pressa sa main contre le lecteur biométrique près de la porte. La porte s'ouvrit. Ito avançait d'une démarche un petit peu trop rapide et raide. Tout comme les fois précédentes, les yeux du garde étaient rivés sur son prisonnier américain.

Smith se tenait debout sans bouger. Il estimait les chances pour que Ito se contente de continuer sa route sans rien faire à quatre-vingt-dix-neuf sur cent. Une fois encore, cependant, le physicien le surprit.

Il frappa juste à l'instant où la porte commençait à se refermer en se collant au garde, le clouant littéralement contre le mur. Smith se précipita sur la porte pour la bloquer mais le mécanisme s'avéra trop puissant et la porte se referma sur l'image du garde qui lançait sa main sur le cou fragile du Dr Ito.

Impuissant dans la cave, son cœur battait la chamade, plus que si lui-même avait dû se battre contre le gardien. Un silence total l'entourait. Aucun bruit ne parvenait depuis l'autre côté de la porte, pas même un coup de feu. Qu'est-ce que cela signifiait ? Ito avait-il réussi ? Les deux hommes s'étaient-ils entre-tués, et leurs cadavres mêlés encombraient-ils le couloir, l'un un tournevis enfoncé dans la poitrine, l'autre la nuque brisée ?

La porte coulissa de nouveau. Ito se tenait de l'autre côté, le visage comme un masque tordu.

— Bravo, fit Smith en passant devant lui. Il se pencha vers le corps. Le tournevis était toujours planté entre ses côtes. Il le saisit, nettoya le sang, le fit disparaître dans l'une des poches de la combinaison qu'on lui avait fait passer.

Il prit le pistolet Glock du cadavre et, sans autre poche suffisamment grande, ouvrit sa combinaison et glissa l'arme dans la ceinture de son caleçon. Pas exactement sa taille, mais il faudrait faire avec.

— Docteur Ito, dit-il en posant sa main sur l'épaule du physicien encore secoué par ce qu'il venait de faire, la salle des serveurs. Où est-elle ? Il nous reste très peu de temps avant que les caméras ne se remettent à fonctionner.

57

Nord-Est du Japon

La disposition des lieux était prévisiblement simple – rien de plus qu'une série de larges couloirs creusés dans la terre, dont la plupart étaient reliés à une vaste caverne centrale. De temps à autre, un petit embranchement menait aux zones de stockage. Certaines abritaient d'énormes bidons de près de deux cents litres remplis de déchets nucléaires, mais la plupart étaient presque vides. Les zones annexées par l'organisation de Takahashi étaient reconnaissables aux portes composites qui les protégeaient de toute intrusion.

Pour ne pas donner l'alerte, Smith et Ito avançaient d'un pas décontracté qui semblait à Smith insupportable. Il baissait la tête en signe de soumission, comme un travailleur en route vers son poste. Le déguisement ne tromperait bien sûr personne de près mais, à plus de cinq mètres, dans les couloirs semi-obscurs, sa peau sombre et ses cheveux noirs faisaient illusion.

Ils traversèrent l'artère principale conduisant à l'aire de chargement. Du coin de l'œil, sans lever la tête,

Smith enregistra la double porte blindée, et la porte adjacente, plus petite, dédiée au trafic piétonnier. Deux hommes montaient la garde devant les entrées, des fusils d'assaut en travers de leur poitrine.

Ito se faufila dans un autre corridor et Smith sentit sa tension se relâcher tandis qu'ils laissaient les gardes derrière eux. Au bout d'une cinquantaine de mètres, le nouveau couloir déboucha sur une autre porte, Ito s'arrêta devant et se mit à parler à la caméra suspendue au-dessus.

Smith ne comprenait pas ce qui se disait. Ito et lui s'étaient mis d'accord sur une histoire de connexions en panne et de système de sécurité à réinitialiser – Pas précisément l'idée du siècle, suffisamment crédible, cependant, pour expliquer pourquoi Ito avait besoin d'être accompagné d'un ouvrier muni d'un tournevis.

Smith gardait la tête baissée. Il essayait de rester calme. Ils n'avaient qu'une seule chance et ne pouvaient se permettre d'échouer. D'après Ito, il n'y avait pas plus d'un administrateur de systèmes de l'autre côté de la porte, et pas plus d'un seul garde pour le surveiller. Impossible de prédire lequel de ces deux hommes allait venir à leur rencontre. C'était précisément le genre d'incertitude que Smith avait passé sa vie à essayer d'éviter.

Après quelque trente secondes d'échanges qui lui parurent interminables, la porte coulissa enfin. Ito lui jeta un regard rapide, lui donna en japonais l'ordre sec d'avancer, Smith le suivit docilement, la tête toujours baissée, le regard tendu.

La pièce était comme Ito l'avait décrite, vingt mètres carrés environ, des murs couverts d'équipement informatique. À droite, se trouvait un unique bureau équipé d'un terminal et deux fauteuils à roulettes dont un seul était occupé.

Le technicien était un jeune type aux cheveux teints en rougeâtre, qui avait l'air d'avoir bu un peu trop de café au petit déjeuner. Il parlait à toute vitesse tout en s'agitant comme un maniaque devant son écran. Ito s'approcha, posa une main sur le dossier de sa chaise.

Le type de la sécurité avait levé son poignet à hauteur de ses lèvres, certainement pour avertir le central de la situation inhabituelle qui venait de se créer. La tête toujours courbée, et les yeux sur Ito pour donner le change, Smith s'approcha lentement de lui. Il se positionna en diagonale, en sorte que le garde n'ait pas une vue trop précise de lui, mais à l'évidence, l'homme était un professionnel, et il était clair que son déguisement serait éventé d'ici quelques minutes.

Cela prit encore moins de temps. La main gauche du garde levée vers sa bouche se figea tandis que la droite se précipitait vers l'étui visible à son épaule d'où dépassait la crosse d'une arme.

Smith pivota dans un effort pour frapper la gorge du garde avec le tournevis. Dans la seconde, il sut qu'il ne le toucherait pas, baissa les genoux pour viser le haut de la cuisse plus accessible. L'outil disparut à moitié dans les chairs mais le garde parut à peine s'en rendre compte tandis que sa main se refermait sur un Sig Sauer P226.

Smith ignora les cris dans son dos. Il n'avait d'autre choix que de faire confiance au Dr Ito pour neutraliser le technicien. Le garde avait presque sorti son arme de son étui. Smith se jeta l'épaule en avant, frappa le coude du garde de toute la force de ses quatre-vingts kilos. Le mouvement réveilla la douleur dans son dos blessé mais eut l'effet escompté – le pistolet rentra dans l'étui.

Le tournevis avait touché l'homme au fémur et restait planté dans sa jambe. Smith tenta de s'en saisir tandis que le garde lançait une main en direction de sa nuque, mais il était déséquilibré par sa blessure à la jambe et la demi-seconde de retard avec laquelle il agit fut tout ce dont Smith avait besoin. La tête droite, il fit un bond vers le haut et le sommet de son crâne vint cogner en plein le menton du garde, qui chancela. Smith usant de tout son poids le poussa contre le mur en saisissant sa jambe blessée. Il posa une main sur le visage du garde, et, à l'instant où ils chutaient, appuya vers le bas pour cogner l'arrière de sa tête contre le sol dallé. Le crâne céda sous le choc et il sentit tout le corps de l'homme se relâcher.

Smith saisit le Sig Sauer, se tourna juste à temps pour apercevoir le programmeur informatique qui cherchait à s'échapper. Dans son dos, Ito avait les bras agrippés autour de sa poitrine et, en dépit de sa faiblesse, c'était suffisant pour empêcher le technicien d'atteindre le lecteur biométrique qui contrôlait la porte.

Smith se précipita, agrippa le jeune homme par les cheveux, le tira jusqu'au sol. Le type se mit à se tortiller et à hurler en japonais d'une voix paniquée.

— On a besoin de lui ? fit Smith tout en serrant les dents pour contrôler la douleur dans son dos tandis que le programmeur s'agitait toujours et le griffait.

— Non.

Smith le frappa d'un coup de crosse en plein front qui l'immobilisa aussitôt.

— Ça va ? fit-il vers Ito, tandis que lui-même tentait de récupérer, immobile, à genoux, pour faire refluer le mélange de nausée et de douleur qui l'avait envahi.

— Oui, répondit Ito. Et vous ?

Smith acquiesça brièvement. Le physicien prit un siège et s'assit derrière le terminal.

— Une fois que j'aurai activé le processus de stérilisation, le système lancera un programme de confinement général. Cela prendra quelques minutes. Ensuite, toute l'installation sera noyée sous les radiations. Si vous parvenez à passer les gardes à l'entrée vous aurez encore le temps de vous échapper.

C'était tentant. Ne pas mourir d'une dose massive de radiations au fond d'une grotte obscure. Sentir la forêt, revoir le ciel… Mais, l'opération à peine lancée, Takahashi ferait tout ce qui était en son pouvoir, qui était considérable, pour l'arrêter.

— Non. Je reste, dit-il. Je veux m'assurer que tout se passera bien.

Ito accueillit sa décision avec un soulagement visible. Il avait déjà vécu quelque chose de similaire et savait que, cette fois, il ne s'en tirerait pas. Mourir seul, pour une obscure raison, était plus terrifiant pour lui que de mourir accompagné, fût-ce par un étranger.

Le physicien tapa sur le clavier une série de commandes et appuya sur la touche ENTER. Quelques secondes plus tard, le hurlement d'une sirène se fit entendre dans tous les couloirs.

58

Nord-Est du Japon

Le général Masao Takahashi pénétra dans le laboratoire désert et jeta un œil à sa montre. Le Premier ministre avait insisté pour qu'il l'accompagne dans la résidence du président Chinois aux alentours de Hanzhong. Ils étaient censés quitter le Japon dans quelques heures. À ce rythme, il n'arriverait jamais à l'aéroport à temps.

Mais peu importait. Que pourrait faire Sanetomi sinon manifester son mécontentement à la façon prudente et détournée de tous les politiciens ? Sa colère se dissiperait rapidement face à l'allure déférente et contrite de son militaire le plus gradé. Takahashi sourit. Bien sûr, Sanetomi interpréterait son attitude comme le signe que son autorité était restaurée. Mais la vérité serait exactement le contraire. Comme la soumission est facile à feindre lorsqu'on parle au leader déjà mort d'une société agonisante.

Il posa les yeux sur les containers remplis de nanorobots, de l'autre côté de la paroi de verre. Soudain, son front se plissa. Seize. Pas un de plus que lors de sa dernière visite ? Ito lui avait assuré que les cent vingt containers prévus étaient sur le point d'être achevés. Personne ne l'avait averti du moindre retard.

Takahashi saisit son appareil radio et tapa le code de Hideki Ito.

Pour la première fois depuis leur longue collaboration, il n'y eut pas de réponse.

Les yeux sur les rangées vides devant lui, il serra les mâchoires. Au fond, Ito avait toujours été un faible. Ses obsessions, son addiction au financement de ses recherches en avaient fait quelqu'un de facile à manipuler mais, depuis peu, sa concentration vacillait. Takahashi ne pouvait le tolérer.

Il changea de fréquence pour se connecter avec le central de sécurité. La voix d'un homme se fit entendre dans son écouteur.

— Que puis-je pour vous, Général ?

— Ito ne répond pas. Localisez-le.

— Désolé, monsieur. Nous sommes en train de réinitialiser une partie du système de sécurité, nous ne pouvons rien faire avant encore quelques minutes. Il est possible que sa propre communication en ait été affectée.

— Envoyez vos hommes dans ce cas. Je veux qu'on le trouve, et je veux qu'on l'amène dans le laboratoire de stockage. Est-ce que c'est clair ?

— Oui, monsieur. Tout de suite.

Takahashi sentit une tension familière se répandre dans ses épaules. L'explication technique était certes plausible, mais son instinct lui disait que quelque chose clochait. Il était en train de perdre le contrôle du physicien.

Son intuition lui fut confirmée quelques instants plus tard, quand le silence fut brutalement rompu par le hurlement assourdissant du système de confinement.

À nouveau il saisit sa radio et se connecta au central.

— Au rapport ! aboya-t-il sans préambule.

— Nous sommes en contact avec le laboratoire principal, répondit une voix effrayée. Ils n'ont détecté aucune brèche. Nos hommes sont en route vers le laboratoire de stockage. Il se…

— Je *suis* dans le laboratoire de stockage ! hurla Takahashi. Il est sécurisé !

Si l'alarme se déclenchait, cela signifiait que l'installation entrait en processus de confinement. Après quoi, tout l'espace serait noyé par les radiations. Les armes seraient détruites et, avec elles, tous les organismes vivants qui se trouvaient à l'intérieur.

— Monsieur, je ne…

— Taisez-vous et écoutez-moi ! Fermez les protocoles de sécurité. Vous m'entendez ?

Le soulagement fut perceptible dans la voix de l'homme :

— Oui, monsieur. Nous initialisons la commande manuelle immédiatement.

Takahashi, les yeux sur la paroi de verre, retournait la situation dans sa tête. Les containers manquants, la réinitialisation du système de sécurité. La brèche fantôme.

Ito.

Il pressa la main contre le lecteur biométrique du portail qui donnait accès aux armes. Comme attendu, une lumière rouge se mit à pulser, signal que le système avait été gelé par l'alerte. Takahashi souleva le couvercle d'un clavier sur lequel il tapa un code manuel

– l’un des nombreux dont Ito n’avait pas été mis au courant. Les verrous sécurisant le portail se rétractèrent. Il se faufila à l’intérieur, saisit deux des containers et ressortit aussitôt.

Une voix se fit entendre dans son oreillette quelques instants plus tard.

— Le système manuel de fermeture des protocoles ne répond pas, monsieur.

Takahashi se mit à courir. Même lui trouvait difficile à contrôler la colère qu’il sentait monter.

— Et *pourquoi* est-ce qu’il ne répond pas ? fit-il avec le sentiment de connaître déjà la réponse.

— Nous sommes bloqués par l’ordinateur central, monsieur. C’est le Dr Ito. Les caméras sont à nouveau en ligne. On peut le voir dans la salle des serveurs. Il est avec l’Américain.

59

Nord-Est du Japon

— C'est fait, dit le Dr Ito par-dessus le vacarme de l'alarme. Les installations sont confinées et le processus de stérilisation a commencé.

Il se renversa sur sa chaise, contempla d'un air vide l'écran de l'ordinateur en face de lui. Au centre, se trouvait une barre rouge indiquant le niveau de radiations ambiant. Vingt-trois radius. Elle continuait de grimper.

Smith se pencha sur son épaule. Ignorant l'illustration graphique de sa mort lente, il se concentra sur les images des caméras de sécurité. Trois hommes avaient atteint la caverne principale et avançaient au pas de course dans leur direction.

— Ils peuvent passer la porte ? demanda-t-il en tapotant l'image du doigt.

— Elle est pratiquement indestructible, répondit Ito. Et même s'ils y arrivaient, ce serait sans importance. Le système de stérilisation a été conçu pour parer à une attaque des serveurs par les nanorobots. Il n'y avait aucun moyen de les construire sans utiliser de matériau vulnérable. Donc même si ces hommes entrent et détruisent tout, ça n'aura aucun effet. Les protocoles de stérilisation ont la capacité d'opérer indépendamment de l'ordinateur central.

Smith s'adossa au mur de pierre et de terre derrière lui. Il regardait les deux hommes étendus sur le sol. À quoi cela ressemblait-il de mourir irradié ? Combien de temps cela prenait-il ? Ce n'était pas vraiment quelque chose qu'on apprenait dans les écoles de médecine.

Une lumière apparut sur l'écran. Smith perdu dans ses pensées ne la vit pas avant que Ito ne sursaute.

— Qu'est-ce qui se passe ? fit-il en s'approchant.

— Il y a un dysfonctionnement, apparemment. Des portes sont restées ouvertes.

Signe de panique, la respiration de Ito s'accéléra tandis qu'il passait d'un écran à l'autre, tous remplis de textes codés que Smith ne pouvait pas déchiffrer.

— Dites-moi ce qui se passe, Doc, répéta-t-il.

— C'est… c'est le laboratoire de stockage.

Ito tapa une succession de commandes, et une succession de clichés vacillants en provenance des caméras de sécurité apparut sur l'écran.

— Là ! s'exclama-t-il un doigt sur le moniteur.

Smith se pencha un peu plus. L'image montrait Masao Takahashi en train de courir, deux containers de la taille de Thermos entre les mains.

— Dites-moi que ce n'est pas ce que je crois.

Ito, fasciné, fixait le flot d'images. Il finit par en trouver une horodatée des quelques secondes précédentes et passa en mode vidéo. Le général courait toujours, mais il avait été rejoint par deux gardes – l'un ouvrait la marche tandis que le second la fermait.

— Il va vers les portes extérieures, dit Ito en tournant son fauteuil vers Smith. Il doit avoir un code manuel dont il ne m'a pas tenu informé. S'il s'échappe avec ces containers…

Le physicien n'acheva pas.

— S'il s'échappe avec ces containers ?.., répéta Smith.

— Les nanorobots qu'ils contiennent sont programmés pour des milliards de reproductions et pour opérer au sein des frontières chinoises. La destruction du pays se fera plus lentement, mais le résultat sera le même.

— Merde ! hurla Smith en frappant du poing la table à deux doigts du clavier. Est-ce qu'on peut avoir une ligne extérieure ?

— Non. Vous ne le sentez pas mais le niveau des radiations augmente sérieusement. Tout le système de communication est atteint.

— Vous pouvez ouvrir cette porte ? fit Smith en pointant celle qui menait au couloir.

Ito acquiesça.

— Où se trouvent les gardes qui venaient vers nous ?

Ito tapa encore quelques commandes au clavier. Les gardes apparurent juste derrière.

Smith se recula et tenta de réfléchir. Takahashi savait que la porte était indestructible. Avait-il envoyé les gardes pour s'assurer que Smith ne pourrait pas sortir ou avait-il un code d'accès dont Ito n'avait pas été tenu informé ?

Sa question fut résolue quelques secondes plus tard, par l'image de l'un des gardes sortant de sa poche un bout de papier, et soulevant le boîtier de protection du clavier mural.

— Ouvrez la porte ! ordonna-t-il en s'accroupissant, et en pointant le Sig Sauer vers l'entrée dans le même mouvement.

— Mais ils…

— Maintenant, bordel !

L'homme commençait à taper le code. Obligé de déchiffrer la succession de chiffres, il progressait lentement. Ils avaient moins de cinq secondes avant que l'avantage ne passe du côté de leurs assaillants. Pour l'instant, Smith connaissait leurs positions grâce aux caméras de sécurité, et il savait qu'ils ne s'attendaient pas à voir la porte s'ouvrir avant que le code n'ait été tapé en entier.

— Allez-y Bon Dieu, fit Smith, dépêchez-vous !

Deux des hommes se tenaient l'un légèrement derrière l'autre, bloquant partiellement le passage dans le couloir. Tous deux brandissaient leurs armes et tous deux fixaient la porte.

Smith se mit à genou, visa le montant droit de la porte à peu près à hauteur de poitrine. La porte commença de s'ouvrir. Il perçut les cris de surprise des types. Les yeux sur le viseur de son arme il suivit l'ouverture qui allait s'élargissant. L'un des gardes tira mais à l'aveugle, et la rafale vint percuter la rangée d'ordinateurs installés contre le mur du fond.

Encore un petit peu…

Enfin Smith appuya sur la détente. Il toucha le chef du groupe juste au-dessus de la ceinture, dans les parties molles où aucun os ne pourrait faire dévier la balle. La blessure n'était pas mortelle mais tel n'était pas le but. L'homme se plia en deux, fut projeté en arrière sur le garde qui le suivait immédiatement tandis que Smith se redressait.

Son calcul fonctionnait à merveille. La balle qui avait traversé le premier garde vint se loger dans le second qui le mettait en joue. Il eut le temps de tirer mais le coup dévié passa près de l'oreille droite de Smith dans un sifflement.

Sans cesser de tirer, Smith se mit à courir vers les deux hommes qui luttaient pour rester debout. Il toucha le premier cette fois en pleine poitrine avant de les heurter de plein fouet de toute la masse de son corps tout en pressant le canon du Sig sur le front du second. Il fit feu.

Tout l'arrière du crâne de l'homme explosa contre le mur de terre derrière lui. Smith pivota, ajusta le troisième garde près du clavier mural. Il avait laissé tomber le papier contenant le code et saisissait son arme. Mais le canon n'était pas encore sorti de son étui d'épaule que le tir de Smith le touchait en pleine face.

Smith courut dans le couloir jusqu'à l'entrée de la caverne. Il s'arrêta net et se plaqua contre le mur. À droite, le chemin semblait sûr. Il sortit à découvert, l'arme pointée devant lui à deux mains.

Takahashi se trouvait à une cinquantaine de mètres. Il courait vers la sortie bien plus vite qu'un homme de son âge en était normalement capable. Une cible facile, ou qui l'aurait été du moins, sans le garde qui le suivait et se trouvait directement dans la ligne de mire.

Smith fit feu, le type s'écroula en roulant sur le sol avant de s'immobiliser sur le dos.

Sans cesser de courir, le second garde, devant Takahashi, se retourna en entendant le tir et fit feu à son tour. Il était suffisamment précis pour obliger Smith à se protéger les yeux des éclats de poussière et de roc explosant dans le mur tout près de lui. À une soixantaine de mètres environ, le garde s'arrêta, fit demi-tour et se mit à tirer cette fois tout en marchant vers Smith, s'interposant entre lui et le dos de Takahashi qui continuait de s'enfuir.

Une balle passa juste au-dessus de la tête de Smith, l'obligeant à se mettre à couvert à l'angle du couloir. Il perdait un temps précieux. Immédiatement, il se jeta à découvert et leva le canon de son arme. Son propriétaire décédé avait fait un travail méticuleux pour en améliorer la précision, et le tir de Smith fit pivoter le garde à moitié – mais sans l'abattre.

Smith courut à lui, couvrant la distance d'un sprint furieux tandis que le garde luttait pour rester sur ses pieds. Smith ne se trouvait plus qu'à dix mètres quand l'homme fut de nouveau capable de lever son arme. Smith plus rapide lui logea une balle en plein corps.

Le bruit sourd de l'homme touchant le sol lui parvint alors qu'il l'avait déjà doublé et courait, les yeux braqués sur Takahashi qui, de son côté, parvenait à hauteur de la petite porte adjacente au double portail blindé.

Il avait évidemment pris la précaution de mémoriser le code manuel. Quelques secondes suffirent et la porte s'ouvrit. Smith commença à vider son chargeur dans la direction du militaire. Takahashi se mit de profil, de manière à exposer le moins de surface possible aux tirs puis se glissa par l'espace entrouvert dans la caverne extérieure.

— Non ! ne put s'empêcher de crier Smith en forçant ses jambes à accélérer. Mais ses blessures l'empêchaient d'atteindre la pleine vitesse et sa vision commença de se brouiller tandis que la porte se refermait.

Il fut bien deux secondes trop lent et vint littéralement se cogner dessus à toute allure. Une douleur brûlante lui enflamma le dos tandis qu'il tombait au sol à l'instant où une série de coups de feu venait percuter le mur au-dessus de lui.

Il roula sur le ventre. Des hommes couraient dans sa direction. Tous étaient armés et cette fois, ils étaient bien plus de deux. Il en compta neuf.

Ils couraient en rangs serrés, formant une cible facile. Il en élimina deux d'entrée de jeu avec l'espoir de les voir reculer, mais ce n'est pas ce qui se produisit. Les hommes coururent de plus belle. À nouveau, il appuya sur la détente. Le magasin était vide. Smith ouvrit la fermeture Éclair de sa combinaison, saisit le Glock qu'il avait glissé dans son short. Ils étaient maintenant trop proches pour qu'il puisse tous les avoir mais du moins pouvait-il en emporter quelques-uns avec lui dans la mort.

Et qui sait si ce n'était pas mieux ainsi ? La mort qu'ils lui offraient serait bien plus rapide que les radiations, bien plus plaisante qu'une existence passée à ruminer le fait qu'il n'avait pu empêcher le massacre de dizaines de millions d'innocents.

Il y eut un léger sifflement derrière lui. Il se retourna pour voir la porte glisser à nouveau. Il lui fallut un moment pour réaliser ce qui venait de se produire. Puis un sourire illumina son visage.

Ito.

Les hommes étaient à deux doigts de le rejoindre. Certains misant sur la chance tiraient des salves au hasard dans sa direction. Le Glock était ajusté non moins soigneusement que le Sig et le meneur du groupe tomba, ralentissant les progrès de ses hommes forcés de l'enjamber pour progresser.

Smith glissa vers l'arrière. Il n'était pas encore passé quand la paroi commença de coulisser dans l'autre sens. Il lança une main contre le mur de la caverne, se jeta juste à l'instant où la porte se fermait, roula sur le dos en inspirant l'air froid tandis que le bruit sourd des balles heurtant la paroi lui parvenait de l'autre côté. Quelques instants plus tard, le bruit fut remplacé par le rugissement bien moins rassurant d'un moteur. Il se redressa avec effort, les yeux vers les rayons du soleil perceptibles à l'entrée de la caverne. Une Jeep décapotable roulait vers la lumière, une silhouette familière au volant – Masao Takahashi.

Smith se redressa sur ses pieds et se remit à courir. Mais ses côtes convalescentes l'empêchaient de respirer à pleins poumons et il avait usé toute son adrénaline. Tout ce qu'il put faire, fut de regarder, impuissant, la Jeep disparaître.

Il était à une trentaine de mètres de l'entrée lorsqu'une silhouette humaine entra dans son champ de vision. Il plongea à terre à l'instant où le type faisait feu avec une mitrailleuse. Les yeux du tireur étaient ajustés à la lumière du soleil si bien que plutôt d'atteindre Smith, les tirs nettoyèrent toute la caverne à l'aveugle autour de lui. Smith posa la crosse du Glock dans le sol, pour tenter de l'isoler de sa poitrine qui se soulevait au rythme de son souffle trop court. L'arme tressauta dans ses mains. Le type en face continuait de tirer. Smith réajusta le tir, appuya de nouveau sur la détente, se forçant cette fois à cesser de respirer en dépit de son besoin d'oxygène.

Le fusil d'assaut tirait toujours mais, cette fois, le canon vacillait. Enfin il tomba au sol, soulevant un nuage de poussière dans une dernière salve. L'homme était mort.

Smith voulut se lever. Il ne parvint qu'à se mettre à genoux avant de s'écrouler. Il resta là, allongé sur le ventre, suffoquant doucement dans la poussière, jusqu'à ce que la brûlure dans ses poumons et ses membres ait commencé de refluer. Puis, enfin, il se redressa et, en titubant, se mit en chemin. Il lui fallait un téléphone. Il lui fallait parler à Klein.

60

Nord-Est du Japon

Les yeux de Randi Russell s'ouvrirent d'un coup. Un vertige de lumières vertes tournait au rythme du sifflement dans ses oreilles. Elle resta totalement immobile, pour tenter de contrôler sa respiration jusqu'à ce que le bruit s'arrête, et posa son regard sur un point fixe auquel elle s'accrocha.

Lentement, le vertige s'arrêta. Mais le sifflement persistait, suffisamment intense pour la rendre pratiquement sourde. Les projectiles avaient-ils disparu ? Volaient-ils tout autour d'elle dans l'attente du moindre mouvement de sa part pour identifier leur cible ?

Elle remua les yeux pour se repérer. Elle ne vit rien d'autre que le feuillage dense, brisé de manière intermittente par le ciel qui s'obscurcissait. La pente sur laquelle elle avait roulé se trouvait sur sa gauche, et la rivière peut-être à quarante mètres plus bas sur sa droite. Son corps était perclus de douleurs mais aucune suffisamment localisée pour indiquer une blessure sérieuse. C'était plutôt le sentiment terriblement familier d'avoir passé la demi-heure précédente dans une machine à laver en compagnie de boules de bowling.

Elle resta allongée encore quelques minutes, tout en s'efforçant de repérer un signe quelconque des trucs qui avaient tué Vanya et l'avaient poursuivie, elle, jusque dans le canyon. Assez vite, la pensée de son équipe et des étudiants de Wilson s'imposa à elle. Qu'étaient-ils devenus ? Avaient-ils survécu ? Avaient-ils besoin d'aide ?

Elle ne pouvait rester là plus longtemps. Elle ne savait rien des armes qui avaient été utilisées contre eux. Elles pouvaient être activées par les mouvements, ou tout aussi bien par la chaleur du corps ou la forme des silhouettes. Une question plus intéressante était de savoir si elles pourchassaient leurs cibles jusqu'à épuisement de leur carburant ou si elles pouvaient se mettre en pause et attendre.

Au bout du compte, il n'y avait qu'une façon de le savoir.

Elle saisit une branche d'arbre et se hissa jusqu'à la position assise. Elle n'était pas en condition de courir, et il n'y avait de toute façon nulle part où aller, aussi resta-t-elle assise un moment, à attendre.

Rien.

— Au rapport ? fit-elle dans son micro, mais elle n'eut aucune réponse.

Enfin, elle se risqua à se lever. Miraculeusement, les dégâts se limitaient à une succession impressionnante d'égratignures et d'entailles dépassant de ses vêtements déchirés. Toutes ou presque avaient coagulé, et les ombres tout autour s'allongeaient, ce qui signifiait qu'elle était restée inconsciente une heure environ. Bien trop longtemps.

Randi se mit à escalader la pente. Elle s'aida des arbres et des buissons pour se propulser vers le haut. Elle avançait avec une lenteur qui ne lui ressemblait pas mais elle n'avait pas récupéré son équilibre et le bruit assourdissant dans ses oreilles rendait les choses pires encore.

Il lui fallut quinze minutes pour couvrir l'espace qu'elle avait descendu en quelques secondes. Enfin, elle s'arrêta juste au-dessous du sommet du canyon. Accroupie derrière un arbre, elle se mit à observer les alentours en guettant un signe de danger. Toujours rien. Rien sinon une légère brise agitant les branches.

— Randi.

Elle pivota, ramassa une pierre au passage – elle avait été incapable de retrouver son arme.

— Arrête ! C'est moi !

Eric Ivers avait prudemment mis deux mètres entre eux avant de lui faire signe. Il les combla en rampant.

— Qu'est-ce qui t'arrive, bordel ? J'essaie de t'appeler depuis au moins cinq minutes.

Elle fit un geste en direction de ses oreilles, qu'il comprit aussitôt.

— Ça va ? fit-il en amenant ses lèvres tout près de sa tête pour être entendu.

— Oui. Et toi ?

— J'ai connu mieux mais je ne suis pas mort.

— Tu as déjà vu quelque chose qui ressemble à ces trucs ?

— Je n'ai même jamais entendu parler de quelque chose qui ressemble à ces trucs.

— Pourquoi on n'est pas morts ?

— Je crois pouvoir répondre à ça, fit-il. J'ai roulé dans le canyon à peu près jusqu'à mi-pente et quand je me suis arrêté, un de ces putains de trucs me fonçait droit dessus, il n'y avait rien à faire, donc je n'ai rien fait, je suis juste resté allongé immobile. Et le truc est passé et il a commencé à perdre de l'altitude.

— Plus de carburant ?

— On dirait bien.

— Tu l'as ramassé ? Tu l'as avec toi ?

— Oui, malheureusement, fit-il en pointant vers le bas.

Le projectile était fiché dans son tibia.

— Merde, fit Randi. Est-ce qu'on peut le retirer ?

— J'ai essayé. C'est coupant. Ces putains de Japonais pensent vraiment à tout.

— Okay. Reste ici, dit Randi. Laisse-moi examiner les lieux.

— Sûrement pas.

Elle avait anticipé sa réponse et n'était pas décidée à discuter. Après tout, sa femme se trouvait là-haut. Elle ne répondait plus.

Randi se mit à grimper vers le sommet, Ivers juste derrière elle. Face à ces armes, les tactiques habituelles semblaient absurdes – il n'y avait aucun moyen de se couvrir l'un l'autre. Le plus sage était encore de rester proche, peut-être ainsi l'un d'eux aurait-il une chance de s'enfuir dans le canyon tandis que l'autre tirant sur les projectiles ferait diversion.

Elle parvint au sommet. Toujours rien de notable au-delà de la végétation vide. Ils prirent à gauche, s'arrêtant à intervalles réguliers tandis que Ivers guettait le sifflement annonciateur de nouveaux projectiles.

Enfin, ils parvinrent à hauteur de la foreuse – et Randi sentit sa respiration s'arrêter.

Elle avait déjà perdu des hommes. Plus qu'elle ne souhaitait s'en souvenir. La différence était qu'il s'agissait chaque fois de professionnels, des hommes qui avaient signé pour partir en mission de leur plein gré. La situation était tout à fait différente.

Elle redressa le buste, avança vers les corps en lambeaux de Wilson et de ses étudiants. Tous se trouvaient dans un tel état qu'il était inutile de se pencher pour prendre leurs pouls. Leurs yeux morts la fixaient, accusateurs, et le poids de ces regards vides l'obligea à s'appuyer sur la foreuse maculée de sang.

Au bout de quelques instants, Randi se remit en marche dans la direction où Ivers avait disparu. Elle ne s'inquiétait plus des projectiles ou de quoi que ce soit d'autre que Takahashi lui enverrait. L'équipe qu'elle avait réunie était défaite, morte, une bande de gosses innocents avait été massacrée, et, d'ici peu, un sociopathe génocidaire se déchaînerait contre le pays le plus peuplé du monde.

Et pourtant elle respirait toujours – elle survivait. C'était là son plus grand talent. Elle se demandait parfois si ce n'était pas le seul.

Elle vit Reiji face contre terre, le corps déchiré par au moins quatre projectiles de Takahashi. Un peu plus loin, Ivers était agenouillé près du cadavre de sa femme. Elle décida de l'éviter et rebroussa chemin. Que pouvait-elle faire d'autre ? Quoi dire ?

Elle se dirigea vers la table qu'ils avaient utilisée comme centre de commandement. La ligne satellite sécurisée fonctionnait. Elle enfila le casque, ouvrit une ligne cryptée directe avec Fred Klein.

— Oui, fit la voix familière.

— On est décimés.

— Combien de victimes ?

— Il n'y a que deux survivants, dont moi.

— Le professeur et ses ét…

— Morts. Tous morts.

— Bien compris. Une équipe d'extraction est en alerte à la base d'Okinawa. Ils seront en vol dans environs…

— Non. Je ne sais pas à quoi on a affaire ici, je refuse de mettre plus d'hommes en danger. Eric et moi rentrerons par nos propres moyens. Ou pas du tout.

61

Environs de Tokyo,
Japon

Le général Masao Takahashi était assis, sans un mot, à l'arrière de la limousine que son chauffeur manœuvrait sur le parking du petit aéroport privé. Trois heures s'étaient écoulées depuis qu'il avait été chassé de ses propres installations par l'Américain et le traitre Hideki Ito. Toutes les communications étaient coupées et, d'après l'équipe qu'il avait envoyée sur le site, les portes blindées scellées. L'absence de tout signe de vie à l'intérieur et le niveau de radiations largement au-dessus de la normale indiquaient que le protocole de stérilisation était allé à son terme.

Takahashi baissa les yeux vers sa mallette, comme pour s'assurer qu'elle reposait bien en sécurité sur le siège près de lui. Les deux containers étaient tout ce qu'il restait de son arsenal. Celui qui les avait mis au point était mort, l'installation dans laquelle ils avaient été créés serait inhabitable pour des milliers d'années, et les quatorze autres containers avaient tous été irradiés.

Mais peu importait. Ito et l'Américain avaient échoué. La destruction des infrastructures chinoises serait plus lente et plus hasardeuse que prévue, sans doute, mais pas moins radicale. C'était là tout le génie de ces armes. Elles avaient une vie propre.

Le jet privé devant lui était le seul sur le tarmac. Les équipes de sécurité de Sanetomi l'entouraient. La visite imminente du Premier ministre en Chine avait beau faire l'objet d'une vaste publicité, elle s'avérait bien moins populaire que les conseillers du politicien se l'étaient figuré. L'aéroport, choisi en raison de son isolement, évitait les manifestations des citoyens japonais opposés à un apaisement quelconque avec l'ennemi. Des patriotes désireux de se dresser pour défendre l'honneur de leur pays tandis que des lâches cupides tels que Fumio Sanetomi s'aplatissaient.

La limousine s'arrêta, Takahashi en sortit, son attaché-case fermement tenu au bout de son bras. Les hommes du Premier ministre l'observant derrière leurs lunettes sombres tandis qu'il approchait l'escalier d'accès à l'avion vinrent lui bloquer le passage.

— Êtes-vous armé, Général ? demanda l'un d'eux.

— Bien sûr que non.

— Vous nous excuserez de vérifier.

L'homme était nerveux, ce qui se comprenait. En temps normal, Takahashi n'aurait jamais pris à la légère une telle insulte intentionnelle. Il se contenta se lever les bras en souriant, à la surprise de l'homme qui gêné, le parcourut des pieds à la tête avec son détecteur de métal tandis que Sanetomi observait le spectacle depuis un hublot de l'avion.

Cette démonstration de pouvoir infantile s'acheva sans qu'ils touchent à la mallette. L'obliger à l'ouvrir aurait constitué une humiliation supplémentaire.

Takahashi pénétra dans l'avion et se dirigea tout de suite vers l'arrière.

— Asseyez-vous, dit le Premier ministre.

Le vieux militaire prit place de l'autre côté de la petite table et posa dessus son attaché-case.

— Dans quelques heures, dit Sanetomi, nous atterrirons à la résidence du président Yandong. Tout au long de cette visite, vous ne parlerez que lorsqu'on vous adressera la parole. Vos réponses seront courtes, respectueuses, et contrites. Vous ne représentez pas le Japon. Vous ne prendrez part à aucune des discussions politiques concernant nos relations avec la Chine. Est-ce que je me fais bien comprendre ?

— Très clairement, dit Takahashi. Mais dans ce cas, puis-je vous demander la raison de ma présence ici ?

— Vous êtes là pour vous excuser publiquement de votre comportement agressif et pour offrir votre démission du commandement de la Défense.

— Je vois, dit Takahashi. Il tourna les yeux vers le hublot tandis que l'avion commençait à rouler vers la piste d'envol. Déjà, la sécurité se repliait vers deux 4 × 4 garés non loin de là. Quatre gardes supplémentaires avaient pris place dans l'avion – l'un près du cockpit et trois autres au milieu de l'appareil. Apparemment, les négociateurs et sherpas de Sanetomi faisaient route séparément dans un vol commercial.

— Et qui acceptera ma démission, monsieur le Premier ministre ? Vous ou votre maître chinois ?

Dans un rare mouvement de colère brute, le visage de Sanetomi s'empourpra.

— Vous avez toujours été un tordu, fit-il, dents serrées. Jamais je n'aurais dû vous laisser occuper un poste à responsabilité. Vous êtes obsédé par un monde mort depuis plus d'un demi-siècle. Mes prédécesseurs comme moi pensions qu'il était temps de relever les Américains de leurs obligations envers nous et de créer un Japon qui serait dans le monde une force positive. Mais il est clair que vous voyez les choses très différemment. Il y a bien trop longtemps qu'on vous a laissé siphonner l'argent de l'État pour financer vos projets d'armement parallèle. Et voilà que vous semblez convaincu de pouvoir gagner une guerre contre la Chine ? C'est une illusion, Général. Une illusion de malade. Même avec les armes que vous avez développées et même avec l'aide des Américains, notre pays serait décimé. Des millions de gens mourraient des deux côtés pour un résultat nul. Le temps de la guerre – le temps des hommes tels que vous – est fini.

— Cela nous laisse les hommes tels que vous, j'imagine. Des hommes qui cèdent leur pays pièce par pièce. Des marionnettes aux mains de Washington ou de Pékin. Des hommes capables de transformer leurs peuples en esclaves si cela peut les aider à s'accrocher à leurs conceptions dévoyées du prestige

— Cette conversation est close ! fit Sanetomi en élevant la voix. Vous allez…

— Je ne vais rien faire du tout ! répondit Takahashi frappant la table entre eux du plat de la main d'un geste si brusque qu'il fit se retourner les hommes de la sécurité. Vous n'êtes qu'un enfant arrogant et stupide. Vous croyez vraiment que j'ai dit la vérité sur l'étendue de ce que j'ai mis en place, à vous comme à tous les pantins qui vous ont précédé ? Vous croyez une seule seconde que je confierais l'avenir de mon pays à des faiseurs et à des putes ?

Sanetomi se recula dans son siège. Il ne réalisait que maintenant combien sous ses dehors placides Takahashi était un homme fait pour la violence.

— Nous n'allons pas faire vol jusqu'à la retraite de Yandong, poursuivit-il. Et je ne vais pas vous présenter ma démission. Nous allons aller jusqu'à Chengdu, et j'y libérerai les armes qui sont contenues dans cette mallette. Ensuite, vous devrez choisir entre présider au destin d'un Japon victorieux, ou être jugé et exécuté comme un traître.

Sanetomi regarda l'attaché-case en cuir noir puis releva les yeux vers Takahashi.

— Vous… Vous avez apporté une arme nucléaire dans cet avion ?

— Rien d'aussi primaire, monsieur le Premier ministre, répondit Takahashi en éclatant de rire. Ce que j'ai ici est une arme à l'échelle nano-métrique. Elle prendra le contrôle de Chengdu avant de se répandre à travers toute la Chine en détruisant calmement tout sur son passage. Tout ce que vous avez à faire, c'est de continuer à tenir votre rôle de conciliateur effrayé de façon convaincante. Le temps que les Chinois se rendent compte de ce qu'il se passe et de qui est responsable, il sera trop tard.

Sanetomi le fixait, le regard figé et incrédule. Il était au courant des expériences précoces de Hideki Ito et de leur potentiel militaire, mais son prédécesseur avait tout de suite décelé le danger presque infini de cette classe d'armes et il avait fermé le programme. Une décision que Sanetomi lui-même avait réaffirmée en prenant son poste.

— Ito…, bégaya-t-il, Ito a réussi ?

Takahashi acquiesça.

— Mais cette arme n'est pas une arme de guerre, dit Sanetomi en se mordant les lèvres nerveusement. C'est une arme d'extermination. Elle anéantirait non seulement l'adversaire mais des femmes. Des enfants. Des millions d'entre eux.

— Les enfants chinois sont comme tous les gosses, monsieur le Premier ministre. Ils tendent à devenir des adultes, quand on les laisse faire. Et les Chinoises en pondent par dizaines.

La mâchoire inférieure de Sanetomi resta pendante quelques instants, puis ses yeux se posèrent sur les hommes dans l'avion.

— Gardes ! Mettez le général aux arrêts immédiatement !

Takahashi tourna la tête vers les trois hommes qui couraient dans sa direction. Ils arrivèrent à sa hauteur. Leurs mains dans les poches de leurs vestes suggéraient une menace.

— Emmenez le général en tête de l'appareil et maîtrisez-le, dit Sanetomi, les yeux sur la mallette. Il savait qu'il ne comprenait pas toutes les possibilités offertes par cette arme, et il n'était plus si sûr de savoir quelle était sa position à Tokyo désormais. Il était clair que, si Takahashi avait réussi à développer cette monstruosité sans qu'il en ait connaissance, il n'avait pas pu la dissimuler à tout le monde. D'autres officiers de haut rang devaient être impliqués dans le complot, dans son financement ou dans les tests qui avaient été nécessaires à sa mise au point. Peut-être certains des principaux responsables militaires du pays. Et parmi les politiques ? Certains au sein même de son gouvernement n'étaient pas immunisés contre le nationalisme – ni contre la corruption. En qui pouvait-il avoir confiance ?

En fin de compte, il n'y avait qu'un seul choix possible.

— Dites au pilote de faire demi-tour. Qu'il prenne la direction de la base américaine d'Okinawa. Et appelez-moi le président Castilla au téléphone. Dites-lui que je dois lui parler de toute urgence.

Les Américains avaient trouvé des traces des nanorobots à Fukushima et leurs meilleurs experts les avaient analysées. Plus important encore, Sanetomi savait que personne au sein de leur gouvernement ne souhaitait voir l'Asie s'enfoncer dans une guerre génocidaire. Ils constituaient son seul recours.

Toujours immobiles, les gardes se contentaient de fixer les deux hommes. Ils avaient l'air de douter de ce qu'ils venaient d'entendre. Takahashi, une figure essentielle des forces de défense depuis toujours, et depuis peu, un symbole croissant de la souveraineté japonaise et de la force du pays.

— Vous m'avez compris, grogna Sanetomi. Tout de suite !

Paraissant comme sortir de sa stupeur, l'officier le plus proche sortit son arme. Il pointa le canon en direction d'un Takahashi prodigieusement calme puis, à la dernière seconde, le bascula vers le garde qui se trouvait immédiatement à ses côtés. Le son du coup de feu entre les parois du petit jet privé fut assourdissant. Un flot de sang chaud éclaboussa la joue de Sanetomi. Déjà, dans un effort pour se lever il agrippait la boucle de sa ceinture quand un autre des gardes l'immobilisa d'un geste de la main, lui bloquant le poignet comme dans un étau.

À l'avant de l'appareil, le quatrième se mit à courir en direction du cockpit, s'y engouffra et, deux secondes plus tard, deux autres coups de feu retentirent. Par la porte restée entrouverte, Sanetomi aperçut le corps du copilote effondré en travers de son siège.

— Takahashi ! Qu'est-ce que ça veut dire ? s'entendit-il articuler. Mais il le savait parfaitement.

— Il semblerait que les anciens soldats que vous employez pour votre sécurité personnelle ne vous soient pas aussi loyaux que vous le pensiez.

— Cessez cela immédiatement, Général. Il est encore temps. Vous ne pouvez pas...

Un sac plastique soudain jeté sur sa tête réduisit Sanetomi au silence. Il se mit à se débattre sauvagement. Mais le poids des quatre gardes et de la ceinture de sécurité serrée sur ses genoux rendait tout effort inutile. Il finit par s'immobiliser, fixant Takahashi à travers le plastique qui s'embuait à mesure que sa vue devenait floue par manque d'oxygène.

Takahashi lui retourna son regard un moment, puis se tourna sur son siège pour donner des ordres au garde qui avait pris le contrôle de l'appareil.

— Contactez les Chinois. Dites que le Premier ministre vient d'avoir une crise cardiaque. Nous demandons permission de dévier notre trajectoire sur Chengdu pour requérir des soins médicaux.

Le monde autour de Sanetomi s'assombrissait de seconde en seconde. Dans un effort de conscience, il résolut de se contrôler pour ne pas se débattre à nouveau. Il ne voulait pas offrir à l'ennemi qui le regardait mourir la satisfaction de le voir paniquer. Il s'obligea à conserver un visage impassible, sans rien trahir de la terreur qu'il éprouvait – pour le peuple japonais, pensa-t-il, pour sa propre famille. Pour les horreurs que Takahashi s'apprêtait à lâcher sur la Chine et sur le monde.

C'était sa responsabilité. Sa faute pour n'avoir pas vu à temps ce qui se tramait. Et pour cela, il méritait de mourir. Ce fut sa dernière pensée.

62

Base aérienne de Kadena,
Okinawa

L'hélicoptère toucha terre à environ sept mètres du hangar. Jon Smith sauta aussitôt sur le sol, courut, accroupi, vers le commandant qui tentait de se protéger du sillage du rotor.

— Colonel Smith, cria-t-il avec un accent sudiste prononcé tout en lui serrant la main. Steve Baron.

— Heureux de faire votre connaissance, mon Général. On vous a fait un briefing ?

Baron posa une main sur son dos pour le guider vers le hangar tandis que l'hélicoptère redécollait.

— Je ne suis pas sûr qu'on puisse appeler ça un briefing, mais nous sommes prêts. Je suis impatient de vous entendre expliquer de quoi il retourne.

Ils passèrent les portes massives du hangar. À l'intérieur, Smith découvrit un groupe d'hommes assis devant un chevalet sur lequel était disposée une carte de la Chine. Près du chevalet, se trouvait quelque chose de beaucoup plus intriguant – une ogive d'environ cinquante centimètres de diamètre et longue de quatre-vingt-dix posée sur une chaise roulante. Elle avait été remise à neuf, mais on discernait sous la couche de peinture de petites taches indiquant de la rouille. Ce qui n'avait rien de surprenant vu son grand âge.

Smith avait eu des doutes lorsqu'il avait demandé à Klein de la dénicher. Une fois encore, pourtant, le chef de Covert-One avait réussi. C'était difficile à croire, mais tel était leur seul espoir de stopper l'arme la plus perfectionnée jamais mise au point : une relique délabrée venue de la guerre froide.

Les hommes se levèrent pour le saluer. Tous à l'exception d'un seul portaient des combinaisons de vol semblables à celle qui lui avait été donnée, à ceci près qu'elles étaient dotées d'insignes indiquant leurs noms et leurs rangs. L'exception était un homme au visage anguleux en tenue de mécanicien. Sans leur répondre, Smith s'avança directement jusqu'au chevalet. Il tenait à rester aussi anonyme que possible.

— Appelez-moi Jon, fit-il, en regardant le groupe bien en face. Ils constituaient les meilleurs membres de la 18e escadre de chasse, une équipe impressionnante que le chef des états-majors des armées avait donné l'ordre à Baron de réunir et de mettre à la disposition de Smith. Quant à savoir si cela suffirait à éviter le plus grand génocide de toute l'histoire humaine, c'était une autre affaire.

Il caressa machinalement le sommet de l'ogive, puis se tourna vers l'homme en tenue de mécanicien.

— Y a-t-il un moyen d'après vous de charger cette chose sous un avion ?

L'homme se leva. Il avait l'air plus que mal à l'aise.

— Colonel, cette chose, comme vous dites est une antiquité. Le mieux que nous puissions offrir est un F-15 d'entraînement à deux places qui n'a pas du tout été conçu pour ça.

— Je ne veux pas entendre parler de problèmes, répliqua Smith. Je veux des solutions.

— Bien compris, mon Colonel. Il y a moyen, oui, et je vais le faire mais ça ne va pas être joli. On installera un dispositif de largage à la place de l'un des réservoirs. Il n'y aura pas de système informatique à bord, donc il vous faudra improviser.

— Tout ce que je veux savoir, c'est si ça va marcher.

— Ça va marcher. Vous avez ma parole. Mais l'avion volera comme il pourra et vous n'aurez pas de missile avec vous.

— La mitrailleuse Gatling ?

— Oui, mon Colonel, la mitrailleuse sera prête.

— Dans combien de temps ?

— Il faut qu'on fasse quelques réglages et une batterie de tests. On devrait pouvoir vous faire décoller d'ici vingt minutes.

— Disons quinze. Vous pouvez disposer.

L'homme sortit du rang, s'avança vers l'ogive et s'éloigna vers le fond du hangar en poussant le fauteuil devant lui. Smith le regarda faire, attendit qu'il ait disparu, puis reprit à l'intention des hommes :

— Le Premier ministre du Japon est en route pour une rencontre diplomatique en Chine. Nos sources indiquent qu'il est entré dans l'espace aérien chinois il y a une dizaine de minutes. Notre mission est simple. Nous devons intercepter son avion au-dessus d'une zone inhabitée et l'abattre. Nous ne pouvons pas utiliser de missiles et il faudra se servir de balles. Nous lâcherons ensuite l'ogive que vous venez de voir sur les décombres. C'est tout. Des questions ?

Ils le regardèrent tous, dans un silence sidéré. Baron fut le premier à le briser.

— Vous avez entendu Jon. Au travail.

Les pilotes s'entre-regardèrent. Ils se levèrent, puis s'éloignèrent, gagnant lentement en énergie tandis qu'ils se dirigeaient vers leurs appareils. Baron attendit qu'ils aient disparu avant de s'approcher.

— Colonel, murmura-t-il, on m'a fait comprendre en des termes très clairs que c'était vous qui donniez les ordres. Ce que l'on ne m'avait pas dit, c'était que vous comptiez utiliser mes hommes pour déclencher la Troisième Guerre mondiale.

— La Troisième Guerre mondiale est justement ce que j'essaye d'empêcher.

— Vous essayez de l'empêcher, répéta Baron sur un ton incrédule. Écoutez, Colonel, je comprends que tout cela soit classifié, et je sais que vous êtes une sorte de golden boy du Renseignement. Mais il y a des questions que je ne peux pas ne pas poser.

Smith se renfrogna. Il ne voulait pas être trop dur avec l'officier. L'homme avait une réputation d'excellence et, à sa place, Smith aurait sans doute eu la même réaction.

— Quel genre de questions ? fit-il.

— Le Premier ministre se trouve dans l'avion ?

— Oui.

— Avons-nous la permission de survoler le territoire chinois ?

— Non.

Baron émit un long soupir.

— C'est ce que je craignais. Désolé, Colonel, mais je vais avoir besoin d'une confirmation de vos ordres.

— Alors je vous conseille de vous mettre au travail. Parce que ne vous y trompez pas : avec ou sans confirmation, dans vingt minutes nous aurons décollé.

63

Au-dessus de la Chine orientale

— Vous avez pénétré notre zone de défense aérienne et vous approchez du territoire chinois, fit une voix à l'accent épais dans les écouteurs du casque de Smith. Veuillez faire demi-tour immédiatement.

Par la vitre, il pouvait voir les F-15 qui l'escortaient. Sans doute en raison des modifications apportées à l'appareil, le pilote devant lui semblait lutter pour maintenir l'avion en position stable. Le soleil ne se lèverait que dans une heure mais une lueur plus claire apparaissait déjà à l'est. Au-dessous, la mer de Chine orientale scintillait de mille petites vagues, lui rappelant qu'ils n'avaient pas encore atteint le point de non-retour.

Mais ils s'en approchaient. Déjà, la côte chinoise était visible au loin droit devant eux.

— Ici le commandant Jones de 18e escadre de chasse, fit Smith dans le micro de la radio. Il avait choisi le pseudonyme au hasard. Notre avion subit une panne informatique. Nous ne pouvons pas faire demi-tour.

Nous sommes en train de réinitialiser le système et espérons avoir réglé le problème d'ici peu.

Quand la voix de l'officier chinois résonna de nouveau, il parut n'avoir rien entendu de l'excuse il est vrai quelque peu tirée par les cheveux que venait d'invoquer Smith.

— Ne pénétrez pas en territoire chinois, Commandant. Je répète, ne pénétrez pas en territoire chinois.

— Nous risquons de ne pas avoir le choix, dit Smith, qui essayait de gagner autant de temps que possible. Nous faisons tout ce que nous pouvons. Merci de contacter le général Baron à Kadena pour confirmation.

Cette fois, il n'y eut pas de réponse, et Smith décida d'interpréter ce silence comme un signe positif. Les Chinois devaient passer l'information à leur hiérarchie. Avec un peu de chance, ils contacteraient Baron qui leur dirait exactement la même chose aussi lentement que possible. Chaque seconde gagnée pouvait faire la différence entre le succès et l'échec de la mission.

— Temps estimé avant l'arrivée ? demanda Smith au pilote.

— Trente et une minutes. Trois minutes d'ici l'incursion sur le territoire chinois.

Smith acquiesça en silence. De nouveau, il se demanda quels ordres réels le pilote avait bien pu recevoir. Le général Baron n'avait pas reparu. Le plus probable était qu'il devait encore essayer d'obtenir confirmation des ordres de Smith. Avait-il ordonné au pilote d'attendre sans bouger jusqu'à un signal convenu ? Smith posa une main sur son arme de poing. Si tel était le cas, les choses allaient devenir intéressantes très rapidement.

Mais pour une fois, la chance était avec lui et il n'eut pas à s'en servir : quelques minutes plus tard, la voix de Baron lui parvint sur une fréquence cryptée.

— Je viens de parler personnellement au Président et je tiens à le citer exactement : « Si vous voyez Jésus-Christ lui-même descendre du ciel dans un chariot de feu et que Jon vous ordonne de l'abattre, faites-le sans hésiter. » Ces ordres sont-ils assez clairs ?

Smith entendit les pilotes répondre. Il laissa échapper un soupir de soulagement. Il les dirigeait maintenant officiellement. Un instant plus tôt, mille choses pouvaient foirer durant cette expédition. Il n'en restait plus que neuf cent quatre-vingt-dix-neuf.

— Avons-nous une réponse de la part des Chinois ? demanda-t-il.

— Apparemment, dit Baron, ils préparent des jets pour une interception immédiate mais nous essayons encore de vérifier. Mon homologue chinois essaie de me joindre par les back channels mais j'ai reçu l'ordre de ne pas lui répondre.

— Bien compris.

Cela signifiait que le Président et Klein tentaient de régler l'affaire à un échelon supérieur.

— Je vous tiens au courant dès que je sais quelque chose, Jon. En attendant : bonne chance.

— Contact ! fit une voix dans la radio. Dix intrus en approche rapide au sud.

La nouvelle n'avait rien d'étonnant mais Smith fut parcouru d'un flot d'adrénaline. Étant donné le niveau de tension dans la région, l'incursion soudaine d'un avion américain tout de guingois et de son escorte ne pouvait que paraître suspecte. Les Chinois ne pouvaient pas laisser faire sans réagir.

— Quel est le plan, Jon ? demanda son pilote.

Le temps n'était pas à l'hésitation mais Smith ne se décida pas tout de suite. Les Chinois s'effrayaient de cette intrusion dans leur espace aérien, ce qui était compréhensible. Mais au fond d'eux-mêmes, ils devaient juger difficile d'admettre la perspective d'une attaque unilatérale de la part des États-Unis, en particulier si cette attaque prenait la forme d'une poignée de F-15. Il était donc peu probable que leurs pilotes aient reçu l'autorisation de mener une action offensive.

— Mon Colonel ? souffla le pilote.

Smith ne dit rien. Il y avait des centaines de millions de vies en jeu et pourtant, il lui semblait qu'il ne parviendrait jamais à se débarrasser du sang qu'il s'apprêtait à verser. À ses yeux cela ressemblait à un meurtre. Le meurtre d'hommes honorables défendant leur pays.

— Temps estimé avant l'arrivée sur l'avion du Premier ministre ? demanda-t-il

— Juste un peu moins de cinq minutes, Colonel.

Smith baissa les yeux vers le paysage mort, plusieurs dizaines de milliers de pieds plus bas. Dans chaque direction le même désert sur des centaines de kilomètres. Exactement ce qu'il avait espéré. Exactement ce dont il avait besoin.

— Avion américain, fit la voix à l'accent épais dans ses écouteurs. Faites demi-tour immédiatement et préparez-vous à être escorté hors du territoire chinois.

Il n'y avait plus de temps à perdre. Smith changea de fréquence pour communiquer avec les six pilotes sous ses ordres.

— Abattez-les.

Les deux secondes de silence qui suivirent parurent terriblement longues.

— Colonel, pouvez-vous répéter ?

— Nous avons pour nous l'élément de surprise mais ça ne va pas durer. Éliminez autant d'avions que possible avant qu'ils n'attaquent. Pendant ce temps nous continuons notre route vers l'avion du Premier ministre. Vous nous couvrez et maintenez les avions chinois hors de portée à tout prix. Est-ce clair ? Il n'y a pas d'autres considérations. Maintenez-les hors de portée *à tout prix.*

64

Bureau ovale,
Washington D.C.,
USA

— Je comprends, mais…

Sam Adam Castilla tenait à distance de son oreille le téléphone dans lequel le président de la Chine vitupérait en hurlant. Son anglais n'était pas mauvais. Parasité par l'hystérie, cependant, il était à demi incompréhensible. Six F-15 américains volaient au-dessus de son pays, criait-il en substance, et des avions de combat chinois s'apprêtaient à les intercepter. Et Castilla n'avait pas encore entendu le pire.

— Monsieur le Président, nous devons…

Yandong l'interrompit à nouveau pour exiger le retrait immédiat de la patrouille américaine. Le général Keith Morrison, chef de l'état-major des armées, était l'unique autre personne dans la pièce. Assis dans l'un des fauteuils en face du bureau de Castilla, il parlait doucement dans le micro d'un téléphone sécurisé. Au bout d'un moment, il se leva, prit un stylo et écrivit à l'envers sur le bloc officiel du Président :

4 m 30 sec

C'était le compte à rebours au bout duquel les deux groupes d'avions se retrouveraient à portée de tirs l'un de l'autre – au bout duquel le monde changerait peut-être à jamais.

— MONSIEUR LE PRÉSIDENT ! hurla Castilla à pleins poumons, LAISSEZ-MOI PARLER NOM DE DIEU !

En réponse, Yandong émit un silence pétrifié. À cet instant, un homme des Services secrets alerté par le bruit passa la porte l'arme au poing. Keith Morrison lui fit signe de sortir et l'homme disparut.

— Monsieur le Président, dit Castilla d'un ton conciliant et en ramenant sa voix à un volume normal. Je vais vous dire exactement ce qui se passe et pourquoi. Laissez-moi faire avant qu'il ne soit trop tard, s'il vous plaît.

Le silence à l'autre bout de la ligne se prolongea de quelques secondes.

— Vous avez une minute, fit enfin Yandong.

Cela ressemblait à une limite parfaitement arbitraire pour éviter l'un des pires désastres humanitaires de l'Histoire, mais Castilla sentit qu'il n'avait pas le choix.

Il eut un regard pour les chiffres que Morrison venait d'écrire. Il n'allait bien sûr pas dire toute la vérité à son homologue. Il lui servirait à la place le cocktail de faits, de diversions et de mensonges qu'avait concocté Fred Klein – le meilleur pour ce genre de choses.

— Masao Takahashi est devenu fou, dit Castilla délibérément. Nous avons appris qu'il avait développé un nouveau type d'arme biologique et qu'il prévoit de la lâcher sur la Chine.

Cette fois, les hurlements à l'autre bout de la ligne furent totalement incompréhensibles. Une partie en chinois ne lui était manifestement pas destinée. Castilla s'efforçait de rester calme, mais priait pour que ce qu'il venait de dire n'ouvre pas la porte à une attaque nucléaire de la Chine sur le Japon.

— *Président Yandong !* Laissez-moi finir, s'il vous plaît.

Les cris s'apaisèrent. Castilla pouvait entendre le souffle court de son homologue sur la ligne. Un bon signe. Yandong était effrayé, ce qui était normal, et les gens effrayés cherchent généralement une issue. À moins qu'ils ne paniquent, auquel cas tout le monde était foutu.

Le général Morrison se leva de nouveau, écrivit sur le bloc *2 m 30 sec.* Castilla passa le tranchant de sa main sur sa gorge pour lui signifier de cesser le comptage. La pression était bien assez suffisante.

— Nous pensons que le Premier ministre Sanetomi et son gouvernement sont totalement ignorants des plans de Takaha…

— Est-ce que Takahashi est dans l'avion avec Sanetomi ? l'interrompit Yandong.

— Oui, mais…

— Et est-ce que Takahashi a l'arme biologique avec lui ?

— Nous le pensons. Nous pensons également qu'il a soit enlevé soit tué le Premier ministre.

— Nous avons reçu un appel de l'avion signalant que Sanetomi souffrait d'un malaise cardiaque. Nous avons autorisé un reroutage de l'appareil sur Chengdu.

Les mâchoires de Castilla se serrèrent. C'était parfaitement cohérent. Les nanorobots n'étaient peut-être pas exactement une arme biologique, mais ils se conduisaient presque exactement comme tels. Pour que son plan fonctionne, Takahashi devait les lâcher dans un centre urbain. La retraite campagnarde de Yandong aurait été trop isolée pour une propagation efficace. Chengdu, en revanche, constituait une cible idéale.

— Monsieur le Président, à bord de l'un de ces F-15 se trouve le meilleur microbiologiste de l'armée américaine. Il a l'ordre d'intercepter l'avion de Sanetomi.

— Vous allez tirer sur l'appareil du Premier ministre japonais ? dit Yandong, tandis que la suspicion dans sa voix commençait à remplacer la peur. Au-dessus du territoire chinois ?

— Ce sont les ordres que j'ai donné oui, dit Castilla, sur quoi il prit une profonde inspiration et enchaîna : Il y a plus. Mon homme dans l'avion transporte avec lui une arme à radiations augmentée.

— Une… Une quoi ?

— Plus communément appelée… Castilla grimaça sous le regard de Keith Morrison… Bombe à neutrons.

— Vous… Vous avez fait passer une bombe atomique sur mon territoire ? hurla Yandong. La question fut suivie d'autres cris en chinois.

— Monsieur le Président ! Nous ne savons pas exactement à quoi nous avons affaire. Mon agent a recommandé l'irradiation totale des décombres de l'avion japonais une fois ce dernier abattu de manière à s'assurer de manière absolue que l'agent pathogène était décimé et ne pouvait pas être dispersé par le vent.

Plusieurs cris étouffés retentirent dans l'appareil. Castilla ne les comprit pas mais ne chercha pas à les interrompre. Les porte-avions dans le Pacifique étaient tous en alerte maximale et les sous-marins américains convergeaient en direction des côtes chinoises. Morrison avait mis l'armée en état d'alerte de niveau 3 sur un total de 5, et il s'efforçait de contenir ce niveau pour éviter d'accroître encore la tension. Le Secrétaire d'État était au Japon, en contact avec les leaders du gouvernement de Sanetomi, et cherchait à comprendre qui était maintenant aux commandes.

Au-delà, il n'y avait rien que Castilla pût encore faire. Ses cartes étaient sur la table et sa seule option à présent était d'attendre la réaction de Yandong.

65

Au-dessus de la Chine orientale

Les cinq F-15 sous le commandement de Smith rompirent et s'éloignèrent dans le ciel en direction des dix Shenyang J-11. Smith retint son souffle.

Dans son casque, il pouvait entendre l'un des pilotes chinois lancer un avertissement en mauvais anglais. En ce moment même, un autre, à la base, devait sans doute chercher à se faire préciser les règles d'engagement au travers d'une longue et fastidieuse hiérarchie.

Pour le meilleur ou pour le pire, les hommes de Smith n'avaient pas ce recours. Il était leur seul donneur d'ordres.

Le général Baron avait bien évalué ses pilotes. Impeccables, volant en parfaite formation, ils retinrent leur feu jusqu'à la limite de portée des missiles avant de tirer en parfaite coordination.

À l'instant où les traînées de condensation de leurs tirs furent visibles, ils rompirent leur formation pour attaquer le seul avion chinois qui n'avait pas été ciblé. Quatre des cinq missiles avaient touché leurs cibles.

Le dernier était passé juste au-dessus du jet chinois qui avait plongé désespérément vers le sol pour l'éviter.

L'état des forces en présence était maintenant sensiblement différent, avec six J-11 restants contre cinq avions de combat américains intacts. Smith se retourna sur son siège pour suivre le combat à travers la vitre du cockpit, tandis que son pilote poussait les moteurs de leur avion d'entraînement jusqu'à l'extrême limite.

Smith avait fait ses années de combat dans l'infanterie et les Forces spéciales et il n'avait qu'une connaissance limitée de la guerre aérienne. En fin de compte, cependant, ça ne semblait pas si différent que le chaos frénétique des batailles au sol.

Il était impossible de se concentrer sur un combat individuel dans ce qui ressemblait à un essaim d'abeilles croisant des traînées de feu. Il vit l'un des F-15 prendre une série de rafales à l'arrière, un instant déstabilisé puis, rétablissant sa trajectoire, lâcher l'un de ses missiles sur l'avion qui lui faisait face. La fusée AIM-120 toucha sa cible. Seulement alors le pilote américain perdit le contrôle, piqua du nez, et tomba en tournoyant. Loin vers l'est, une boule de feu explosa.

Presque tout de suite après, un jet chinois rompit le rang, s'extrayant de la mêlée, et fonça droit dans leur direction.

— Un avion vient sur nous, dit Smith en se tordant un peu plus dans ses attaches pour le suivre des yeux.

— Je sais, répondit le pilote sur un ton parfaitement plat.

— Est-ce qu'on peut le distancer ?

— Hors de question, Colonel. On est trop lourds pour ça et le joujou que nous transportons nuit à notre aérodynamique.

— Est-ce qu'on peut avoir le dessus ?

— Autant vouloir faire voler un cochon, Colonel. Non.

Smith enregistra l'information. Et ils étaient dépourvus de missiles. Ils n'avaient que la mitrailleuse Gatling.

— Estimation du temps jusqu'à la cible ?

— Deux minutes et demie environ.

Trop long. Le jet chinois leur fonçait dessus et aucun des F-15 américains n'était en situation de se dégager du combat aérien pour leur venir en aide.

Le pilote enfonça le manche vers l'avant, l'avion plongea à pic et Smith se retrouva plaqué sur son siège. L'appareil se mit à trembler si violemment qu'il parut sur le point d'exploser.

Smith voulut se retourner pour regarder si le J-11 les suivait mais la gravité l'en empêchait.

Au bout de quelques secondes, la sonnerie stridente d'une alarme emplit le cockpit. Smith comprit que le radar du chasseur chinois était équipé d'un système de suivi automatique de la cible.

Il se redressa, parvint à trouver suffisamment d'appui pour se tourner légèrement sur son siège. Du coin de l'œil, il aperçut l'avion à quelques centaines de mètres à l'arrière. Sa manœuvrabilité bien supérieure à la leur lui permettait de déjouer toutes leurs tentatives pour le semer. Au loin, les traînées de missiles du combat qui se poursuivait étaient parfaitement visibles – à défaut des avions eux-mêmes.

Smith se redressa, fixa d'un air absent la nuque du pilote devant lui. Takahashi savait-il ce qui était en train de se passer ? Riait-il en regardant les Chinois eux-mêmes détruire leur dernière chance de survie ?

Ses mâchoires étaient si serrées qu'il pouvait pratiquement entendre ses dents grincer jusque dans son crâne. Dans quelques secondes il serait mort. Il ferma les yeux et attendit – rien. La perspective d'être pulvérisé devait perturber son sens du temps. Enfin il rouvrit les yeux et se retourna. L'avion était toujours là, droit derrière eux.

— Pourquoi il ne tire pas ?

— Je l'ignore, mon Colonel.

— Un défaut de fonctionnement ?

— Possible. Mais je ne crois pas.

Ils se remirent à niveau et, soudain, aussi brusquement qu'il avait foncé sur eux, le J-11 se désengagea, et fila vers l'horizon.

La première chose qui vint à l'esprit de Smith fut qu'il s'agissait d'une ruse. Mais dans quel but ? Le pilote aurait pu les tuer d'un claquement de doigts. Castilla était-il parvenu à parler à son homologue chinois ? L'avait-il convaincu de se retirer ?

Smith dirigea son regard au-delà de l'avion qui s'éloignait d'eux en direction du combat qui se poursuivait plus loin. Pour autant qu'il puisse s'en rendre compte, seuls deux appareils chinois restaient en lice et ils étaient surpassés en nombre par les F-15. Il était temps de prendre une décision.

— Retirez-vous ! dit Smith en ouvrant le canal de communication avec ses hommes. Je répète : retirez-vous. Passez en mode défensif.

66

Au-dessus de la Chine orientale

Le général Masao Takahashi leva les jumelles à hauteur de ses yeux, fit le point, et les dirigea en un long panoramique de l'autre côté de la fenêtre du jet. De chaque côté, ses hommes faisaient de même à l'œil nu. Tous observaient en silence les événements qui se déroulaient dans le ciel au sud.

À cette distance, on ne pouvait ni suivre en détail le chaos du combat aérien ni même différencier à coup sûr les F-15 américains des J-11 chinois. Ce qui dominait, c'était le sentiment que l'attaque surprise américaine avait été couronnée de succès. Les chances étaient devenues égales.

Takahashi reposa ses jumelles, se dirigea vers le cockpit ou il enfila un casque.

— Établissez la liaison avec la tour de Chengdu.

Le pilote ouvrit le contact radio, puis ramena son attention sur le pare-brise et, derrière, sur les traînées de fumée laissées par les missiles des avions de combat qui s'affrontaient.

— Tour de contrôle. Ici le général Masao Takahashi, de l'avion du Premier ministre japonais Sanetomi. Votre aviation est engagée contre une escadrille de jets américains à notre sud. Merci de nous indiquer la marche à suivre. Quelle est la situation ?

Ces communications étaient sans nul doute enregistrées au plus haut niveau, un atout qu'il était en train d'utiliser pour déstabiliser les Chinois un peu plus. Le président Castilla les avait sans doute informés de sa tentative à lui, Takahashi, de lâcher une sorte de bombe sur leur territoire. Mais à l'évidence ils ne faisaient pas confiance aux Américains et avaient décidé de les intercepter. Tout ce qu'il avait à faire, c'était de s'assurer qu'ils resteraient dans cet état d'esprit suffisamment longtemps pour détruire, avec son aide, leur seule chance de survie.

— Ne bougez pas, Général, répondit une voix dans l'écouteur.

— Tour de contrôle, s'agit-il d'un exercice ? Merci de nous indiquer la marche à suivre. Nous sommes à portée de tir de missiles. Devons-nous changer d'itinéraire ?

— Ne bougez pas.

Takahashi isolant le micro d'une main s'adressa à son pilote.

— Estimation du temps avant l'arrivée à Chengdu ?

— Nous devrions arriver aux limites de la ville d'ici cinquante-trois minutes, Général.

Takahashi posa de nouveau son regard sur la bataille aérienne à présent à peine visible à l'horizon. La distance n'était guère qu'une illusion, il le savait. La vitesse des avions de combat bien supérieure à la leur aurait permis de l'atteindre en quelques secondes.

Il plissa les yeux vers le soleil, se concentra sur une trace de missile blanche qui apparaissait au milieu du chaos. Il y avait quelque chose de différent dans sa façon de refléter la lumière, quelque chose d'étrange.

— Les jumelles !

L'un de ses hommes courut pour lui apporter la paire qu'il avait laissée sur son fauteuil. Takahashi les leva vers ses yeux. Une bouffée d'adrénaline le parcourut de la tête aux pieds. Ce qu'il avait pris pour un missile était un avion de combat qui venait de rompre les rangs et se dirigeait droit sur eux dans le but manifeste de les intercepter. Il garda les jumelles sur l'appareil suffisamment longtemps pour en analyser le profil et confirmer qu'il s'agissait bien d'un appareil américain.

— Tour de contrôle, ici Takahashi, fit-il dans son casque. L'un des F-15 est en chemin vers nous pour nous intercepter. Établissez immédiatement une connexion avec le président Yandong. Nous sommes en mission diplomatique et le Premier ministre est très malade.

— Nous vous connectons, Général, répondit la voix. Ne bougez pas s'il vous plaît.

Il vit un autre avion de chasse s'éloigner du combat dans leur direction. Les battements de son cœur s'apaisèrent quelque peu. Cette fois c'était un appareil chinois, et il suivait le F-15 à une vitesse qui lui permettrait de l'atteindre bien avant que ce dernier ne les rejoigne.

Plus rien ne pouvait plus l'arrêter, désormais. Ni les Américains. Ni les Chinois. C'était sa destinée. Ils atterriraient à Chengdu et, tandis que les médecins prononceraient le décès de Sanetomi, il lâcherait l'arme qui annihilerait jusqu'au dernier cette race inutile.

Ensuite, le gouvernement japonais insisterait pour rapatrier aussitôt que possible le corps du Premier ministre. Takahashi l'accompagnerait dans son voyage de retour vers la mère patrie. Il prononcerait des discours sur ce politicien qu'il aurait admiré, sur son patriotisme et son dévouement – tout en attendant, en réalité, les premiers signes de faiblesse dans les infrastructures de Chengdu ; les premières réactions confuses, et, typiquement, secrètes, de la part du gouvernement chinois qui chercherait à maintenir son pouvoir ; puis enfin, les signes du pays plongeant dans le chaos.

Le général observa le F-15 tenter d'échapper à son poursuivant par une série de manœuvres confuses, bizarres, et bien lourdes en comparaison de l'appareil chinois qui le pourchassait. D'une seconde à l'autre à présent la menace américaine – et, en fait, la domination américaine sur le monde – allait s'achever. La question était : quelle serait sa réaction à cet affront ? Magnanime, choisirait-il de l'ignorer ? Non, ce serait faire preuve de faiblesse. Peut-être ferait-il couler un porte-avions en représailles. Ce serait une démonstration de la capacité du Japon à vaincre la Navy américaine, mais aussi de sa volonté de réagir en face de chaque agression. Il fallait qu'il y réfléchisse. De grandes décisions l'attendaient.

Le J-11 avait atteint sa proie à présent, et Takahashi assistait aux efforts futiles du pilote américain pour le semer. Rien de ce qu'il tentait n'avait le moindre effet.

Puis dans le micro :

— Avion de chasse militaire américain. Ici le général Masao Takahashi des forces de défense japonaises. Nous nous détournons de Chengdu. Quelles sont vos intentions ?

Silence.

— Avion de chasse militaire américain ! répéta-t-il, tandis qu'un sentiment peu familier de panique commençait à s'emparer de lui. Je répète. Ici le général…

Il fut soudain projeté vers l'arrière et sa tête heurta le dos du siège vide du copilote tandis que le pilote lui-même basculait vers la droite. Pendant un moment, il crut que le bruit dans ses oreilles résultait du choc, puis il réalisa de quoi il retournait : c'était la mitrailleuse Gatling du F-15.

Takahashi rampa jusqu'au casque qui avait été projeté au sol sous l'impact. Le câble qui le connectait au panel de contrôle était rompu. Lorsqu'il leva les yeux, ce fut pour découvrir l'avion de chasse américain venant sur eux depuis l'est, le petit rond des flammes de tirs en rafales parfaitement visible à travers le pare-brise.

Cette fois, il n'y avait rien que le pilote pût faire. Les balles déchiraient le fuselage des ailes, provoquant des soubresauts violents qui déstabilisaient l'appareil. Takahashi parvint à s'installer dans le siège du copilote. Un instant plus tard, le vacarme métallique de la structure de l'aile qui se déchirait remplit tout le cockpit.

Le jet fit une brusque embardée et Takahashi tenta d'agripper la ceinture du siège tandis qu'un violent souffle d'air traversait l'appareil en hurlant.

Le pilote lutta avec le manche encore un moment puis, comprenant qu'il n'y avait plus rien à faire, abandonna, et l'avion piqua droit vers la terre.

67

Au-dessus de la Chine orientale

Leur première tentative avait échoué mais, à la seconde, le pilote avait tiré une rafale parfaite sur l'aile de l'avion japonais. Ils le croisèrent à toute vitesse et Smith se retourna sur son siège pour voir l'appareil basculer violemment avant de commencer à chuter.

— Faites demi-tour ! ordonna-t-il.

Le pilote fit virer le F-15 vers le nord, laissant apparaître par les hublots le jet japonais endommagé qui se mettait à tomber comme une pierre vers le paysage vide plusieurs dizaines de kilomètres plus bas. L'aile finit par se détacher complètement, laissant une trace de métal broyé dans le ciel. Le fuselage, Dieu merci, tint bon quant à lui jusqu'à l'impact. Il calcula que les débris – dont très certainement l'arme de Ito – restaient confinés dans une zone de moins de deux cents mètres de diamètre.

— Allons-y, dit Smith.

Le pilote obéit, mit l'avion en position de descente, visant ce qui restait de l'avion de Sanetomi. Il n'y avait nul moyen de contrôler l'arme qu'ils transportaient une fois qu'elle serait lâchée, et cela les obligeait à s'approcher dangereusement de leur cible. Ils n'avaient droit qu'à un seul essai et l'échec – ou une réussite approximative – était hors de question.

— À mon signal, fit le pilote.

Smith agrippa d'une main ferme la télécommande radio. L'objet semblait plus conçu pour un jeu vidéo que pour lâcher une bombe thermonucléaire, mais c'était le mieux que les techniciens de la base de Kadena avaient pu trouver. S'il fonctionnait comme ils le disaient, les armes de Ito seraient en théorie complètement annihilées. Le rayon de l'explosion était relativement petit – pas plus de quatre cent cinquante mètres, et la force des radiations suffisante pour détruite les nanorobots s'étendait sur trois kilomètres supplémentaires. Qu'est-ce qui pouvait foirer ? À peu près tout. Le mécanisme de largage artisanal était susceptible de s'enrayer. La bombe elle-même, une antiquité, pouvait ne pas exploser. Ou ils pouvaient tout simplement manquer leur cible. Pire, cependant, était la possibilité que quelques-uns des robots de Ito soient propulsés suffisamment loin par l'explosion elle-même pour s'échapper de la zone de radiations.

Smith souleva la protection du bouton de contrôle. Son estomac lui donnait l'impression de vouloir s'échapper de son corps par la bouche et il savait que ce n'était pas seulement dû à la vitesse de la descente. C'était le fait de savoir que des millions de vies dépendaient d'un seul geste de son pouce.

— Maintenant ! dit le pilote et Smith pressa le bouton.

Il y eut un bref grincement et tout le côté droit de l'avion se souleva, allégé du poids de ce qu'il transportait.

— C'est parti ! dit le pilote en tirant le manche d'un coup sec.

Aussitôt, Smith sentit sa combinaison de gravitation gonfler. Il s'efforça d'éviter que le sang ne reflue de sa tête sous la pression de la montée. Sa vision se brouilla tandis que le paysage de l'autre côté de la fenêtre passait d'un paysage mort au bleu uni du ciel.

L'éclair violent fut suivi d'un grondement qui noya totalement le bruit des moteurs. L'avion tressauta violemment sous l'effet de la turbulence, et la sensation de voler fit place au sentiment d'être projeté dans les airs de manière incontrôlable. Des signaux d'alarmes incompréhensibles pour Smith se mirent à résonner dans l'avion tandis que le pilote se battait pour reprendre le contrôle de l'appareil. Tout l'arrière de l'avion vira à gauche, puis à droite, puis au bout d'un moment il se mit à zigzaguer en tous sens. Le pilote continuait à forcer les moteurs, mais le souffle de l'explosion les rendait inutiles. La gravité était intacte, tout comme le hurlement du vent brûlant tout autour, mais c'était tout ce dont Smith pouvait être certain tandis que l'appareil continuait de chuter.

De nouveaux signaux d'alarmes vinrent s'ajouter au vacarme à mesure que les systèmes de l'avion faisaient défaut les uns après les autres. Enfin, les moteurs se mirent à tousser. À cet instant, un silence étrange tomba dans l'appareil. Il n'y eut plus rien que le monde tournoyant autour d'eux et les battements fous de son cœur.

— On ne va pas y arriver, fit le pilote avec un calme admirable. Bonne chance, Colonel.

Le cockpit au-dessus de lui s'ouvrit et Smith se sentit happé vers le ciel. La queue de l'avion le frôla de justesse tandis que l'appareil continuait sa chute en spirale. Le pilote n'eut pas la même chance. Le dossier de son siège éjectable était resté coincé et lui et l'objet furent coupés en deux.

Épilogue

Cimetière national d'Arlington,
USA

Jon Smith détourna le regard de la jeune famille qui pleurait sur le cercueil recouvert du drapeau étoilé. Il posa les yeux sur les tombes brillant sous le soleil. Avec l'aide d'un gouvernement chinois sobrement reconnaissant, les restes de son pilote et ceux d'un autre soldat tué pendant le combat avaient pu être récupérés. Tous deux étaient enterrés avec les honneurs militaires.

Bien sûr, le président Castilla n'avait pu venir – sa présence aux funérailles de deux hommes officiellement tués à l'entraînement aurait paru plus que suspecte. Fred Klein n'était pas là non plus – comme toujours, il préférait la discrétion.

Puis il y avait Randi. Personne ne savait où elle se trouvait. Les morts au sein de sa propre équipe – en particulier le professeur Wilson et ses étudiants – l'avaient profondément affectée. Elle avait été aperçue pour la dernière fois à la frontière entre le Cambodge et le Laos, et, depuis, plus un mot. Non que cela importait. Elle finissait toujours par réapparaître.

Cela ne laissait que lui, ou, plus exactement, ce qui restait de lui, pour représenter discrètement Covert-One. Mêlé aux hommes en uniforme, un colonel solitaire appuyé sur une canne n'attirait pas l'attention.

Il se tourna pour assister au pliage du drapeau que l'on avait retiré du cercueil pour le présenter à la veuve du pilote. Jamais elle ne saurait que son mari avait directement sauvé la vie de millions d'innocents.

Un jour, à des années d'aujourd'hui, l'histoire serait déclassifiée, des historiens écriraient des thèses et débattraient de points de détail au cours de cocktails sophistiqués dans des bars sophistiqués. Il espérait que quelqu'un aurait aussi la présence d'esprit de rendre hommage à ceux qui étaient morts.

Jusque-là cependant, les plans soigneusement mis au point par Klein pour dissimuler toute l'histoire fonctionneraient. Le crash de l'avion du Premier ministre Sanetomi avait été expliqué par une collision avec un vol d'oiseaux. Les inévitables manifestations des conspirationnistes chinois et japonais avaient été tuées dans l'œuf par leurs gouvernements respectifs. Les journaux asiatiques étaient maintenant remplis de photos du successeur de Sanetomi souriant, échangeant une poignée de main avec le président Yandong. Tout le monde semblait comprendre que la xénophobie menait bien trop loin, et la culture du compromis paraissait vouloir l'emporter.

Les installations de Ito avaient été scellées. Elles le resteraient durant plusieurs siècles afin de laisser le niveau des radiations baisser. Quand la presse finirait par noter le fait anodin qu'une usine de déchets nucléaires toxiques avait été abandonnée, le gouvernement japonais fournirait une justification fade et technocratique sur la sécurité. La routine

Greg Maple se trouvait en Chine à la recherche du moindre signe d'armes nanotechnologiques encore en activité. Il travaillait en collaboration avec des scientifiques chinois. Jusqu'ici, ils avaient eu de la chance et n'avaient rien trouvé. Les Chinois avaient interdit la zone de l'explosion sur des kilomètres. Officiellement, il s'agissait d'un accident nucléaire souterrain, résultat d'une erreur de laboratoire. Des rumeurs bien sûr circulaient sur le Net. On parlait d'une usine de bombes atomiques clandestine. Mais le fait que le président Castilla soutenait la version officielle apportait là une garantie que le débat serait bientôt clos.

Un seul point restait encore en suspens : l'armée de Takahashi. Le successeur de Sanetomi avait accordé aux États-Unis un accès illimité aux forces de défense japonaises et les officiers supérieurs n'avaient eu d'autre choix que de coopérer. Il faudrait des années pour clarifier ce qui s'était vraiment passé au sein de l'armée, et ce que cela signifiait quant à l'équilibre des pouvoirs pour l'avenir. Le plus important, cependant, était le fait que les armes de Ito semblaient neutralisées. Smith était heureux d'en laisser les détails à d'autres. Lui et ses équipes s'étaient suffisamment sacrifiés.

En dépit du temps frais, il sentit la sueur couler de son front, et des nausées lui retournèrent l'estomac. C'était une sensation devenue terriblement familière, et il lui fallut se concentrer pour s'empêcher de vomir. Quelques jours plus tôt encore, il n'y serait pas parvenu. Signe que l'intensité de ses crises commençait à faiblir.

La cérémonie s'acheva, et Smith se mêla à la foule qui se dispersait. Il s'appuyait sur sa canne pour avancer plus vite. Les effets provoqués par son exposition aux radiations dans le laboratoire de Ito, accrues encore lors du largage de la bombe à neutrons, avaient été l'une des pires expériences de sa vie. On lui avait cependant assuré que le pire serait derrière lui dans un mois. Bien sûr, ses chances de développer un cancer avec l'âge avaient augmenté d'environ cent pour cent, mais il ne s'était jamais projeté dans une retraite faite de parties de golf et de rocking-chair sous des porches ensoleillés. Une balle dans la nuque et une tombe sobre lui avaient toujours paru le plus probable.

Restaient le trou dans son omoplate et ses côtes convalescentes. Il bénéficiait d'un congé de six mois pour se remettre en état. Son thérapeute – une jeune femme désespérément enthousiaste qui approchait la trentaine – l'avait assuré qu'il serait sous peu capable de battre à nouveau les agents des Forces spéciales avec lesquels, avant sa blessure, il avait l'habitude de courir le week-end.

Smith devait admettre qu'il ne partageait pas sa confiance. Mais, dans un effort surtout destiné à ce qu'elle cesse de l'appeler « Colonel Négativité », il avait décidé de suivre ses consignes et essayait d'en tirer le meilleur profit.

Robert Ludlum
aux éditions Grasset :

LE COMPLOT DES MATARÈSE
LA TRAHISON PROMÉTHÉE
LE PROTOCOLE SIGMA
LA STRATÉGIE BANCROFT

Série « Réseau Bouclier » (*d'après Robert Ludlum*)
OPÉRATION HADÈS (Gayle Lynds)
OBJECTIF PARIS (Gayle Lynds)
LE PACTE CASSANDRE (Phillip Shelby)
LE CODE ALTMAN (Gayle Lynds)
LA VENDETTA LAZARE (Patrick Larkin)
LE VECTEUR MOSCOU (Patrick Larkin)
LE DANGER ARCTIQUE (James Cobb)
OPÉRATION ARÈS (Kyle Mills)
LA VENGEANCE DE JANUS (Jamie Freveletti)
L'EXPÉRIENCE UTOPIA (Kyle Mills)
LA STRATÉGIE DE GENÈVE (Jamie Freveletti)
L'ATTENTAT PATRIOTE (Kyle Mills)

Série « Janson »

La Directive Janson

La Mission Janson (Paul Garrison)

Le Choix Janson (Paul Garrison)

L'Équation Janson (Douglas Corleone)

Série « Jason Bourne » (*Eric Van Lustbader, d'après Robert Ludlum*)

La Peur dans la peau

La Trahison dans la peau

Le Danger dans la peau

La Poursuite dans la peau

Le Mensonge dans la peau

La Traque dans la peau

L'Urgence dans la peau

La Terreur dans la peau